달과 칼
글쓴이 홍성원 5

달과 칼 5

- ■글쓴이 : 홍성원
- ■초판1쇄 인쇄일 2005년 10월 15일
- ■초판1쇄 발행일 2005년 10월 23일

- ■만든이 : 임성렬
- ■만든곳 : 도서출판 신서원
- ■주소 : 서울특별시 종로구 교남동 47-2(협신빌딩 209호)
- ■등록 : 제1-1805(1994.11.9)
- ■전화 : (02)739-0222 · 0223
- ■팩스 : (02)739-0224
- ■이메일 : sinseowon@korea.com

ISBN 89-7940-975-3
      89-7940-970-2(전5권)

신서원은 부모의 서가에서
자식의 책꽂이로
'대물림'할 수 있기를 바라며
책을 만들고 있습니다.

글쓴이 홍성원

도서출판 신서원

21. 울돌목 ▪ 7

22. 몸을 바꿔 다시 살다 ▪ 87

23. 한 삼태기 흙에 한을 묻다 ▪ 149

24. 의리있는 귀신이 될지언정 ▪ 205

25. 큰 별 바다에 지다 ▪ 273

저자후기 : 이통제, 그는 우리 곁에
   있어야 한다 ▪ 345

21. 울돌목

해가 설핏 기울었다.
 큰길에서 오른쪽으로 꺾이자 안으로 작은 골목이 뚫려 있다. 골목은 깊지가 않아 장정들 걸음으로 스무 걸음이 채 못된다.
 전신에 퍼지는 취기를 느끼면서 시전 상인 한덕대는 느린 걸음으로 골목 안으로 들어간다. 이 골목 제일 안쪽에는 바로 덕대의 집이 있다. 달포 전 어느 중인에게서 새로 사들인 번듯한 기와집이다. 평대문에 좌우로 세 칸 행랑이 딸려 있고, 안채와 사랑채가 안뜰 좌우로 따로 떨어져 있는 서른 네 칸 큰 집이다. 원래는 어느 지체 높은 정승대감댁의 집이었는데 역관질 하는 중인中人에게 팔려 솟을대문을 평대문으로 고쳤다고 한다. 그러나 지금은 그 중인이 다시 이 집을 시전 상인인 덕대에게 싼값으로 되판 것이다.
 대문 앞에 다다른 덕대가 문을 두드리며 나지막이 소리를 친다.

"이리 오너라."

가까운 행랑에서 누군가가 대문을 연다. 문을 연 키 작은 사람은 새로 들인 하인 장쇠다. 장쇠가 허리를 반으로 접으며 주인 덕대를 집안으로 맞아들인다.

"어서 옵시오, 서방님."

하인 장쇠가 하는 인사가 덕대에게는 아직도 어색하고 거북하다. 하인이면 당연히 주인에게 인사를 올리는 것이건만, 그런 인사에 익숙지 않은 그는 아직도 장쇠의 절을 의젓하게 받기가 쑥스럽고 어색하다.

"서방님, 오늘은 내당마님께루 먼저 드시지요?"

"내당엔 왜?"

"마님께서 서방님 돌아오시거든 곧장 내당으루 뫼시라구 이르셨소이다."

"알았다."

장쇠가 뒤로 물러나며 또 한 마디 급히 말을 건네온다.

"사랑에 지금 손님이 한 분 와 기십니다."

"손이?"

"마님께서 청허신 손님 같사외다. 서방님을 내당으루 뫼시라구 이르신 것이 혹 그 손님 때문이 아닌지 모르겠소이다."

"시전에서 나온 차인배가 아니드냐?"

"쇤네는 처음 뵙는 손이더군입쇼. 큰갓에 도포 걸친 것이 상사람 아닌 양반님네 같더이다."

덕대가 더 묻지 않고 안뜰을 지나 안채를 바라고 올라간다. 내당 앞 섬돌에 올라서니 선통을 받은 안사람 이씨가 방문을 열고 덕대를 맞는다.

"어서 오시어요. 저녁 진짓상 올리라구 헐까요?"

"아닐세, 그대루 두어. 낮술을 한 잔 했더니 배가 아직두 더부룩허군."

방으로 들어선 덕대는 아랫목에 깔린 방석 위로 내려앉는다. 마주 앉은 이씨를 향해 덕대가 말을 묻는다.

"문세는 어딜 갔어?"

"업저지〔어린애 봐주는 계집하인〕 업혀 바람쐬러 내보냈세요."

"바람이 찬데 해저녁에 얼루 내보내?"

핀잔 비슷한 덕대의 말에도 이씨는 전혀 주저하는 빛이 없다.

"찬간으루 내려보냈세요. 찬바람 안 쐬게 단도리해서 내보냈세요."

문세란 이씨 몸에서 난 세 살배기 아들의 이름이다. 남양南陽에서 조행수의 중신으로 양반집 규수와 정식 혼례를 올린 덕대는, 늦은 나이에 뜻밖에도 그 이듬해 아들을 보았다. 그 아이가 어느 틈에 세 살이 되어 지금은 재롱둥이로 온 집안의 귀여움을 독차지하고 있다.

"작은댁은 잘 있든가요?"

"어, 잘 있드군."

얼떨결에 대답을 해놓고 덕대는 슬쩍 안식구 이씨의 눈치를 살핀다.

남양에서 금년 여름에 도성으로 올라온 부인 이씨는 자기 서방 덕대에게 오래 두고 사귀어 온 금홍이라는 관기가 있음을 알게 되었다. 양반 출신의 콧대 높은 아낙답게 이씨는 금홍에게 전혀 투기를 보이지 않았다. 그러나 투기는 보이지 않은 대신 서방에게 외박하거나 귀가가 늦을 때는 집에 꼭 행방을 알리라는 약조를 하도록 했다.

그쯤이야 어렵지 않다 싶어 덕대는 선선히 그러마고 약조를 했다. 그러나 약조를 대수롭지 않게 여긴 덕대는 지난 늦여름 집에 알리지 않은 채로 금홍의 집에 놀러가서 하룻밤을 자고 다음날 집에 돌아왔다. 그 날 이후 그는 안식구 이씨와는 두 달 가까이 각방을 써야 했다. 약조 어긴 잘못을 물어 이씨는 서방 덕대를 그녀의 침소에 받아주지 않은 것이다.

그 뒤 덕대는 금홍의 집에 갈 때는 물론 시전 일로 원행을 할 때도 반드시 집에 들러 행방과 일정과 돌아올 날짜를 일러주었다. 아내의 무서운 질책을 당한 뒤로는 그는 어떤 일이 있어도 그 약조만은 꼭 지키기로 다짐을 한 것이다.

어젯밤에도 그는 오랜만에 금홍의 집에서 자고 왔다. 보름 만에 찾아간 덕대를 금홍은 투기를 보이며 앙탈 끝에 받아주었다. 그러나 소실집에 자고 온 서방을 정실 이씨는 낯빛 하나 변치 않고 예사롭게 받아준다. 앙탈 심한 금홍과는 달리 얼굴에 터럭만한 내색조차 않는 그녀이다.

"작은댁을 하루 빨리 기적에서 뽑아주세요. 관기루 박혀가지구는 집에 들일 수가 없지 않아요?"

"무슨 소리를 허는 게여. 집에 누가 들인댔어?"

"저보다 먼저 정분 나눈 사람이에요. 버릴 생각이면 모르지만 길게 거느릴 생각이시면 기적에서 이름을 뽑아 집에 들이는 게 좋을 듯

싶구먼요."

 덕대의 마음속을 훤히 알고 하는 말이다. 금홍을 집안에 들여앉힐 생각을 아니 해본 덕대가 아니다. 이왕에 데리고 살 아이라면 아예 소실로 삼아 집안에 버젓이 들여앉히고 싶었다. 그러나 안식구 이씨가 어려워서 생각은 굴뚝같아도 그 말을 감히 입밖에 낼 수 없었다. 헌데 이씨는 그 마음을 알고나 있었던 듯 금홍을 기적에서 뽑아 집안에 소실로 들여앉히자고 말하고 있다. 덕대로서는 이씨의 뜻이 오직 고맙고 감사할 뿐이다.

 "그 일이 무에 급허다구······. 그래 그 일루 나를 이리루 부른 게여?"

 "그 일 때문이 아니에요. 소실 들일 일은 천천히 해두 늦지 않아요. 제가 서방님을 뵙자구 헌 건 다른 긴한 일 때문이에요."

 "다른 긴한 일은 또 무어여?"

 "급히 벼 스무 섬만 팔아오도록 해야겠세요."

 "벼 스무 섬?"

 "네."

 "요즘 벼 귀헌 걸 자네가 알구 허는 소린가? 스무 섬은 고사허구 내게는 단 두 섬두 구헐 재주가 없네."

 "어려우시더라두 금년 안에 벼 스무 섬을 꼭 팔아두셔야 해요. 그리구 오늘부터 서방님은 내게 진서眞書를 배우셔야 해요."

 "이건 또 무슨 뚱딴지 같은 소리여? 진서를 배우라니? 나더러 자네에게서 글을 배우라는 이야긴가?"

 "배우셔야 해요. 시문詩文을 지을 높은 글을 배우시라는 게 아니에요. 글을 읽어 토만 달 수 있으면 그것으루 족한 공부예요."

"자네가 오늘 이상허이. 벼 스무 섬을 마련허라더니 이제는 또 글을 배우라니 이게 모두 무슨 까닭인지 나는 통 영문을 모르겠네. 벼는 어디에 쓸 것이며 글은 배워 무엇에 쓰려는 겐가?"

이씨가 잠시 한 무릎을 세우더니 서방 덕대를 그윽이 바라본다. 귀염성 없는 평범한 얼굴이지만 그녀에게는 보통 아낙에게는 없는 묘한 위엄과 귀태가 있다. 뒷말을 재촉하는 덕대의 눈짓을 받고 그녀가 한참 만에 차분하게 입을 연다.

"서방님은 이번에 양반이 되셔야 해요. 소첩이 서방님을 상사람에서 양반으루 높여드릴 생각이에요. 허나 그 일은 저 혼자만으루는 되지 않아요. 서방님이 제 허라는 대루 따라주셔야 일이 성사될 수 있세요."

덕대가 어이없는 표정으로 이씨의 얼굴을 아득하게 바라본다. 너무 어이없는 아내의 말에 덕대는 아예 입이 떨어지지 않는 모양이다. 그러나 이씨는 아랑곳 않고 계속 입을 열어 제 할 말만 한다.

"지금 각 관아와 공해公廨 곳곳에는 백성에게 널리 알리는 방문榜文들이 연일 나붙구 있세요. 군사들 먹일 군량이 달려 나라에서 벼슬을 걸구 백성들에게서 양식을 모으는 방문이에요. 지금까지는 상사람 백성이 양반이 될 길이 없었세요. 부모 잘 만나 양반으루 태어나기 전에는, 한번 상사람으루 태어난 사람은 죽어 그 자식대까지 대대손손이 상사람일 뿐이에요."

긴말 하기에 숨이 찼던지 안식구 이씨는 여기서 잠시 말을 끊는다. 말의 흐름이 더욱 신기해서 한덕대는 턱을 당긴 채 꼼짝도 않고 안식구의 말을 듣고 있다. 이씨가 서방의 눈치를 살피더니 다시 차분하게 하던 말을 이어간다.

"세상이 바뀌었세요. 다락같이 높던 양반의 지체가 이제는 양식만 있으며 누구나 할 수 있는 손닿는 것이 되었세요. 벼 열 섬이면 선다先達가 되구, 스무 섬이면 직장直長두 돼요. 백 섬이면 낭관이 되구, 5백 섬, 1천 섬이면 통훈대부 당상두 될 수 있대요. 장사해서 천량 모아 나중에 무엇에 쓰시겠세요? 우리 아들 문세를 생각하셔서라두 서방님은 기어이 양반이 되셔야 해요. 서방님이 양반이 되셔야만 우리 문세두 장차 양반의 자식이 되는 거예요."

안식구 이씨의 뜻밖의 말에 덕대는 도통 말이 없다. 나라에서 벼슬을 걸고 양식을 구한다는 것은 덕대도 진작에 들어 알고 있다. 그러나 그것을 남의 일로만 생각했지, 자기 자신이 그렇게 하리라고는 꿈에도 생각해 본 일이 없다. 그러나 양반집 규수였던 이씨는 그것이 결코 예사로울 수 없는 일이었던 모양이다. 덕대는 꿈에도 생각 못한 일을 그녀는 구체적으로 실행에 옮길 생각까지 하고 있는 것이다. 덕대가 한참 만에 남의 말하듯 입을 연다.

"이 사람아, 상사람인 내가 무슨 수루 양반이 된다든가? 쌀 팔아 양반이 된다구 그게 정말 양반이 되는 겐가? 나는 그렇게는 양반이 되구 싶지 않네그려. 상사람으루 태어났으니 상사람으루 살다가 상사람으루 죽을라네."

"서방님, 그리는 아니되어요. 이번 일은 서방님 당신만의 혼잣일이 아니에요. 우리 문세를 생각해 주세요. 어째서 길이 있는데 서방님은 줄곧 아니된다구만 허시는 겝니까?"

"내 아버지가 상사람인데 나만 양반 되면 어찌 되나? 양반 자식 둔 상사람 아버지는 구천에서 이 자식을 무어라 허실 겐가? 그리구 또 하나 안될 노릇은 내가 시전의 장사꾼이라는 겔세. 양반 되어 지체가 높아지면 전방에서 장사를 어찌헐 겐가? 장사허는 양반네는 없네. 나는 양반 아니 허려네."

"서방님, 간청이오이다. 소첩이 서방님 아낙이 된 뒤 처음으로 올리는 간절한 청이오이다. 이 때를 놓치시면 서방님은 천추에 한이 되십니다. 백정 같은 천한 백성두 볏섬을 내어 면천이 되구 있사외다. 노비는 속량이 되구, 천민은 면천이 되구, 상사람은 양반이 되구 있사외다. 왜 이 때를 놓치셔서 천추에 한이 되려 허십니까?"

침착하고 영악하며 지혜로운 안식구 이씨다. 그러나 지금 이씨의 눈에는 덕대가 처음 보는 맑은 눈물이 하나 가득 괴어 있다. 그녀의 소망이 이토록 간절하고 절실한 것인지 덕대는 미처 몰랐다.

하긴 그녀는 제 자신이 양반 출신이라 상사람 덕대를 서방으로 둔 것이 마음속에 끝내 한으로 되었을지 모른다. 낙백落魄(불우한 처지가 됨)한 양반집 딸로 버려지듯 덕대와 혼례를 치른 터라 그녀로서는 지아비인 한덕대를 양반으로 만드는 것이 무엇보다 급한 일일 것이다. 그러나 덕대로 말하자면 양반이 별로 달갑지도 않고 마음에 썩 내키지도 않는다. 그 까닭은 양반이 되면 우선 운종가에서 장사를 할 수 없을 것이요, 또 다른 까닭은 곡식 주고 산 양반이 타고난 양반과는 달리 마음속에 끝내 탐탁치가 않기 때문이다.

그러나 덕대라고 해서 양반이 노상 되고 싶지 않은 것은 아니다. 그간 세상을 살아가며 양반에게 당한 설움과 수모를 생각하면 세상에 그 무엇을 주고라도 당장 양반이 되고 싶기도 하다. 다만 지금껏 그가 잠자코 있었던 것은, 곡식을 팔아 양반을 산다 해도 그 길을 알 수가 없었고, 설혹 안다 해도 자기 스스로 앞장을 서기가 쑥스러워 지금껏 때를 기다리며 묵묵히 있었던 것이다. 누군가가 서둘러 주선만 해준다면 덕대 역시 못이기는 체하고 그 주선에 따를 생각이었던 것이다.

한데 욕곡봉타欲哭逢打라 울고 싶던 차에 매 맞는다고 뜻밖에도 안사람 이씨가 손을 써서 그런 마련을 해온 것이다. 지금으로서는 벼 스무 섬에 어떤 벼슬이 내려질지는 모르지만, 덕대로서는 이씨의 마련이 우선은 고맙고 신통할 뿐이다.

"서방님, 지금 바깥사랑에 경아전京衙前〔중앙 관청의 구실〕한 분이 와 기십니다. 지금 곧 사랑으루 나가서서 그 아전부터 만나보시지요."

"내 집에 구실아치가 무슨 까닭으루 왔다는 말이오?"

"이번 일을 주선헌 것이 모두 그 구실아치 덕이랍니다. 받들어 뫼시는 그 사람 상전이 바루 그 일을 주관허는 나으리랍니다. 내려가셔서 만나뵙구 자세헌 얘기부터 들어보세요."

"저녁밥은 언제 주려구 손부터 만나보라는 게요?"

"주안상 보아드릴 테니 그 아전이랑 함께 드시지요?"

덕대가 더 응대하지 않고 볼 부은 표정으로 그대로 자리에 앉아 있다. 안사람 이씨가 자리를 일며 덕대의 팔을 자연스레 잡아 일으킨다.

"자 얼른 건너가세요. 내 얼른 술상 보아 들어갈게요."

"어허, 귀찮기라니, 내가 꼭 이 짓을 해야 허나……."

입으로는 투덜거리면서 덕대는 몸을 일으켜 이씨와 함께 방을 나간다.

밖은 이미 어둑하게 땅거미가 깔려 있다. 뜰 건너편 사랑채 쪽을 바라보니 주인 없는 사랑방 창에 불이 환히 켜져 있다. 앞서 뜰을 건너가다가 이씨가 다시 덕대를 돌아본다.

"경아전이 중인이라 양반 못잖게 콧대들이 높은 사람들이지요. 말씨는 꼭 공대를 허시구 몸가짐은 되두룩 점잖게 허셔야 해요."

고개만 두어 번 주억거릴 뿐 덕대는 아무런 말이 없다.

집채는 크고 사람은 적어 온 집안이 절간처럼 조용하다. 사랑채 섬돌로 올라서며 이씨가 두어 번 기침을 한다. 방 안의 사람에게 인기척을 알려 사람 온 것을 선통하자는 뜻일 게다. 대청에 올라 방문 앞에 멈춰 서며 이씨가 다시 방을 향해 입을 연다.

"기다리시게 해서 죄만헙니다. 가주께서 이제야 막 집에 돌아오셨구먼요."

방 안에서 대답 대신 잔기침소리가 들려온다. 이씨가 그제야 방문을 열며 한옆으로 비켜선다. 방에 있던 손이 자리를 일어 오히려 주인을 맞이한다. 주인인 덕대가 자리에 앉으며 먼저 손에게 인사를 청한다.

"허어, 이거 초면입니다. 인사부터 허십시다. 이 사람은 시전 상단의 한첨지올습니다."

"반갑소이다. 나는 구실 사는 조녹사趙錄事라구 헙니다."

맞절 비슷이 절을 하고 두 사람은 마주 앉는다. 나이 쉰쯤 되어 뵈는 조녹사는 생각보다 풍채가 좋다. 조녹사 역시 덕대의 큰 키에

적이 놀란 듯한 얼굴빛을 하고 있다. 한참 동안 말들이 없더니 조녹사가 먼저 입을 연다.

"시전에 장한壯漢 한 사람이 있다더니 내가 오늘 바루 그 사람을 눈앞에 보는 것 같소그려?"

"키 큰 덕에 시전 바닥에서는 조명嘲名〔놀리는 말〕이 난 지 오래지요. 관아에까지 그런 조명이 알려졌을 줄은 몰랐소이다."

"그게 어디 조명인가요. 큰 인물헌테는 그런 선성이 딸는 게지요."

"그래 요즘 나라 형편은 어찌 되구 있는 겝니까?"

"왜적이 남도에 몰려 하삼도 일경이 큰 욕을 보구 있지요."

"그나마 근기와 도성이 무사해서 다행입니다. 금년 여름엔 서울 도성이 또 왜적들에게 짓밟히는 줄만 알았습니다."

"천병天兵이 도우러 와서 이제는 그런 걱정이 더 없을 걸루 아오이다. 하삼도가 걱정이지요."

잠시 말이 끊긴다. 주인과 객이 한 가지 일로 만났건만 어느 쪽도 그 얘기를 먼저 꺼내려 하지 않는다. 덕대가 주인 대접으로 한참 만에 다시 입을 연다.

"소문 듣자니까 전라도 연안 백성들은 수군 장수 이통제 사또 덕에 큰 욕을 보지 않는다구 헙디다만……. 이통제 사또가 어떤 어른이신지 왜적 잡는 데는 신장神將 같은 장수라는 소문입디다?"

"그 어른이 바다 싸움에서는 신장이라 해두 틀린 말이 아니지요. 허나 지난 여름에 우리 수군이 크게 패해, 이통제 사또가 기시기는 해두 예전처럼 졸연히 왜적을 깨치기는 어려운 모양입니다. 수군은 배가 바루 가장 크구 중한 병긴데, 배들이 깨어져 몇 척 없구서야 신장 소리 듣는 이통제 그 어른인들 달리 어째 볼 도리가 있겠습니까?"

왜적에 관한 얘기가 나오자 두 사람은 갑자기 말들이 번다해진다. 왜란을 당해 큰 곡경을 치르긴 해도 역시 사내들은 싸움 얘기라면 열이 오르고 말이 헤픈 모양이다. 상인 덕대가 제 차례라는 듯 굵은 목청으로 입을 연다.

"전라도가 원래 기름진 곡향穀鄕[곡식이 많이 나는 고장]인데 곡향을 왜적에게 빼앗겨 나라 안에 양식 사정이 더 어려워진 모양입니다. 내년 봄 춘궁을 당해서는 조선 백성들이 얼마나 또 주려죽을는지……."

"백성 먹일 양식보다 당장 급헌 것이 군량이지요. 그것두 우리 군사는 뒷전이구 명나라 천병들 먹일 군량이 더 급허구 딱헌 처지외다."

"헌데 내가 요 근자에 묘한 소문을 들었사외다. 나주 고을에서 얼마 전에 올라온 차인 한 사람의 말을 들으니, 우리 군사들이 들에 불을 질러 다 익은 가을곡식을 태워버리더라구 허는구먼요. 여름에 땀들여 가꾸어 이제 곧 걷을 가을곡식을 왜적두 아닌 우리 군사가 왜 불질을 해서 태워버려야 허는 겝니까? 말 들으니 그 고장 백성들이 조선 관군들 허는 짓에 원성이 꽤나 높더라구들 전헙디다마는……."

"그게 우리 백성들이 잘못 알구 허는 원성입니다. 우리 군사가 들에 불을 놓아 다 익은 곡식을 태우는 것은, 원래 청야전법淸野戰法이라구 해서 옛적 싸움에두 곧잘 쓰이던 익히 알려진 전법이지요.

우리가 거두지 못할 곡식은 그대로 두어두면 바루 적의 군량이 된답니다. 그걸 막기 위해서는 우리 군사가 떠나기 전에 태워 없애는 것이 옳지 않겠소이까?"

"나두 그 전법은 들은 듯두 헙니다만 난중에 가뜩이나 양식 귀헌 형편에 익은 곡식까지 우리 손으루 태워서야 우리 백성들은 무얼 먹구 살 겝니까? 싸움에 이기자면 무슨 전법인들 못 쓸까마는 불지르는 것만 능사루 알지 말구 백성들 어려운 형편두 살펴주십사 허는 뜻이지요."

"이게 모두 저 흉악한 왜적들 때문이 아니겠소이까? 우선은 백성이 배를 곯더라두 흉한 왜적부터 쳐 물리치는 게 순서일 듯싶소이다."

방문 밖에 인기척이 들리더니 상노아이에게 술상 들려서 안식구 이씨가 방으로 들어선다.

"많이 시장들 허시겠세요. 약주 드시면서 천천히 말씀들 나누세요."

술상을 바로 잡아주며 이씨가 인사말로 한 마디 한다.

"부인 정성이 대단허시외다. 내가 이댁에서 이런 대접을 받아두 되는 겐지."

"원 별말씀을 다 허시는구려. 자 어서 술잔이나 받으십시오."

덕대가 구리 주전자를 들어 조녹사의 잔에 술을 따른다. 술은 호박색 맑은 술이요, 상 위에 놓인 안주는 귀한 육붙이와 어물이 그득하다.

시전을 차리고 상단 부령위가 되고부터 소금도부꾼 한덕대는 일약 상단에서도 손꼽히는 인물이 되었다. 난중에 빠른 발걸음으로 위험한 원행을 도맡아 하던 덕대는 시전 조행수의 눈에 들어 어느 결에 전방도 얻고 많은 천량도 모았다. 이제 그는 천량은 모았으나 한 가지 지체 낮은 것이 큰 한으로 남았을 뿐이다. 그러나 오늘은 그 한마저 풀기 위해 이렇듯 일을 만들어 사람을 만나보고 있는 중이다.

"어, 그 술맛 준허구나. 이 음식이 혹 생치구이가 아니든가요?"

늙은 녹사가 술잔을 비운 뒤 구운 고기 한 점을 입에 넣으며 하는 말이다. 안식구 이씨가 그 말을 받아 상냥하게 입을 연다.

"귀한 음식은 역시 귀한 손님이 알아보시는군요. 그게 바루 꿩의 고기를 양념해 구운 치구雉灸라는 반찬이랍니다."

"여러 해 난을 겪느라 내 오늘사 처음으로 산해진미를 맛보는 것 같소이다. 요즘은 워낙 고기가 귀해 우리 같은 없는 백성이야 육찬肉饌(육류 반찬)은 구경두 못허구 지내지요."

"그럴 리가……. 육찬을 특히 좋아허시나 본데 그러시면 댁으루 돌아가실 때 집에 있는 것을 조금 나누어 아이들 들려 녹사댁에 보내드리지요. 많이 드릴 수는 없사오나 한 끼 드실 만은 허실 겝니다."

"이런 고마울 데가. 병치레 잦은 제 안식구가 속이 깊다구 육찬 타령을 해대더니 오늘 뜻밖에두 이댁에서 귀한 육찬을 얻어갈 모양입니다. 마누라 입을 막게 되어 이만 고마울 데가 없소이다."

"원 별말씀을. 자 허면 두 분께서는 천천히들 말씀허세요. 저는 집안일두 있고 해서 내당에 건너가 있겠습니다."

"예. 부인. 일이 잘되면 제가 또 한번 댁으루 찾아뵙지요."

이씨가 방을 나가자 두 사람은 다시 잔을 주고받는다. 경아전이 원래 중인 출신이라 대감들과 낯이 익어 콧대가 높기로 소문난 위인들이다. 그러나 난중에 물건과 양식이 크게 귀해지자 콧대 높은 아전들까지도 요즘은 시전 장사치들에게 궁한 소리를 예사롭게 하고 있다. 나라에서도 벼슬을 팔아 양식을 거두는 판국인데 경아전이 양식 앞에 고개 쳐들 수는 없는 것이다.

"노형께서 복 중에두 큰 복을 타구 나셨소이다. 부인이 노형의 큰 복이외다. 듣자 허니 부인께서 반가 출신이라구 허드군요?"

"예. 출신은 반가였으나 나허구 혼사를 맺었으니 저두 이제는 갈 데 없이 나와 같은 상사람이지요."

"이 사람이 오늘 이댁에 온 까닭이 무엇인지 노형께서는 알구 기신지요?"

"예. 방금 안사람을 통해 얘기를 대강 들었소이다. 이 사람이 원래 농사짓구 장사허든 사람이라 그런 지체를 넘보는 것이 주제넘은 일이나 아닌지요?"

"원 천만에. 주제넘을 까닭이 없소이다. 나라에서 백성들에게 간곡히 권허는 일이외다. 이런 기회가 기자 이래 이 땅에 어디 한번이나 있었습니까?"

"그렇지요. 없던 일이지요. 해서 더욱 마음먹기가 난감헌 일이 아닙니까?"

"그리 생각헐 게 아니지요. 이번 난리를 치르면서 상감께서두 백성들 보며 새로운 깨우침이 많으셨을 걸루 아오이다. 아닌 말루 이번 난리에 양반네 헌 일이 무엇이오이까? 의병 일으켜 왜적 친 것두 시골 포의布衣〔벼슬 없는 선비〕와 백성들이구, 성 쌓아 왜적 막은 것두 천한 백성과 상사람들이구, 농사지어 군량 댄 것두 바루 우리네 아랫백성들이 아니오이까? 이번에 곡식 받구 양반 지체 파는 것두 어찌 보면 상감께서 백성들의 고마운 뜻을 새롭게 깨달으신 덕인지두 모르는 일이외다."

"상감의 뜻이 그러허시다면 오직 황송헐 따름이지요. 허나 양반이란 타고나야 허는 것인데, 그것을 달리 구헌다니 설사 되더라두 그게 어디 떳떳헌 일인가요. 내 녹사 어른을 집에 뫼셔 만나기는 헙니다만 우리 안사람 허는 일이 과연 옳은지는 딱히 장담헐 수가 없구먼이요."

"내 노형이 주저허는 뜻을 십분 헤아릴 수 있사외다. 허나 일이란 때가 있는 법이라 이 때를 놓치구 나면 아마 노형께서는 평생에 한이 되실 겝니다."

빈 술잔에 술이 채워진다. 묵묵히 잔을 비울 뿐 두 사람은 한동안 말이 없다. 이번에도 역시 늙은 녹사가 딱하다는 듯 먼저 입을 연다.

"달리 생각허실 일이 아닙니다. 후손들을 생각허셔서라두 일을 꼭 성사시키는 게 좋소이다. 어서 마음 작정을 허십시오. 혹 물건 마련이 덜 된 것은 아닌지요?"

"물건은 당장에라두 마련이 될 수 있소이다. 내 허면 물건만 내 줄 테니 녹사께서 그 뒷일은 알아서 처분해 주시겠소이까?"

"그러리다. 보아 허니 노형이 꽤나 심지가 곧은 분이군요. 양반

자질이 충분허십니다. 지금부터는 딴 생각 마시구 진서 공부나 틈틈이 해두십시오."

"글공부두 공부지만 내 한 가지 궁금헌 게 있소이다. 내가 만일 녹사 덕에 양반 지체가 되구 보면 운종가 전방에 나가 천한 장사는 어찌헐 겝니까? 내 듣기루 양반네는 장사 같은 천한 일은 헐 수가 없게 되었답니다만……?"

"맞소이다. 양반은 원래 벼슬말구는 허는 일이 없소이다. 나두 그게 마음에 걸려 부인과 여러 차례 의논을 했소이다. 들으신 대루 양반 지체에 천한 장사일은 헐 수가 없지요. 생화는 어차피 바꾸셔야 될 겝니다. 부인은 시골루 내려가 장토莊土를 장만해서 소작을 주겠다구 허십디다만……."

덕대가 다시 입을 다문다.

천신만고 끝에 신임을 얻어 오늘에야 상단의 부령위 자리에 오른 한덕대. 이제 다시 그 자리를 버리고 실속 없는 양반이 되어 손에 익지 않은 농사일을 해야 한다. 하긴 장토만 넉넉하면 상사람에게 소작을 주어 주인인 자기는 손에 흙 한 톨 묻히지 않아도 된다. 그러나 생화를 바꾸는 일이 말처럼 그렇게 간단치도 않고 쉽지도 않다. 양반이 되기보다 생화 바꿀 일이 시전 상인 덕대에게는 더 어렵고 난감하다.

"내게 며칠간만 말미를 주십시오. 내 정녕 양반이 되어야 허는 겐지 그간에 한번 생각해 보구 그 때 다시 녹사를 뵙두룩 허십시다."

"말미 드리기야 어렵지 않지요. 허나 이런 호기好機는 다시 오지 않사외다. 잘 생각해 허십시오. 노형을 위해 진심으루 허는 말이외다."

밖에서 문득 거친 인기척이 들려온다. 여러 사람이 급히 걸어오는 다급한 발자국 소리다. 인기척이 성큼 섬돌 위로 올라오더니 방 안을 향해 커다랗게 소리를 친다.

"부령위 어른 기시오이까? 쇤네 상단 차인 서판돌이올습니다."

덕대가 외치는 소리를 듣고 술상 앞에서 몸을 일으킨다.

"일이 생긴 듯싶소이다. 잠시 밖에 좀 내다보아야겠습니다."

"나가보시지요. 밤이 깊었으니 저두 이제 그만 자리를 떠야겠습니다."

덕대가 더 잡지 않고 녹사와 함께 방을 나온다. 어둠 깃든 컴컴 무레한 뜰에는 차인 서판돌 이외에 조행수 수하인 별임령別任領까지 함께 와 있다. 덕대가 천천히 대청 끝으로 나가자 별임령 오서방이 울먹이며 입을 연다.

"방금 대행수 어르신께서 운명허셨습니다."

"이 사람이 무슨 소리를 허는 게야?"

덕대가 기왓골이 울리도록 큰 소리를 내지른다.

"내가 방금 뵙구 왔는데 누가 운명을 했다는 겐가?"

"너무나 졸연한 일이어서 우리두 통 믿기지가 않사외다. 저녁진지 드시구 잠시 앉아기시드니 '억' 소리 한 번 크게 외치시구는 그대루 쓰러져 운명허셨다구 허는구먼요."

"이게 무슨 헷소린가. 행수 어른이 정녕 세상을 버리셨다는 겐가?"

"우리가 방금 시신을 뵙구 오는 길입니다. 우리 눈으루 보았사외다. 행수 어른은 돌아가신 것이 분명하오이다."

"이게 무슨 벼락일구. 그 어른이 어떤 어른인데 벌써 세상을 버리시어……."

덕대가 혼잣말을 하고는 마루 끝에 망연히 서 있다. 그 동안 집 안에도 통기가 돈 듯 안사람 이씨를 비롯해서 여러 하인들이 걱정스런 얼굴로 뜰 아래 서 있다. 한참을 망연히 서 있던 덕대가 이윽고 뜰을 굽어보며 차분하게 입을 연다.

"각 상단에 통문通文은 돌렸드냐?"

"그럴 짬이 없었사오이다. 변 당허자 도행수 어른께서 저희를 곧장 부령위 어른 댁에 보내셨습니다."

"알았다. 게 잠시 기다려라. 내 곧 옷 갈아입구 너희랑 같이 상단으루 올라갈 게다."

덕대가 몸을 돌려 자기 방으로 급히 들어간다. 조행수의 갑작스런 죽음에 덕대는 비로소 양반 될 결심을 굳힌다.

비바람 소리가 요란하다.

굴강 안에 묶인 덩치 큰 왜선들이 파도에 떠밀려 끊임없이 흔들리고 있다. 때늦게 내리는 차가운 가을비에 굴강은 물론 여러 배들 상판에도 번을 서는 수직 왜군이 한 명도 보이지 않는다. 궂은 날씨에 날도 저물어서 왜군들이 뭍에 올라 술추렴이라도 하는 모양이다.

수졸 차림의 군사 하나가 쏟아지는 비를 맞으며 굴강 끝머리로 걸어나온다. 여러 배들을 둘러보며 나오다가 사내가 자기 배를 확인한 듯 굴강에서 발을 굴러 배 위로 뛰어오른다. 사내가 뛰어오른 배는 외대박이 대선이다. 돛을 접고 닻돌을 내린 채 대선은 굴강에 묶여 다른 배들과 함께 끊임없이 뒤척이고 있다. 덩치는 크지만 상판에 화포가 없는 것으로 보아 싸움하는 전선이 아니고 짐 나르는 짐배인 모양이다.

날이 저물어 사람의 얼굴이 보이지 않건만 궂은 날씨 때문인지 배 안에는 도무지 불빛이 보이지 않는다. 하긴 이런 날씨에는 횃불은 물론이고 어유등도 내걸 수가 없다. 배가 끊임없이 뒤척이고 흔들려서 등을 잘못 내걸었다가는 배 안에 불을 내기가 십상이기 때문이다.

고물 쪽으로 뛰어오른 사내가 사방을 살피는 듯하더니 배 복판에 덮인 송판 뚜껑을 벗겨낸다. 송판 뚜껑 밑으로는 큰 구멍이 뚫려 있고, 검은 구멍 밑으로는 나무사다리가 수직으로 붙어 있다. 사내는 곧 구멍 속으로 몸을 디밀더니 벽에 붙은 사다리를 타고 선복船腹 아래로 깊숙이 내려간다.

선복은 상판과 달리 등불 없이는 코앞도 안 보인다. 사내는 그러나 선복으로 내려와서도 마치 제 집 드나들듯 우쭐우쭐 선복 안쪽으로 걸어 들어간다. 선복에서 여러 날을 지낸 듯 왜선의 뱃바닥 속을 훤히 알고 있는 행동이다.

사내가 이윽고 한 곳에서 발을 세운다. 코앞도 안 보이는 어둠 저쪽에서 돌연 코를 찌르는 역한 냄새가 왈칵 풍겨온다. 사람의 땀과 배설물 따위에서 나는 구토를 유발하는 지독한 악취다. 악취에 놀라기라도 한 듯 사내가 잠시 어둠 속에 가만히 서 있다. 가만히 서 있는 사내의 귀에 이윽고 여러 사람들의 조용한 숨소리가 들려온다. 악취와 더불어 들려오는 숨소리는 한두 사람의 것이 아니고 여러 사람이 함께 내쉬는 불규칙한 숨소리다. 보이지 않는 어둠 저쪽에 뜻밖에도 많은 사람들이 한데 뭉쳐 있다.

"말 좀 묻겠소. 옥에 혹 지율개라는 사람 있소?"

대답이 없다. 아니 조용히 내쉬던 숨소리마저 멈춰버린 느낌이다. 왜진에 머문 왜선 복판에서 왜의 수졸이 조선 말을 하고 있다. 그것을 들은 대선의 옥에 갇힌 조선 백성 부로(포로)들은 너무나 놀랍고 신기해서 한동안 입들이 떨어지지 않은 것이다.

"또 한번 묻겠소. 이 옥에 혹 지율개라는 조선 사람이 있소?"

분명히 조선 사람이 하는 또렷한 조선 말이다. 왜인이 하는 서툰 조선 말이 아니고 바로 조선 백성이 하는 능숙한 조선 말이다.

"지율개는 어찌 찾으시우? 댁은 조선 사람이오 왜인이오?"

"자네가 바루 율개로구먼. 목소리를 들구두 내가 누군지 모르겠나?"

"뉘시오, 모르겠소. 댁이 뉘신데 나를 찾으시오?"

"서서방일세. 해상단 하던 강진 사는 서수만일세."

"수만이라? 자네가 여긴 어찌?……. 이런 기 찰 노릇이!……. 허면 자네두 부로가 되었든가?"

"긴말 나눌 짬이 없네. 어서 여길 빠져나가야 허네. 헌데 옥에 지금 조선 부로가 몇 명이나 되나?"

"나말구 열둘일세. 아픈 사람 셋을 빼면 아홉이 되겠구먼."

잠시 대꾸가 없더니 옥문에 질린 빗장 벗기는 소리가 들린다.

"아픈 사람은 그대루 두게. 바다루 가야 허는데 풍랑이 거칠어 아픈 사람은 태울 수가 없네."

"여보시오! 우린 어쩌구 당신네만 떠난다는 게요? 같이 갑시다! 같이 안 가면 소리를 쳐서 당신네두 못 가게 헐 테여!"

잠시 선복 안에 숨막히는 침묵이 흐른다. 그러나 곧 수만의 입에서 노여움을 애써 감춘 억눌린 목소리가 울려나온다.

"웬놈이냐! 네가 왜적헌테 죽기 전에 내 손에 먼저 죽어야겠다! 내가 왜진까지 칼을 품구 들어온 것은 오로지 내 동무 둘을 구해내자는 뜻에서다. 목숨 걸어놓구 예까지 왔을 때는 내가 세상에 무엇을 더 겁낼 게냐. 내 하는 일을 헤살[훼방]놓는 놈은 내 우선 그놈부터 물고를 내구 말 테다!"

수만이 외치는 소리에 선복 안은 다시 잠잠해진다. 잠시 사이를 두었다가 수만이 다시 입을 연다.

"옥 안에 있는 사람들은 지금부터 내 말을 잘 들으시오. 오늘은 바다에 비바람이 몰아쳐서 굴강에 수직허는 왜군이 여느 날처럼 많지가 않소. 더구나 이쪽 바깥 굴강을 수직하는 군사가 모두 술들 먹으러 뭍으루 올라가구 없소. 내가 술 한 섬에 고기 스무 근을 받아주어 수직 군사들 열 대여섯이 모두 초저녁에 뭍으루 올라간 게요. 허나 지금은 뭍에 있어두 왜적들이 언제 다시 굴강으루 내려올지 알 수 없소. 우리가 살아 도망치기 위해서는 왜들이 내려오기 전에 먼저 배를 타구 난바다루 나가야 허우. 자 내 말 알아들었으면 댁네들은 지금 당장 행장부터 단단히 꾸리시우."

수만이 다시 말을 끊고 낌새를 살피듯 조용히 응대를 기다린다. 그러자 곧 어둠 속에서 율개의 목소리가 울려온다.

"자네 말은 우리가 타구 나갈 배가 기위 이 포구에 마련되어 있다는 겐가?"

"마련된 우리 배는 없네. 우리가 타구 나갈 배는 바루 여기 있는 왜선일세."

"왜들의 배를 우리 부로들이 어찌 타구 나간다는 겐가?"

"지금 이 굴강에는 왜선말구 다른 배가 없네. 배가 어디 사람 가려 바다에 뜬다든가? 왜선에 조선 사람이 타면 그 배가 가라앉기라두 헌다든가?"

"내 말은 그런 뜻이 아니구 우리 중에 왜선을 부려본 사람이 없다는 겔세. 아딧줄 한번 잡아보지 않은 배를 이런 궂구 험한 날씨에 어찌 난바다까지 몰구 나갈 수 있다는 겐가?"

"내가 왜국에서 여러 해를 부로루 살았네. 그 동안 왜선을 익혀 웬만한 왜선은 다 내 손으로 부릴 수 있네. 자네는 고물에 앉아 치만 제대루 잡아주게. 돛폭 다루는 아딧줄은 내가 잡으면 탈이 없을 겔세."

옥문에서 빗장이 뽑히고 문짝 열리는 소리가 들린다. 수만이 다시 어둠 속에서 당부하듯 입을 연다.

"밖에서 혹 왜적을 만나두 내게 맡기구 내뛰거나 큰 소리를 내지 마시우. 내가 왜말을 할 줄 알아 왜를 만나두 별 탈이 없을 게요. 자 허면 한 사람씩 사다리를 타구 배 밖으루 먼저 나가시우."

잠시 아무런 소리가 없더니 뒤미처 사람들의 움직이는 기척이 들려온다. 옥문을 제일 먼저 나온 율개가 어둠 속으로 다시 수만에게 말을 건네온다.

"막개가 내 곁에 있네. 이 아이는 귀가 먹어 내가 곁에 데리구 있어야 허네."

"알았네. 자넨 그 아이만 단단히 잡구 있게. 나머지 부로들은 내가 밖으루 몰구 나가겠네."

사람들이 차례로 옥문을 나오는데 문득 어둠 속에서 흐느끼는 소리가 들려온다. 흐느낌이 잠시 멈추는 듯하더니 어둠 속에서 누군가가 소리치듯 입을 연다.

"나는 남해 평산포平山浦 사는 김한길이라는 사람이우. 혹 댁들 중에 남해 사람을 만나거든 평산포 살던 김한길이가 왜적에게 사로잡혀 왜땅으로 끌려갔노라구 전해 주시우."

흐느낌이 다시 복받쳐 오르는 듯 사내는 더 이상 말을 잇지 못한다. 사람의 머리를 손으로 더듬어 헤아리다가 수만이 마지막 아홉에서 손을 내리고 옥문을 지쳐 닫는다. 옥에 남은 세 병인들은 제 설움에 겨워 점점 크게 흐느껴 운다. 수만은 그러나 들은 체도 않고 옥문에 빗장을 지른 뒤 몸을 돌려 사다리 쪽으로 다가간다.

상판 위에 올라와 보니 벌써 율개 외에 아홉 사람이 다 올라와 있다. 가을 찬비가 온몸을 적시건만 그들은 한데 몰려서서 수만의 다음 지시만 묵묵히 기다릴 뿐이다. 수만이 앞서 걸으며 뒤따르는 사람들에게 다시 한번 다짐을 한다.

"뛰거나 서둘지 마시우. 우리 탄 배가 왜진을 벗어날 때까지는 기침 소리두 내어서는 아니되우. 다른 배가 뒤따라오거든 모두 뱃바닥에 머리를 쳐박구 엎디어 있어야 허우. 날씨가 궂어 화포는 쏠 수가 없더라두 화살이 날아올 테니 몸을 숨겨야 살에 맞지 않수."

말을 마친 수만이 먼저 배 위에서 굴강으로 뛰어내린다. 사람들이 그를 따라 차례로 굴강으로 뛰어내린다. 그러나 마지막 두 사람은 제 힘으로 뛰어내리지 못하고 사내들의 부축을 받고 간신히 땅으로 내려선다. 어둠 속에서도 그 두 사람은 몸이 작아 여인들임을 알수가 있다. 사내들에게 뒤쳐지지 않으려는 듯 그들은 발을 재게 놀려 뛰듯이 따라오고 있다.

어디선가 바람결에 왜인들의 노랫소리가 들려온다. 손뼉을 치고 왝왝대는 것이 술들이 취해 한데 뒹굴며 노는 모양이다. 수만이 부지런히 바깥 굴강 쪽으로 걸어가는데 누군가가 등뒤에서 그의 어깨를 손으로 가볍게 두들긴다.

"무어요?"

긴장하여 뒤돌아보니 엄장 큰 사내 하나가 흰 이를 드러내고 수만을 물끄러미 굽어본다. 보통 사람의 두 배가 넘는 엄장이라 수만은 그 사람이 총각 장사인 막개임을 알아본다. 막개가 허리를 꾸뻑해 보이고는 다시 율개 곁으로 한 걸음 비켜선다.

수만은 드디어 발을 세운다. 바다로 길게 뻗은 축방머리에 왜선들 중에서는 제일 빠른 중간 크기의 탐망선 한 척이 묶여 있다. 제주위를 사람들이 옹기종기 에워싸자 수만이 곧 손을 들어 왜의 탐망선을 손으로 가리킨다.

"우리가 타구 나갈 배가 바루 여기 있는 왜의 중선이오. 배에 타거든 가운데 창막이가 널찍허니 모두 그리루 모여앉는 게 좋을 게요. 또 한번 일러두지만 배 안에서는 되두룩 큰 소리를 내지 마시우. 큰 소리를 왜가 들으면 그건 바루 우리들의 끝장인 게요."

수만이 입으로는 말을 하면서 어둠 깔린 굴강 안을 이곳저곳 분주히 둘러본다. 긴장과 두려움에 사로잡힌 부로들은 차가운 가을비까지 맞아 부들부들 몸을 떨고 이빨들까지 딱딱 마주친다. 부로들이 모두 배에 오르자 수만이 마지막으로 바를 풀고 배에 오른다.

닻돌을 이미 뽑아놓은 듯 바를 풀자 배가 벌써 슬금슬금 나가기 시작한다. 수만이 배 복판으로 가며 먼저 복판에 앉아 있는 율개에게 말을 건넨다.

"율개 자네는 고물루 가게. 돛을 올리면 배가 나갈 텐데 치는 누가 잡으라구 자네가 이물에 앉아 있는 겐가?"

율개가 군말없이 몸을 일으켜 고물 쪽으로 건너간다. 조금씩 움직이던 배가 돛을 올리자 눈에 띄게 빨라진다. 돛폭이 까마득히 용두까지 올라가자 안옷이 바람을 받아 팽팽하게 부풀어오른다. 배가 용골로 파도를 가르며 미끄러지듯 굴강을 벗어난다. 고개를 돌려 뒤를 보니 비바람만 거칠 뿐 굴강에는 따라오는 배가 없다. 큰 배들 떠 있는 바깥 포구까지 벗어나자 수만이 아딧줄을 당기며 그제야 큰 소리로 고물 쪽 율개에게 입을 연다.

"율개! 이제 되었네. 여기서는 왜적이 따라와두 우리를 따라잡지 못허네! 이 배가 돛폭이 커서 왜선들 중에서는 제일 빠른 배라네."

배 안이 조용하다.

잡힌 몸이 풀려났으니 의당 좋아해야 할 그들이건만 배가 왜진을 멀리 벗어나도 그들은 입들을 다문 채 한 마디 말이 없다. 수만은 서운한 생각이 들어 다시 커다랗게 소리쳐 묻는다.

"댁들 왜 말들이 없소? 왜적에게서 풀려난 것이 기쁘지두 않드란 말이오?"

"이 사람아, 기쁘지 않기는……. 감회들이 억색해서 우리가 지금 목들이 잠겨 있네."

율개의 응대가 있자 배 안에서 갑자기 통곡소리가 터져나온다.

뜻밖의 통곡소리다. 남녀가 서로 부둥켜안은 채 그들은 갑자기 목을 놓아 울음들을 내놓고 있다. 하나가 그칠 만하면 또 한 사람이 통곡을 내놓고, 그 사람이 그칠 만하면 다른 사람이 울음을 터뜨린다. 지금은 마치 통곡할 일밖에 없다는 듯 왜진에서 풀려난 아홉 사람은 체면도 부끄러움도 없이 가을비 퍼붓는 난바다에서 소리쳐 울고만 있을 뿐이다.

그러나 한바탕 격한 감회가 풀어지자 그들 중의 나이 지긋한 사내가 손을 들어 울음들을 제지한다. 그들은 비로소 자기들의 탈출이 누구의 덕인가를 생각하기 시작했다. 목숨을 구해 준 은인에게 그들은 통곡보다 먼저 고마움을 표시해야 된다고 생각한 것이다.

"우리가 장사님 덕에 죽을 목숨들이 살아났소이다. 목숨 구해 준 은인이시니 우리에게 장사님 이름 석 자나 일러주시우."

사내의 간곡한 말에 수만은 잠시 말이 없다.

왜호를 앞세워 왜적들과 물건 거래를 시작하면서 수만은 왜진에 잡혀 있는 수많은 조선 백성의 부로들을 보아왔다. 젊은 계집들은 부로로 잡히면 왜녀처럼 몸단장을 하여 왜장들의 노리개가 되기 십상이고, 사내들은 부로로 잡히면 배 안에 갇혀 있다가 밤낮으로 고된 일을 해야 한다. 뱃바닥 선복에 몇 날 며칠이고 갇혀 있는 그들은 말이 사람이지 개 돼지 같은 짐승이나 다를 바 없다. 먹지 못하고 입지 못해 몰골도 흉악할뿐더러, 왜장의 변덕에 따라 언제 죽을지 모르는 목숨이라, 살고 싶은 생각이 없어 더욱 그 모양이 추하고 비참한 것이다. 그 수모와 욕을 피하기 위해 많은 조선 부로들이 목숨을 걸고 도망을 치곤 한다. 그러나 그들 중 열에 아홉은 되잡혀 와서 비참한 최후를 맞이해야 했다. 도망친 부로가 되잡혀 오면 왜적은 가차없이 칼로 목을 쳐 참형에 처했던 것이다.

헌데 그 어려운 왜진에서의 도망질이 지금 이 아홉 사람에게는 거짓말처럼 쉽게 이루어지고 있다. 그들은 마치 꿈을 꾸듯 이름 모를 조선 사람에 의해 무서운 왜진에서 자유롭게 풀려난 것이다. 그러나 그들을 구출해낸 장본인 수만은 오히려 덤덤할 뿐 그들과 같은 감회가 없다. 그가 구하고자 한 사람은 이들 아홉 사람이 아니고 율개와 막개 두 사람뿐이었기 때문이다.

날이 저물었다.

옷갓한 길손 하나가 강둑을 넘어 강변 쪽으로 내려온다. 강둑에서 강가까지는 사람의 키를 넘는 물갈대가 허옇게 뒤덮여 있다. 늦가을의 서늘한 강바람이 드넓은 갈대숲 위로 끊임없이 불고 있다. 흐드러지게 핀 물갈대 꽃들이 세찬 강바람에 불려 물결처럼 넘실거린다. 강 건너에만 멀리 집 한 채가 보일 뿐 강 이쪽은 갈대숲 외에는 집채는커녕 농막조차도 보이지 않는다. 드넓은 물갈대밭 사이로 강물만 소리없이 흘러가고 있을 뿐이다.

사내가 숲을 내려와 갈대밭 사이로 몸을 감춘다. 멀리서는 온 강변이 갈대숲으로 보이지만 가까이 가보면 그 사이에 갈대들이 꺾이어 누워 보일둥 말둥 한 길이 있다. 강 건너 외딴집에 사는 사람들이 나룻배를 타기 위해 발로 밟아 낸 길이다.

갈대숲 사이로 사라진 사내가 갈대 줄기를 밟아 꺾으며 한참 동안 숲 안으로 걸어 들어간다. 원래 이 곳은 질펀한 모래밭이었는데 재작년 장마철에 큰물이 지고는 굵은 모래가 쓸려가 버리고 대신 부드러운 떡모래가 뒤덮였다. 갈대들이 자라기 시작한 것은 그 이듬해인 작년부터다. 겨우 두 해를 지났을 뿐이건만 갈대가 온통 모래밭을 뒤덮어 강변의 모습을 딴판으로 바꿔놓은 것이다.

흐느적거리는 갈대들 사이로 드디어 파란 강물과 강 건너의 외딴집이 보인다. 이 집도 원래는 안채와 바깥채 두 채였는데 재작년 큰물에 떠내려가고 안채만을 새로 지은 것이다. 난중이건만 솜씨 좋은 목수를 만나 기와집은 아니지만 초가가 제법 반듯하다. 한 집안 식구 살림하기는 그런 대로 쓸 만한 집이다.

갈대 줄기 사이로 강가에 묶인 자그마한 배가 보인다. 강 건너 외딴집에 사는 사람들이 강을 건널 때 쓰는 배다. 배를 본 사내의 발걸음이 눈에 띄게 빨라진다. 먼길이라도 다녀온 듯 사내는 등에 봇짐까지 지고 있다. 시골에 사는 상사람치고는 사내는 옷과 갓이 도성의 선비처럼 깨끗하고 말쑥하다.

강변을 바라고 내려오던 사내가 갈대밭이 끝나는 곳에서 갑자기 발을 세운다. 발을 세워 멈춰선 그대로 사내는 잠시 갈대밭 쪽으로 귀를 기울인다. 사내가 발을 세운 까닭은 갈대숲 어딘가에서 어떤 기척을 들었기 때문이다. 그 기척을 확인하기 위해 사내는 발을 세운 채 꼼짝도 않는 것이다.

"뉘시오. 이리 나오시오. 댁이 뉘시관데 지나는 사람을 몰래 숨어 살피는 게요?"

"작은서방님……."

사내 왼쪽의 갈대숲이 흔들리더니 커다란 방갓 하나가 숲에서 천천히 사내 쪽으로 다가온다. 키는 작고 방갓은 몹시 커서 그 사람의 상반신 전부가 방갓에 감춰져 보이지 않는다. 그러나 방금 들린 가녀린 목소리로 보아서는 그 사람은 사내가 아니고 여자인 것을 알 수가 있다.

여인이 가까이 오기를 기다려 사내가 다시 말을 묻는다.

"얼굴을 보여주시오. 뉘시길래 댁이 나를 서방님으루 부르는 게요?"

"쇤네 난 전에 안국방 김대감댁에 살던 연이라는 계집종입니다."

"연이야! 네가 연이야? 네가 그 동안 어디 있었길래 그토록 소식이 없었드냐? 갓을 벗어라. 얼굴 좀 보자. 네 얼굴을 보지 않구는 내 너를 믿을 수가 없다."

"서방님 용서협시오. 쇤네가 이 방갓만은 벗을 수가 없사오이다."

"왜 벗을 수 없다는 게냐. 네가 내게 내외를 허는 게냐?"

"아니오이다. 쇤네가 갓을 벗는다 해두 서방님은 쇤네를 알아보실 수가 없으실 것입니다. 갓만은 이대루 쓰구 있두룩 해주십시오. 쇤네 서방님께 간곡한 부탁이오이다."

"까닭을 모르겠구나. 내가 네 얼굴 마지막 본 것이 햇수루 벌써 네댓 해가 되었을 게다. 네가 입으로는 연이라구 헌다마는 얼굴을 보지 않구야 내가 너를 어찌 연이루 믿겠느냐?"

"쇤네가 얼굴 감추는 깊은 까닭이 있사오이다. 그간에 몹쓸 병을 얻어 쇤네 얼굴이 옛날과 많이 다르옵니다. 설혹 서방님께서 쇤네 얼굴을 보신다 해두 악질루 얼굴이 변해 알아보실 수가 없으실 것입니다."

"악질에 걸렸기루니 설마 내가 네 얼굴까지 몰라볼까……."

말을 하던 사내가 갑자기 말을 끊고 두 눈을 커다랗게 뜬 채 방갓 쓴 여인을 뚫어지게 바라본다. 그렇게 한참 동안 여인을 보더니 사내가 이윽고 더듬거리듯 입을 연다.

"설마 네 그 악질이라는 것이 형님이 앓던 바루 그 대풍창이냐……?"

이번에는 여인 쪽에서 아무런 대답이 없다. 사내의 낯빛이 변하며 새삼 여인의 전신을 살펴본다. 그러나 방갓이 윗몸을 가려 사내는 갓 밖으로 드러난 여인의 치마와 짚신발만 볼 뿐이다.

안국방 김대감댁의 서자인 김인홍은 그제야 한숨과 함께 일의 전말을 머릿속에 어렴풋이 그려본다. 계집종 연이가 대풍창에 걸린 것은 조금도 이상할 것이 없다. 지난 갑오년에 찬홍의 아이를 낳아 준 뒤 연이는 어느 날 집을 나간 채 종적이 묘연해졌다. 찬홍의 부인이자 인홍의 형수인 윤씨는 없어진 계집종 연이를 애달아 찾지 않았다. 젖뗄 때가 아직 멀어서 아이에게 젖먹일 일이 난감한 것만 걱정했을 뿐, 없어진 아이 어미에 대해서는 큰 걱정을 하지 않았다.

까닭이 있었다. 그녀는 계집종 연이가 세상에 누구보다 남편 찬홍을 따르는 것을 알고 있었다. 당시 병인인 남편 찬홍이 강촌 병막에 돌아와 있어서, 남편을 따르는 비자 연이가 남편 찾아 강촌으로 내려간 것을 알고 있었다.

그 추측이 사실인가를 알아보기 위해 달포쯤 지나 서제 인홍이 강촌으로 내려가 보았다. 그러나 강촌에 내려와 보니 병막에는 동자치 할멈뿐 찬홍도 연이도 보이지 않았다. 할멈에게 알아보니 그들은 이미 오래 전에 강촌 병막을 떠났다는 것이었다.

찬홍과 연이가 강촌을 떠난 것은 강촌 사람들의 뜻하지 않은 폭력 때문이었다. 어느 날 강촌에 일을 보러 나갔던 병인 찬홍은 동네 사람들에게 돌팔매를 맞고 얼굴이 깨어진 채 병막으로 돌아왔다. 찬홍과 연이가 없어진 것은 바로 그 다음날이었다. 그들이 새벽에 집을 떠난 얼마 뒤, 수십 명의 강촌 사람들이 다시 배를 타고 병막으로 몰려왔다. 그들은 병막에 들이닥쳐 문둥이는 당장 마을을 떠나라고 소리쳤다. 찬홍의 병이 문둥병인 것을 뒤늦게 안 그들은, 비록 그가 김대감댁의 작은서방님이라 하더라도 더 이상 그들의 마을에 둘 수가 없다고 생각한 것이었다. 그러나 이런 일이 있을 것을 미리 예상한 찬홍은 그들보다 한 발 먼저 계집종 연이와 함께 병막을 떠나고 없었다. 어제 이미 마을 사람들로부터 돌팔매를 맞은 그는, 병막에 더 있을 수 없음을 알고 스스로 강촌을 떠나 종적을 감춘 것이다.

서제 인홍은 그 후 여러 해 만에 서울 경강가 삼개나루 근처 움막에서 비렁뱅이들과 함께 사는 형 찬홍을 다시 만났다. 안국방 김대감댁의 서방님 김찬홍은 그 즈막에는 이미 이름을 숨긴 채, 경강가 걸인들이 마음속으로 따르는 그들의 정신적인 우두머리가 되어 있었다. 그는 얼굴을 베헝겊으로 가린 채 아우 인홍을 만나서도 처음에는 제 본색을 드러내지 않았다. 인홍이 형수 윤씨를 범한 사실을 고백해도 찬홍은 흔들리지 않고 담담하게 제 할 말만 이어갔다. 그는 이미 세상사를 초탈한 도인의 경지에까지 도달해 있었던 것이다.

그러나 형 찬홍은 움막에서 보았어도 형과 함께 강촌을 떠난 계집종 연이는 그 곳에 보이지 않았다. 형의 변신이 너무나 놀라워서 그는 연이에 대해서는 한 마디도 묻지 않았다. 갑오년에 헤어진 그녀를, 인홍은 오늘에야 비로소 제 눈앞에 다시 보게 된 것이다.

"네가 지금 강을 건너갔다 오는 길이냐?"

인홍이 한참 만에 연이에게 다시 묻는다. 그들은 어느새 갈대숲에 누워 있는 커다란 통나무 위에 나란히 앉았다. 연이가 방갓 속에서 인홍의 묻는 말에 대답한다.

"아니오. 서방님이 출타하셨다는 말씀을 듣구 쇤네 종일 이 숲에서 서방님 오시기를 기다리구 있었사옵니다."

"왜 강을 건너가지 않구 여기서 나를 기다렸느냐?"

방갓이 좀더 아래로 숙더니 연이가 한참 만에 입을 연다.

"일그러진 이 몰골로는 마님을 뵈올 수가 없었사옵니다. 쇤네는 이제 이세상 사람이 아니옵니다. 제 몸으로 난 자식까지도 버리구 떠난 계집입니다. 아이에게두 제 험한 몰골을 보이구 싶지가 않았습니다."

그녀의 심정을 알 만하다. 천하에도 몹쓸 병이 바로 저 대풍창이다. 그러나 그 무서운 병을 마다 않고 그녀는 끝내 정인 찬홍을 따라갔다. 찬홍을 따르는 그녀의 정성이 끝내는 그로부터 대풍창까지도 옮겨받게 된 것이다.

"그 동안 아이가 많이 컸다. 아이 이름을 알구 있느냐?"
"모르옵니다. 이름을 무어라 합니까?"
"영환이다. '길 영永'자 '빛날 환煥'자가 그 아이 이름이야."
안국방 김대감댁처럼 이번 난중에 큰 환란을 당한 집은 없다. 가주家主인 김대감과 그 손자가 죽거나 실종되고 집안을 이을 맏아들 찬홍은 난중에 병이 깊어 어딘가로 종적을 감추었다. 그러나 천행으로 이 집안에 사내아이 하나가 점지되었다. 병인 찬홍을 따르던 계집종이 뜻밖에도 아이를 가져 이 집안의 절손絶孫의 화를 용케도 구해 준 것이다.

해가 지고 노을이 져서 갈대밭 주위가 온통 붉은 노을빛이다. 인홍이 드디어 연이를 향해 가장 중요한 말을 묻는다.

"네가 지금 형님 곁에서 형님을 뫼시구 있느냐?"
"예……."
"형님이 지금 어디 기시냐?"
"더 묻지 말아주십시오. 쇤네 그것만은 말씀 올릴 수가 없사옵니다."
"형님 병환은 어떠허시냐?"
"썩 좋지가 않사오이다. 금년을 넘기기가 어려울 듯 싶사외다."
"금년을 넘기기 어렵다니, 형님이 그토록 위중허시냐?"
"병환이 깊어진 탓두 있지만 몸을 돌보시지 않은 탓입니다. 종일 사람들의 내방을 받으셔서 잠시두 편안히 쉴 짬이 없으십니다."
"병중인 그 어른을 어떤 사람들이 종일 찾아온단 말이냐?"
"천한 백성, 궁한 백성, 그리구 배우지 못한 무지한 백성들이지요. 그 사람들게 화제和劑(약방문)두 내시구, 얘기두 해드리구, 여러 가지 어려운 일에 가르침두 베푸시구 기시지요."

"글만 읽으신 형님께서 약 짓는 화제는 언제부터 내시게 되었느냐?"

"없이 사는 백성들 중에는 하찮은 병으루두 목숨을 잃는 일이 많았습니다. 서방님께서 그런 딱헌 일을 보시구는 새로이 의술을 익혀 진맥두 허시구 화제두 내시게 된 겝니다."

없는 백성들이 몰려사는 곳이라면 아마도 옛날 그 경강가의 움막이기가 십상이다. 옛날에 인홍이 찾아가 본 그대로, 아직도 형 찬홍은 경강가의 비렁뱅이들과 함께 살고 있는 모양이다.

형과의 소식이 두절된 것은 어찌 보면 형의 탓이 아니고 바로 인홍의 탓인지도 모른다. 도성을 떠나 강촌으로 하향한 지 어느덧 세 해째가 되는 인홍이다. 그 동안 그는 강촌에만 틀어박혀 서울 도성은 물론이고 가까운 인근 동리로도 나다닌 일이 별로 없다. 세상에 뜻이 없었다. 난리 탓만이 아니었다.

산다는 것이 허망했고 무엇보다 살아 있는 것이 하늘 보기에 부끄러웠다. 그 중에도 특히 제 자신을 용서할 수 없는 것은, 경황 중에 부지중 범한 무서운 강상의 죄였다.

형수 윤씨를 인홍은 범했다. 그녀의 자색에 혹한 것이 아니었다. 일시적인 사내의 욕심이 그 죄의 원인도 아니었다. 부지중이라고 말할 수밖에 없을 만큼 그 일은 두 사람 사이에 꿈을 꾸듯이 졸지에 저질러졌다.

윤씨는 병중이었다. 가왜假倭들에게 겁간을 당한 뒤 그녀는 두어

달 만에 한번씩 무서운 신열과 더불어 사나흘씩 앓곤 했다. 불덩어리 같은 열에 잡혀 있을 때는, 그녀는 헛소리를 했고 때로는 의식이 몽롱해지기도 했다. 몸의 열을 식히기 위해 인홍은 그럴 때마다 그녀의 몸을 물수건으로 닦아주곤 했다. 밤에 특히 열이 심해서 인홍은 물수건을 갈아대기 위해 밤을 꼬박 새울 때도 있었다.

늦은 봄 어느 날이었다. 도성 움막에서 형수 윤씨는 다시 그 무서운 신열에 사로잡혔다. 처음 열이 시작될 때면 윤씨는 인홍에게 죄스러운 얼굴을 짓곤 했다. 번번이 발병 때마다 그의 간병을 받아온 것을 알기 때문에 그녀는 이번만은 자기 힘으로 이겨보겠다며 인홍의 걱정스런 표정을 안심시키곤 했던 것이다. 그러나 그녀의 결심은 반나절도 가지 않았다. 신열과 더불어 온몸이 뜨거워지며 그녀는 곧 헛소리를 시작했고 두 눈의 동공이 풀리면서 의식이 몽롱해졌다.

그날도 인홍은 움막 밖에서 지키고 있다가 그녀의 헛소리를 듣고야 어쩔 수 없이 움막 안으로 들어갔다. 병인은 이미 열에 잡혀 본성을 잃고 있었다. 인홍은 자배기에 찬물을 길어놓고 즉시 수건에 물을 적셔 그녀의 온몸을 닦아주기 시작했다. 그러기 전에 그가 먼저 해야 될 일은 그녀의 몸에서 여러 겹의 옷들을 벗겨내는 일이었다. 이미 의식이 몽롱해진 그녀는 인홍의 손길에 따라 저항없이 움직여주었다.

한두 차례 겪은 일도 아니건만 인홍은 이 때가 되면 가장 괴롭고 참괴했다. 어렵게 모셔온 형수님이었다. 지체 높은 반가의 마님답게 고고하고 정숙한 형수였다. 난리만 아니먼 서출인 그는 바로 보지도 못할 부모 다음의 웃어른이었다.

그러나 벗은 몸으로 인홍의 눈앞에 누워 있는 그녀는 정숙하고 어려운 형수이기 이전에 숨막히게 아름다운 한 젊은 여인이었다. 그는 처음에 그녀의 몸에 손을 대면서 몇 번이고 얼굴을 살폈고, 때로는 병인에게 소리쳐 말을 묻기도 했다. 그녀가 나중에라도 이런 일이 있었음을 알게 되어 그에게 항변을 해오거나 질책을 해올지도 모르기 때문이었다. 그러나 병인은 몽롱한 의식 속에 인홍이 간병차 한 일은 아무것도 모르는 듯했다. 같은 일이 반복되어 나중에는 어렴풋이 병중에 있었던 일을 눈치채게 되었지만, 처음 얼마 동안은 무슨 일이 있었는지 그녀는 전혀 모르고 있는 것 같았다.

그날도 마찬가지였다. 열에 잡혀 헛소리를 하며 윤씨는 밤이 깊도록 제정신이 아니었다. 불덩어리 같던 신열이 내린 것은 이튿날 새벽녘이었다. 밤새 계속된 간병으로 인홍도 그 즈음에는 지쳐 있었다. 새벽이 가까워 그는 잠시 앉은 채로 선잠이 들었다. 그러나 기척이 들려 눈을 뜨고 주위를 살피니 그의 눈앞에는 놀랍게도 아름다운 여체가 누워 있었다.

여체는 잠이 들어 있었다. 오랫동안 굶주려온 사내의 욕망이 여체를 보는 순간 무섭게 되살아났다. 밤새 앓다가 새벽녘에 잠이 든 여체는 신열에 지친 탓인지 사람의 기척에도 눈을 뜨지 않았다. 한동안 여체를 망연히 바라보던 사내는 이윽고 욕망이 시키는 대로 여체를 사납게 범하기 시작한 것이다.

한순간에 저질러진 죄에 대해, 사내에게 주어진 벌은 잔혹했고 오래 갔다. 스스로에게 벌을 주기 위해 인홍은 집을 나와 가까운 인왕산 기슭의 어느 작은 토굴 속에 몸을 숨겼다. 아무것도 먹지 않고 그는 토굴 속에서 굶어죽을 작정이었다.

그러나 단식 닷새 만에 그는 다시 도성 움막으로 내려왔다. 죽음이 두려워서가 아니었다. 지은 죄를 용서받지 않고는 그는 죽어도 눈을 감을 수 없을 것 같았다. 마지막으로 윤씨를 찾아가 그는 잘못을 고백하고 그녀에게 용서를 빌 작정이었다. 그러나 다시 돌아온 인홍에게 윤씨는 뜻밖에도 어떠한 기회도 주지 않았다. 용서를 빌고자 다시 찾아온 인홍에게 윤씨는 그날 오히려 놀라운 말을 들려준 것이다.

"닷새 전에 아주버니는 어떤 낯모르는 아낙 한 명을 우리 움막에 데려왔더군요. 하룻밤을 움막에서 지낸 그 아낙은 다음날 날이 밝자 아주버니 몰래 먼저 집을 떠났지요. 아주버니가 그 아낙을 보구 싶어허신다면 그 아낙은 언제라두 다시 오마구 했습니다. 홀루되어 외롭게 사는 가련한 아낙이랍니다. 서방과 자식을 난중에 잃구 도적들에게 몸까지 상했지만 죽지 못한 여인이랍니다. 아주버니가 거두어 주지 않으시면 그 아낙은 제힘으로는 살아갈 수가 없답니다……."

고개를 떨군 인홍의 귀에 윤씨의 말은 천둥소리처럼 크게 들려왔다. 윤씨는 이제 가냘프고 정숙하던 규방의 부인이 아니었다. 죽을 때를 놓쳐 죽지 못한 그녀는, 더 이상 규방이나 지키는 가녀린 모습의 선비의 부인이 아니었다. 집안을 위하고 남을 위해서라면 그녀는 어떤 수모도 견딜 각오가 되어 있는 여인이었다. 아무리 자신의 삶이 구차스럽고 욕되더라도 그녀는 이제 저 아닌 남을 위해, 그 구차하고 욕된 삶을 참고 살아나갈 넓은 도량을 지니게 된 것이다.

죄는 다시 저질러졌다. 그리고 세월이 흐르면서 그들의 죄는 사해졌다. 새로운 삶의 시작을 위해 그들은 옛 집터가 있는 도성의 안국방을 떠나기로 했다. 강촌에 새로운 삶을 시작한 지 그들은 어느덧 이태째가 되는 것이다.

강바람이 서늘하다. 마른 갈잎들이 바람에 불려 서로 엇갈리며 스산한 소리를 낸다. 한동안 말들이 없다가 연이가 다시 입을 연다.

"도성엔 더러 올라가실 일이 없으셨는지요?"

인홍이 대답 대신 고개를 천천히 내두른다.

"집이 불타 빈터만 남았는데 올라가 본들 무얼 허겠느냐. 예서 그냥 살기루 했다. 도성엔 앞으루두 아니 올라갈 생각이다."

"허지만 가문이 있사온데 예서 줄곧 지낼 수만은 없으시겠지요. 난 후에라두 올라가셔서 집안을 다시 일으키도록 허셔얍지요."

"가문이 무어라드냐. 모두 부질없구 허망한 아집이다. 주어진 대루 사는 게야. 허망한 욕심은 버리기루 했다."

"내당마님께서두 서방님과 뜻이 같으신지 모르겠구먼요?"

"그 마님이 먼저 내 뜻을 물어오셨다. 나는 오히려 그 마님 뜻에 거역을 했던 사람이야."

"마님께서 먼저 낙향을 허자셨단 말씀인가요?"

"이제 누구를 위해 도성 옛집을 지킬 게냐구 차라리 시골 내려가 농사나 지으며 숨어살자구 허시드라."

엄청난 변화다. 하긴 가녀린 한 여인이 감당하기에는 그녀에게 닥친 시련이 너무나 혹독하고 가혹했다. 난 전에는 지아비가 대풍창이라는 무서운 악질에 잡히더니 난 후에는 다시 피난지에서 도적들을 만나 시부모와 자식을 잃고 몸까지 더럽혔다. 차라리 자신이 죽었더라면 그녀의 고통이 오늘과 같지는 않았을 것이다. 살아 있기에 그녀에게는 가혹한 시련과 고통이 연이어 닥치고 있는 것이다.

"네 몸에 병이 든 것을 너는 언제쯤 알았드냐?"

"작년 가을에 처음으루 알았지요. 벌써 한 해가 지났구먼요."

"지금두 네가 서방님을 잠자리에 뫼시느냐?"

"뫼시기는 헙니다만……."

깊이 눌러쓴 연이의 방갓이 좀더 아래로 숙여진다. 말끝이 흐려지는 것은 부끄러움보다는 다른 뜻을 말하는 것일 게다. 어쩌면 형찬홍은 연이와의 잠자리를 피하는지도 알 수 없다. 그렇지 않다면 병이 깊어 잠자리를 같이할 수 없게 되었거나…….

"병막이 예전과 다르군요. 집을 새루 지으셨는지요?"

"재작년 여름에 큰물이 져서 집 두 채가 모두 강물에 떠내려갔구나. 지금 있는 집은 작년 봄에 새루 지은 집이란다."

"강촌 마을의 많은 장토들은 아직두 마님께서 건사허구 기시겠지요?"

"장토는 그대루 있다마는 작인들이 절반 넘게 마을을 떠나 새 얼굴루 바뀌었다. 내년에는 작인들을 다 구허지 못해 논밭을 절반 이상이나 묵혀두어야 될 형편이다."

"작인들이 모두 타처루 떠났습니까?"

"떠나기두 허구 죽기두 허구 더러는 도조 전에 도타를 허기두 했지. 작료(作料) 내기가 어려울 듯싶으니 잠시 어딘가루 몸들을 피헌 게야."

한 몇 해 잠잠하다가 왜적은 금년에 다시 대병을 몰아 전라 충청 양도로 짓쳐 들어왔다. 충청도 땅과 접해 있는 강촌은 금년에도 백성들이 한창 바쁜 농사철에 피난짐을 꾸려야 했다. 한재旱災나 수재水災 아닌 인재人災 때문에 전라 충청 양도 백성들은 금년 농사를 망친 것이다.

"허면 금년에 걷힌 도조두 예전만 훨씬 못허겠구면요?"

"예전에 비헐까마는 그래두 도조 덕에 집두 새루 짓구 살림들두 새루 많이 장만했다."

"1년 잡술 한 해 비곡備穀(준비해 놓은 곡식)두 모자람이 없으신지요?"

"세 식구 1년치 양식이야 벼 닷 섬이면 족허지 않느냐. 지금 고방에는 물론이구 땅 속에두 독을 묻어 알곡 여러 섬을 감추어 두었다."

"요즘 곡식이 귀해 나라에서두 난리랍니다. 납속 수직이라구 곡식을 나라에 바치구 관직을 받아 양반이 되는 상사람이 적지 않다구 허더이다."

"그 얘긴 나두 들었다. 반상두 이제는 예전 같지가 않게 되었다."

"큰서방님께서는 이 곳 작은서방님께서두 청관淸官이나 당상堂上이 되는 방도를 한번 알아보라구 허시더이다. 작은서방님께서는 상사람이 아니라서 큰 곡식을 내지 않구두 높은 관직을 받으실 수 있을 게라구요."

"형님께서 무슨 뜻으루 네게 그런 말씀을 허셨는지 모르겠다만, 내게는 애초부터 환로宦路(벼슬길)에 나갈 뜻이 없었다. 벼슬길에 나갈 뜻이 있었다면 내가 지금껏 이러구 있었겠느냐."

잠시 말이 끊긴다. 그 동안 날이 저물어 강변 주위에 땅거미가 깔리기 시작한다. 인홍이 들메끈을 매더니 다시 계집종 연이를 돌아본다.

"더 어두워지면 배 띄우기가 망허더라. 자 이제 건너가자. 마님께 인사라두 여쭈어야지."

"아니올시다. 쇤네는 이만 예서 물러가렵니다."

"물러가다니, 무슨 소리를 하는 게냐? 네가 예까지 와서 마님을 안 뵙구 가겠다는 게냐?"

"마님을 안 뵙는다는 뜻이 아니옵구……. 쇤네가 예전과 달라 병인인 것을 생각하여 주십시오."

"병인이 어쨌다는 게냐? 네가 낳은 아이두 있지 않느냐?"

"서방님, 살펴주십시오. 아이 때문에두 더욱 쇤네가 강을 건널 수가 없사오이다."

"네가 낳은 자식인데 보구 싶지두 않드란 말이냐?"

"보구 싶지 않은 것이 아니옵구 쇤네 병이 아이에게 옮길 것이 두렵사옵니다. 쇤네가 그 아일 낳을 적에는 쇤네 지금처럼 흉한 병인이 아니었습니다. 허지만 지금은 병이 깊어 아이에게 혹 제 병을 옮길지두 모르옵니다."

연이의 간곡한 말에 인홍은 비로소 정신이 번쩍 든다. 그렇다. 지금 강 건너에서 크는 아이는 대풍창의 증세가 전혀 없다. 아버지가 병인임에도 불구하고 그 아들에게는 병증이 전혀 없는 것이다. 아이의 생모인 계집종 연이는 그 사실을 잘 알고 있다. 그래서 그녀는 제가 낳은 자식이건만 아이를 보려 하지 않고 그대로 떠나려 하는 것이다.

"내가 게까지는 미처 생각을 못했구나. 그래 너는 오늘밤에 어디서 묵을 작정이냐?"

"한뎃잠을 자야지요. 저 너머 강둑 아랫녘에 작은 구덩이 하나를 보아두고 왔습니다."

인홍은 더 묻지 않고 방갓 아래 가린 그녀의 몸을 살펴본다. 방갓 아래로 보이는 것은 옷이라기보다는 때에 절은 더러운 헝겊이다. 하긴 흉한 대풍창의 몰골로는 객주나 주막에서도 방을 빌기가 어려울 것이다. 어느 틈에 그녀는 비렁뱅이 아낙이 되어 한뎃잠과 비럭질에 익숙한 천한 몸이 된 것이다.

"내 그럼 너를 위해 무엇을 어찌해야 좋겠느냐?"

"큰서방님 조석 공궤할 양식이나 조금 나누어주십시오. 흉년들어 온 세상이 주리는 판국이라 여염으루 비럭질을 나가두 밥을 빌기가 여간 어렵지가 않습니다."

"네가 비럭질두 다니느냐?"

"쇤네뿐이 아니옵니다. 서방님께옵서두 오래 전부터 비럭질을 다니구 있사오이다."

"형님이 비럭질을……?"

인홍은 큰 소리를 지르고는 문득 입을 다물어 버린다. 너무나 당연한 일을 그는 지금껏 모른 체했을 뿐이다. 새삼스레 형 찬홍의 기구한 삶이 처연한 느낌으로 가슴에 부딪쳐온다. 사람의 한평생이 얼마나 부침이 심한가를 바로 그의 형 찬홍이 전신으로 보여주고 있다. 세상에 그 어떤 것도 삶보다 강한 것은 없다. 죽음조차도 끈질긴 삶 앞에는 한갓 소인배의 왜소한 행위로 보일 뿐이다. 살아서 당하는 무수한 고통들이 한 차례의 죽음보다 훨씬 더 위대하고 외경스러운 것이다.

"마님께는 네가 전헐 말이 없느냐?"

"안부 말씀 전해 주시옵구, 한 가지 부탁 말씀 아뢰어 주십시오."

"부탁이 무어냐?"

"제가 낳은 그 아이는 이제 제 자식이 아니옵니다. 마님께서 당신 자식으루 삼으셔서 집안의 대를 이어가시두룩 부탁드립니다."

"그러지 않어두 마님께서 그리 허실 작정이시다. 영상이마저 난중에 잃었으니 김씨 집안의 피붙이라구는 그 아이 하나밖에 없지 않느냐."

"서방님 허면 쇤네는 이만 제 잠자리루 돌아가렵니다. 내일 밝거든 바루 이 자리에 알곡 두어 말만 갖다 놓아주십시오."

인홍은 대답 대신 고개를 크게 끄덕인다. 말들이 목에 걸려 그는 더 이상 입을 열 수가 없다.

갯가에 연기가 자욱하다. 포구 안에 정박한 수십 척의 사선에서 난민들이 솥을 걸고 저녁을 짓는 연기다. 외대박이 협선 한 척이 노를 저어 포구 안으로 들어온다. 가까운 벽파진 굴강에서 순행이나 탐망을 나온 조선 수군의 군선인 모양이다.

군선은 그러나 피난선들의 곁으로 다가와서 뱃머리를 크게 돌려 축방 쪽으로 용골을 디민다. 순행차 지나가던 길이 아니고 군선은 축방에 정박한 어떤 피난선을 찾아나온 모양이다.

"어어이! 내 말 듣소! 여기 배나루(梨津)서 내려온 서서방의 배가 없소?"

군선의 덕판에 올라선 한 수군이 두 손으로 나발통을 만들어 커다랗게 소리를 친다. 그 말을 받아 어떤 배 위에서 누군가가 역시 커다랗게 마주 소리친다.

"서서방은 어찌 찾으시우? 바루 이 배가 배나루서 내려온 서서방의 배요!"

"서서방이 지금 배에 기시오?"

"기시긴 기시오이다만 뉘신데 무슨 일루 서서방을 찾는 게요?"

군선이 더 대답 않고 곧장 서서방의 외대박이 곁으로 다가간다. 사선에서는 두건 쓴 사내들이 팔짱을 낀 채 우두커니 군선을 바라본다. 군선이 옆구리를 사선 옆에 갖다 대자 군관 복색의 장수 하나가 선복에서 일어나 이쪽 배로 가볍게 건너뛴다.

"누구라구! 어서 오시게. 자네 이게 얼마 만인가?"

"형님, 나요! 영진(營鎭)에까지 들어와서 나를 안 보구 가는 법두 있수?"

군관 강득과 서수만이 손들을 서로 덥석 잡는다.

"자넬 보구 가겠더니 순행을 나가구 진에 없다데. 군진에 더 머물기가 무엇해서 내 곧 이쪽 포구루 건너온 겔세."

"순행 나갔다가 돌아와서야 형님 오셨단 말을 전해 들었수. 복만이란 놈 좋아 날뛰는 꼴이라니, 혼자 보기가 아깝습디다."

"아우는 함께 오지 않았나?"

"예, 사람이 워낙 귀해 지금은 서군관이 어란 쪽으로 탐망을 나갔수. 늦어야 돌아올게요. 형님 참 큰일 허셨소."
"큰일은 무슨 큰일. 자 이쪽으루 내려앉게."
"아니, 잠깐 기둘리시우. 내 형님께 술허구 고기 좀 가져왔소."
강득이 말을 끝내고 제 뒤를 따라온 수군 하나를 돌아본다.
"그것들 이리 내려놓구 자네는 건너가 기다리게."
수군이 손에 든 둥구미를 배 복판에 내려놓는다. 강득이 그제야 선복으로 앉으며 보를 덮은 둥구미를 손으로 열어보인다.
"오늘 영내서 소를 잡았수. 형님 생각이 얼핏 나길래 내 몇 근 썰어온 게요."
둥구미 속에는 술 한 항아리와 삶은 쇠고기 여러 덩이가 들어 있다. 강득이 다시 고개를 들어 수만을 건너다본다.
"율개 형님 통해 얘기는 대강 들었소만 형님이 그간에 배두 장만 허구 상단두 다시 일으켰다구 헙디다. 이 배가 바루 형님 배며 이 사람들이 형님 상단의 사람들이우?"
수만이 빙긋 웃고는 고물에 선 뱃사람 하나를 손짓해 가까이 부른다.
"인사들 허게. 이쪽은 통제영 군관 이강득이란 나리시구, 이쪽은 상고선 선두루 있는 해남 사람 박서방이라네."
"반갑소이다. 이군관이외다. 옛적엔 나두 이 형님 밑에서 상단 차인으루 있었답니다."
"말씀 많이 들었소이다. 해남 사는 박서방이외다."
"이리 내려앉으시우. 우리 낯익힘으루 술이나 한 잔 같이 허십시다."

"아니올시다. 저녁 먹지요. 지금 밥이 다 돼갑니다."

"박서방, 내려앉게. 이리 와서 우선 고기나 좀 썰어주게."

사내가 그제야 칼을 찾아들고 두 사람 옆에 내려앉는다. 고기 써는 것을 지켜보다가 수만이 모처럼 먼저 묻는다.

"율개 막개 두 사람은 지금 어디 묵구 있는가?"

"율개는 사또 찾아뵙구 본영에 그대루 남아 있구, 막개 그 아이는 중군의 허락을 받아 돌아온 첫날부터 다시 배를 탔수."

"어느 배를 탔나? 화포군에 있던 사람이라 또 싸움배를 타게 되었겠군?"

"웬걸요. 복만이 그눔이 그 애를 딴 배 타게 놔둘 것 같소? 중군께 허락을 얻어 제 배에 태우게 된 모양이우."

강득이 말을 하면서 배 위 널판 위에 술사발과 소금그릇 젓가락 따위를 꺼내놓는다. 항아리에 띄운 쪽박을 집어들어 강득은 다시 술사발 세 개에 술을 차례로 가득 붓는다.

"자, 우리가 오래간만에 다시 만났으니 우선 재회 축하주 먼저 드십시다."

강득이 말과 함께 술사발을 집어든다. 수만이 박서방에게 눈짓을 해서 두 사람도 함께 잔들을 집어든다.

"요즘 술 구허기 어렵다든데 자네가 무슨 재주루 맑은 술을 구했는가?"

"잘 물었소. 이 술이 완도 사는 어느 토반이 서속으루 담근 술이우. 그 사람이 피난을 나와 배를 바다에 띄웠는데, 뱃길이 서툴러 배가 물 속 여에 부딪쳐서 당장 온 식구가 물에 빠져죽게 됐습다. 내가 마침 순행나왔다가 그 배를 발견허구는 사람은 내 배루 옮겨싣구 배는 뒤에 매어 본영까지 끌구 왔수. 토반이 그게 고마웠던지 쌀 한 섬과 술 한 동이를 나 쓰라구 내줍디다. 반동이는 먼저 본영 군관들허구 나눠먹구, 이 술은 반이 남은 것을 형님 생각해서 가져온 게요."

"사연두 많은 술일세그려. 그럼 어디 맛 좀 볼까."

수만이 먼저 잔을 비운다. 오랜만에 맛보는 술이 입에 달고 시원하다. 강득이 뒤따라 잔을 낸 뒤 다시 수만을 건너다본다.

"형님 참 용허시우. 어떻게 왜진 속에서 그 많은 사람들을 구해낼 수 있었단 말이오?"

"운이 좋았네. 사람과 때를 잘 만난 덕일세."

"구해낸 아낙 중의 하나는 양반의 소실이랍디다. 본영에는 재울 방이 없어 주막 사처루 내려보낸 모양이우."

그 말에는 대답없이 수만이 목을 빼어 배 안을 둘러본다. 배에 있는 동아리 배꾼들은 어느 틈에 저녁을 차려 이물에서 저희들끼리 밥들을 먹고 있다. 수만의 빈 사발에 술을 채우며 강득이 다시 말을 물어온다.

"형님이 왜장 하나와 가까이 지냈다면서요?"

"그랬네."

"왜장 중에두 우리가 가까이 사귈 만한 사람이 있소?"

"사람 나름이지. 내가 사귄 왜장은 의리두 있구 신심두 깊은 사람이었네."

"그 왜장은 어찌 아시었소? 왜국에 잡혀 있을 때 알구 지내던 사람이었소?"

"아닐세. 경상도 김해 고을 근처서 우연찮게 알게 된 사람이지."
"얘기해 보시우. 형님이 왜장과 가깝다니 그게 어디 예삿일이우?"
"듣구 보면 싱거운 얘기라네."

수만이 잠시 말을 끊고 강득이 따라준 술을 비운다. 박서방이 썰어놓은 수육 한 점을 입에 넣더니 수만이 입을 우물대며 한참 만에 입을 연다.

"작년 그러께 을미년에 내가 김해 고을루 건어물을 팔러갔드라네. 고을 못미처 어느 작은 동리 앞을 지나는데 인적없는 괴괴한 동리에서 바람결에 문득 무엇이 썩는 고약한 냄새가 풍겨오드군. 냄새를 맡는 순간에 나는 그것이 송장들 썩는 냄새라는 걸 알아차렸네. 냄새가 그렇게 독할 적에는 마을 안에 적게 잡아두 송장이 십여 개는 뒹굴어 있을 듯싶데. 냄새가 하두 역해서 처음엔 그냥 지나칠 생각이었네만 혹시 하는 요행수를 바라구 나는 어느새 마을루 가구 있었네. 헌데 마을에 들어와 보니 애초 생각보다 송장들이 더 많드군. 어른 애 늙은이 젊은이 할 것 없이 집집이 송장 두셋씩은 즐비하게 죽어 자빠져 있는 겔세. 처음에 나는 그 송장들이 왜적이 마을에 들어 분탕질하며 죽인 사람들루 생각했네. 헌데 자세히 살펴보니 송장들 몸에 상처가 없구 저마다 집 밖이 아니라 집 안에서 죽어 있는 겔세. 왜적이 칼질을 했다면 도망을 치다가 뜰이나 뒷마당 같은 집 밖에서 죽었어야 될 텐데 송장들이 하나같이 집안에 누워 몸에 상처 하나 없이 깨끗이 죽은 걸세. 이게 무슨 조환가 싶어 곰곰이 생각허다 보니 그제야 내 머릿속에 한 가지 생각이 뻔쩍 떠오르데. 나는 길게 생각할 것두 없이 그 마을에서 허겁지겁 도망쳐 나왔네. 마을에 한꺼번에 떼송장이 생겨난 건 왜적들의 분탕 탓이 아니구 바루 무서운 돌림병 탓이었네. 온 마을 사람들이 돌림병에 걸려 마을 전체가 며칠 새에 떼송장을 만든 겔세.”

“그 해 돌림병이 유난했지요. 우리 수군 진영에서두 수백 명의 수군이 돌림병으루 목숨을 잃었수.”

“바다 끼구 있는 연안 마을 중에 여러 마을이 폐동廢洞이 되었지. 수백릿길을 걸어가두 산 사람 보기가 어려운 시절이었네.”

“그래 다음 얘기 계속허시우. 마을을 도망쳐 나와 다음은 어디루 간 게요?”

강득의 재촉을 듣고도 수만은 느긋하게 술 한 사발을 다 비운다. 고기 한 점을 입에 넣고 씹으며 그가 다시 입을 연다.

“돌림병이 돈 것을 알구 냅다 도망쳐서 동구 밖으루 막 나오는데 길가에 있는 컴컴한 대숲에서 문득 사람의 기척 같은 것이 들려오데. 송장만 있는 빈 마을에서 사람 기척을 들으니 그건 외려 죽은 송장보다 더욱 섬뜩허구 무섭드군. 허나 나는 발을 세워 대숲 속을 들여다보았네. 방금 들은 사람의 기척이 죽어가는 사람의 앓는 소리처럼 들렸기 때문일세. 아니나 다를까, 대숲 속을 살펴보니 사람 하나가 피범벅이 된 채 비스듬히 누워 숨만 겨우 붙었더군. 헌데 자세 살피자니 그 사람이 뜻밖에두 왜적의 장수 같구. 왜장은 또 가슴 언저리에 화살 한 대가 깊숙하게 박혀 있데그려. 윗몸을 적신 흥건한 피는 바루 그 화살 상처에서 흘러내린 피였다네. 죽어가는 왜장이라 나는 겁없이 가까이 다가갔네. 요란한 치장으루 보아 왜적의 장수가 틀림없기루. 나는 혹 그눔의 몸에서 은자라두 몇 닢 나오지 않을까 생각헌 게지. 허나 내가 가까이 가서 몸뒤짐을 허려니까 왜장이 문득 눈을 뜨더니 제 머리 밑을 눈짓으루 가리키는 게야. 머리맡 보퉁이에 뭔가가 들어 있으니 아픈 몸은 건드리지 말구 그거나 어서 집어가라는 뜻이겠지. 허라는 대루 머리 밑에서 보퉁이를 빼어드니 그 안에 뜻밖에두 작은 패도가 들어 있었네. 손잡이를 은으루 장식한 보기 드문 보검이었네. 이게 웬 횡재냐 싶어 나는 그대루 가려구 했지. 헌데 왜장이 손을 들더니 간절한 낯빛으루 제 목을 손으루 치는 시늉을 해보이는 겔세. 자기를 이대루 놔두지 말구 제발 목을 쳐달라는 간절한 부탁이었네."

애기에 취한 수만이 제 목소리에 놀라 입을 다문다. 높아진 목청을 가라앉힐 겸 수만은 다시 술사발을 집어든다. 술 한 사발을 단숨에 비우고 그가 연이어 입을 연다.

"그러구서 그 왜장과 말이 통허기 시작했네. 왜국에 잡혀 있을 동안 내가 왜말을 좀 익혀서 그 왜장에게 처음으루 왜말을 건네 말을 주구받기 시작헌 겔세. 말을 듣구 보니 그 왜장이 왜 살에 맞아 다 죽게 되었는지 알 것 같았네. 그 왜장은 순행을 나갔다가 조선 군사의 화살을 맞은 겔세."

"조선 군사라니 어디 군사요? 왜적의 장수두 조선 군사의 화살을 맞소그려?"

"복병을 만났던 모양일세. 수하 군졸 몇 사람과 탐망을 위해 높은 산으루 올라가다가 조선 군사의 복병을 만나 살을 맞구 말에서 떨어졌다네. 조선 군사가 뒤따라오기루 한참을 도망치다가 대숲에

21. 울돌목

숨었더니 조선 군사는 물러갔으나 자기는 피를 많이 흘려 이렇게 죽어가는 처지가 되었다는 겔세. 본진이 어디냐구 물었더니 마을에서 별루 멀지 않은 곳이었네. 나는 그대루 가려다가 이번에두 또 마음이 변했네. 죽음을 맞이해서두 태연자약한 그 왜장이 내게는 왠지 장수답구 씩씩해서, 살려주구 싶은 생각이 났던 겔세. 결국 나는 그 왜장의 징표가 되는 패도를 몸에 지니구, 가까운 왜진을 찾아가서 왜장 위독한 것을 왜군들에게 알려주었네. 왜장은 곧 부장들 손에 업혀왔구 여러 날 만에 목숨을 구했네. 내가 베푼 작은 선행이 그 왜장을 살린 꼴이 되었구, 그것이 또 인연이 되어 그 왜장과 나는 서루 가까운 사이가 된 겔세."

긴 얘기를 끝내놓고 수만은 다시 술사발을 집어든다. 배 주위는 벌써 날이 저물어 땅거미가 깔리고 있다. 함께 떠 있는 난민들의 사선에는 어느 틈에 부연 빛의 어유등들이 내걸렸다. 취기를 느낀 듯 선두 박서방이 모처럼 수만에게 입을 연다.

"술두 취허니 나는 이만 아이들헌테루나 건너가렵니다. 두분은 말씀들 계속허시지요. 등이라두 하나 달아드릴까?"

"등은 필요없네. 그래 자네는 칠천량 싸움 이후 내처 어디에 숨어 있었든가?"

수만이 묻는 말에 강득은 후 한숨을 내쉰다.

"그간에 겪은 고생 이루 말루 다 헐 수가 없수. 군사는 싸움에 지면 더 볼 것두 없습디다. 더구나 수장首將이 죽어 명령을 받을 곳이 없어지자, 칠천량 싸움에서 겨우 살아남은 군사들조차 뿔뿔이 사방으루 흩어져 바다를 떠도는 수적水賊의 무리가 되구 말았수. 거두구 먹여줄 덕망 있는 장수가 없으니 군사들이 저마다 패를 지어 싸움질 아니면 도둑질이 매일 허는 일이었소. 기강두 없구 위아래두 없어서 여북허면 노군하던 종눔이 군관하던 나헌테까지 목자 부라리구 덤벼듭디다. 칼루 한 눔의 팔 한 짝을 찍어보이자 그제야 군율이 잡혀 작은 배나마 내 뜻대루 부릴 수가 있었소."

"복만이 그 애는 어떻든가? 성미가 급해 달리 큰일이나 저지르지 않았든가?"

"그눔은 제 살 길 찾기보다 잃어버린 안식구 찾기에 더 눈이 뒤집혔수. 나중에는 아예 배를 내려 나허구두 헤어져 혼자 뭍으루 올라갑디다."

"요즘은 어떤가? 그 애가 아직두 안식구 강진댁을 찾구 있는가?"

"겉으루는 내색을 안 해두 생각은 옛날과 조금두 다를 게 없수. 그나저나 형님두 한번 강진댁 소식 좀 알아보아 주시오. 죽었는지 살았는지 생사나 알아두 우리가 이토록 안타깝지는 않을 게요."

잠시 말들이 없다. 피난선들을 바라보니 배 안이 어느 틈에 쥐죽은듯 조용하다. 아마 갯가에 망군을 세워놓고 난민들은 초저녁이건만 잠을 청하는 모양이다.

"가을두 깊었는데 밤바다가 꼭 여름바다처럼 푸근허우."

"집들 떠나 살기 고단헌데 날씨라두 푸근해야지."

얼얼한 술기운을 느끼며 두 사람은 별빛 총총한 초저녁 하늘을 바라본다. 왜적이 병화만 일으키지 않았다면 1년 중 요즘이 가장 살기 좋은 계절이다. 뭍에서는 가을걷이가 끝나 1년 중 제일로 양식이 넉넉할 때고, 바다에서는 고기도 잘 잡힐뿐더러 소금을 구워내기도 가장 좋은 철인 것이다.

"형님, 아무래두 이달 보름쯤에 바다에서 한바탕 큰 싸움이 있을 듯싶수."

"나두 대강 알구 있네. 왜적들이 곧 대병을 모아 우도〔全羅右道〕 쪽으루 달려들 겔세."

"피난배 타구 쫓겨온 형님이 왜적들 닥칠 것을 어찌 아시우?"

"내가 며칠 전까지 왜적들 속에서 살든 사람일세. 자네는 탐망 나가서 먼발치루 왜적의 배나 한두 척 보았겠지만 나는 바루 왜들 속에 살며 왜들이 무슨 생각을 허는지 놈들 뱃속까지 들여다본 사람일세."

"참 벽파진 본영까지 들어오시구두 형님이 어째 우리 사또를 뵙지 않구 그대루 돌아가시었소?"

"중군이 뵙구 가라는 걸 내가 그냥 말만 전허구 나와버렸네."

"중군이 형님 비위를 거슬렸던 모양이구려?"

수만이 아니라는 뜻으로 고개를 홰홰 내두른다. 말은 없고 고개만 내둘러서 이군관이 다시 궁금한 듯 물어온다.

"형님이 왜진에서 온 걸 알면 우리 사또께서 형님을 일부러라두 불러서 보셨을 게요. 적세만 올바루 일러주면 우리 사또는 귀천을 가리지 않구 가까이 불러 말을 듣는 어른이외다. 형님이 중군청에만 들르구 간게 나두 지금껏 수상허다구 생각했소. 까닭이 무어요? 왜 사또두 아니 뵙구 좀더 기다려서 나두 아니 보구 불불이 가시었소?"

수만이 대꾸없이 제 앞에 놓인 술사발을 들어 비운다. 술이 어지간히 올랐으련만 그는 여전히 술을 탐하는 기색이다. 뜸을 들이듯 한참 동안 말이 없다가 하늘을 한번 올려다본 뒤 긴 한숨과 함께 수만이 입을 연다.

"내가 이통제 사또를 아니 뵙구 간 까닭이 있네."

"우리 중군이 형님더러 뵙구 가라구 권허기는 헙디까?"

"지금껏 내가 한 말을 자네는 어찌 들은 겐가? 뵙구 가라구 권허는 걸 내가 핑계 대구 그대루 떠나왔네."

"형님 참 알다가두 모르겠소. 왜진에 있었으면 사또께 적세를 품해 올려야지, 권허는 말을 듣구두 무슨 까닭에 그대루 본영을 떠나왔다는 게요?"

수만이 턱을 당긴 채 어스름 속으로 강득을 묵묵히 바라본다. 할 말이 있기는 있는 모양인데 그는 왠지 말 꺼내기를 주저하는 눈치다. 한참 동안 말이 없다가 그가 불쑥 입을 연다.

"사또께서 내 허는 말을 믿어주시지 않을 겔세."

"믿어주시구 안 믿어주시구는 부딪쳐 봐야 알 일 아니우? 말두 한 번 품해 보지 않구 어찌 사또께서 믿지 않으실 게라구 말허는 게요?"

"품허나 마나 그것만은 내가 미리 알 수가 있네. 사또께서 조선 수군을 벽파진 같은 가까운 곳에 묻어두신 것을 보면 내 이미 짐작헐 수 있지."

"왜적이 가까이 있다는 것은 우리두 벌써 알구 있수. 아마 내일이나 모레쯤이면 왜적이 바루 어란 앞바다까지 닥칠 게요. 그래 형님 생각에는 우리가 어디쯤 진을 묻어야 좋을 것 같수?"

"왜적을 업수이 보지 말게. 임진년에 들어온 왜적들허구는 생판 다른 왜적들일세. 그 때는 왜적들이 여러 가지루 우리 조선 수군에 뒤져 있었지만 지금은 오히려 우리 수군보다 훨씬 앞선 왜적들일세. 업수이 여겨 함부로 대했다가는 큰 낭패를 보기가 십상일세."

강득이 심기가 상했던지 술 한 사발을 단숨에 비운다. 빈 잔을 탕 소리나게 송판 위로 내려놓고 이군관은 허리를 굽혀 수만의 코앞에서 입을 연다.

"그래, 왜적의 어떤 것이 우리 수군보다 앞섰다는 게요? 형님이 왜장과 가까이 지내더니 이제는 아주 왜적들 편이 되었소그려?"

"말 같지 않은 소리! 이러니 내가 뉘헌테 바른 소리를 해줄 겐가?"

결기 섞인 수만의 응대에 이군관은 그제야 한풀 꺾인 표정이다. 굽혔던 몸을 바로 세우며 강득은 이내 싹싹하게 입을 연다.

"형님, 내 잘못했수. 그래 왜적의 무엇무엇이 우리보다 나아 뵙디까?"

"우선 수군은 부리는 배가 튼튼허구 커야 허네. 그래야 서루 부딪쳐 당파전을 허드라두 큰 배가 작은 배를 떠받아 엎거나 깨뜨릴 수가 있는 겔세. 헌데 예전에는 우리 전선 판옥선에 비해 왜적의 배가 많이 작았네. 가끔 다락이 달린 큰 층각선두 있었네만 그 배두 몸채만 컸지 튼튼치를 못해 우리 싸움배 판옥선과 부닥치면 곧장 엎어지거나 동강이 나군 했지. 허나 이제는 왜적의 배들두 옛적 패전을 되새겨서 배들을 크구 튼튼허게 지어 우리 판옥선에 뒤지지가 않네. 게다가 더욱 경계해야 될 것은 왜적의 싸움배에 실린 여러 종의 화포들일세. 이것두 난초인 임진년에는 왜적이 우리보다 많이 뒤졌던 것들일세. 놈들은 화포라 해야 조총밖에 없었네만 우리는 조총에

견줄 수 없는 천자 짓자 현자포 같은 큰 화포들이 배마다 실려 있었네. 그 때 우리 수군이 싸움만 허면 이겼던 것은 바루 이 화포들의 덕을 톡톡히 본 까닭이었네."

결기에 긴 말을 뱉어놓고 수만은 잠시 말을 끊는다. 앞으로 잔뜩 구부린 강득의 자세에서 수만은 제가 한 말이 그에게 큰 충격을 준 것을 깨닫는다. 이제 그는 서둘지 않고 강득이 말을 물어오도록 느긋하게 기다릴 자세다. 아니나 다를까, 성미 눅은 강득이 윗몸을 바로 세우며 조심스레 말을 물어온다.

"허면 지금은 왜선들두 우리 같은 큰 화포를 지니구 있다는 게요?"

"내 눈으루 똑똑히 보았으니, 그것만은 자네두 믿어야 허네. 바루 우리 조선의 화포장들이 그런 큰 화포들을 왜적에게 만들어 주었어."

"형님 지금 무슨 말을 허는 게요? 우리 조선의 화포장들이 무슨 까닭으루 왜적에게 그런 화포를 만들어 주었답디까?"

수만이 답답하다는 듯 머리를 크게 내두른다.

"내 말 똑똑히 듣게. 그간 우리 수군의 수진들이 얼마나 많이 왜적들에게 깨어졌는가? 경상좌도는 난 초에 이미 싸움 한번 못허구 왜적들에게 격파당했구, 얼마 있다가 원수사의 경상우도두 적의 손에 깨어졌네. 수진들뿐 아니구 여러 거성巨城과 읍성邑城마저 깨어져서 각 관아에 딸린 공방의 장색들이 얼마나 많이 왜적들의 부로가 되었든가? 그 중에두 제일루 많이 잡힌 장색들은 목장木匠 야장冶匠 지장紙匠허구 사기장 옹장 같은 도공들일세. 심지어는 두부 만드는 숙수熟手들까지두 잡아들인 왜적들일세. 왜적들이 조선 사람을 파리 목숨보다두 쉽게 알구 해치는 중에서두, 이처럼 장색들만은 따루 잡아들여 죽이지 않구 배에 태워 제 나라루 데려갔네. 우리 조선에서는 천히 여기는 장색들을 왜적들은 선비보다두 귀히 여겨 제 나라루 데려가서 일을 시켜먹을 작정들을 했던 겔세. 헌데 이렇게 마구잡이루 잡아가다 보니 그 중에 배 뭇는 선장과 화포 만드는 화포장두 섞여 있었던 모양일세. 부로된 몸에 제 목숨 살리기 위해서는 선장이구 화포장이구 왜적들이 시키는 일을 아니헐 수는 없었을 겔세. 결국 그 사람들은 왜적의 명을 받아 판옥선 같은 큰 전선두 무어야 했구, 우리 조선의 짓자 현자포 같은 큰 화포들두 아니 만들 수가 없었을 겔세. 내가 왜진에서 본 것들이 바루 그런 큰 배들과 아가리가 큰 우리 조선의 화포들이었네. 내 눈으루 직접 가까이서 보았으니 내가 어찌 이런 사실들을 믿지 않을 수가 있겠는가."

긴 말을 끝내놓고 수만은 목이 갈한 듯 제 앞에 놓인 술사발을 집어든다. 정신없이 듣고 있던 이군관도 그제는 정신이 드는 듯 입을 다문 채 생각에 잠긴 표정이다. 수만의 말이 사실이라면 앞으로의 조선 수군의 싸움은 더욱 어렵고 힘든 것이 될 것이다.

지금까지 왜적들이 능한 것은 칼과 조총과 저들의 빠른 배였다. 그러나 이제는 그들에게도 튼튼하고 큰 배가 있고 파괴력이 큰 화포들이 갖춰져 있다. 배와 화포에서 앞서 있던 조선 수군은 앞으로는 대등한 입장에서 왜적과의 싸움에 많은 희생을 치르지 않을 수 없는 것이다.

"그러니 형님이 더욱 우리 사또를 만나뵈었어야 헐 걸 그랬소."
"우리 이통제 사또께서 내 허는 얘기를 사실루 들어주셨을까?"

"그 어른이 어떤 어른인데 참말과 지어낸 말을 구분치 못헌단 말씀이오? 오히려 형님 얘기를 들으셨다면 형님께 큰 상급을 내리셨을 게요."

"내가 바라는 것은 상급두 칭찬두 아니었네. 만일 내가 통제사 사또를 뵈었더라면 지금껏 한 말말구 또 다른 헐 말이 있었을 겔세."

"또 다른 헐 말이 무엇이우?"

"왜적과의 싸움이 부질없으니 왜적이 가까이 이르기 전에 우리 수군을 멀리 뒤루 물리라구 품했을 겔세."

"뒤루 물리라니. 우리 사또더러 왜적을 피해 물러서라구 품헐 셈이었단 말씀이오?"

"사세가 그럴 수밖에 없네. 지금 조선의 수군으루는 왜적을 대적헐 수가 없게 되어 있네."

"대적 못헐 까닭이 무어요?"

"자네두 그 까닭을 알 터인데 내게다 꼭 종주먹을 대어야겠나?"

수만의 반문하는 말에 강득은 기어이 입을 다문다.

칠천량 한 번 싸움에서 조선 수군은 이미 괴멸되었다. 백여 척에 이르던 한산 통제영의 판옥선이 지금은 겨우 열두 척이 남아 있을 뿐이고, 수만에 이르던 삼도수군 역시 지금은 죽거나 흩어져 천에도 못 미치는 초라한 형세인 것이다. 수군의 괴멸을 잘 알고 있는 조정에서는 그래서 새로 임명된 삼도수군통제사 이순신에게 남은 수군들을 인솔하여 바다를 버리고 뭍에 올라 싸우라고 했을 정도다. 이미 괴멸한 몇 안 되는 수군으로는 왜적을 대적해 싸우기가 불가능하다고 생각해서, 조정에서는 차라리 이통제에게 수군을 파하고 뭍에

21. 울돌목

올라 육전을 도우라고 명한 것이다.

그러나 이통제 순신은 조정에서 내려온 명을 받고 수군을 파해서는 아니되는 까닭을 낱낱이 열거하여 조정에 다시 상소했다. 이제 와서 수군을 파하면 왜적이 전라 충청 양도의 바다를 거침없이 돌아올라가, 급기야는 경강을 거슬러 다시 도성을 넘볼지도 모르며, 또 조선 수군이 칠천량 싸움에서 괴멸되었다고는 하나 아직도 판옥선이 열두 척이나 남아 있고, 자기가 아직 죽지 않고 살아 있어서 결사보국의 결심으로 싸움에 임한다면 아무리 세 큰 왜적이라도 막을 수 있노라고 간곡한 뜻의 상소를 올린 것이다.

고맙고 갸륵한 장군이었다. 조선 수군에게는 하늘이 내리신 신장神將과 같은 장군이었다. 조정의 미움을 받아 하마터면 목숨을 잃을 뻔도 한 장군이건만, 그는 다시 삼도 수군통제사가 되어 다 깨어진 조선 수군을 되살려 일으킬 중한 책임을 맡은 것이다.

그러나 불패의 이통제 순신에게도 앞으로의 왜적과의 싸움은 절망적인 것이었다. 왜적의 세는 너무나 장대했고 사나웠다. 연이은 패전 끝에 얻은 칠천량 싸움의 큰 승첩은, 땅에 떨어졌던 왜군의 사기를 한꺼번에 하늘 높이 끌어올렸다. 그들은 이제 드넓은 남해바다에서 두려움 없이 아무 곳으로나 배를 몰았다. 어느 바다 어느 포구에서도 그들의 앞을 막는 조선 수군을 볼 수 없었다. 삼도의 수군이 한 번 싸움에 괴멸하여 조선 바다에는 이제 수군이 한 명도 남아 있지 않는 것 같았다.

그러나 거침없이 내닫던 그들 앞에 어느 날 다시 조선 수군의 판옥선 몇 척이 나타났다. 칠천량 싸움 이후 조선 수군을 얕보기 시작한 왜적들은 조선 수군을 겁주기 위해 북 치고 납함 외치며 풍우같이 내달았다. 그러나 기세 좋게 내닫던 왜적들은 뜻밖의 사태에 부딪쳐 황급히 뱃머리를 돌려야 했다. 자기들이 내달으면 의당 겁을 먹고 도망칠 것으로 알았던 조선 수군이 오히려 화포를 탕탕 놓으며 더 사나운 기세로 마주 짓쳐왔기 때문이었다. 뱃머리를 돌려 간신히 쫓김을 벗어난 그들은 뒤늦게 조선 수군에 새로운 변화가 찾아온 것을 깨달았다. 완전히 괴멸되어 없어졌다고 생각한 조선 수군이, 옛날의 그 무서운 이통제를 다시 맞아 예전의 강한 수군으로 다시 살아난 것이었다.

밤이 점점 깊어지면서 별빛이 더욱 초롱초롱하다. 달무리 둘린 달을 보니 내일은 또 날이 궂을 모양이다. 바닥이 드러난 술방구리를 들여다본 뒤 강득이 한참 만에 수만에게 말을 물어온다.

"앞으루 형님은 어찌허실 작정이우? 저기서 난민들과 함께 정처 없이 바다 위루 떠돌게요?"

"나는 내일 우수영(全羅右水營) 쪽으루 올라가네만 이통제 믿구 바다루 나온 저 많은 피난 백성들은 장차 어찌 될지 딱허구먼."

"딱허기는 우리두 매일반이우. 믿을 데라구는 이통제뿐이라서 뒤따르는 난민들을 따르지 못허게 쫓으면서두 마음이 별루 편치가 않수. 그렇다구 따르도록 버려두자니 왜적과 싸움이 났을 때 거치적거릴 일이 큰일이우."

"백성들을 위해서두 우리 이통제가 싸움에 패해서는 절대루 아니 되네. 사또 믿구 바다루 나온 저들이라 싸움에 패허구 나면 왜적에게 바루 도륙들을 당헐 겔세."

"패헌다는 생각은 허기두 싫수. 자, 밤두 깊었으니 우리두 이제 눈 좀 붙입시다."

"그러세. 술 잘 먹었네. 자 그럼 건너가게."

뿔나팔 소리가 길게 울린다.

뒤이어 발선을 알리는 북소리가 둥둥 울린다. 전선들은 이미 닻돌들을 뽑아들고 노들을 물에 담가 전고戰鼓에 맞춰 힘차게 노들을 젓기 시작한다. 대장선은 어느 틈에 우수영 앞 바다에서 울돌목 물목이 있는 벽파진 윗녘의 너른 바다로 나가고 있다. 오늘은 이통제 스스로가 싸움의 선봉을 맡을 모양이다.

적선들이 멀리 보인다. 앞선 적선들 여러 척은 벌써 좁은 울돌목을 지나 그 윗녘의 너른 바다로 새까맣게 떠오고 있다. 장한 적세다. 기치와 창검 휘장 따위가 온 바다를 그득히 덮어 적선의 수효를 알 수가 없다. 예닐곱 마장이 넘는 먼 거리건만 적선에서는 벌써 조총들을 쏘는지 방포 소리가 탕탕 들려온다. 이런 거리에서는 아무리 불질을 해도 탄환이 바다에 빠질 뿐 우리 쪽에 미치지 않는다. 적들이 미리 방포를 하는 것은 순전히 조선 수군을 겁주자는 뜻이다.

들물 때라 바닷물이 왜적들이 있는 아랫녘 바다에서 좁은 물목을 지나 우리 수군 쪽으로 거슬러 흐르고 있다. 개판 밑에서는 노군들을 독려라도 하듯 항해 군관의 북치는 소리가 둔중하게 배를 울린다. 물흐름을 거슬러 앞으로 나가자니 노군들의 노질은 더욱 힘들고 어려울 것이다. 물흐름이 빠르기로 소문난 울돌목이라 웬만한 노질로는 배가 앞으로 나가기는 고사하고 제자리에 서있기도 힘든 곳이다.

장선將船 상판의 행선 군관 서복만은 적선들 쪽에 눈길을 고정한 채 떨리는 몸을 지그시 다스리고 있다. 싸움터에 나가며 몸이 떨리기는 오늘이 처음인 서군관이다. 칠천량 싸움에서도 떨리지 않던 그가 오늘 싸움에 임해서는 자신도 모르게 몸을 끊임없이 떨고 있다.

수효를 알 수 없는 어마어마한 적선이다. 어림잡아 앞선 적선만도 백 서른 척이 넘을 듯싶다. 왜선들은 들물을 타고 온 바다를 하얗게 덮어 마치 조선 수군과 보조를 맞추기라도 하는 듯 느린 걸음으로 거만스레 다가오고 있다.

서복만이 시선을 거두어 곁에 선 이군관을 돌아본다. 이강득 역시 기가 질린 듯 핏기없는 하얀 낯빛으로 뚫어지게 적선들을 보고 있다. 우리 쪽 조선군에 비해 적의 세가 너무나 크고 장대하다. 눈앞에 보이는 선척으로만 따져서도 왜적은 조선 수군의 예닐곱 배가 넘을 듯하다. 울돌목 아랫녘의 좁직한 바다가 왜적들의 병선들로 가득 메워진 느낌이다.

"어지간허군. 칠천량 싸움 이후 처음 보는 왜적의 대군일세."

복만이 낮은 음성으로 이군관에게 먼저 입을 연다. 이군관이 고개를 끄덕이고 이통제 사또가 올라 있는 주장선主將船의 높은 누대 위를 힐끗 올려다본다. 투구 쓰고 갑옷 입은 장군은 새까맣게 떠오는 왜선들을 굽어보며 마치 돌로 빚은 장승처럼 미동도 보이지 않는다. 눈앞의 이 큰 적세를 보고도 그는 마치 자갈밭의 돌을 보듯, 태산처럼 버티고 선 채 무연한 낯빛으로 바다를 굽어볼 뿐이다.

개판 위의 모든 장졸들은 이미 싸움 전에 왜세를 보고 겁에 질려 있다. 탐망선이 돌아와 적의 세를 보고해 왔을 때, 이미 본영의 군관들은 오늘의 싸움이 어렵고 힘들 것을 알고 있었다. 조선군에게는 겨우 판옥전선 열 세 척이 있을 뿐인데, 그들 앞에 나타난 왜적들은 크고 작은 배들을 합쳐 수백 척이 넘는 어마어마한 대군이라는 것이다.

싸움은 그러나 피할 수 없는 지경에 이르렀다. 진도와 뭍 사이의 명량해협 울돌목은 절대로 내줄 수 없는 조선 바다 제일의 요해처다. 왜적이 만일 울돌목을 깨치고 보면 전라우도는 물론이고 충청 경기 바다까지도 고스란히 왜적의 손에 들게 된다. 서해로 접어드는 길목이 되는 울돌목만은 기어이 조선 수군이 막아 지켜야만 되는 것이다.

들물을 거슬러 평속平速으로 나가던 조선 전선들도 왜적과의 거리가 가까워지자 노질을 늦추어 천천히 나가고 있다. 그러나 아직도 적선과의 거리는 화포가 미치지 않는 네댓 마장의 거리 밖에 있다.

서군관과 이군관 두 사람은 모처럼 협선을 버리고 이통제가 지휘하는 판옥전선인 장선을 타게 되었다. 싸움에 나갈 배들만이 부족한 것이 아니었다. 부족한 것은 화포와 병기와 무엇보다 싸움 경험이 있는 포수 살수 따위의 싸움하는 군사들이었다. 이통제 순신의 새로운 부임 소식을 듣고, 그간에 사방 각처에서 많은 수군들이 모여들기는 했다. 그러나 군관 이상의 장수들은 많이들 돌아왔어도 막상 역役이 고된 하급의 군사들은 생각보다 돌아온 사람이 그렇게 많지 않았다. 장대한 적세를 보고받은 이통제 순신은 할 수 없이 탐망군들까지도 싸움배인 판옥선에 타도록 명령했다. 노를 젓는 노군은 누구라도 상관이 없지만, 개판 위에서 싸우는 군사는 전투 경험이 있는 노련한 군관의 지휘와 통솔이 필요했기 때문이었다.

개판 위에는 각종 병기가 발 들여놓을 틈도 없이 빽빽하게 늘어놓여 있다. 화포에 쓸 화약과 신기전神機箭 화전火箭 같은 불화살은 물론이고, 창과 칼과 사조구 따위의 많은 병장기가 있는가 하면, 배 위에 기어오르는 적에게 내려칠 수마석과 몽둥이 도깨그릇 같은 엉뚱한 물건들도 수북히 쌓여 있다. 그러나 무엇보다 많은 것은 적에게 쏘아날릴 수십 단의 크고 작은 화살들이다. 군사들은 저마다 화살 다발을 서너 개씩 곁에 둔 채, 방패 뒤에 몸을 붙이고 조용히 왜진 쪽을 바라보고 있다.

"우리 장선만 너무 앞으루 내닫는 듯싶지 않은가?"

강득이 뒤를 바라보며 혼잣말하듯 입을 연다. 복만이 뒤를 돌아보니 과연 뒤따르는 배들이 한두 마장쯤 뒤로 처져 있다. 하긴 왜적의 장대한 세를 보고는 오금이 저려서라도 맞서 나오기가 어려운 판국이다.

그러나 장선이 앞서 나가는 데는 그럴 만한 까닭이 있다. 지금은 들물이라 물이 적진 쪽에서 조선군 쪽으로 흐르지만 얼마 뒤면 썰물로 바뀌어 물흐름이 반대로 된다. 조선군 쪽에서 왜군 쪽으로 물흐름이 바뀌면서 잠시 사이에 그 흐름은 울돌목 좁은 물목을 빠져 격랑으로 바뀌는 것이다. 조선 수군의 이통제 순신은 그 물바뀜을 잘 알고 있다. 그는 어쩌면 이번 싸움에 그 물흐름을 이용할 작정인 듯하다. 지금 장선이 왜적을 바라고 깊이 앞서 나가는 것은, 왜적을 바싹 자기 배에 붙여 울돌목 윗녘의 바다로 끌어들이자는 데 있다. 그들을 울돌목 윗녘의 너른 바다로 끌어들여 들물이 썰물로 바뀌는 순간, 조선 수군은 뱃머리를 돌려 뒤따라온 왜적의 대함대를 들이치자는 방책인 것이다.

"왜선이 모두 몇 척이나 될 것 같은가?"

강득이 다시 복만에게 말을 건네어온다. 무슨 말이든 하지 않고는 견딜 수 없는 초조한 심정이다. 하얗게 질린 그의 얼굴이 곁에서 보기에도 민망하고 딱할 지경이다.

"몇 척은 알아 무엇헐 겐가? 내 눈에는 좋이 2백 척은 될 듯싶네."

"나머지 배들은 멀리 처져 있는데 장선만 앞서 나가면 장차 어쩌자는 겐지 모르겠네."

"매두 먼저 맞는 게 낫더라구. 어차피 싸울 양이면 앞서 나가 싸우는 게 낫지."

돌연 누대 쪽에서 호각 소리가 날카롭게 들려온다. 뒤미처 이통제의 목소리가 커다랗게 개판을 울린다.

"장졸은 듣거라! 이제 곧 우리 전선이 왜진에 뛰어들어 왜의 선봉을 깨칠 것이다! 각 화포장은 배가 내닫거든 군호에 따라 풍우같이 방포하라! 사수들도 방포 소리에 맞춰 다같이 활을 당겨라!"

북소리가 둥둥 들린다. 배를 급히 앞으로 내라는 항해 군관의 북소리다. 어느 틈에 왜선과의 사이가 활 두어 바탕 거리로 바싹 좁혀졌다. 뒤미처 뱃머리 쪽에서 군호를 겸한 짓자포가 천둥과 같은 폭음을 내지른다. 짓자포 소리를 군호로 해서 개판 위의 현자포들이 왜선들을 향해 우레처럼 불을 토한다. 급히 젓는 노질에 따라 장선은 이제 지척의 거리로 왜선단에 가까이 다가갔다. 마주 대들던 왜선들 쪽에서도 이에 지지 않고 각종 화포와 조총들이 불을 토한다. 앞을 막았던 왜선들이 조선 장선의 기세에 눌려 양옆으로 쫙 갈라진다. 그러나 장선이 왜진 복판으로 뛰어들자 왜선들은 다시 뱃머리를 돌려 조선 장선을 겹겹으로 에워싼다.

아무것도 볼 수가 없고 아무것도 들을 수가 없다. 들리느니 오직 천지를 진동하는 화포 소리요, 보이느니 오직 자욱히 퍼진 각종 화포의 안개 같은 화약 연기다.

함성이 울린다. 북이 울리고 고함이 울리고 화포나 살에 맞아 죽는 소름끼치는 비명소리도 들려온다. 활을 당기는 군관 서복만은 벌써 깍지손에 뜨거운 열기를 느낀다. 화약 연기 사이로 언뜻 바라보니 왜선의 기치와 휘장이 바로 코앞에 다가와 있다. 왜적들이 방패 뒤에 숨어 연방 장선으로 조총들을 쏘아댄다. 불길에 싸인 어느 왜적의 배에서는 왜장을 비롯한 왜병들이 불길을 피해 바다 속으로 뛰어내리는 모습도 보인다. 도처에 왜선과 왜병들뿐 조선 군선이나 군사들은 한 명도 볼 수가 없다. 어느새 이통제의 대장선은 왜진의 한복판에 뛰어들어 왜선들에게 겹겹이 둘러싸인 에움 속에 빠진 것이다.

개판의 조선 병사들이 비명과 함께 쓰러진다. 가까이 이른 왜선들 쪽에서는 바가 달린 갈고리들이 연이어 전선의 상판 위로 날아온다. 어떤 왜적은 큰 송판을 머리에 이고 날아오는 화살을 피해 조선 배로 가까이 다가오는 놈도 있다.

아무래도 위태롭다. 어느 한쪽에만 왜적이 있어도 이토록 형세가 급하지는 않을 것이다. 왜적들은 그러나 조선 장선을 가운데 두고 사방에서 빗발치듯 조총을 쏘고 살을 날려온다. 가까이 이른 어떤 왜적은 이미 사다리를 걸고 마치 줄광대처럼 조선 배로 기어오르는 놈도 있다. 화살도 미치지 않는 그들은 배 위에서 아래를 보고 수마석을 내리쳐 물리쳐야 한다. 그러기 위해서는 방패 밖으로 몸을 드러내지 않을 수 없고, 몸이 드러나면 왜적들은 다시 조총을 놓아 조선 수군을 맞추어 바다에 떨구곤 하는 것이다.

그러나 바로 그 때다. 귀청을 찢을 듯한 각종 화포의 와중에서 귀에 익은 이통제 사또의 쩌렁쩌렁한 목소리가 들려온다

"장졸은 들어라! 적선이 비록 많다고는 하나 우리 배를 바로 침범치는 못할 것이다! 병법에 이르기를 살려고 하면 죽을 것이오, 죽으려고 작정하면 오히려 산다고 했다! 제장은 적세에 눌려 두려워도 말고 동요치 말라! 우리가 힘을 다해 싸우는 동안은 왜적이 절대로 우리 배를 범허지 못하리라!"

이통제는 과연 두려움을 모르는 장수였다. 그의 외침이 개판에 울리자 수군들은 다시 죽을힘을 다해 활을 당기고 화포들을 놓는다. 개판 위에 쌓인 화살 다발과 돌더미가 그간에 벌써 반이나 줄어 있다. 주장선이 이토록 위험에 빠졌건만 뒤처져 따라오던 조선 전선은 구원하는 배가 한 척도 없다. 어쩌면 그들은 구원을 포기하고 왜적의 큰 세에 쫓겨 이미 멀찌감치 도망을 쳤는지도 알 수 없다. 그렇지 않고는 아무리 화약 연기 자욱한 속이라도 조선 군선의 모습이 눈에 안 뜨일 리 없는 것이다.

문득 누대 쪽에서 다시 날카로운 호각 소리가 들려온다. 뒤이어

뱃머리 쪽에 초요기招搖旗가 불끈 솟는다. 다른 배들을 부르는 대장선의 초요기가 오르는 것은, 싸움의 형세가 어려운 것을 뜻하는 것이다. 위기를 느낀 장선에서는 기어이 초요기를 세워 동료 배들을 부르고 있다. 왜적의 에움을 벗어나기 위해서는 아무리 이통제의 장선이라도 다른 배의 구원을 요청하지 않을 수 없다. 그만큼 지금의 싸움은 이통제의 주장선이 위태로움에 빠져 있음을 말해 주고 있다.

화약 냄새가 코를 찌른다. 연달아 활을 당긴 팔에는 이제 아프다 못해 저릿한 마비감이 전해 올 뿐이다. 지금 당장 다른 배가 구원하지 않으면 장선은 얼마 못 가 왜적의 손에 불타거나 깨어질 것이다. 이제 장졸은 군공이 아니라 제가 살기 위해 죽을힘을 다해 싸울 뿐이다. 배가 깨어지면 너나없이 한꺼번에 죽을 판이라, 그들은 스스로를 살리기 위해 죽을힘을 다해 배를 지키지 않을 수가 없다.

온 바다에 포연砲煙이 자욱하다.
보이느니 울긋불긋 치장한 왜선들의 기치와 창검과 휘장뿐. 조선 전선은 겨우 한두 척이 왜선들에게 에워싸여 포연 사이로 잠시 잠시 보일 뿐이다.
"이럴 수가……. 믿었던 조선 수군도 이 한 번 싸움으로 드디어 패몰하는가……."
고개를 숙여 바다 쪽을 굽어보다가 선승 사발은 다시 주위 솔밭의 흰옷 입은 조선 백성들을 둘러본다. 가파른 갯가 솔밭에 온통 허옇게 피난 나온 백성들이 들어차 있다. 얼마 전까지도 이 백성들은

21. 울돌목

배들을 타고 우수영 앞바다에 떠 있던 난민들이다. 통제사 이순신이 가까운 우수영에 이르렀다는 소문을 듣고, 인근 연해 고을에서 왜적을 피해 수백 척의 피난선이 한꺼번에 몰려든 것이다.

그러나 오늘 이른 아침에 조용하던 우수영 앞바다는 갑자기 군선들의 왕래로 불안과 긴장이 감돌기 시작했다. 탐망선 한 척이 벽파진 쪽으로 내려갔다가 왜적의 대선단을 발견하고 수영에 적세를 보고해 온 때문이었다. 뿔고동 소리가 길게 울리면서 전선들 열 두 척은 닻돌을 뽑아 당장이라도 발선할 채비를 갖추었다. 포작선 탐망선 같은 작은 군선들도 돛을 달고 병기를 실어 행선 채비를 완전하게 갖추었다.

모처럼 맞이하는 왜적의 대선단이었다. 그 동안에는 더러 왜적이 나타나도 많아야 열댓 척 정도의 작은 무리로 잠시 나타났을 뿐이었다. 그러나 오늘은 탐망선의 보고에 의하면 왜적의 선척 수효가 일일이 셀 수 없을 정도로 어마어마한 규모의 대선단이라는 것이었다.

이윽고 통제영에 딸린 조선 수군의 협선들 몇 척이 수백 척의 피난 나온 사선들을 한곳으로 불러모으기 시작했다. 긴장과 불안에 싸여 있던 피난선들은 통제영 협선들의 지시에 따라 수영 밖 좁은 바다로 말없이 모여들었다.

피난선들 역시 대단한 숫자였다. 짐과 사람들을 가득 실은 배들은 크기가 서로 달랐고 종류와 생김새도 서로가 많이 달랐다. 갯가에서 고기나 낚던 길이 열두 자짜리의 작은 낚시거루가 있는가 하면, 돛대 하나에 노 하나 달린 땔감이나 실어나르던 외대박이 중선도 있었고, 가까운 섬으로 농사지으러 갈 때 쓰던 뱃바닥이 펑퍼짐한 너럭배 농선農船이 있는가 하면, 돛대 두 개에 관곡을 나르던 덩치가 큰 두대박이 대선들도 더러 있었다. 그러나 생김새와 크기는 서로 달라도 이 배들은 모두 한 가지 공통점이 있었다. 왜적에게 쫓겨 난바다를 떠도는 불안한 운명의 피난선들이라는 것이 그들의 공통점이다.

통제영 협선의 지시에 따라 온갖 피난선들은 한곳으로 모여들었다. 벽파나루 앞바다 쪽에 왜적이 나타났다는 소문은 이미 난민선들 사이에도 파다하게 퍼져 있었다. 그들이 협선의 지시에 따른 것은 왜적의 대선단을 앞에 두고 달리 어찌할 수단이 없었기 때문이었다. 이통제 사또를 믿고 우수영까지 찾아온 그들이라 이제는 어쩔 수 없이 통제영의 지시에 따를밖에 없었다.

이윽고 통제영 협선에서 어떤 군관의 쩌렁쩌렁한 목소리가 들려왔다. 가까이 모인 피난선을 향해 군관은 이통제 사또의 아래와 같은 지시를 전달하기 시작했다.

"여러 피난선들은 내 말을 똑똑히 들으시오! 우리 통제영 사또께서 방금 본관에게 아래와 같은 영을 내리셨소. 오늘 새벽 왜적의 배 수백 척이 벽파진 바로 앞바다까지 이르렀다는 망군의 보고가 들어왔소. 장차 이 곳 울돌목 바다에 왜적과 우리 수군 사이에 큰 싸움이 있을 것이오. 따라서 사또께서는 백성들이 혹 다칠 것을 걱정하시어, 백성들은 모두 배들을 뭍에 대고 싸움이 끝날 때까지 바다에서 잠시 떠나 있으라는 명이시오. 허나 빠르고 굵은 배들은 의병擬兵[병사로 꾸민]을 삼아 왜적에게 우리의 세가 장한 듯이 보일 생각이라, 늙고 어린 사람과 아녀자들은 뭍에 내려주고, 배를 뒤로 두 마장쯤 물려 군선들 뒤로 기다랗게 늘어세우라는 분부시오. 싸움은 우리 전선들이 앞에 서서 맡아 할 것이니 굵은 피난선들은 군선들 뒤에 의병으로 늘어서서, 왜적에게 우리 세가 장한 것을 거짓으로 보여주자는 것이 바로 우리 사또의 뜻이외다. 자 허면 여러 피난선은 지금 당장에 우리 명을 따르도록 하시오. 지체할 시간이 없소이다. 싸움이 일기 전에 피난선은 모두 뒷바다로 빠져야 하오!"

군관의 지시는 이내 지켜졌다. 늙고 어린 사람과 아녀자는 가까운 뭍에 올라 바다가 굽어보이는 갯가 산중에 몸을 숨겼고, 굵은 피난선들은 마치 군선인 양 방패를 세우고 주사舟師(수군)의 깃발도 뱃머리에 꽂은 채 조선 군선의 뒤로 빠져 의병擬兵으로 늘어선 것이다.

통제영 전선들이 왜적을 맞아 싸움터로 나간 것은 그로부터 불과 1각도 안되는 시간이다. 갯가 솔숲에 몸을 숨긴 백성들은 이제 한바탕의 큰 해전을 바로 제 눈 아래 바다에서 똑똑히 보게 되었다. 그들이 굽어보는 바로 눈 아래 바다에서 조선 수군과 왜의 수군들은 피할 수 없이 큰싸움을 벌이게 된 것이다.

그러나 양군의 싸움은 조선 수군의 외로운 고전으로 일관되었다. 왜적의 배는 수백 척이요, 조선의 전선은 겨우 열 세 척에 불과했다. 그나마 장선이 홀로 선봉에 나서 적진 속에 뛰어들더니 왜선들의 에움에 싸여 그 형체조차 보기가 어려웠다. 장선 뒤를 따르던 열 두 척의 조선 전선들은 대장선이 에움에 싸이자 왜진에 아예 가까이 가려 하지 않았다. 먼 거리에서 이미 적세를 보고 싸울 뜻을 잃은 그들은, 그들의 대장선이 에움 속에 빠져 있건만 감히 가까이 이르러 주장선을 구할 생각을 못하고 있다. 싸움도 하기 전에 조선 수군은 이미 장대한 적세에 눌려 싸울 뜻을 잃고 있다.

지금 눈앞에 벌어진 싸움이 바로 조선 수군의 주장인 이통제가 탄 배가 위태로움에 빠져 있는 장면이다. 화포 소리만 천지를 진동할 뿐 이통제의 주장선은 아예 형체도 보이지 않는다. 그러나 이통제의 배가 어디쯤 있는가는 짐작으로 대강 알 수가 있다. 왜선들 복판의 화포 연기 자욱한 곳이, 바로 우리 이통제의 배가 적의 에움 속에 빠져 있는 지점인 것이다.

솔숲에 숨어 싸움을 굽어보던 조선 백성들은 이제 누구 하나 말을 하는 사람이 없다. 핏기없는 하얀 얼굴에 두 눈만 크게 뜬 채 그들은 믿을 수 없다는 표정으로 눈 아래 싸움 장면을 망연히 굽어볼 뿐이다. 안타까움과 분한 생각에 그들은 눈앞이 캄캄하고 가슴속이 에이는 듯하다. 에움에 빠진 대장선을 버려두고 나머지 조선 전선들은 멀리 떨어져 구경만 하고 있다. 그 중에 어떤 판옥선은 뱃머리까지 반쯤 돌려 왜적이 짓쳐 들어오면 언제라도 도망칠 준비까지 해놓고 있다.

그러나 바로 그 때 화포 연기 속으로 깃발 하나가 불쑥 솟는다. 누런 바탕에 북두칠성이 그려진, 다른 배들을 가까이 부르는 주장선의 초요기다. 천지를 진동하는 화포 소리 속에 싸움은 여전히 치열하게 계속되고 있다. 하마 깨어져 가라앉았으리라고 생각한 장선은 아직도 에움 속에 갇힌 채 결사적으로 외로운 싸움을 하고 있다. 장선은 그러나 이제는 더 견딜 수 없어 최후의 수단으로 다른 배들을 가까이 부르는 초요기를 올리고 있다. 위기에 빠진 장선을 보고도 구하러 오지 않는 열 두 척의 손아래 전선들을 멀리 보고는, 이통제도 드디어 다급한 나머지 초요기를 세워 수하 배들을 부르고 있는 것이다.

솔숲에 숨은 백성들의 눈이 다시 연기 자욱한 싸움판 복판을 굽어본다. 가까이에 있는 조선 배 두 척이 초요기를 본 듯 조금씩 움직여 장선 가까이 접근한다. 그러나 워낙 왜적의 배들이 여러 겹으로 에워싸서 좀체로 조선 전선 두 척은 장선 가까이 접근할 수가 없다.

다시 드넓은 바다 위에 화포 소리가 천지를 진동한다. 머뭇거리던 조선 전선 한 척이 이윽고 노를 저어 장선을 구하려는 듯 왜진 속으로 급히 내닫는다. 전선 개판 위에서 연기가 다시 뭉클뭉클 솟아오른다. 화포가 터지고 왜적의 조총들이 불을 뿜고 양군의 배에서 쏘아대는 화살이 흡사 메뚜기떼처럼 온 바다를 부옇게 날고 있다.

갑자기 뛰어든 조선 전선을 맞이하여 왜선들은 이제 또 다른 배들을 내몰아서 새로 뛰어든 조선 전선을 겹겹으로 에워싼다. 장선 한 척이 적의 에움에 갇히더니 이제는 장선을 구하러 뛰어든 또 한 척의 전선까지 적이 둘러친 에움 속에 갇혔다.

지금껏 솔숲에 엎디어 눈 아래 해전을 굽어보던 선승 사발은 이제는 더 싸움을 굽어볼 용기가 나지 않는다. 이렇듯 피아의 군세가 달라서는 아무리 강한 조선 수군이라도 싸움에 이길 도리가 없다.

이과격중以寡擊衆, 적은 것으로 큰 무리를 물리쳐 이긴다면 그보다 더 바랄 것이 없다. 그러나 지금 눈 아래 벌어지는 싸움은 맞붙어 싸우는 피아의 세가 너무나 크게 차이가 난다. 수적으로나 쏘아대는 화력으로나 한쪽이 너무나 월등히 우세해서, 두 세력이 맞붙어 싸운다기보다 한쪽이 다른 한쪽을 일방적으로 몰아붙이는 형국이다.

바다가 다시 화약 연기에 가려 아무것도 볼 수가 없다. 납함과 화포와 북소리 징소리가 한데 어울려 싸움 마당이 된 울돌목 윗녘 바다는 그대로 한 폭의 지옥도를 방불케 한다. 왜적에 둘러싸인 조선 전선 세 척은 이제 어느 곳에서도 그 형체를 볼 수가 없다. 왜진 속에 깊숙이 뛰어든 그들은 적의 에움을 뚫기는커녕 스스로 살기 위해 결사적인 싸움을 계속할 뿐이다. 마치 엿 속에 빠진 한 마리 날파리처럼 조선 전선들은 왜진에 갇혀 승산 없는 싸움을 외롭고 고단하게 계속할 뿐이다.

솔숲에 숨어 있던 난민들 사이에서 돌연 누군가의 통곡소리가 들려온다.

"어이할꼬! 어이할꼬! 수군이 이미 싸움에 패했으니 우리 백성들은 장차 이 일을 어찌할꼬!"

갑작스런 통곡소리다. 그러나 이 통곡소리를 신호로 해서 솔숲에는 삽시간에 백성들의 통곡이 합창하듯 터져나온다. 울지 않는 사람이 없다. 어른도 아이도 사내도 아낙들도 일제히 목을 놓아 소리치듯 통곡들을 하고 있다.

하늘처럼 믿었던 이통제 순신의 수군들이었다. 그렇기에 연안 고을 백성들은 집을 버리고 배를 띄워 이통제의 뒤를 따라 이 곳 바다까지 이른 것이다. 그러나 믿고 따랐던 불패의 장군 이통제도 오늘의 왜적과의 싸움에서는 힘이 다해 패색이 완연했다. 이제 이통제가 패하고 나면 백성들은 더 믿고 의지해 살아갈 희망이 없다. 남도의 온 바다가 왜적들의 차지여서 뭍과 바다 어느 쪽에도 조선 백성들은 왜적을 피해 온전히 살 곳이 없는 것이다.

그러나 바로 그 때 그들의 눈앞에는 또 하나의 놀라운 광경이 벌어졌다. 제 눈으로 보지 않고는 그것은 믿을 수 없는 기적과 같은 광경이었다. 통곡하는 백성들이 가여워 고개를 돌려 외면하던 사발도 그제야 고개를 들어 백성들 쪽을 다시 돌아보았다. 울 수밖에 없었던 가엾은 백성들이었다. 그러나 어느새 울음을 그치고 백성들은 부릅뜬 눈으로 눈 아래 바다를 뚫어지게 굽어보고 있었다. 그들이 목을 놓아 통곡하는 사이에 바다에서는 다시 놀라운 기적이 일어나고 있었다.

화포 연기 자욱한 속에 왜적의 배들이 저희들끼리 서로 부딪고 엎어지고 있었다. 어느새 울돌목 바다는 조류의 흐름이 바뀌어 있었다. 울돌목 아래쪽에서 윗녘으로 흐르던 물이, 눈 깜짝할 사이에 흐름이 바뀌어 지금은 윗녘에서 아랫녘 바다로 흐르고 있었다. 들물이 썰물로 한순간에 바뀌면서 조선 수군은 격랑을 피해 뱃머리를 가지런히 윗녘으로 향하여 한옆으로 비켜서고, 왜선들만이 뒤바뀐 물살에 휩쓸려 갈팡질팡 방향을 잃고 한데 뒤엉켜 서로 부딪거나 엎어지고 있다.

배에는 앞뒤가 있다. 물흐름이 바뀌면 배는 물살을 타넘기 위해 물이 흘러오는 쪽으로 뱃머리를 돌려야 한다. 물흐름이 바뀔 것을 미리 안 조선 수군은 싸움 중에 이미 때맞추어 뱃머리를 윗녘으로 돌렸다. 왜선들만이 싸움에만 혼을 빼앗겨 물바뀜을 미처 모른 채 뒤늦게 뱃머리를 돌리느라 서로 부딪고 엎어져 자멸하고 있는 것이다.

한 걸음 물러섰던 조선 수군들이 다시 내달아 풍우같이 포를 쏘았다. 저희끼리 부딪고 엎어지던 왜선들은 조선 수군의 역습까지 받자 더욱 큰 혼란에 빠졌다.

까닭이 있었다. 홀로 뛰어든 조선 장선을 잡기 위해 들물을 타고 울돌목을 지나 흠뻑 물목 윗녘의 너른 바다로 몰려나온 왜선들이, 물길이 바뀌자 배를 급히 돌렸으나 그들 앞에는 물살 급한 좁은 울돌목이 가로막고 있었다. 급한 물살에 배들이 떠밀려 좁은 물목으로 한꺼번에 밀어닥치니 앞선 배와 뒷녘의 배들이 서로 부딪고 뒤엉키는 것은 당연한 이치다. 썰물의 흐름이 빨라지면서 왜적의 혼란은 가중되었다. 급한 물살을 피해 배를 갓쪽으로 뽑자 해도 배 옆구리가 물살에 드러나 왜선들은 더 크게 한쪽으로 기울거나 엎어졌다. 백여 척이 넘는 크고 작은 왜선들이 급한 물살에 떠밀리고 휩쓸려, 흡사 소용돌이 휘몰아치는 깔대기 속으로 빠져들 듯 울돌목 좁은 물목으로 한꺼번에 빨려들고 있는 것이다.

멀쩡하던 사발의 눈에 그제야 핑하게 눈물이 괴어왔다. 눈 아래 바다를 굽어보던 백성들은 그제야 화포 연기 걷힌 맑은 바다를 볼 수 있었다.

연기 쓸려간 싸움터 바다에 붉은 불길이 일고 있었다. 기울어진 왜선들 수십 척이 불길에 싸여 활활 타고 있었다. 그러나 백성들의 눈에 더욱 놀랍고 믿을 수 없는 것은, 수십 척의 왜군의 싸움배들이 서로 먼저 도망치기 위해 저희들끼리 부딪거나 엎어지며 울돌목 바다에서 허둥지둥 도망치는 광경이었다. 화포 연기는 바람에 걷혔으나 싸움터 바다에는 온갖 물건들이 바다를 덮듯 이리저리 떠다녔다.

주로 깨어진 왜선에서 바다로 떨어진 온갖 종류의 물건들이었다. 가장 흔한 것이 널쪽과 깃발과 노와 화살과 휘장들이었다. 그리고 더욱 통쾌한 부유물은 바다 속에서 허우적거리는 아직 죽지 않은 산 왜적들의 무수한 머리들이었다.

에움에 싸여 깨어졌거니 생각했던 조선의 전선들은 한 척도 깨어지지 않은 채 오히려 돛을 높이 올리고 화포를 탕탕 쏘며 도망치는 왜적의 뒤를 풍우같이 뒤쫓았다. 멀리 처져 있던 나머지 조선 전선들도 이제는 장선과 합세하여 도망치는 왜선들의 뒤를 황급히 쫓고 있었다.

방금 전까지도 통곡을 하던 조선 백성들은 눈 아래쪽 바다 위에 벌어진 광경에 모두가 넋 나간 얼굴들을 하고 있었다. 믿을 수 없는 조선 수군의 대승첩에 그들은 제 눈을 의심했고 할 말을 잃어 망연한 낯빛들이었다.

장쾌한 대역전의 한마당 큰싸움이었다. 어느새 울돌목 바다에는 승전을 알리는 북소리가 둥둥 울렸다. 잠자코 있던 백성들 사이에서 이번에는 기뻐 외치는 커다란 환성이 터져나왔다. 그들은 조선군의 승첩이 확실해지자 솔숲에서 갯가 쪽으로 환성을 지르며 쏟아져 내려갔다. 어떤 사내는 환성과 함께 몸을 크게 솟구치며 덩실덩실 춤까지 추었다. 어렵게 얻은 기적과 같은 조선군의 대승첩에, 수군들은 물론 뭍에 있던 백성들까지 모두가 한마음이 되어 함께 환호하고 기뻐했다.

왜적을 뒤쫓던 조선 수군의 전선들이 이윽고 뱃머리를 돌려 승전고와 함께 본영 쪽으로 올라오기 시작했다. 솔숲에 홀로 남아 그들을 굽어보던 선승 사발은 잠시 자기 나름의 엉뚱한 생각에 사로잡혔다.

이통제가 거둔 이번 승첩에서 사발은 기쁨과 함께 떨쳐버릴 수 없는 의문 한 가지를 떠올렸다. 이통제가 거둔 이번 승첩은 그의 뛰어난 지략 때문인가, 아니면 하늘이 도우신 한갓 우연의 결과인가? 오늘 싸움은 누가 보더라도 조선 수군 쪽에 패색이 역력했다. 싸움을 굽어본 숲속의 무수한 백성들은 조선군의 패전이 확실했기 때문에 통곡까지 터뜨리지 않았던가. 그러나 놀랍게도 싸움의 결과는 다시 이통제 순신의 기적과 같은 승리로 끝났다. 힘과 세와 수에 있어 그토록 열세였던 조선 수군이 그 몇 배에 달하는 왜적의 대병을 맞아 다시 기적 같은 승첩을 끌어낸 것이다.

이통제는 과연 하늘이 낸 신장인가, 그는 과연 패를 모르는 불패의 명장인가?

22. 몸을 바꿔 다시 살다

성안이 온통 쥐죽은듯 고요하다.

그믐이 가까운 탓인지 하늘에는 달도 없다. 적막하기가 물 속 같던 빈 성안에 문득 소름끼치는 긴 소리 하나가 아득히 울려퍼진다. 날씨가 추워지면서 들이나 산에서 자주 듣는 불길한 짐승의 소리다. 배고픈 늑대나 승냥이들이 서로를 부르는 길고 스산한 울음소리다.

왜적이 머물다 물러간 지 오늘로 벌써 사흘째가 되는 성이다. 왜적이 온다는 소문을 듣고 앞다투어 성을 떠난 조선 백성들은 왜적이 떠난 지 사흘이 지났건만 아직도 성을 비워둔 채 옛집으로 돌아오지 않고 있다.

그러나 온 성중에 사람이 아주 없는 것은 아니다. 큰 성에 비해서는 어울리지 않는 적은 숫자지만 성안에는 역시 사람들이 살고 있다. 그들은, 왜적이 처음 성에 들어왔을 때 왜적을 따라 함께 성에 들어온 사람들이다. 대부분이 아녀자인 그들은, 주로 왜적들의 밥을 짓거나 빨래를 하거나 잠자리 시중을 들어온 사람들이다. 여러 고을에서 각기 따로 왜적에게 잡힌 그들은 막상 왜적들이 물러간 지금도 달리 찾아갈 곳이 없다. 왜적에게 잡혀 그들의 노리개가 되었던 그들은, 왜적들이 황황히 물러가자 갑자기 버려진 물건처럼 빈 성에 그녀들만 남겨진 것이다.

그러나 오늘 낮부터 그녀들은 다시 새로운 사내들의 시중을 들어야 했다. 이번에 찾아온 사내들은 왜적이 아니고 그녀들과 같은 나라 백성인 조선 사람들이었다. 그들은 저마다 창이나 칼 따위의 병장기를 몸에 지녔고 스스로를 왜적과 싸우는 의병이라고 말하고 있다. 그러나 그들에게 시중들 것을 강요받은 가련한 여인들은, 그들이 의병이기보다는 빈 고을들을 휩쓸고 다니는 떼도둑의 무리에 더 가깝다고 생각하고 있다.

사실이 그러했다. 그들은 왜적과 만나면 왜적과 더러 싸우기도 하지만, 그보다는 작당하여 이리저리 산과 들을 누비면서 같은 조선 백성들로부터 양식도 빼앗고 물건도 강탈하고 더러는 힘없는 아녀자들을 무자비하게 폭행하거나 겁탈했다.

오늘 낮에 빈 성에 나타난 사내들도 자기네들 입으로는 의병이라고 말했으나 여인들의 눈에는 명화적에 더 가까운 자들이었다. 그들은 털어갈 물건을 찾아 빈 성을 이리저리 휩쓸고 다니다가, 관아 근처에 한데 뭉쳐 숨어 있던, 왜적들이 버리고 간 젊은 아녀자들을 찾아내었다.

몸에 걸친 울긋불긋한 왜국풍의 옷들을 보고 사내들은 숨어 있던 아녀자들이 왜적의 부로가 되어 왜적의 시중을 들던 여인들임을 알아차렸다. 가장 천대받던 백성 중의 하나가 왜적에게 빌붙어 살며 그들의 노리개가 되었던 아낙들이었다. 찾아낸 아낙들이 바로 왜적의 노리개였던 것을 안 그들은 스스로를 의병이라고 밝힌 뒤 더욱 그녀들에게 거친 욕설과 폭행을 가해 왔다.

여인들은 사내들의 폭행에 한 마디 말대꾸도 없었고 작은 몸짓의 저항도 없었다. 오랫동안 온갖 수모와 폭행 따위에 익숙해진 그녀들은 새로 나타난 사내들의 폭행에도 결코 놀라거나 당황해 하는 얼굴들이 아니었다. 왜적의 노리개가 되었던 것이 부끄러워서가 아니었다. 그녀들에겐 섬겨야 될 사내가, 왜적에서 잠시 동안에 조선 도적들로 바뀌었을 뿐이었다. 때리고 욕하고 몸을 짓밟는 사내들의 행동은 왜적과 조선 사내들 사이에 아무런 차이가 없었다. 스스로를 의병이라고 밝힌 사내들은 오히려 왜적들보다 더 거칠고 사나울 때가 많았다. 그들은 의병이기 때문에 백성들을 심판하거나 논죄할 권리가 있다고 생각하는 듯했다. 자기들에게 저항하거나 밉게 보인 백성들은 후환을 없애기 위해서도 그들은 서슴없이 참형 따위의 극형에 처하곤 했다. 더 큰 의병이나 관군이 나타나 그들을 멀리 쫓아버리기 전에는, 그들은 빈 고을이나 성을 점거한 채 온갖 비행과 만행을 서슴없이 저지르는 것이다.

낮에서 저녁 사이에 한바탕의 소동을 벌인 뒤 자칭 의병이라는 도적의 무리들은 날이 저물면서 잠잠해졌다. 어느 큰 집을 차지하여 뜰 복판에 화톳불을 지핀 채 파수꾼 한 명을 세우고는 모두가 방에 들어 여인들을 끼고 잠자리에 든 것이다.

그러나 이들 외에도 성안에는 또 한 명의 사내가 있었다. 그는 해가 저물 무렵에 빈 성에 들어와서 도둑들의 시끄러운 소동을 보고는 잠시 어딘가로 몸을 피했다. 그는 이런 열 명 안팎의 적은 무리의 도적들이 실은 힘없는 백성들에게는 가장 광포하고 위험하다는 것을 잘 알고 있는 듯했다. 그들이 잠잠해지기를 기다리려는 듯 그는 한동안 도적들의 소동을 보고는 슬며시 몸을 빼어 어딘가로 사라진 것이다.

그러나 날이 저물어 성안에 어둠이 깔리기 시작하자, 털가죽 옷을 입은 그 사내는 다시 도적들이 들어 있는 큰 집 주위에 모습을 드러내었다. 그가 뒤늦게 도적들 주위에 다시 나타난 것은 도적들이 잡아둔 아녀자들 사이에 자기가 찾는 사람이 혹 섞여 있지 않은가를 알아보기 위해서였다. 혼자 대적하기에는 도적의 무리가 너무 많아 그는 날이 어둡기를 기다려 이제야 소리없이 도적들 주위에 나타난 것이다.

불꽃 크던 화톳불이 어느새 이울기 시작했다. 파수꾼으로 내세운 도적은 화톳불 가에 앉아 꾸벅꾸벅 졸고 있다. 여인들을 달고 방방이 들어간 도적들은 밤이 깊은 탓인지 잔기침소리 하나 없이 쥐죽은듯 조용하다. 초저녁에 이미 여인들과 굶주린 욕망을 해결한 그들은, 낮 동안에 피운 소란에서 오는 피로가 겹쳐 저마다 방에 들자 나무둥치처럼 쓰러져 자고 있다. 그들과 한 방에 든 여인들도 피로하기는 마찬가지다. 온갖 수모와 시달림을 당한 끝이라 여인들 역시 밤이 깊자 병든 짐승처럼 곤히 쓰러져 잘 뿐이다.

털가죽 옷에 동개활을 멘 사내가 어둠 속에서 담을 넘어 집 뒤뜰로 소리없이 내려선다. 몸차림이 흡사 사냥꾼을 닮은 그는 손에 살 먹인 활을 든 채 그대로 도둑들이 들어 있는 안뜰을 향해 휘적휘적 걸어 들어간다. 안뜰에 화톳불이 지펴졌고 도적 하나가 파수까지 서고 있건만, 그는 별로 경계하는 빛도 없이 칠흑 같은 어둠 속을 빠른 걸음으로 미끄러지듯 걸어가고 있다.

안뜰이 보이는 어느 헛간 모퉁이에 이르러서야 사내는 발을 세우고 화톳불 가에 앉아 있는 파수 서는 도적을 바라본다. 화톳불 불빛을 모로 받는 도적은 무릎을 세워 두 팔로 끌어안은 채 그 위로 턱을 처박고 자는 듯이 움직이지 않는다. 어둠 속에 서서 잠시 도적의 동정을 살피던 사내가 이윽고 발소리를 죽여 소리없이 화톳불 가로 다가간다.

바로 등뒤에까지 다가왔건만 도적은 아직도 사내가 다가온 기척을 모른다. 사내가 활을 거두고 단검을 뽑아 손에 들더니 웅크리고 자는 도적의 등을 장난하듯이 손으로 툭툭 건드린다.

"뉘여?"

졸던 도적이 잠에서 깨어 귀찮다는 듯 뒤를 돌아본다. 그러나 뒤를 돌아본 도적은 그대로 돌이라도 된 듯 말도 없고 움직임도 없다. 단검의 칼끝을 도적의 목줄기에 갖다댄 채 무자리 사냥꾼 박두산이 소곤거리듯 낮게 입을 연다.

"끽소리 말구 내 말 들어라. 자칫 딴맘 먹구 소리라두 내었다가는 네 모가지가 네 몸에서 떨어져 땅바닥에 나뒹굴 줄 알어라. 자 이제 내 말 들었으면 나를 따라 이리루 오너라."

박두산이 말을 끝내고 도적을 일으켜 세워 화톳불을 떠나 가까운 곳간 쪽으로 몰고 간다. 닫힌 곳간 문을 한 손으로 열더니 두산이 도적의 등을 밀며 도적과 함께 곳간 안으로 들어선다. 도적의 팔을 뒤로 꺾어 등 쪽으로 돌려잡더니 두산이 어느새 시윗줄 하나를 꺼내 들어 뒤로 돌린 도적의 두 손을 날렵하게 묶기 시작한다.

"또 한번 네게 이른다만 딴 수작을 부렸다가는 네가 내 손에 몸이 두 동강이 날 줄 알아라. 자 이제 여기 앉아서 내 묻는 말에 바른대루 대답을 해라. 만일 한 마디라두 나를 속이려 했다가는 네가 그 때는 내 칼을 맞아 코나 귀가 베이거나 눈알이 뽑힐 줄 알아라. 자 이제 묻겠는데 너희 패거리가 모두 몇이며 어디서 작당해 온 화적떼냐?"

떨리는 몸을 가누느라 도적이 잠시 말이 없다. 그러나 성미 급한 두산은 어느새 도적의 두건을 벗기고 도적의 상투를 단검으로 싹둑 자른다. 베어낸 상투를 도적의 코앞으로 디밀어 보이며 두산이 다시 어린애 어르듯 입을 연다.

"이눔아. 네눔 말 듣자구 오래 기다려 줄 내가 아니다. 내 묻는 말에 빨리 대답을 허지 않으면 이번엔 상투가 아니라 네눔 모가지가 떨어질 줄 알아라."

"살려줍시오. 우리가 모두 열 둘이구 오기는 며칠 전에 구례 고을서 건너왔소이다."

"너희 괴수가 지금 어느 방에 들어 있느냐?"

"안채 큰방에 들어 있소이다. 쇤네 목숨만 살려주시오면 앞으루 다시는 적당賊黨질을 아니 하오리다."

"네눔이 이제야 바른말을 허는구나. 의병이라구 흰소리를 치더니 적당이 바루 네눔들의 본색이지?"

"우리두 원래는 적당이 아니었소이다. 의병에 들어 싸우다가 거푸 싸움에 패허구 나니 먹구 살 길이 막막해서 어쩔 수 없이 적당질을 허게 된 것이외다."

"긴 소리 듣기 싫다. 그래 나머지 동아리 놈들은 모두들 어느 방에 들어 있느냐?"

"큰 두목과 중간 두목 두 사람은 안채 방들에 나뉘어 들어 있구 나머지 졸개들 여덟 사람은 바깥행랑에들 나뉘어 들어 있소이다."

"입을 벌려라. 네 입에 재갈을 물려야겠다."

"재갈을 아니 물려두 쇤네 끽소리 않을 겝니다."

"재갈을 물기 싫다면 내가 딴 수단을 쓸 수밖에 없다. 네가 다시는 입을 열지 못허게 네 목을 잘라야겠다."

"어이구, 아니올시다. 장군님 뜻대루 허십시오."

도적의 머리에서 벗긴 두건으로 두산은 재갈을 물린 뒤 도적을 다시 곳간 기둥에 단단히 묶는다. 일을 끝낸 두산이 다시 도적을 향해 입을 연다.

"곳간에서 기침소리 하나만 들려두 이 곳간에 불을 질러 너를 태워 죽일 게다. 그러니 내가 다시 올 때까지 너는 입 다물구 얌전히 기다려야 한다."

말을 마친 두산은 곳간을 빠져나와 사방을 한번 휘둘러본 뒤 휘적휘적 안뜰을 질러간다. 파수꾼이 잡혀 곳간 속에 갇혀 있건만 도적들은 아무것도 모르는 듯, 각 방에 든 채 코고는 소리만 간간이 들릴 뿐이다. 안채 섬돌에서 육간대청으로 오른 두산은 안방문에 손을 대더니 소리없이 방문을 연다.

불빛이 없어 칠흑 같은 방이건만 밤눈 밝은 두산은 방 안에 들자 이내 어둠 속에서 희끄무레한 사람의 형체를 알아본다. 윗목에 작게 웅크린 것은 여자일 것이 분명하고, 아랫목에 '큰 대'자로 누운 것은 도적의 괴수가 분명하다. 두산은 곧 아랫목 쪽으로 내려가서 자고 있는 도적 괴수의 귓바퀴를 지그시 잡아당긴다.

"무어여 이게?"

아픈 귓바퀴에 잠이 깨어 도적이 잠결에 몸을 일으킨다. 두산은 순간 도적의 목을 죄면서 도적의 귀에 대고 소곤거리듯 입을 연다.

"네 턱밑에 칼끝이 있으니 입을 놀리면 네 멱통이 끊어질 게다. 두 손을 뒤루 돌려라. 내 말대루만 허면 목숨만은 살려주마."

도적이 시키는 대로 두 손을 뒤로 돌린다. 두산은 다시 시윗줄을 꺼내 도적의 두 손을 단단히 결박짓는다. 그 동안 윗목에서 자고 있던 여인이 잠이 깨어 오도카니 방구석에 웅크리고 있다.

두산이 이번에는 여인을 향해 역시 낮은 목소리로 어린애 타이르듯 입을 연다.

"무서워 말구 내 말 잘 들으시우. 내 댁들은 털끝 하나 다칠 생각이 없소이다. 내가 지금 사람 하나를 찾으러 이 방에 들어왔수. 여기 잡혀 있는 아낙들 중에 혹 두류산 황새등 골짝에서 잡혀온 사람은 없소이까?"

"황새등인지 어딘지는 모르오나 두류산 어느 골에선가 잽혀온 아낙이 한 명 있습니다."

경황 중이건만 여인의 목소리가 뜻밖으로 차분하고 또렷하다. 두산이 도적을 버려둔 채 다시 여인에게 말을 묻는다.

"그래 지금 그 아낙이 어느 방에 들어 있소?"

"대청 저쪽 건넌방에 들어 있을 것입니다."

"알았수. 잠자쿠 기시우. 밖에서는 지금 내 동아리 여러 명이 행랑에 든 졸개 도적들을 모조리 엮어 광 속에 가두었소. 잠시만 예서 기다리시우. 내 곧 도적들에게서 댁들을 모두 구해 주리다."

말을 마친 두산이 이번에는 다시 뒷결박진 도적의 상투를 잡아 일으킨다.

"춥더라두 잠시만 참어라."

두산이 말과 함께 도적의 몸에서 아랫도리만 겨우 가린 속바지를 아래로 벗겨내린다. 알몸이 그대로 드러난 도적이 엉겁결에 주저앉으며 황급히 입을 연다.

"이게 무슨 짓이우? 옷을 벗겨 어쩌자는 게요?"

"네가 내 손에 죽구 싶은 게다? 옷 벗기 싫으면 죽여주랴?"

무언가가 번득 허공을 가르는가 싶더니 도적이 돌연 몸부림을 치며 입에서 컥컥 소리를 낸다. 한쪽 귓바퀴가 떨어져 나가면서 도적은 비명도 지르기 전에 두산에게 다시 입을 콱 틀어막힌 것이다.

"이번엔 귀가 아니구 네 목을 도려줄 게다. 입 있을 때 지껄여 봐라. 나는 너희 같은 서툰 도적허군 질이 다른 사람이다."

소곤대는 듯한 두산의 말속에는 사람의 가슴을 서늘하게 하는 야차와 같은 잔혹한 침착성이 숨겨져 있다. 귓바퀴 한쪽을 베이고 나서야 도적은 제 상대가 예사 인물이 아니란 것을 깨달은 듯하다.

고개를 끄덕여 항복을 표시한 뒤 도적은 입을 풀리고도 등신처럼 말이 없다. 두산은 다시 도적의 몸을 쓰러뜨린 뒤 도적이 끌러놓은 허리띠를 찾아내어 도적의 두 다리를 한데 모아 단단히 묶는다.

"얌전히 이 방에 누워 있거라. 딴 기척이 들릴 때는 내가 이 방에 불을 질러 네놈을 산 채루 태워죽일 게다."

말을 끝낸 두산은 이내 다시 안방을 나가 딴 도적이 들어 있는 건넌방으로 들어간다. 이 방에도 역시 방 아랫목에 사내 하나가 누워 있고 계집은 따로 떨어져 윗목에 누어 있다. 안방에서 했던 것과 같이 두산은 이 방에서도 눈 깜짝할 사이에 도적을 발가벗겨 뒷결박을 짓고 다리를 묶는다. 일을 끝내고 여인을 찾으니 이 방의 여인 역시 멀리 떨어져 방 한구석에 웅크리고 앉아 있다. 두산은 도적을 발로 차 쓰러뜨리고 여인에게 다가가 낮은 목소리로 말을 묻는다.

"무서워 마시우. 내 댁들은 해칠 생각이 없소이다. 내가 지금 사람을 찾구 있수. 댁이 혹 황새등에서 왜적에게 잡혀온 사람이 아니오?"

"뉘시오이까?"

두산의 말을 받아 여인이 뜻밖에도 놀란 듯이 되물어온다. 무언가 짚이는 데가 있어 두산 역시 여인에게 빠르게 대답을 한다.

"사냥질 허는 박두산이란 사람이우. 댁은 황새등에서 잡혀온 사람이 맞소이까?"

대답이 없다. 아니 대답이 없는 대신 어둠 속에서 문득 흐느껴 우는 소리가 들려온다. 두산이 그제야 얼굴을 맞댈 듯이 흐느껴 우는 여인 앞으로 엉거주춤 쭈그려 앉는다.

"맞구려? 당신이구려? 당신이 바루 사천泗川댁이 아니오?"

"맞사오이다. 사천댁입니다. 박대정 나으리께서 예까지 찾아오시다니……."

흐느낌이 더욱 격해진다. 그러나 두산은 아직도 할 일이 남아 있다. 흐느끼는 여인의 어깨를 두드리며 그가 다시 타이르듯 입을 연다.

"울지 마시우. 도적들 잠 깨리다. 안채에 도적이 세 눔이 있다던데 나머지 한 눔은 어느 방에 있소이까?"

"대청 뒤루 골방이 있지요. 아마 그 골방에 남은 도적이 들어 있을 겝니다."

"알았수. 기다리시우. 내 얼른 그눔들마저 잡아올 테니 사천댁은 여기 이눔이 딴짓 못허두룩 잘 살피시우."

"가지 마시어요. 대정님 가시면 쇤네두 이 방을 나갈 것입니다."

"허면 방 밖에서 기다리시우. 이눔은 재갈 물리구 뒷결박까지 지어놔서 사천댁이 없더라두 다른 짓은 못헐 게요."

두산이 말을 끝내고 몸을 일으켜 분주히 방을 나간다. 그러나 그가 막 방에서 대청으로 나간 순간이다. 누군가가 안뜰 복판에 서 있다가 대청으로 나온 그에게 어눌하게 말을 물어온다.

"형님 방금 어느 계집이 청승맞게 느껴 울었수? 뒤를 보러 뒷간엘 나왔더니 웬 계집의 울음소리가 들립디다."

사내가 말을 끝내고 두어 걸음 대청 쪽으로 다가온다. 그러나 섬돌 위로 막 한 발을 올려놓던 사내가 누군가가 떠밀기라도 한 듯 몸을 뒤집으며 마당으로 벌렁 나자빠진다.

"어이쿠……."

비명은 가늘고 짧았으나 소름끼치는 선뜩한 것이었다. 맨살 드러난 사내의 가슴에는 동개살 하나가 깊이 박혀 살끝의 깃만이 바르르 떨고 있다. 살이 심장을 꿰뚫은 듯 사내는 더 이상 움직임이 없다. 마루 위의 두산이 활을 다시 등에 꽂고 대청에서 마당으로 소리없이 내려선다. 마당에 죽어 자빠진 도적을 잠시 굽어보더니 두산은 곧 화톳불 속에서 불꽃이 일고 있는 굵은 장작 한 개를 집어든다. 안뜰을 지나 중문으로 빠지더니 두산은 다시 장작을 들고 짚으로 지붕을 이은 헛간 쪽으로 다가간다. 장작불을 높이 들어 헛간 처마 끝에 갖다대자 이내 초가지붕이 불꽃을 올리며 삽시간에 온 뜰을 밝힌다. 불꽃이 집채를 반쯤이나 뒤덮자 두산은 다시 몸을 돌려 안채를 바라고 되돌아온다.

"불, 불……."

도적들의 침소에 들었던 아낙들이 어느새 각 방에서 나와 행랑 쪽 불길을 보며 오들오들 떨고 있다. 마당에는 송장이요, 행랑에는 불기둥이라 그녀들은 혼이 나가 몸들만 떨고 있을 뿐 어찌할 바를 모르고 있다. 두산이 곧 여인들에게 안뜰 담에 붙어 있는 작은 일각문을 손으로 가리켜 보인다.

"저리루들 나갑시다. 가면 아무두 뒤쫓지 못허리다."

앞장 선 두산을 따라 여인들 셋이 차례로 일각문을 빠져나온다. 밖은 과연 두산의 말대로 여염의 초가들이 잇대어 있어 어느 쪽으로 가더라도 몸을 숨기기가 수월할 듯싶다. 두산이 막 골목길로 들어가는데 뒤에서 연이어 불이야 소리가 크게 들려온다. 행랑에서 자던 졸개 도적들이 그제야 잠에서 깨어 집 안에 인 큰 불기둥을 본 모양이다.

"이리루들 들어오시우."

앞서 가던 박두산이 어느 초가로 먼저 들어간다. 보통 초가와 다를 것이 없는, 역시 사람 없는 허름한 빈집이다. 불타는 집과는 거리가 멀어 이 곳에서는 아무 소리도 들리지 않는다. 그러나 소리는 없어도 그 집이 어느 쪽에 있는지는 검은 밤하늘을 쳐다보면 알 수 있다. 불타는 집에서 솟아오른 불기둥이 멀리서도 훤히 바라보이기 때문이다.

"방으루 들어들 가시우. 방에 이불두 있을 게요."

두산이 이불을 들먹인 것은 그를 따라온 여인들이 옷들을 시원찮게 입고 있기 때문이다. 도적의 방에서 도망쳐 나오면서 그들은 급한 마음에 옷들을 제대로 찾아 입지 못했다. 늦가을 밤에 앞만 겨우 속옷으로 가렸으니 여인들은 무섭기도 하려니와 우선 추워서 몸들을 더욱 오들오들 떨고 있다.

"방에 들어가 기다리시우. 내 잠시 불난 집에 다녀오리다."

"도적들이 아직 많은데 혼자 가시어 욕이라두 보시지 않을는지?……."

"저희가 백 놈이 덤벼들어두 나를 해치지는 못헐 게요. 그보다 그 집에 댁들 같은 아낙들이 몇이나 더 있소이까?"

"넷이 더 있을 겝니다. 행랑채 졸개들 방에 있는 걸루 아오이다."

"도둑들을 쫓아버리구 내 그 아낙들을 마저 이리루 구해 오리다."

여인들이 미처 대답할 틈도 없이 두산은 벌써 초가 울 밖을 나가고 있다.

달 없는 밤이어서 골목은 여전히 칠흑처럼 캄캄하다. 하늘 한쪽을 바라보니 불길이 좀더 커진 느낌이다. 다행히 바람이 불지 않아 불은 더 이상 크게 번지지 않을 것 같다. 토담이 둘린 그 집만을 태우고 여염의 다른 집에까지는 불이 번질 염려가 없다.

어느새 불타는 집 앞이다.

아까 빠져나온 일각문을 통해 두산은 다시 집 안으로 들어간다. 불길은 행랑 쪽에서만 크게 일 뿐 안채 쪽으로는 전혀 번지지 않는다. 뜰 안을 보니 살맞은 송장은 그대로 있는데 곳간과 안방 건넌방의 방문들이 모두 활짝 열려 있다. 그가 결박지어 묶어둔 도적들이 그새 결박을 풀고 어딘가로 도망을 친 모양이다.

집 안을 잠시 살펴본 뒤 두산은 다시 중문 쪽으로 다가간다. 불이 헛간에서 곳간 쪽으로 옮겨붙어, 행랑 쪽은 서 있지도 못할 만큼 불길이 사납고 뜨겁다. 이 뜨거운 불길 앞에서는 도적이고 아낙들이고 견뎌낼 재간이 없다. 두산은 다시 몸을 돌리다가 문득 안채 쪽으로 쏜살같이 내닫는다.

"웬놈이냐!"

도망치는 놈의 덜미를 잡아돌리니 상대는 뜻밖에도 낭자머리의 아낙이다. 두산의 다른 손에 시퍼런 칼이 들린 것을 보고 아낙이 철퍼덕 주저앉으며 두 손을 싹싹 비벼댄다.

"장군님 살려줍시오. 허라시는 대루 허겠사오니 이년의 목숨만은 살려주십시오."

어둠 안쪽을 바라보니 한 아낙이 아니고 여러 아낙들이 처마 밑에 웅크려 앉아 있다. 두산이 곧 여인들을 향해 차분하게 말을 묻는다.

"겁내지들 말구 내 말 들으시우. 나는 도적두 아니구 왜적은 더욱 아니우. 댁들을 해칠 생각이 없으니 내 묻는 말에 대답들이나 옳게 해주시우. 이 집 안에 있던 도적들이 어디루들 가구 한 명두 보이지 않는 게요? 안채에 결박지은 도적들까지두 죄 도망치구 한 명두 없지 않소?"

"행랑에 있던 졸개들이 결박을 풀어주어 함께 모두 도망들을 쳤사오이다."

"언제 도망을 쳤다는 게요?"

"장군님 오시기 바루 전에 우 몰려 집을 나갔습니다."

"어디루들 도망을 칩디까? 동문 쪽이오, 북문 쪽이오?"

"어느 쪽인지는 모르겠으나 저희들끼리 지껄이는 말이 하동 고을을 들먹입디다. 게서 다시 만나자구 큰 소리루 약조들을 허는 게 아무래두 도적들이 동문 쪽으로 나간 듯싶사오이다."

두산이 잠자코 듣고 있더니 여인들을 향해 다시 입을 연다.

"나를 따라오시오. 댁들 동아리가 저 아래들 있수."

"저 아래 어디요?"

"내가 미리 방을 잡아 그 안에 들게 했수. 자 어서 따라오시우."

두산이 말을 끝내고 안채를 돌아 중문으로 빠져나간다. 아낙들도 그제야 두산을 따라 허겁지겁 중문을 나온다.

담 너머로 치솟은 불길이 여염 골목길을 대낮처럼 밝히고 있다. 옛날 같으면 불구경을 나온 사람들이 불난 집 주위에 벽치듯이 둘러서 있을 것이다. 그러나 지금은 온 고을이 텅텅 비어 하늘로 치솟는 불이 귀화鬼火(귀신불)처럼 홀로 타고 있을 뿐이다.

두산은 앞서 가다가 뒤따르는 여인들을 돌아본다.

"댁들이 모두 몇 명이오?"

"네 명이랍니다."

"불에 혹 상한 사람은 없소?"

"불 일자 이내 누군가가 소리를 쳐서 방 밖으로 뛰어나와 상한 사람은 없는 걸루 아오이다."

"넷이면 다 모인 셈이구려. 나머지 세 사람은 내가 먼저 딴 곳에 데려다 놓았수."

"죽을 목숨들이 장사님 덕에 살았습니다. 이 은혜 장차 무엇으루 갚게 될는지……."

"은혜 갚을 생각은 말구 앞으루 살아갈 궁리들이나 면면히 챙겨 두시우."

앞서 가던 두산이 이윽고 어느 초가 안뜰로 들어선다. 여인들이 따라 들어서자 두산이 초가 안채 쪽의 컴컴한 방문을 보고 입을 연다.

"내다들 보시우. 댁네 동아리들 다 데려왔소."

방문이 열린다. 방 안의 여인들과 방 밖의 여인들이 어둠 속에서 서로 택호宅號(안성댁·수원댁 따위)들을 부르며 왁자하게 맞아들인다. 험하고 궁한 처지에 함께 놓인 그들이라, 어쩌면 보통의 아낙들보다 그들은 더욱 서로를 아끼는 마음이 간절할지 모른다. 두 간 방이 좁도록 방에 가득 들어앉은 그들이 뒤늦게 두산을 생각하고 그를 방으로 청해 들인다.

"장사님 들어오십시오. 우리가 모두 장사님 덕에 험한 욕들을 면했습니다."

"들어가 무얼 허우. 아랫방에 내려가 있을라우."

"박대정 나으리. 잠시 방으루 드시어요. 방금 사천댁 얘기를 듣구 박대정 나으리가 어떤 어른인가를 알았답니다."

"드시어요, 나으리. 왜적에게 붙었던 계집들이라 설마 우리네를 꺼리시는 건 아닐 테지요?"

두산이 아랫방으로 내려가려다가 그 말을 듣고는 다시 안방 쪽으로 건너온다. 신을 벗고 방에 들며 두산이 볼멘소리로 퉁명스레 입을 연다.

"사천댁이 내 얘기를 어찌했는지 모르겠소만, 나는 원래 무자리 출신이라 배움두 없구 경우두 없는 불상놈이우. 내가 딴 욕은 잘 참아 들소마는 앰한 소리를 하는 사람은 참구 보지를 못허는 성미외다. 왜적에게 붙어 살았다구 댁들에게 언놈이 시비를 헙디까? 댁네들이 좋아서 헌 짓두 아닌 터에, 언놈이 댁들을 멀리허구 꺼린다는 이야기요? 댁들을 꺼리는 생각이 있었다면 내가 예까지 사천댁을 찾아오지두 않았소이다. 댁들 꺼리는 사내놈이 있다면 그놈이야말루 이 세상에 가장 용렬허구 더러운 놈이외다."

방 안에 침묵이 흐른다. 좁은 방에 여덟 사람이 들어앉았건만 한동안 말들이 없어 흡사 빈방처럼 조용하다. 한참을 그대로들 앉아 있자니 어둠 속에서 어느 여인의 낮은 목소리가 들려온다.

"우리 팔자가 척박허구 기구해서 잠시 팔자 한탄으루 속에 없는 말을 내놓은 것 같사오이다. 장사님 심기가 상허셨다면 너그러이 용서합시오."

여인의 발명을 듣고 보니 두산도 이내 마음이 풀린다. 곧 나가려던 생각을 고쳐먹고 그가 다시 여인들에게 입을 연다.

"용서헐 것두 없는 일이우. 그건 그렇구 왜적들이 언제 이 고을서 떠나갔수?"

"간 지 사흘째가 되오이다."

"어디루들 갔는지 모르시오?"

"전주 쪽으루 간다는 것 같더군요. 관군에게 쫓김을 받는지 황황해하는 꼴들이었습니다."

"쫓는 군사는 아무두 없수. 제놈들두 이제는 떠날 때가 된 모양이우."

"왜적이 곧 조선에서 물러간답니까?"

"싸움에 이길 공산두 없는데 왜적인들 떠나지 않구 어쩌겠소? 운봉과 구례 등 전라좌도 고을에서는 왜적들이 벌써 여러 패루 나뉘어 경상도 지경으루 죄 건너간 모양입디다. 아마 이번 겨울을 경상도 땅에서 나구, 내년 봄에 해토되면 그 때나 다시 싸우든가 떠나든가 헐 것 같소."

"얼마 전에 바다에서 우리 수군이 왜적을 크게 깨쳐 이겼다든데 왜적들이 혹 그 일루 해서 쫓겨가는 건 아닌지요?"

"싸움에 져서 물러난다기보담은 저들두 조선에 건너와 이제는 싸우기에 싫증두 나구 지치기두 헌 것 같소. 여섯 해나 끈 오랜 싸움인데 저들이라구 어찌 진력이 아니 나겠소? 바다에서 다시 큰 패전을 겪구 나니 조선에 더 머물기가 괴로웠는지두 모를 일이우."

"바다싸움에 이긴 장수가 혹 이통제 사또가 아니신지요?"

"장수 이름은 나두 모르우. 헌데 댁이 그 장수 이름을 어찌 아시우?"

"뫼신 일이 있는 장군이랍니다. 이 사람은 예전에 한산도 통제영의 관기루 있던 사람이지요."

다시 방 안에 침묵이 찾아온다. 왜적들에 잡힌 여인이 어찌 각 관아의 관기들뿐이겠는가. 두산이 찾아온 사천댁은 원래 어느 선비의 아낙이었다고 했다. 진주성 싸움 뒤 왜진에서 숯검댕이 얼굴로 발견된 그녀는 두산에게 구함을 받아 잠시 그의 아낙이 되었었다. 그러나 두산이 없는 새에 다시 왜적에게 사로잡혀 지금은 도적들에게까지 몸을 짓밟히는 기구한 여인이 된 것이다.

"나는 그럼 아랫방으루 내려가우. 물어볼 말이 있으니 사천댁은 잠시 아랫방으루 내려오시우."

두산이 말을 끝내고 자리에서 몸을 일으킨다. 신을 신고 아랫방으로 내려가며 두산은 가만히 여인들의 방 쪽에 귀를 기울인다. 그토록 찾아 헤맨 사천댁을 찾은 것이 두산에겐 흡사 기적처럼 신기하고 고마운 것이다.

저녁상 물리자 이내 날이 저문다.

삿자리 깔린 방에 팔베개를 하고 누운 채로 두산은 천장에 드러난 가는 서까래들을 우두커니 올려다본다. 빈 성에서 도적들을 쫓고 아낙들을 구한 지도 오늘로 벌써 나흘째가 된다. 그 동안 일곱 명의 아낙들 중 둘은 목을 매어 죽고, 둘은 또 제 고향 찾아간다며 구례 고을에서 헤어졌다. 사천댁을 포함한 나머지 아낙 세 사람만이 결국 오갈 데가 없어 두산을 따라 이 곳까지 이른 것이다.

찾아드는 고을마다 사람 없는 빈 고을이다. 누군가가 불질을 해서 아예 온 고을이 잿더미가 된 곳도 있고, 어떤 고을은 집들은 모두 온존하건만 왜적들이 떠난 지가 오래지 않아 백성들이 겁을 내어 아직 산에 숨어 내려오지 않는 곳도 있다. 사람 싫어하는 두산에게는 빈 고을이 오히려 속 편하지만 아낙들 셋을 달고 다니자니, 세 입 먹일 일이 귀찮고 난감하다. 오늘도 그는 빈 마을에 닿자마자 빈집들을 여러 채 뒤진 끝에 겨우 땅에 묻은 독 속에서 조 한 말을 찾아내는 데 성공했다.

천하에 갈 곳이 없는 딱하고 가련한 아낙들이다. 사흘 전 제 스스로 목을 매어 죽은 두 아낙은, 원래 살던 고향이 하동 부근의 어느 작은 마을이라 했다. 지금껏 왜적의 노리개로 온갖 욕을 보면서도 살아남은 그들이 막상 하동 부근의 제 고향에 가까이 이르자 그날 밤 빈집 들보에 목을 매어 자진하고 말았다. 그들의 죽음은 어찌 보면 당연한 것인지도 알 수 없다. 왜적들에게 잡혀간 것을 다 아는 고향에서는, 그녀들이 살아 돌아온들 반겨줄 사람이 없다. 왜적에게 잡혀간 이상 그들은 정절을 지키기 위해 진작에 스스로 목숨을 끊어야 했다. 아직도 그녀들이 죽지 않고 살아 있다는 것은, 그녀뿐 아니라 집안과 고향에 큰 수치와 욕이 되는 것이다.

목매어 죽은 아낙들을 땅에 묻으면서 나머지 다섯 아낙들은 별로 슬퍼하는 낯빛이 아니었다. 먼저 죽은 두 아낙을 그녀들은 오히려 부러워하는 얼굴들이었다. 그녀들도 죽고는 싶었지만 죽음을 결행할 담력이 없을 뿐이다. 이 넓은 세상 천지에 그녀들은 제 몸 하나를 용납할 땅이 없다는 것을 알고 있었다. 발붙이고 살 곳이 없는 그들로서는 비록 숨을 쉬며 살아는 있지만 살았다고 할 수 없는 비참한 목숨들이다.

해 저물자 다시 가까운 숲에서 승냥이들의 울음소리가 기다랗게 들려온다. 마을이 비어 인적이 끊기자 산에 살던 온갖 짐승들이 홈빡 산을 내려와 빈 마을에 떼를 지어 몰려다니고 있다. 어느 고을에는 주인 없는 개들이 어느새 맹수가 되어 사람이 나타나면 해치려고 덤벼들기까지 한다. 짐승 사냥에 이력이 난 두산만이 혼자서도 간단한 손짓으로 그들을 멀리 쫓을 수가 있을 뿐이다.

여러 생각에 잠겨 있던 두산이 문득 자리에서 몸을 일으킨다. 사람의 발소리가 가까이서 들리더니 그가 들어 있는 초가 쪽으로 조심스레 다가온다. 사천댁을 포함한 아낙들 셋은 두산과 따로 떨어져 이웃집에 함께 들어 있다. 다가오는 발자국 소리는 바로 이웃집에서 그의 집 쪽으로 오고 있다.

"박대정님, 주무십니까?"

"뉘시오?"

"사천댁이옵니다. 잠시 드릴 말씀이 있습니다."

"밖에서 그러지 말구 헐 말이 있거든 들어오시우."

"방에 들 형편이 아닙니다. 운봉댁이 저녁상 물린 뒤에 어딜 갔는지 통 보이지를 않는구먼요."

"혹 따루 볼일이 있어 칙간에라두 간 것 아니오?"

"이웃집 칙간까지 사방을 두루 살펴보았지만 그새 어딜 갔는지 종적이 없습니다."

"알았수. 기다리시우. 내 곧 찾아보리다."

말을 끝낸 두산이 잠시 후 방에서 봉당으로 내려선다. 희끄무레한 어둠 속에 사천댁이 서 있다가 두산이 나오는 것을 보고는 몸을 돌리며 다시 나직하게 입을 연다.

"여러 일루 성가시게 해서 죄송허기 이를 데 없습니다."

"죄송헐 게 무어란 말이우. 그래 운봉댁 안 보이는 지가 얼마나 되었소?"

"저녁 먹구 이내 집을 나가더니 벌써 한식경이나 지난 것 같습니다."

"나가기 전에 혹 무슨 말은 없었소?"

"샘에 내려가 물길어 올 때까지두 다른 말이 없었답니다."

"원래 운봉댁이 말수가 적은 사람이오?"

"오히려 말수가 많은 편이지요. 요즈막 들어서만 말이 좀 뜸한 듯허드군요."

이웃 초가집 뜰로 들어서니 운봉댁과 붙어 다니던 나이 어린 함양댁이 울먹이며 입을 연다.

"성님. 운봉댁이 그 집에두 없지요?"

"없네."

"아무래두 큰 탈이 났지요. 짐승들이 극성이던데 혹 사나운 짐승헌테 해나 당허지 않았는지……."

"방정맞은 소리 그만 허구 자네는 그만 방에 들어가 엎더 있게."

나이 겨우 열 여덟인 함양댁은 상사람의 아낙이었던 터라 양반댁 부인이었던 사천댁을 여러 가지로 어렵고 두렵게 생각한다. 그녀가 지금껏 사천댁 곁을 떠나지 않은 것도, 어린 마음에 의지할 곳이 없어 사천댁을 의지하는 마음이 남달리 크기 때문이다. 꾸중을 들은 함양댁이 막 방 안으로 들려 하자 두산이 뒤에 섰다가 함양댁에게 다시 말을 묻는다.

"운봉댁이 밖에 나가며 무슨 옷을 걸쳤는지 모르우?"

"낮에 입은 그대루지요. 엊그제 빈집에서 주운 사내 홑옷을 그대루 입구 있었습니다."

"알았수. 내 곧 마을을 한 바퀴 둘러볼 테니 두 사람은 방에 들어가 꼼짝두 허지 마시우."

"아닙니다. 쇤네두 박대정님 뫼시구 함께 가렵니다."

사천댁이 말과 함께 두산의 곁으로 한 발 다가선다. 싫은 소리라도 할 줄 알았는데 두산은 아무 말 없이 그대로 집을 나간다.

달빛이 희끄무레하다. 그믐 지난 지가 오래지 않아 달빛이라 해도 발부리나 겨우 보일 뿐이다. 막상 사람을 찾아 집 밖으로 나와보니 마을이 넓고 커서 어느 곳부터 먼저 찾아야 될지 알 수가 없다. 등에 동개 메고 허리에 단검을 찌른 두산은 사천댁이야 따라오건 말건 저만큼 앞서서 휘적휘적 걷고 있다. 뛰듯이 두산의 뒤를 쫓아가던 사천댁이 문득 발을 세우고는 두산을 향해 급히 입을 연다.

"박대정님, 잠시 제 말씀 좀 들어주십시오."

"무슨 말이우?"

"이제사 생각이 났는데 운봉댁이 이 마을을 잘 안다구 했사오이다."

"잘 알다니?"

"가까운 집안 액내가 이 고을에 살구 있어서 옛적에 이 고을을 서너 번 다녀간 일이 있답니다."

"허면 운봉댁이 제 액내집을 찾아간 게 아니오?"

"지금 생각허니 그런 것 같사옵니다. 제가 그 집을 알구 있사오니 그 집을 먼저 찾아보시지요."

두산이 대꾸 없이 사천댁의 뒤를 따라간다. 좁은 골목으로 두어 번 꺾이더니 사천댁이 어느 평대문 앞에 발을 세운다. 와가 아닌 초가건만 집채가 안팎으로 여러 채라 시골 토반의 대가임을 알 만하다. 대문을 거쳐 안뜰로 들어가던 박두산이 안채 섬돌 앞에 이르러서 갑자기 발을 세운다. 사냥질로 익힌 그의 귀에 사람의 기척 비슷한 어떤 소리가 들려온 것이다. 뒤따라온 사천댁에게 가만 있으라는 손짓을 한 뒤 두산이 이내 단검을 뽑아들고 안채 대청에 올라 안방 앞에 멈춰 선다. 잠시 귀를 세워 방 안 기척을 살피더니 두산이 윗몸을 일으키며 방문을 향해 퉁명스레 입을 연다.

"운봉댁 게서 무얼 허우? 당신 찾느라 애 먹었소."

가늘게 흐느끼던 울음소리가 뚝 그치고 방 안에서는 잠시 아무런 기척이 없다. 두산은 그러나 더 묻지 않고 뜰에 서 있는 사천댁에게 올라오라는 손짓을 해보인다.

"이리 오시우, 운봉댁이 이 방에 있수."

조용하던 방 안에서 다시 흐느끼는 울음소리가 들려온다. 사천댁이 그제야 대청에 올라 방문을 열고 어둠을 향해 소리를 친다.

"운봉댁 게 있는가? 사람이 어째 그 모양인가!"

"성님, 나 내버려 두시우. 내가 이 몸으루 더 살아 무얼 허겠소."

"더 살 생각이 없으면 진작에 죽지, 지금까지는 어찌 살았는가? 자 어서 일어나게. 박장군 뵙기에 자네는 송구허지두 않단 말인가."

"이 집이 바루 내 언니 집이우. 언니 쓰던 물건을 보니 내가 더욱 살구 싶은 생각이 없소. 나는 이 집에 있을 게요. 예 있다가 언니 오거든 언니 얼굴이나 보구 죽을 게요."

"자네에겐 어린 자식들이 있네. 자식들은 어찌허구 예서 언니를 기다린다구 허는 겐가?"

"내 자식두 내 집에서 나를 들여주어야만 볼 수가 있소. 왜적에게 더렵혀진 나 같은 더러운 년을 어느 사내가 집에 들여 자식들 보게 해준답니까? 지금 내가 눈만 떴지 죽은 송장이나 마찬가지요."

"이렇게 긴말 시키면 내 다시는 자네 얼굴 보지 않겠네. 자식들 보기가 소원이라던 자네가 오늘사 느닷없이 이게 무슨 사살이며 망발인가?"

"그러니 성님 나를 이대루 두어두시우. 나는 원래 간이 작아 목매달아 죽지두 못허는 년이우. 날 밝거든 내 꼭 성님께루 돌아가리다. 오늘밤은 언니 살던 이 집에서 혼자 지내게 버려두시우."

잠시 생각하는 얼굴이더니 사천댁이 이윽고 타이르듯 입을 연다.

"밖에 짐승들이 극성일세. 나 허면 돌아가네. 자네 말대루 내일 날 밝거든 내게루 꼭 돌아와야 허네."

대답을 기다렸으나 운봉댁은 더 이상 말이 없다. 사천댁이 곧 뜰로 내려와 두산과 함께 집을 나온다. 평대문을 나와 좁은 골목으로 들어서자 두산이 문득 엉뚱한 말을 물어온다.

"사천댁은 어찌 죽을 생각을 허지 않소?"

"쇤네는 진작에 죽었습니다."

"허면 지금 내 곁에 있는 사람은 산 사람이 아니구 죽은 송장이우?"

"몸뚱이는 살아 숨을 쉬어두 혼백은 이미 구천에 있는 송장이지요."

"허면 사천댁은 언제 죽은 게요? 죽은 지 몇 해나 되었소?"

"왜진에 붙잡혀 얼굴에 숯검댕을 칠했을 때 저는 이미 죽어 이 세상 사람이 아니었습니다. 박대정 나으리가 구해 주신 것은 제가 아니구 제 혼백의 빈 껍질이지요."

"절에 있는 중들이 그 비슷한 말들을 허더니만 사천댁두 그들게 배웠는지 그 비슷한 소리를 하오그려?"

"뉘게 배워서 허는 말이 아니옵니다. 쇤네가 오랜 생각 끝에 요즘에야 깨친 것이옵니다."

골목 저쪽의 대나무 숲가에 푸른 불들 여러 개가 이리저리 움직인다. 먹이 찾아 밤에 나다니는 늑대 따위의 사나운 들짐승들의 눈빛이다. 두산은 그러나 아랑곳 않고 다시 여인에게 말을 묻는다.

"혼백만 남은 빈 껍질의 몸으루 사천댁은 장차 무엇을 바라구 살아갈 작정이오?"

"사는 보람이 따루 있어 살구 있는 게 아니옵니다. 살아 있으니 살 뿐이지, 다른 소망은 애초에 지니지 않구 있사옵니다."

"허면 지금이라두 사천댁이 새로이 소망 하나를 마련허면 되지 않겠소?"

"마음속에 작정을 헌다구 소망이 쉽게 생기는 건 아니지요. 소망은 마음이 움직여 절루 생기는 것으루 아옵니다."

"허면 사천댁두 열심으루 사노라면 언젠가는 소망이 생겨날지두 모르겠구려?"

사천댁이 대꾸없이 제가 들어 있던 초가 앞에 발을 세운다. 두산이 함께 발을 세우자 그녀가 살풋 고개를 숙여보인다.

"건너가 주무시어요. 내일 새벽에 뵙겠어요."

아낙들과 집을 따로 쓰는 두산은 그러나 잠시 사천댁 앞에 멈춰선 채 가르마 뚜렷한 그녀의 정수리를 담담히 굽어볼 뿐이다. 사천댁이 막 몸을 돌리자 두산이 문득 팔을 뻗어 그녀의 어깨를 가만히 잡는다.

"잠시만 기다리시우……."

"……"

"사천댁은 사천댁의 몸 하나를 잃었지만 나는 달이라는 내 아낙과 어린 자식을 함께 잃었소. 지금껏 내가 살아 있는 것은 내 처자와 동아리를 해친 왜적의 원수를 갚기 위해서요. 허나 원수를 갚구나두 마음속이 허전허기는 종내 마찬가지였소. 어쩌면 나두 사천댁처럼 몸뚱이는 벌써 죽구 혼백만 살아 구천을 떠도는지 모르겠소. 내 그러나 요즘 들어 새루 깨우친 것이 한 가지 있소. 나는 내가 오래 전에 죽은 것으루 알구 있는데 남들은 나를 산 사람으로 알아 내게 몸을 의탁하려 허는구려. 나 아닌 남의 눈을 통해서야 내가 산 것을 뒤늦게 깨달은 게요."

사천댁이 고개를 내젓더니 헐떡이듯 입을 연다.

"박대정님이 살아 계신 것은 대정님이 이 세상에 베푸실 일이 있기 때문이옵니다. 허나 우리네 아낙들은 세상에 욕이 될 뿐 베풀 것이 아무것도 없사옵니다. 오늘두 우리는 대정님 덕에 이렇듯 어렵사리 살아 있는 게 아닙니까?"

사천댁을 잡은 두산의 손에 억센 힘이 전해진다. 갑자기 그녀를 제가 쓰는 집 쪽으로 끌고 가며 두산이 혼잣말하듯 웅얼웅얼 입을 연다.

"남 살아 있는 것만 크게 보이구 제가 살아 있는 것은 볼 줄 모르는 봉사구먼. 죽어 송장으루 살기에는 사천댁의 나이가 너무 아깝소. 스물 여덟 젊은 나이를 장차 어찌 살아낼 작정이시오?"

제가 쓰는 방문 앞에 이르자 두산은 사천댁을 번쩍 안아들어 방 안으로 들여놓는다. 넋 나간 듯 앉아 있는 사천댁의 몸에서 두산은 곧 거침없이 옷들을 벗겨내기 시작한다.

"무슨 큰 죄를 졌길래 우리 조선 아낙들은 걸핏하면 제 스스로 목을 매는지 모르겠소. 왜적에게 몸 버린 것이 개울물에 발 헹군 것과 무엇이 크게 다른 게요? 사천댁의 죽은목숨을 내 오늘밤 기어이 되살려내구 말겠소."

"주인장 기시오이까?"

과객 차림의 상사람 하나가 마을 초입의 초가 앞에서 집주인을 찾고 있다. 초가 뜰에서 멍석을 깁던 늙은이가 꾸부렁한 허리를 세우며 사립문 밖의 과객을 돌아본다.

"나를 찾소? 무슨 일이시오?"

"길가는 과객인데 잠시 노인장께 말 몇 마디 여쭈자구 들렀소이다."

"그래 내게 무얼 알구 싶으시오?"

"이 고을에 손孫씨 성 지닌 좌수 어른이 계시다구 들었소이다. 그 어른 댁이 어디쯤인지 이 사람에게 좀 일러주시지 않겠습니까?"

"좌수 어른 댁이 멀지 않수. 저기 보이는 큰 홰나무 박힌 집이 바루 이 고을 손좌수댁이외다."

과객이 몸을 돌려 노인이 가리키는 마을 쪽을 바라본다. 활 한바탕 거리쯤 되는 곳에 가지 무성한 홰나무 한 그루가 초가지붕들 위로 우뚝 솟아 있다. 잠시 홰나무를 바라보더니 과객이 고개를 바로 하며 노인에게 다시 말을 묻는다.

"금년 여름 이 고을에 흉한 역질이 돌지 않았습니까?"

"돌았지요. 역질이 돌아 이 마을 사람들이 얼추 절반이나 목숨들을 잃었소이다."

"그 때 혹 이 고을에 도성서 내려온 의원 한 사람이 찾아오지 않았습니까?"

"의원은 온 일이 없구 웬 거렁뱅이 한 사람이 마을에 들러 병을 보아주었지요."

"그 거렁뱅이가 나이 얼마나 되어보이며 이름은 무어라구 허더이까?"

"나이는 예순이 가까웠구 이름은 따루 없이 노盧서방이라구 불렀소이다."

"노서방이면 그 사람의 성이 노씨라는 말입니까?"

"그 사람을 모두 노서방으로 불렀으니 노씨 성이 맞을 테지요."

과객이 잠시 생각하는 낯빛이더니 곧 노인에게 고개를 끄덕여 보인다.

"말씀 일러주어 고맙소이다. 허면 안녕히 기십시오."

노인이 마주 고개를 숙이다가 떠나려는 과객의 등을 보고 생각난 듯 말을 물어온다.

"과객이 지금 노서방을 찾아가는 길이시오?"

"그렇소이다만?"

"허면 그리루 갈 게 아니라 이 길루 죽 올라가시우. 노서방이 줄곧 손좌수댁의 식객으루 머물다가 지난 가을부터 그댁을 나와 따루 살림을 났소이다."

"살림을 났다는 건 무슨 소리요?"

"그 나이에 아낙을 취해 따루 산다는 말이외다."

"아낙을 취허다니요?"

"왜적의 자식을 낳은 젊은 청상이 하나 있는데 그 아낙을 처루 맞아들여 같이 산다는 말이외다."

"그럴 수가……?"

과객이 어이없는 듯 울 너머 노인을 망연히 바라본다. 그의 낯빛이 수상했던지 노인이 다시 말을 물어온다.

"노서방을 어찌 찾으시우? 그 사람이 객의 액내라두 되는 게요?"

과객이 그 말에는 대답을 않고 노인에게 천천히 되묻는다.

"왜적의 자식을 낳은 아낙을 노서방이 어째 제 아낙으루 취했답니까?"

"그걸 우리가 어찌 알겠소? 노서방 나름으루 달리 까닭이 있을 테지요."

"그래 그 과수댁은 어디루 가야 찾을 수 있소?"

"이쪽으로 곧장 올라가면 산자락 아랫녘에 외딴 초가가 한 채 있수. 바루 그 외딴 초가가 과수댁 사는 집이우."

"고맙소이다. 허면 안녕히 계십시오."

과객이 인사를 끝내고 빠른 걸음으로 산자락을 바라고 올라간다.

해가 기울었다. 추수가 끝난 빈 들에는 어느새 첫눈이 내려 녹다 만 눈들이 응달쪽에 희끗희끗 남아 있다. 들로 나와 위를 보니 산자락에 과연 초가 한 채가 바라보인다. 집 뒤는 바로 솔숲이고 집 앞에는 명색뿐인 울바자가 엉성하게 둘리어 있다. 과객이 막 사립문 앞에 다다르자 젊은 아낙이 부엌에서 나오다가 과객을 보고 놀란 듯이 그 자리에 멈춰 선다.

"뉘시오이까?"

"길 가던 과객이외다. 부인께 말 몇 마디 여쭈자구 들렀소이다."

"집에 남자분이 아니 계시오. 여쭈올 말씀이 계시거든 아랫마을루 내려가 보십시오."

젊고 고운 얼굴에 여인의 말씨가 의외로 예절바르다. 이 여인이 바로 왜적의 아이를 낳아 키운다는 젊은 청상인 모양이다. 먼길을 찾아온 젊은 의원 성인욱이 다시 젊은 아낙에게 정중히 입을 연다.

"이 사람이 뵙고자 허는 분은 바루 이댁 주인 되시는 어른이외다.

노서방이란 어른을 뵙구 싶사온데 잠시 뵈올 수 없을는지요?"

"주인은 먼 고을에 가시구 지금 집에 아니 계십니다."

"먼 고을에는 어찌 가셨으며 귀가는 언제쯤이 될는지요?"

"병을 앓는 사람이 있어 아침 일찍 뫼셔갔답니다. 해지기 전에는 돌아오실 걸루 아오이다만 딱히 언제 오실는지는 장담키가 어렵구먼요."

"허면 부인께라두 몇 말씀 여쭙도록 해주십시오. 이댁의 바깥어른께서 의원이신 것은 분명헌지요?"

아낙이 대답없이 대담하게 인욱을 바라본다. 그러나 사내와 눈길이 마주치자 여인은 이내 다시 눈길을 아래로 떨군다.

"당신께서는 의원이 아니라구 허십니다만 여러 사람들이 이르는 말을 들어보면 옛적에 의원으루 계셨던 것이 분명헌 듯싶사오이다."

"그러시면 지금 이르는 노씨라는 그 어른의 성씨두 옛적의 성씨가 아닌 변성變姓〔성을 바꿈〕일 수도 있겠습니다그려?"

"게까지는 이 아낙두 잘 모르는 일이오이다. 헌데 과객께서는 어쩐 일루 그 어른의 옛일을 알고자 허시는 것이옵니까?"

"이 사람두 원래는 의원이랍니다. 이번 난중에 환란을 당해 이 사람이 불민허게두 가친을 잃었습니다. 헌데 어느 날 과객 하나가 제 집에를 찾아와서 제 가친과 비슷한 어른을 이 고을 근처에서 뵈었다구 허드군요. 벌써 이태째나 가친의 소식을 모르던 차라 이 사람이 그 길루 행장을 꾸려 이렇듯 이 고을까지 찾아 이르게 된 것이외다."

아낙이 인욱의 말을 듣다가 목을 길게 뽑아 산 아래 마을 쪽을 찬찬히 굽어본다. 인욱이 여인의 시선을 쫓자 그녀가 기다렸다는 듯 조용히 입을 연다.

"저기 오시는 저 어른이 바루 그 어른인 듯싶습니다."

인욱이 여인과 함께 마을 쪽 들길을 내려다본다. 옷갓한 사람 하나가 봇짐을 지고 들을 질러 이쪽으로 올라오고 있다. 인욱이 잠시 그 사내를 살피다가 갑자기 몸을 돌려 사내 쪽으로 마주 내려간다. 두 사내의 거리가 좁혀진다. 저쪽 사내도 인욱을 본 듯 그 자리에 우뚝 발을 세운다. 두 사람의 거리가 두어 칸쯤으로 좁혀지자 인욱이 늙은 사내를 향해 어린애처럼 소리를 친다.

"아버님, 강녕하셨구먼요! 인욱이오이다. 이게 어찌된 일이오이까?"

늙은 의원 성기준은 아들을 바라볼 뿐 말이 없다. 아들이 땅바닥에 엎드려 큰절을 하는데도 기준은 고개를 든 채 먼 산을 바라볼 뿐이다. 인욱이 몸을 일으킬 무렵에야 성의원은 혼잣말하듯 짤막하게 입을 연다.

"따라오너라."

부자가 앞뒤로 서서 느릿느릿 초가 쪽으로 다가온다. 뜰에 서 있던 젊은 아낙도 두 사람을 바라볼 뿐 아무런 말이 없다. 성의원이 아들을 달고 초가 아랫방으로 먼저 들어간다. 부자가 마주 자리에 앉고서야 성의원이 한참 만에 조용히 입을 연다.

"내가 이 고을에 있는 것을 어찌 알구 찾아왔느냐?"

"지난달 그믐께 과객 한 사람이 제 집에를 들렀습니다. 그 어른이 어느어느 고을에 병 잘 보기루 소문난 노씨 성 지닌 도인이 계시다구 일러주더이다. 얼핏 마음속에 짚이는 데가 있어 노씨 성의 그 어른이 바루 아버님이라는 걸 알았습니다."

"네 어미는 아직두 강화에 내려가 있느냐?"

"예. 도성에 도적들이 들끓어서 어머님은 그대루 강화에 눌러 계시기루 했사오이다."

"허면 도성 옛집에는 네가 누구랑 같이 있느냐?"

"강화에서 늙은 할멈 하나를 데려와 그 할멈이 제 조석을 끓여대구 있사오이다."

"옥섬이는 어디 있느냐?"

"청파 옛집에 그대루 있사오이다."

"지평에게 간 줄 알았더니 난중에 내처 게 있었단 말이냐?"

"지평에게 가 있다가 도성에 올라온 지 반년이 미처 안됩니다."

"한번 갔으면 게 있을 일이지, 도성에는 왜 다시 올라왔다드냐?"

"유심약이 그 아이와 이연離緣〔이혼〕허기를 원허드랍니다. 큰댁의 투기가 심해 더 머물기가 어려웠던 모양입니다."

부자가 잠시 말을 끊고 무료하게 서로를 바라본다. 아들이 부친의 기색을 살피다가 한참 만에 다시 조심스레 입을 연다.

"이 고을에 머무신 지가 얼마나 되셨습니까?"

"금년 여름에 들어왔으니 어언 반년이 지났나보다."

"그 전에는 어느 고을에 계셨기에 그간에 소식 한 말씀두 주시지 않으셨더이까?"

"내가 언제는 집안에 소식 주며 다녔더냐? 난중이라 한곳에 있지 않구 여러 고을을 이리저리 떠다녔다."

"이제는 아버님을 다시 뵈었으니 소자가 꼭 도성으루 뫼셔가도록 허렵니다."

"실없는 소리 허지 마라. 나는 아무에게두 매어지내구 싶지 않다."

"자식의 시봉(侍奉)을 받으시는 것을 어찌 매어사는 것이라구 허십니까? 이제 왜적들두 멀리 내려갔으니 아버님두 도성으루 속히 올라오시는 것이 좋을 듯싶사옵니다."

"왜적이 물러갔다구 난이 곧 끝난 것은 아니다. 나는 감투 쓴 도적들 많은 도성으루는 아니 갈 게다. 시굴에 이대루 남아 없는 백성들허구 같이 살 게다."

다시 말이 끊긴다. 가까이 보는 부친의 얼굴이 몰라보리만큼 피폐하고 초췌하다. 하긴 육순을 바라보는 고령이라 부친의 노쇠한 모습은 당연한 것인지도 알 수 없다. 다만 인욱이 안쓰러워하는 것은 부친 성의원의 초췌한 모습에서 옛적에는 느끼지 못한 허망함을 느끼고 있는 것이다.

"소자 이 곳 사정을 대강 들어 알구 있사오이다."

"네가 무얼 안다는 게냐?"

"아버님, 홀몸으로 떠나시기가 어려우시면 소자가 이 곳 살림을 도성으로 함께 옮기도록 허겠습니다."

"……"

부친이 큰 눈으로 바라볼 뿐 아무런 말이 없다. 인욱이 다시 그 틈을 잡아 부친에게 사정하듯 입을 연다.

"아버님의 올 연세가 쉰 일굽이 되십니다. 젊은 나이루두 견디기 힘겨운 객지 살림을 어찌 지금의 연세에 견딘다구 허십니까? 소자를

효를 모르는 불효자루 만들지 마옵소서. 앞으로는 아버님을 제 가까이 뫼시도룩 해주십시오."

"네 뜻은 알겠다마는 내가 네 효도 받자구 마음 고생을 헐 수가 없구나. 내가 세상을 사는 낙이 무엇인지 네가 아느냐? 아픈 사람 아프지 않게 되구, 병 앓는 사람 병 낫는 게 내 낙이다. 네가 내게서 이 낙을 빼앗으면 나는 너를 자식으루두 생각지 않을 게다."

부친의 말이 끝나기 무섭게 인욱이 고개를 내두른다.

"제가 아버님을 도성으루 뫼신다구 아버님이 병 안 보실 까닭이 없으십니다. 예전처럼 집에 머무시며 찾아오는 병인들의 병을 보시면 될 것이 아니옵니까?"

"병 앞에는 양반두 상놈두 없는 법이다. 도성에는 뿔관 쓴 양반들이 겨울 고뿔이나 배앓이 따위루 바쁜 의원들을 진종일 잡아두더구나. 도성서 하루 두 사람의 병을 본다면 시굴서는 같은 하루에 스무 사람의 병들을 볼 수가 있어. 의원이 병 보는 일말구 무엇을 더 낙으루 바랄 게냐? 난중일수록 세상에는 온갖 병으로 앓는 사람이 많은 법이다. 누구라두 시굴에 남아 없이 사는 백성들을 살펴주어야 허지 않겠느냐?"

늙고 초췌한 부친의 얼굴을 인욱은 잠시 두려운 듯 바라본다.

원래 세상살이에 뜻이 없던 부친이다. 그래서 난 전까지만 해도 부친은 생각이 내키면 집안에 말 한 마디 없이 어느 날 훌쩍 종적없이 사라지곤 했다. 말 한 마디 없이 아무 때나 떠나는 부친이라 집안에서는 그가 어디로 떠났으며 언제쯤 돌아올 것인지 알 길이 전혀 없었다. 가족들의 걱정 같은 것은 아예 안중에도 없다는 듯, 그는 제멋대로 집을 떠나 유산遊山도 하고 계집질도 해가며 발 닿는 조선 팔도를 정처없이 떠돌곤 했다.

그러나 그토록 세상살이에 뜻이 없던 부친이 지금은 다 늙은 몸으로 더 많은 병인을 보기 위해 시골 궁촌에 눌러살 결심을 하고 있다. 무엇이 노쇠한 부친으로 하여금 그러한 생각을 갖게 했는지 인욱은 알 수가 없다. 마치 철모르던 어린아이가 장성하여 철이 들듯, 부친 기준은 육십을 바라보는 늙은 나이에 비로소 의원으로서의 아름다운 본분에 눈을 뜬 느낌이다.

"소자가 한 가지 걱정되는 것은 아버님이 예전과 달리 옥체가 많이 피폐해 보이는 것입니다. 많은 병인들을 보기 위해서는 우선 아버님 옥체부터 강건허셔야 될 것으루 아오이다. 악식惡食과 힘겨운 일에 옥체가 미처 지탱치를 못허시면 남의 병을 보시기 전에 아버님이 먼저 와석臥席[병들어 누움]허실 수도 있습니다. 그리되면 모처럼의 아버님의 뜻도 허사가 되는 것이 아니오이까?"

"내 뜻을 이미 정했으니 너는 더 이상 다른 말을 하지 마라."

부친의 대답이 짧고 간결하다. 그 얘기는 더 듣고 싶지 않다는 단호하고 분명한 의사 표시다. 인욱이 갑갑한 심사로 긴 한숨을 내쉴 즈음 부친이 다시 인욱에게 뜻밖의 말을 물어온다.

"네가 사람을 죽여보았느냐?"

"아버님, 무슨 말씀이시온지……?"

"죽일 뜻이 있어 사람을 해치는 것만이 살인은 아닌 게다. 의원이 처방을 잘못 써서 사람을 죽게 허는 것두 살인이라구 헐 수 있다. 내가 네게 묻는 것두 바루 그런 실패를 말허는 게다."

"제가 병을 본 병인 중에 더러 죽기두 했습니다만······. 그 병인이 꼭 제 탓으루 죽은 것은 아니오이다."

"네 탓이 아니면?"

"죽을 때가 임박해서 제가 병을 보았기 때문에 제가 병을 보지 않았어두 어차피 그 병인은 죽었을 것으루 아오이다."

부친이 고개를 내두르더니 한참 만에 혼잣말하듯 입을 연다.

"너는 아무래두 명의名醫가 되기는 어려울라."

"어찌허시는 말씀이시온지?"

"내 언젠가 너랑 옥섬에게 어느 스님의 시신 하나를 열어 보여준 적이 있을 게다. 너는 그 때 사람의 장기들을 처음으로 네 눈으루 보구 손으루 만져두 보았을 게다. 그 일후에 네 의원질이 예전보다 크게 나아진 것 같지 않드냐?"

"그날 아버님의 가르침 덕분에 제가 비로소 의원이 무엇인지 눈을 뜨게 되었습지요."

"그날 너를 깨우친 것은 내가 아니고 바루 그 시신이었다. 사람의 간과 염통과 지라가 어찌 생겼는지 말루 일러 어찌 안다드냐. 네 눈으로 보아 그 크기와 빛깔을 살피구 코루 냄새 맡구 손으루 만져야만 비로소 사람의 간이 어찌 생겼는지를 똑똑히 알 수가 있는 게다. 허나 모든 배움에는 끝두 없구 한두 없다. 이 끝없는 배움을 쫓다보면 때로는 사람이 지닌 본성까지두 잃게 되기가 십상이지. 한 가지 일에 한평생의 뜻을 세우는 일이 얼마나 고되구 어려운가를 네가 짐작이나 헐 수 있겠느냐?"

부친의 형형한 눈빛에 눌려 인욱은 무심중 시선을 아래로 떨군다. 지금껏 들어본 일 없는 부친 성기준의 진지한 이야기다. 어쩌면 지금까지의 부친의 방황은 단순한 유산이나 놀이가 아니고 의술을 좀더 깊이 배우기 위한 수련과 탐구의 과정이었는지도 알 수 없다. 인욱은 그제야 부친 성기준이, 의서를 통해 의술을 익힌 양반 출신의 유의儒醫들을 한 마디로 의원이 아니라고 매도하던 까닭을 알 것 같다.

부친은 참된 의술을 배우려면 케케묵은 책에서가 아니고 살아 숨쉬는 사람의 몸에서 경험을 통해 배워야 한다고 말해 왔다. 사람의 병이 사람의 몸뚱이에 깃드는 이상, 사람의 몸뚱이 이상으로 더 좋은 가르침은 없다는 것이다. 결국 부친은 좀더 큰 배움을 얻기 위해 지금껏 세상 곳곳을 정처없이 떠다녔는지도 알 수 없다. 배움에 대한 열망 때문에 부친은 편안한 집안을 뛰쳐나가 스스로 고되고 험난한 길을 택했는지도 모를 일이다.

"내 이번 난리 중에 많은 것을 새루 깨우쳤다. 우리 조선이 부강허지 못헌 것두 다 까닭이 있었던 게다. 사람의 몸뚱이를 여러 개 갈라 보았다만 나는 아직두 양반과 상놈이 어찌 다른지를 모르겠더구나. 반상의 차등, 귀천의 차등은 모두 사람들이 지어낸 어리석은 습속일 뿐이다. 왜적의 불질과 칼 앞에는 양반과 상놈이 다 같은 한 목숨뿐이더라. 글 높은 선비라 해서 왜란을 당해 한 일이 무어냐? 오히려 압제 받구 없이 살던 백성들이 낫 들구 도리깨 들구 왜적을 맞아 곳곳에서 싸우지 않았느냐? 글과 선비들만을 하늘 높이 숭상헐 게 아니라 이제는 세상 살아가는 데 쓰이는 실물實物과 실세實勢를 크게 일깨워야 되리라구 생각헌다."

방 안이 어두워진다. 기운 해가 서산에 지며 밖에는 벌써 땅거미가 깔리기 시작한다. 부자가 한동안 말이 없더니 이번에는 아들이 먼저 입을 연다.

"도성에를 아니 가시면 줄곧 이 고을에 눌러 계실 생각이신지요?"

"눌러살 생각까지는 없다. 겨울이나 예서 나구 해동이 되면 또 떠야지."

"허면 도성에는 언제쯤에나 올라오실 요량이신지요?"

"발길 닿으면 들릴 테지만 그게 언제쯤인지는 모르겠구나."

방 밖에서 인기척이 들리더니 이내 여인의 말소리가 들려온다.

"저녁진짓상 보았습니다. 지금 방에 들여두 되는지요?"

"들이게, 시장허네."

방문이 열리더니 젊은 아낙이 상을 들고 방으로 들어온다. 솔소반에는 장찌개 한 그릇과 조밥 두 사발에 냉수 한 대접씩이 놓여 있다. 상을 놓고 나가려는 여인에게 기준이 문득 입을 연다.

"이 사람이 내 아들일세. 서루 얼굴이나 익혀두게."

엉거주춤 일어서려는 아낙에게 인욱이 먼저 큰절을 한다.

"인사 여쭈오이다. 아까는 몰라뵙구 큰 결례를 했구먼요."

황급히 맞절을 할 뿐 여인은 벙어리처럼 말이 없다. 아들과 아낙을 번갈아 살피다가 기준이 다시 예사롭게 입을 연다.

"이 아이가 지금 나더러 도성엘 가자구 떼를 쓰구 있네. 자네 뜻은 어떠헌가? 도성에두 한번 올라가 봄직허지 않은가?"

"쇤네는 어디……. 의원님 뜻대루 허십시오."

"알았네, 나가 보게. 내 자네헌테 농 한번 해보았네."

여인이 자리를 일어 도망치듯 방을 나간다. 잠시 사이를 두었다가 기준이 다시 아들에게 입을 연다.

"저 아낙이 원래는 시굴 토반의 며느린데 난중에 왜적에게 욕을 당해 왜적의 아이를 갖게 되었더란다. 토반이 나를 청해 며느리가 밴 아이를 약첩을 써서 떼어달라구 허는 게야. 허나 내가 의원된 사람으루 없는 아이는 배게 해두 밴 아이는 뗄 수가 없노라구 거절을 했더니 그 토반이 그러면 저두 어쩔 수가 없노라구 며느리를 쪽박 채워 그 날루 당장에 집 밖으루 내쫓더구나. 여러 날을 대문 밖에서 며느리가 애걸을 허는데두 그 도척이 같은 토반놈의 집에서는 끝내 저 아낙을 집 안으루 들여주지 않는 게다. 해서 내가 저 아낙을 달래어 그 마을을 떠날 적에 데리구 나오게 되었구나."

"그래 왜적의 아이는 제때에 낳았습니까?"

"낳기는 낳았다만 석 달 살구는 죽더구나. 세상의 온갖 미움받이루 태어났으니 죄없는 그 어린것이 어찌 길게 살기를 바랄 게냐."

기준이 말을 끝내고 시장한 듯 서둘러 숟가락을 집어든다. 아들에게 밥상을 턱짓해 보이며 그가 다시 입을 연다.

"자 먹자. 먼길을 왔으니 너두 많이 시장헐 게다. 요즘은 하루 두 끼가 노상 멀건 죽이더니 오늘만은 네가 왔다구 조밥을 지은 모양이다. 조선에는 지금 다른 병이 없구 굶주림 한 가지가 제일 큰 병일 게다. 못 먹어 주려죽는 백성이야 의원이 백인들 무슨 수루 고칠 게냐."

부자가 오랜만에 겸상하여 밥을 먹는다. 도성에 그대로 있었다면 성의원은 죽이 아니라 삼시 세끼를 이밥으로 지냈을 사람이다.

그러나 그는 스스로 궁벽한 시골에 남아 없는 백성들의 병을 살피며 자족하여 살고 있다. 아직도 인욱이 모를 일은 부친이 어떤 계기로 이러한 마음의 변화를 겪게 되었는가 하는 것이다. 부친의 마음을 이토록 크게 움직인 사건이라면 그 사건은 인욱에게도 역시 예사로울 수 없는 사건일 것이 분명하다.

조밥 두 사발이 금시에 다 비워졌다. 아낙이 빈 상을 내간 뒤 부자는 잠시 명상하듯 말들이 없다. 꽤 오랜 침묵이 지난 뒤에야 인욱이 기어이 궁금했던 것을 부친 기준에게 조심스레 묻는다.

"아버님, 마음 쓰시는 일이 예전 같지가 않사오이다. 우리네 범속한 사람으루는 감히 생각두 못헌 일을, 아버님은 세상 눈을 피해 홀루 해내려 허십니다. 그간에 무슨 일을 겪으셨기에 아버님께서 예전과 달리 이토록 큰마음을 잡숫게 되셨는지 궁금하오이다."

"내가 황해도 어느 고을서 사람 수십 명을 몰살시킨 일이 있다."

"소자 무슨 말씀이온지……?"

"내 타구난 게으름이 그날 그 많은 사람들을 떼죽음을 시킨 게다."

심기가 어지러운 듯 기준은 말을 끝내고 두 눈을 스르르 감는다. 윗몸을 편안히 뒷벽에 기대면서 기준이 한참 만에 다시 천천히 입을 연다.

"어느 뜨거운 여름날이었느니……. 마을 초입에 들어서는데 물 잦은 개울가에 많은 사람들이 천렵 같은 것을 허구 있더구나. 큰 솥 여러 개를 개천가 돌밭에 괴어 놓구는 여러 사내들이 불을 피워 솥 안에 큼직큼직한 고깃덩이들을 삶구 있는 게다. 가까이 가서 살펴보니 개천가 돌자갈밭에 살을 훌랑 발리운 호마 한 필이 자빠져 있드구나. 솥 안에 넣구 삶는 고기는 바루 죽은 그 말에서 발궈낸 고깃덩이들이었지. 헌데 죽은 말을 자세 살피자니 창자가 썩어 흐물흐물 허구 남아 있는 살덩이들이 푸릇푸릇 독기를 지녔더구나. 말이 죽은 지가 여러 날이 되어 여름 날씨에 내장들이 모두 썩구 고기와 뼛속까지두 퍼런 독들이 좍허니 퍼져 있는 게다."

기준이 잠시 말을 끊고 눈을 감은 채 기다랗게 한숨을 쉰다. 그날의 일이 되살아나는 듯 그는 좀처럼 다음 말을 잇지 못한다. 오랜 침묵이 지난 뒤에야 성의원은 다시 느릿하게 입을 연다.

"말고기에 퍼진 푸릇푸릇한 독을 보구야 의원인 사람으루 내가 어찌 그 자리를 못 본 체 지나칠 수 있겠더냐. 고깃빛이 푸르구 썩는 내가 나는 육고기는 그게 바루 비상보다 더 무서운 독물인 것은 너두 알 게다. 먹으면 이내 큰 탈이 날 것을 아는 까닭에 나는 곧장 마을 사람들에게루 가서 고기를 먹을 생각 말구 버리라구 타이른 게다. 허나 오래 굶주려 소중난 그 사람들에게 멀쩡한 고기를 버리라는 것은 당초에 씨알두 안 먹히는 소리였지. 내가 온언순사루 알아듣게 얘기를 했건만, 어떤 사내가 기어이 골을 내더니 내 뺨을 후려 때리구는 욕을 해대며 나를 멀리 쫓더구나. 여름날 복더위에 잔뜩 지쳐 있던 나루서는 뺨을 맞구 험한 욕까지 듣구 보니 더는 그 사람들에게 말헐 기운두 뜻두 없더구나. 그래서 언뜻 내몰라라 허는 심사루 그들과 멀리 떨어진 나무 그늘에 몸을 누이구는 낮잠 한숨을 늘어지게 자구 한참 만에 눈을 뜬 게다."

기준이 다시 말을 끊고 긴 한숨을 토해낸다. 방 안은 이미 어둠이 짙어져서 서로의 얼굴 윤곽만이 어렴풋이 보일 뿐이다. 방에 불을 밝히지 않는 것은 기름 종지에 기름이 떨어진 탓일 것이다. 기준이 윗몸을 바로 세우더니 아들 쪽으로 눈길을 두고 다시 차분하게 입을 연다.

"내 육십 평생을 살아오는 동안에 그렇게 많은 사람들이 그렇게 한꺼번에 널브러져 있는 것은 본 일이 없다. 솥 걸구 고기 삶던 개천가 자갈밭에는 온통 토허구 구역질허는 사람과 배를 끌어안구 나뒹구는 사람들루 가득허드구나. 사내 계집 어린애 노인 할 것 없이 예순 명 가까운 온 부락 사람들이 온 개천에 이리저리 자빠져서 괴로워 몸을 굴리다가는 이내 탈진해서 축 늘어져 죽는 게다. 결국 그날 말고기 먹은 부락 사람들은 갓난애 하나와 아낙 둘이 목숨을 건졌을 뿐 쉰 두 명의 사람들이 한날 한시에 떼죽음을 당한 게다. 설마를 믿구 잠시 방심한 내 게으름이 살릴 수두 있는 그 많은 목숨들을 그렇게 허망하게 죽어가도록 내버려둔 셈이다. 쉰 둘의 송장들을 내 손으루 끌어묻으면서 나는 그날 처음으루 세상에 무서운 것이 악한 것이 아닌 것을 깨달았다. 세상에 정작 제일루 무서운 것은 알구두 행하지 않는 바루 방심과 게으름이라는 것이더구나."

부친이 다시 윗몸을 기대는지 뒷벽에 쿵 하는 몸 부딪는 소리가 들려온다. 부친에게 한 마디 위로의 말이라도 해야 되겠다고 생각하면서도 인욱은 망설이기만 할 뿐 좀처럼 입을 열 용기가 없다. 부친이 겪은 그날의 충격은 인욱에게도 역시 견딜 수 없는 공포인 것이다.

짧은 겨울 해가 어느덧 서산으로 기울었다.

새벽 해뜰 녘에 길을 떠나 한덕대는 한성까지의 왕복 80릿길을 이제 막 다녀오는 길이다. 하인 거느리지 않고 걸어서 다녀왔더라면 그는 지금보다 좀더 빨리 왔을 것이다. 나귀 타고 종자에게 견마까지 잡혀 다녀오는 길이어서 가고 오는 80릿길에 그는 꼬박 하루해를 지운 것이다.

과천 고을이 눈앞으로 다가든다. 여염에는 벌써 저녁들을 짓느라 파란 연기들이 집집이 솟고 있다.

도성에서 과천 장토로 내려온 지 벌써 한 달이 지난 덕대다. 시전에 몸담아 부령위까지 오른 그가 편한 장삿길을 걷어치우고 과천으로 내려온 데는 그럴 만한 까닭이 있다. 풍을 얻어 몸 추스르기가 불편하던 시전 대행수가 지난 가을에 병이 도져 갑작스레 세상을 떴다. 유난히 덕대를 아껴주고 두둔해 준 대행수라 그의 죽음은 덕대에게는 커다란 충격이었다.

난중에 운종가가 불에 타서 가뜩이나 어렵던 시전 상인들이었다. 그러나 지금껏 가가假家[임시로 지은 집]라도 지어 시전들이 이럭저럭 버틸 수 있었던 것은 얼굴 넓고 신용이 두터운 조행수의 여러 가지 구처區處[구분하여 처리함] 덕분이었다. 덕대 역시 그의 덕을 입어 일개 도부꾼에서 부령위에까지 자리가 올랐으며, 장삿길에 그의 짐바리도 한두 개쯤 허락을 해서 여러 차례 남도 쪽 장삿길에서 적지 않은 천량을 모으기도 했던 것이다.

그러나 조행수의 갑작스런 죽음은 이러한 모든 호기를 덕대로부터 한꺼번에 빼앗아갔다. 지금껏 조행수의 비호 밑에 과분한 대접을 받은 것으로 알려진 덕대는, 후임 행수 장두익張斗益에 의해 부령위에서 차지령으로 내려앉게 된 것이다.

한덕대는 그러나 새 상단의 이러한 처사에 놀라지도 않았고 크게 서운해하지도 않았다. 이미 상단의 그러한 처결處決을 예상하고 있기도 했지만, 그는 조행수가 죽기 전부터 은밀히 상단을 떠날 궁리를 하고 있었다.

한덕대에게는 시의時宜[때]가 참 좋았다. 그리고 무엇보다 고마운 것은 반가 출신인 안식구 이씨의 헌신적인 내조였다.

덕대의 안식구 이씨 부인은 원래가 반가 출신으로 난중에 어쩔 수 없이 양민 출신인 덕대에게 시집온 여자였다. 따라서 그녀는 기회만 있으면 지아비 덕대를 양반으로 만들 궁리를 했다. 더구나 두 사람의 사이에는 문세라는 사내아이까지 태어났다. 그 아이를 장차 양반의 자제로 키우자면 그녀는 우선 그 아비부터 양반으로 만들어야 되겠다고 생각한 것이다. 다행하게도 그녀에게는 그러한 기회가 때맞추어 찾아왔다. 조정에서 납속하는 백성에게는 관직을 주겠노라는 뜻밖의 조칙이 내린 것이다.

일은 이씨에 의해 은밀히 착수되었다. 녹사錄事[육조에서 문서를 관장하던 경아전] 한 사람을 중간에 세워 수직의 내용을 상세히 알아본 뒤, 그녀는 곧 덕대를 설득하여 벼 스무 섬을 나라에 바치고 봉사奉仕 벼슬을 받기에 이른 것이다.

양반은 그러나 예로부터 상업을 천히 여겨 장삿일은 할 수 없도록 되어 있다. 이미 곡식을 나라에 바쳐 종8품 봉사 벼슬을 받은 덕대는 이제 시전 상단에 나가 장삿일을 계속할 수 없었다. 그러나 그는 상단에는 벼슬한 사실을 알리지 않았다. 상단 일에 이미 뜻이 없어진 한덕대는 도성에 남아 있는 것이 부질없음을 깨달았다. 그가 받은 봉사직은 산관散官〔일정한 직무가 없는 벼슬〕이라 품계만 있을 뿐 정작 관에 나가 일을 하는 것은 아니었다.

벼슬을 받아 양반이 되긴 했으나 덕대는 곡식 주고 산 벼슬이라 내심으로 부끄럽고 민망하게 생각했다. 그래서 그는 상단 사람들이 눈치 채기 전에 도성을 몰래 떠나 시골에 숨어살기로 했다. 벼슬을 받아 양반이 되기는 되었으나 그는 옛날 상사람의 근본을 숨기고 아무도 모르는 시골에 내려가 양반 행세를 하리라고 작정한 것이다.

그러나 시골에서 양반으로 살아가자면 그는 농사지을 장토가 필요했다. 다행히 난중이라 가까운 과천땅에 헐값으로 나온 어느 양반의 장토가 있었다. 땅이 기름지고 크기도 알맞아서 덕대는 오래 생각할 것도 없이 도성의 집과 숨겨둔 은자를 모두 팔아 과천의 그 장토를 사들였다. 상단 사람들에게는 가는 곳도 밝히지 않은 채 덕대는 곧 작별을 고하고는 도성을 떠나 과천으로 내려간 것이다.

그러나 막상 과천 장토에 내려와 보니 겨울철이라 하는 일도 없고 말벗도 없어 하루 지내기가 여간 지루한 게 아니었다. 더구나 반가 출신인 안사람 이씨는 양반된 체통을 내세워 걸핏하면 말씨와 거동을 점잖게 하라고 이르곤 했다. 거동을 경솔히 말고 말씨는 점잖아야 하며 아랫것들에게는 위엄을 보이고, 밤에는 글을 읽어 면무식免無識〔무식을 면할 만큼의 공부〕도 해야 된다는 것이었다. 이씨의 정성이 워낙 간곡하고 절실해서 덕대는 그녀가 하는 말에 지금껏 고분고분

응해 왔다. 이왕 곡식을 바치고 어렵게 받은 벼슬이라 그녀가 이르는 대로 양반이 한번 되어보리라고 작정한 것이다.

그러나 그제 새벽에 기어이 예기치 않은 큰 병통이 생기고 말았다. 소실로 들어앉힌 관기 출신 금홍이가 그제 새벽 글 한 통을 남기고는 과천집을 떠나 도성으로 올라간 것이다.

그녀가 남긴 글 속에는 큰댁인 이씨에 대한 원망과 노여움이 가득 적혀 있었다. 이제 어엿한 양반의 아낙이 된 이씨는 예전과 달리 소실 금홍에게 양반 집안의 법도대로 당당하게 아랫사람 취급을 했다. 전에는 정실과 소실이라도 두 사람이 모두 상사람이라 차등을 두지 않고 대했으나, 지아비 한덕대가 벼슬을 받아 양반이 된 뒤로는 이씨가 금홍이 대하기를 주인이 하인 대하듯 엄하게 대한 것이다. 갑작스런 이씨의 이러한 변화에 소실 금홍은 서운함과 분기가 폭발했다. 그녀는 제가 쓰던 방에 언문 글 한 통을 남기고는 도성으로 올라간다며 온데간데없이 사라져 버렸다.

덕대가 오늘 새벽에 도성에 올라간 것은 바로 그제 도성으로 올라간 소실 금홍의 행방을 알아보기 위해서였다. 도성에서는 전에 그녀가 딴살림을 하고 있었기 때문에 옛집 근처를 더터보면 덕대는 그녀의 행방을 쉽게 알아낼 수 있으리라 생각한 것이다. 그러나 도성에 올라간 덕대는 일이 뜻과 같이 잘 되지 않은 것을 깨달았다. 그는 오히려 더 큰 걱정만을 얻은 채로 아무런 성과없이 서둘러 과천으로 내려오게 된 것이다.

과천 고을을 왼쪽으로 비켜 덕대는 작은 개천을 끼고 인가 50여 호가 모여 있는 작은 부락을 바라고 올라간다. 난중이라 땅값이 녹어 덕대는 부락 인근의 땅 50여 두락을 한꺼번에 살 수 있었다. 부락에는 마침 땅을 부쳐오던 작인들이 있어 덕대는 땅을 산 뒤에도 달리 사람을 구해 소작을 주지 않아도 되었다. 땅주인이 바뀌자 그 땅을 부치던 작인들까지 그대로 땅에 묻어 그의 작인이 되어준 것이다.

"나으리, 어디를 댕겨오시는 길이시오이까?"

개천에 걸린 나무다리를 막 건너자 낯익은 중늙은이 하나가 덕대에게 허리를 굽혀 보인다. 덕대가 얼른 인사를 받아 점잖은 말로 응대를 한다.

"도성엘 좀 다녀오네마는 자네 성이 어찌 되든가?"

"제 성이 박가올시다. 박서방이라구들 부릅지요."

"알았네. 박서방, 자 허면 일 보시게."

"예 나으리, 살펴 올라가십시오."

나귀가 마을 윗길로 네댓 칸이나 멀어졌는데도 박서방은 그 자리에 서서 나귀 탄 덕대의 뒷모습을 우두커니 지켜본다. 키가 워낙 장대한 덕대는 나귀를 탔건마는 두 다리가 거의 땅에 닿을락 말락 한다. 양반의 체통만 아니라면 사실 덕대는 도성에 걸어서 다녀오고 싶었다. 그러나 부인 이씨는 그에게 기어이 나귀를 타도록 강요했다. 양반 체통에 하룻길이나 되는 먼길을 혼자 걸어갈 수는 없는 일이니, 나귀 타고 종자까지 거느리고 경마잡혀 천천히 다녀오라는 것이었다.

"나으리."

경마잡은 하인 뚝쇠가 집을 멀리 보고 모처럼 입을 연다.

덕대가 대꾸없이 하인 뚝쇠를 굽어보자 뚝쇠가 나귀 몰던 회초리를 들어 멀리 집 쪽을 가리켜 보인다.

"혹 작은마님께서 그간 집에 돌아오시지 않았을까요?"

"도성에 올라간 사람이 언제 집에 돌아온다는 게냐?"

"도성 옛집에두 아니 오셨다니 아예 작은마님께서 도성엘 올라가시지 않았는지두 모르지요."

"그랬으면 좋겠다마는 마님을 도성에서 보았다는 사람이 있다."

"보았다는 사람이 있으면 어디 기신지두 그 사람이 알겠구먼요?"

"잠시 만나는 보았다만 어디 있는 줄은 모른다구 허는구나."

평대문 밖 타작마당에서 삭정이 나무를 꺾던 하인이 먼빛으로 주인의 나귀를 보고는 꾸뻑 절을 해보이고 집으로 달려들어간다. 아마 주인이 돌아온 것을 안주인인 이씨에게 선통하려는 모양이다.

집안에는 지금 사내 하인 둘에 계집종이 셋이다. 도성에서 큰 집을 마련했을 때 이미 그들 다섯을 종으로 부린 한덕대는, 도성에서 과천으로 내려오면서 그들을 모두 거느리고 왔다. 그러나 집이 크고 장토 또한 적지 않아서 어차피 사내종 두엇쯤은 더 들여야 될 형편이다. 난중이라 구하려 들면 종살이할 사람은 얼마든지 들일 수 있다. 그러나 막상 입에 맞는 사람을 찾노라면 그 또한 여러 가지로 망설여지고 수월치가 않다. 성품 어질고 부지런하고 신심信心있는 사람을 고르자니 하인 고르는 일도 생각처럼 쉽지가 않다.

"나으리, 댕겨오십니까?"

방금 집 안으로 뛰어들었던 하인이 어느새 다시 뜰에 나와 절을 한다.

"오냐, 마님 안에 계시냐?"

"예, 쇤네가 선통을 해서 나으리 듭시기를 기다리구 기시오이다."

덕대가 나귀에서 내려 평대문을 밀고 집 안으로 들어선다. 지붕은 비록 짚을 얹은 초가지만 행랑까지 갖춘 큰 집채라 도성의 웬만한 와가보다도 그 규모가 더 크다. 대문을 거쳐 안뜰로 막 들어서자 섬돌 위에 섰던 이씨가 빠른 걸음으로 뜰로 내려선다. 다가오는 서방의 낯빛을 살피며 이씨가 먼저 조심스레 말을 물어온다.

"어서 오시어요. 도성 가신 일은 잘 되셨는지요?"

"잘 되지 않았소. 헛걸음 허구 오는 길이오."

"작은댁을 만나보시기는 허셨습니까?"

"보지 못했으니 안됐다는 게지. 사람을 보았으면 내가 홀루 내려왔겠소."

"예서 말씀허실 일이 아니라 어서 사랑으루 드시지요."

이씨가 말을 마치고 제 서방이 먼저 섬돌에 오르기를 기다린다. 덕대가 곧 안식구를 뒤로 달고 섬돌에 올라 사랑으로 들어간다. 이씨가 뒤따라 방에 들어 서방 맞은편에 비스듬히 모로 앉는다.

"글루는 도성엘 간다구 해놓구 이 사람이 허면 어디루 갔을까요?"

"도성에 가기는 간 것 같소. 그 사람을 보았다는 사람이 있습디다."

"그 사람을 보았다면 있는 데두 그 사람이 알구 있을 게 아니오이까?"

"잠시 만나만 보았을 뿐 있는 데는 모른다는 게요. 아무래도 그 사람이 일을 저지를 모양이오."

"일을 저지르다니 무슨 일을 저지른다는 말씀이오이까?"

덕대가 대답 대신 보료 위로 비스듬히 몸을 누인다. 나귀 타고 다녀오는 길이건만 걸어서 다녀올 때보다 몸이 더 찌뿌드드하다. 나귀가 몸에 익지 않아 걷는 것보다 더 힘이 든 때문이다.

"옛날 그 사람 살던 동네를 갔더니 이웃에 살던 늙은 할멈이 나를 알아보구 반겨 맞습디다. 그 할멈 말이 바루 어제 낮에 그 사람이 옛날 동네를 찾아와 그 할멈을 잠시 만나보구 갔다는 게요."

"만나보아 무슨 말을 허드랍니까?"

"서럽다느니 죽구 싶다느니 허더니 종당에는 긴 한숨 섞어 못할 소리까지 허드라는군."

"못할 소리가 무어랍니까?"

"기적에 다시 들겠다는 게요."

"무어라구요?"

이씨의 음성이 비명처럼 높게 튀어나온다. 제 목소리에 스스로 놀란 듯 이씨는 잠시 아무런 말이 없다. 그러나 곧 떨리는 목소리로 야무지게 입을 연다.

"그 사람 버리셔야 되겠구먼요."

"버리다니?"

"뽑아준 기적에 다시 들겠다니 그게 어디 제정신 가진 사람이 할 소립니까? 투기가 그토록 심해서야 장차 그 노릇을 어찌 견디실 작정이십니까?"

"투기 심헌 게 뉜지 모르겠네. 독장불명獨掌不鳴이라, 손바닥 하나루 소리나는 것 보았소?"

"서방님!"

부르짖듯 덕대를 불러놓고 이씨는 부릅뜬 눈으로 뚫어지게 덕대를 바라본다. 본심과는 달리 엉뚱한 말을 뱉어놓고 덕대는 스스로 면구해서 이씨의 눈길을 슬며시 피해 버린다. 한동안 아무런 말이 없다가 이씨가 다시 차분하게 입을 연다.

"작은댁을 아끼는 서방님 마음을 소첩두 모르는 게 아니오이다. 허나 소실두 지아비 뫼시는 아낙인데 제 뜻에 흡족치 않다구 어찌 허락없이 집을 비울 수가 있겠습니까? 서방님이 작은댁을 곁에 두고 길게 보시려면 이번에 꼭 작은댁을 꾸짖어서 삐뚤어진 생각을 바루잡아 주셔야 하오이다. 버릴 아낙이라면 이래두 저래두 좋사오나 길게 두고 보시려면 이번 일을 꼭 벌 주셔야 할 줄 아오이다."

이씨의 말에 흠잡을 구석이 하나도 없다. 아마 이러한 사리판단 때문에 상사람 출신인 금홍과 그녀가 서로 이토록 다른 것인지도 알 수 없다. 나이로만 따져서는 이씨가 금홍의 아래건만 그녀가 내보이는 덕성과 아량은 오히려 나이 든 금홍보다 더 너그럽고 관후한 것이다.

덕대가 종내 묵묵부답이자 이씨가 다시 차분하게 말을 잇는다.

"서방님이 처신하시기 어려우시면 소첩에게 작은댁 일을 전수히 맡겨주십시오. 이번 일만은 어찌해서라두 기어이 그 사람의 못된 버릇을 바루잡두룩 허겠습니다."

"알았소. 시장허니 어서 저녁상이나 들여주시오."

짜증 섞인 덕대의 말에 이씨는 더 이상 응대하지 않는다. 얼른 자리에서 몸을 일으켜 그녀는 말없이 방을 나간다.

생각할수록 금홍의 일이 불쾌하고 괘씸하다. 소실에게도 소실 나름의 지켜야 될 예의와 범절이 있다. 명색이 서방 있는 아낙으로서 제 마음 내키는 대로 집을 떠나도 되는 것인지 알 수가 없다. 어쩌면 그녀에게는 이씨의 말대로 뜨거운 맛을 보여 못된 버릇을 바로잡아 주어야 될지도 모른다. 시샘이나 투기로 말하더라도 그녀는 날이 갈수록 더 난하고 사나워지는 느낌이다. 서방이 양반이 되어 체통을 지키려고 애쓰는 것을 잘 알건마는, 그녀는 오히려 그 일을 빌미삼아 제 서방을 업신여기거나 골탕먹이려 하는 것이다.

하긴 금홍이 요즘 들어 더 못되게 느껴지는 것은, 그녀와 이씨 두 사람을 견주기 시작한 이후부터다. 원래 금홍은 그 성정이 종작없이 급한 편이다. 앞뒤 생각없이 곧잘 엉뚱한 일을 벌이고는 그 뒷감당을 하지 못해 온갖 고생을 사서 하는 성미다.

한편 이씨는 모나지 않은 둥근 성품에 좀처럼 제 속에 품은 뜻을 얼굴이나 몸 밖으로 드러내지 않는다. 간혹 밖으로부터 심한 낭패나 욕을 당해도 그녀는 놀라운 참을성을 발휘해서 곧잘 그 곡경을 넘기거나 삭이곤 한다.

이렇게 성품들이 서로 다른 두 사람은 대하기가 서로 거북하고 어려워서 한집안에 살면서도 좀처럼 얼굴들을 마주하지 않는다. 그러나 얼굴은 마주하지 않는 대신 그들은 서로에 대해 불만이나 불평이 아주 많다. 오히려 맞대놓고 불만이나 불평을 털어놓을 수 없기 때문에 가슴속에 그 불만들이 더 크고 깊게 자라는지도 모를 일이다.

이럴수록 견디기 힘든 것은 그 두 아낙들 사이에 끼어 있는 얼치기 양반 한덕대다. 두 여인이 내쏟는 온갖 불만들이 제 한 몸에 퍼부어져서 덕대는 때로 골머리가 아파 어딘가로 멀리 도망치고 싶은 생각마저 든다. 그 중에도 특히 못 견딜 것은 까닭없이 앙탈을 부리는 금홍의 사나운 강짜다. 제 것으로 알았던 정실자리를 뒤늦게 이씨에게 빼앗긴 분풀이로, 그녀는 서방 덕대를 잠자리에 홀로 독차지하려 하고 있다. 두 여인을 아낙으로 거느린 덕대는 진작부터 제 나름으로 이 여인 저 여인에게 번차례로 드나들어 왔다.

그러나 도성에서는 딴살림을 하던 금홍이 과천으로 내려온 뒤 한집살림을 하게 되자 예전과 달리 투기를 내어 덕대를 거의 매일 제 방에 잡아두려 하고 있다. 이틀 걸러 한번쯤 이씨 방에 건너가 자고라도 올라치면 금홍은 대뜸 눈을 내리깐 채 제 성질에 못 이겨 숨소리가 거칠어진다. 그러나 위태위태하면서도 지금껏은 이씨의 양보로 집안의 큰 풍파없이 평안하게 지내온 셈이다. 헌데 바로 그제 새벽에 금홍이 기어이 엉뚱한 일을 저지르고 말았다. 한동안 잠잠하기로 안심하고 있던 차에 금홍은 돌연 글 한 줄을 남겨놓고 과천 집을 몰래 빠져나가 도성으로 올라가 버린 것이다.

"형수님, 안녕허십니까?"
"어머나 아주버니, 통기두 없이 어쩐 일이세요?"
"뵙구 싶어 내려왔습니다. 형님 안에 기시겠죠?"
"그러문요. 어서 드세요."

방 밖에서 뜻밖에도 귀에 익은 음성이 들려온다. 귀 기울일 새도 없이 덕대는 몸을 일으켜 방문을 열고 밖을 내다본다.

"네가 분동이 아니냐?"
"예, 형님 저올시다."

"어서 오너라. 네가 지금 어디서 오는 길이냐?"

"도성서 내려오는 길입니다. 형님 뵈온 지 오래되어 인사 여쭈러 내려왔습니다."

"잘 왔다. 올라오너라. 여보, 저녁밥상 이 사람과 겸상으로 내오구려."

"예. 그렇지 않어두 겸상으로 차릴 겝니다. 아주버니 어서 들어가세요. 형님께서 얼마나 아주버님을 기다리셨다구요."

"원 별말씀을. 형수님, 허면 방에 들랍니다."

분동이 신을 벗고 마루를 거쳐 방 안으로 들어온다. 보료 위에 앉은 형을 향해 분동이 무릎을 꿇고 너부죽이 큰절을 한다.

"형님, 그간 기체강녕허시오이까."

"오냐. 너는 어떠냐. 허는 일은 잘 되느냐?"

"예, 형님 덕분에 이럭저럭 꾸려가구는 있습니다."

"편히 앉아라. 내가 오늘 도성엘 올라갔었다. 너를 보구 오려구 했다마는 해가 짧아 못 보구 내려왔다."

"그러셨구먼요. 그래 도성엔 무슨 일루 가셨든가요?"

"그럴 일이 있었느니. 그래 요즘 도성에서는 난리 소식이 어찌들 돌구 있느냐?"

분동이 무릎을 풀고 책상다리를 하고 앉는다. 형의 얼굴을 잠시 바라본 뒤 분동이 천천히 입을 연다.

"왜적들이 겨울 되기 전에 전라도 깊숙한 고을에서 남해 갯가 쪽으루 내려간다는 소문입니다. 지난 가을에 우리 수군이 또 한 차례 큰 싸움에 이긴 뒤로는 경상도 일경의 왜군들두 명나라 군사들헌테 쫓김을 받는다구 허드구먼요. 앞으루는 아마 내년 해동 때까지 큰싸움 없이 이럭저럭 지낼 듯 싶습니다."

"도성 인심들은 어떠허냐? 도적들이 횡행한다는 소문이던데 밤길 다니기가 불편허지 않드냐?"

"저야 앉은장사를 허는 터라 밤길 나다닐 일이 없습지요. 도적들이 어디 밤낮이 있든가요? 벌건 대낮에두 으슥한 골목에서는 도적들이 작당을 해서 사람을 해치거나 물건을 털기가 예산걸요."

"명군들 행패두 여전허냐?"

"승냥이 몰아내니 범이 뒤따라 들어오더라구. 왜적을 멀리 쫓아 버리니 명군이 뒤를 이은 셈이지요. 우리네 없는 백성이야 수모쯤 당해두 털털 털면 그만입지요만, 지체 높은 양반이나 벼슬아치들이 명군헌테 당허는 수모는 곁에서 보기에두 딱허구 민망해서 차마 바루 보기가 송구헐 지경입니다."

"그 자들이 양반네들헌테 어떤 수모를 보이길래?"

"양반네 봉욕은 뒷전이구 조선 장군이나 조관朝官[조정에서 일하는 관리]들까지두 명군들이 휘두르는 말채찍에 얻어맞는 것을 여러 번 보았습니다."

"말채찍으루 조신朝臣을 때려?"

"턱수염을 끄들리구 발길질을 당허구 그러구두 성이 덜 풀리면 사람을 아예 개 패듯이 마구 팹니다. 그 자들이 조선 사람에게 부리는 행패가 왜적들에게 조금두 뒤지지 않는다는 소문입니다."

분동은 입을 다문 채 형이 더 말을 물어오지 않기를 바란다. 제가 보고들은 것 중에 분동은 차마 형 앞에서도 발설하기가 어려운 잔혹한 일들도 있다. 도성 밖 시골로 내려가면 명군의 못된 짓은 더욱 추하고 잔혹해진다. 그들은 탐나는 물건은 닥치는 대로 약탈하거나 빼앗아가고, 치마를 두른 여인들을 만나면 거침없이 군막으로 잡아가 여러 병졸들이 번갈아 가며 욕을 보인다. 그 중에는 양가의 아낙들이 있는가 하면 반가의 어린 규수나 나이 쉰이 넘은 노마님들까지도 섞여 있다. 여인에 굶주린 그들의 눈에는 반상은 물론 늙고 어린것도 가릴 짬이 없는 것이다.

"저녁진짓상 들여갑니다."

방문이 열리더니 계집종 하나가 밥상을 들고 들어온다. 부인 이씨가 불씨를 들고 따라 들어와 어두워진 방에 등잔불을 달인다. 상이 놓이고 계집종이 물러가자 이씨가 등잔걸이를 당겨 상머리 쪽으로 옮겨 놓는다.

"찬이 없어 무얼루 진지를 드시지요? 술이 마침 잘 익었으니 반주나 많이 드시두룩 허세요."

"이게 웬 맑은 술입니까? 찬두 한 상이 그득허구면요."

"자 어서 많이 드세요. 술은 모자라면 더 불러 청허시구요."

"예, 형수님. 고맙습니다."

이씨가 자리에서 일어나 소리없이 방을 나간다. 덕대가 그제야 술 담긴 호로병을 집어들어 제 잔에 먼저 따르고 분동의 잔에도 술을 채운다.

"자 우선 잔부터 내라. 먼길 걸었으니 너두 목이 갈헐 게다."

형의 권유를 받고 분동이 상 앞에서 돌아앉아 사발에 담긴 술을 비운다. 몸을 바로 하는 아우를 향해 덕대가 다시 말을 물어온다.

"아버님 산소 옮길 일은 네가 좀 알아보았드냐?"

"예, 알아는 보았으나……."

"면례(묘를 옮김)가 쉬운 일이 아닌 줄은 안다마는 내 이미 나라에서 벼슬을 받았으니 아버님을 그대루 버려둘 수는 없는 일이고……. 부비(경비)날 것은 걱정을 말구 엄동 닥치기 전에 일을 벌이는 게 어떨는지?"

"형님 의향은 들었으나……. 글쎄요, 제 생각에는 아버님을 그냥 지금 기신 곳에 뫼시는 것이……."

말들이 쉽게 이어지지 않고 토막토막 끊어진다. 형제간의 의견이 맞지 않아 제 주장을 크게 내세우지 않으려는 까닭에서다. 그러나 곧 형 쪽에서 제 의견을 내세울 작정인 것 같다.

"네가 지금의 묏자리를 잘 몰라서 그런 말을 허는 게야. 지관(地官)이 그 터를 한번 보구는 정승까지는 어렵더라두 당상이나 절충장군 한 자리는 어렵지 않다구 장담허드구나. 내 이미 양반이 되었으니 아버님두 의당 반가의 상례(喪禮)를 따르는 것이 옳지 않느냐?"

아우 분동이 대꾸없이 술을 자작하여 석 잔을 거푸 마신다. 아우의 거동을 수상하게 바라보다가 덕대가 기어이 언짢은 목소리로 말을 묻는다.

"네가 대답이 없는 것을 보니 아버님 산소 면례헐 일에 나랑 생각이 다른 게로구나. 어디 네 생각은 무엇인지 나헌테 한번 말해 보아라."

"저는 아버님의 지금 산소를 그대루 두어두었으면 좋겠습니다. 양반이 되신 건 형님대부터지, 돌아가신 아버님은 아니질 않습니까?"

"자식이 양반인데 어째 그 부모가 양반이 아니란 게냐? 내 장토루 산소를 옮겨오면 석물石物두 새루 맞추어 양반 봉분을 만들면 될 게 아니냐?"

"지금 아버님 기신 곳두 묏자리가 결쿠 나쁘지가 않사오이다. 난중에 공연히 면례를 허려면 부비만 크게 날 뿐 득이 될 게 없을 듯싶구면요. 형님은 아버지를 양반으루 뫼시구 싶으시겠지만 아버님은 옛날 그대루 상사람으루 묻혀 기시기를 원허실는지두 모르지 않습니까?"

"면례 때 부비날 것은 내가 모두 알아서 헌다지 않느냐. 내가 집안의 장손이기두 해서 아버님 산소만은 꼭 내 장토 안에 뫼시자구 허는 게다."

"형님은 양반이 되셨으니 그런 생각을 허실만두 허지요만, 상사람인 저는 양반 형님에게 선산마저 빼앗기구 장차 허전해서 어찌 지내라는 말씀이십니까? 양반은 부디 형님대부터나 챙기시구 아버님 산소만은 지금 그대루 두어두도록 허십시오. 못난 아우의 부탁입니다. 저는 양반보다 상사람의 자식이 좋구면요."

침묵이 흐른다. 언제나 형의 말이라면 고분고분 응하던 아우 분동이다. 그러나 이렇게 착하기만 하던 아우 분동도, 형이 양반이 되고부터는 왠지 전과 달리 형을 멀리하는 느낌이다. 양반이 되어 지체 높은 것은 좋은 일이지만 때로는 생각지도 않은 고통과 외로움도 있는 것이다.

"참, 금홍이 형수님은 잘 기신지 모르겠구면요?"

어색해진 술좌석을 의식하고 분동이 얼른 말머리를 바꾼다. 그러나 형은 얼굴을 찌푸리며 더욱 언짢은 낯빛을 할 뿐이다.

"그 사람이 지금 집에 없다."

"어딜 가시구요?"

"그제 새벽에 글 한 줄을 써놓구는 제멋대루 집을 나가 도성으루 올라갔다."

"형님 허락두 안 기신데 그 형수님이 도성으루 올라가셨단 말입니까?"

"내가 오늘 새벽에 도성에 간 것두 바루 그 사람을 찾아보기 위해 올라간 게다. 갈 만한 곳은 죄 훑어보았다만 어느 구석에 숨어 있는지 당최 행방을 모르겠구나."

"혹 그 형수님께 집안에서 서운케 대한 일이라두 있으십니까?"

"제 나름으루는 어찌 생각허는지 모르겠다만 나나 네 형수는 서운케 대한 일이 전혀 없다. 그리구 설혹 서운케 대했기루 제가 내 허락두 없이 불쑥 집을 떠나야 옳은 게냐?"

분동이 잠시 생각하는 눈치더니 어딘가 계면쩍은 낯빛으로 형을 물끄러미 건너다본다.

"혹 그 형수님이 형님을 떠나 기적에 다시 들려는 게 아닌지요?"

"네가 그걸 어찌 아느냐?"

"그 형수님 생각이 그렇기는 헌 겝니까?"

"내가 오늘 도성에 올라가서 그 화상이 옛날 이웃에 살던 할멈에게 그렇게 말허더라는 소리를 내 귀로 듣구 왔다. 그 물건이 생각이 모자라두 그렇게 모자랄 줄은 내 미처 생각 못했구나. 기적에서 이름을 뽑느라구 그 애를 쓴 것을 저두 알건마는, 이번에 다시 제 발루 걸어가 관기가 되겠다니 그게 어디 사람으루 헐 짓이냐."

"지난 보름께 제가 잠시 형님댁에 들른 적이 있었지요. 그 때 그 형수님이 한숨 섞어 저헌테 털어놓은 말이 있었습니다. 형님이 양반 되시기 전에는 사람이 정이 깊구 아랫사람을 포근히 감싸 편케 해주는 재주가 있더니만, 곡식 팔아 양반이 되신 뒤루는 당최 정두 없구 뻣뻣하기가 장작개비 같더랍니다. 거기에 또 큰형수님께서 글 읽어라, 예절 배우라시며 자구 깨면 노상 형수님에게 닦달을 해서 도무지 한집에 살기가 힘에 벅차구 갑갑허기만 허드랍니다. 제 생각엔 아마두 그 형수님이 그런 일들 때문에 잠시 도성으루 바람 쐬러 올라간 듯싶구먼요."

덕대를 바라보는 분동의 눈에 장난기 같은 것이 번쩍인다. 쏘아보는 형의 눈길을 피하며 분동이 이내 실토하듯 입을 연다.

"금홍이 형수님 제 집에 있습니다. 한 사흘 쉬구는 과천으로 다시 내려온답니다."

23. 한 삼태기 흙에 한을 묻다

눈 덮인 큰 골짜기에 한낮의 햇살이 눈부시게 쏟아지고 있다.
 길로 짐작되는 골짜기 아랫녘 바닥 쪽에는 작은 짐승들의 발자국만 찍혔을 뿐 사람의 발자국은 도무지 볼 수가 없다. 아무리 눈 많은 한겨울이라도 운해사 큰절에 출입하는 사람이 없을 리 없다. 그러나 눈이 갓 내린 탓인지 사람의 발자국은 모두 지워지고 보이지 않는다.
 "사람 발자국이 통 없는 걸 보니 눈 내린 지가 얼마 안되는 모양이지요?"
 앞서 가던 짝쇠 총각이 뒤따르는 선승 사발을 돌아본다. 사발이 허연 입김을 내뿜으며 아무런 대답없이 골짜기 위를 아득하게 올려다본다. 짝쇠가 다시 걸음을 옮기며 혼잣말하듯 입을 연다.
 "산문이 보일 때가 됐는데 눈이 부셔 보이질 않는구먼. 골짝이 옛날에 보던 것과는 많이 달라진 느낌이우."

하얗게 뒤덮인 큰 골짜기에 햇살이 반사되어 눈을 제대로 뜰 수가 없다. 겨우내 눈이 내리고 쌓여 눈 두께가 깊은 곳은 허리까지 빠질 정도다. 그러나 산모퉁이를 돌고부터 사발은 눈 속에서도 자주 절 쪽을 올려다보곤 한다. 짝쇠가 방금 말한 것처럼 골짜기가 어딘가 예전 모습과 같지 않다. 같은 산이요, 골짝이건만 사발에게는 흡사 다른 절을 찾는 듯한 느낌이다.

"어렵소!"

앞서 가던 짝쇠가 고함과 함께 눈밭 속에 우뚝 멈춰 선다. 뒤따라 오른 사발의 눈에도 놀라운 광경이 훤히 보인다. 산문 앞에 울창하던 상수리나무들이 잎과 잔가지를 모두 떨구고 검은 기둥으로 드문드문 눈벌판에 서 있다. 겨울에도 원래 상수리나무는 노랗게 마른 잎들을 잔가지에 달고 있다. 그런데 지금은 그 큰 나무들이 잎과 잔가지들을 모두 떨구고 검은 기둥으로만 우뚝우뚝 박혀 있다.

"스님 이게 무슨 조화입니까? 산불이 났나 봅니다. 잎들이 모두 불에 타지 않았습니까?"

"저 위 절터를 올려다보게. 절집들이 하나두 뵈질 않아."

"예?"

골짜기 위 너른 절터에 절집이 하나도 보이지 않는다. 법당과 누사樓榭[다락집] 요사寮舍[중들의 거처방] 따위의 불우佛宇[절집]들이 눈에 묻혀 간 곳 없다. 있어야 될 절집들은 보이지 않고 눈밭만 질펀히 열려 있는 것이다.

"아니 이게 어찌 된 일입니까? 절터에 절집들이 하나두 없지 않습니까?"

"운해사만은 설마 했드니……. 내 진작에 절을 한번 찾아보는 겐데……."

"스님, 이게 무슨 변곱니까? 절집들이 모두 어찌 된 겝니까?"

"지난 가을 운해사에 왜적이 들었단 소문을 들었지. 그 때 왜적들이 불을 놓아 천년 대찰을 하루아침에 태운 모양이다."

"아니, 허면 운해사를 왜적들이 불태웠단 말입니까?"

사발이 대꾸없이 눈을 걷어차며 절터 쪽으로 올라간다. 불이문 不二門과 누사 법당은 물론이요, 요사와 종루까지도 돌무더기로만 남아 있을 뿐이다. 절터가 너무 휑뎅그렁해서 어디가 어딘지도 분간하기가 쉽지 않다. 그나마 법당 자리를 알아볼 수 있었던 것은 법당 앞뜰에 그대로 서 있는 두 기의 석탑들 때문이다. 탑들만이 거뭇거뭇 연기에 그을린 채 옛날 제자리를 쓸쓸히 지키고 있다.

"천하의 망종들 같으니, 부처님 뫼신 법당까지 불을 놓아……?"

짝쇠가 눈밭을 둘러보며 한숨처럼 입을 연다. 사발은 어느새 법당 자리에 멈춰 서서 입 속으로 중얼중얼 경 몇 마디를 외고 있다. 흙벽과 주춧돌과 기와 섬돌들만 덩그렇게 남았을 뿐 목재로 된 기둥들과 서까래들은 깡그리 타서 흔적조차 볼 수가 없다. 그러나 추하게 남아 있을 불탄 자리가 지금은 눈에 묻혀 순백으로 보일 뿐이다.

독경을 끝내고 돌아서다가 사발이 문득 가는 눈으로 한곳을 바라본다.

"저 아래 향나무들 새에 집이 한 채 살아 있다."

"허허벌판에 집이 어디 있다시우?"

"옛날 객사루 쓰던 집 같다. 그리루 한번 내려가 보자."

사발이 가리키는 곳에 과연 절집 비슷한 기와지붕이 내려다보인다. 운해사에 부목負木으로 오래 있었던 짝쇠 총각도 눈 아래로 보이는 그 집이 무슨 집인지 대번에 알아본다.

"저게 객사가 틀림없구먼요. 선비들이 절에 놀러와서 하루나 이틀씩 묵어가던 집이지요."

"금당에 뫼신 부처님은 어찌했길래 뵈질 않누?"

"법당이 불에 타 없어졌는데 부처님인들 남아 있을까요?"

"운해사 본존本尊은 토불土佛이라 그을리기는 해두 불에 타지는 않았을 게다."

"토불이라면 법당의 부처님이 흙으루 빚은 부처님이란 말씀입니까?"

"법당 지붕이 불에 타 없어졌으니 비바람을 막지 못해 토불이 빗물에 뭉그러졌는지두 모르겠군."

돌개천을 건너 객사 앞에 이르니 납의衲衣〔중이 입는 검정 옷〕 걸친 젊은 중 하나가 바리때를 들고 마주 나온다. 사발과 얼굴이 마주치자 젊은 중이 이내 합장과 함께 반색을 한다.

"소승 문안이오. 사발 큰스님이 아니시오이까?"

"내가 사발이 맞소마는 수좌는 나를 어찌 아시오?"

"화엄사에 한 해 겨울 방부〔들어 삶〕들어 있을 적에 스님을 한 방에서 가까이 뫼신 적이 있습니다. 그 때는 제가 아직 젊었을 때라 스님이 지금의 저를 알아보시기가 어렵지요."

"그래 자네가 운해사에는 언제 처음 들어왔노?"

"온 지가 벌써 두 해째가 될 겁니다. 작년 그러께 운해사 큰스님께 비구계를 받았습니다."

젊은 중은 손짓으로 객사로 들기를 권하건만 사발은 본 체도 않고 층계 앞에 선 채 다시 말을 물어온다.

"절집들이 모두 불에 타구 없는데 수좌는 그래 지금 어느 암자에 묵구 있는 겐가?"

"이 객사에 묵구 있습지요. 절이 불에 탄 뒤 소승이 줄곧 빈 절터를 지키구 있사오이다."

"자네가 허면 절에 불난 것두 보았든가?"

"보구 말굽시오. 왜적들이 불놓는 것을 제 눈으루 똑똑히 보았습지요."

"모우당 조실스님께서는 어찌 되셨는지 자네 아는가?"

"큰스님께서는 절에 불나는 날 입적하셨습니다."

"왜적이 스님을 해친 겐가?"

"왜적이 스님을 해쳤다기보다는 스님 스스로 입적허신 셈이지요."

"스스로 입적을 허시다니 스님께서 절식하여 자진이라두 허셨다는 겐가?"

"그런 자진이 아니오이다. 법당에서 스님이 저녁 예불을 올리는데 왜적들이 불을 질러 법당이 불길에 휩싸였지요."

"왜적들이 스님을 태워죽이려 했던 게군?"

"태워죽일 생각까지는 없었던 걸루 아오이다. 불을 지르면 스님께서 법당 밖으루 나오실 줄 알았는데…… 스님이 그대루 불구덩이 속에 앉아계셔서 끝내 법당과 함께 불에 타 입멸하신 것입니다."

사발이 더 묻지 않고 허공을 한번 올려다본다. 나라 안의 모든 중들이 승군에 들기 위해 절을 떠나가는데도 운해사 조실 모우당만은 끝내 산에 앉아 절을 지킨 중이다. 그러나 세상은 그가 불러도 아니 내려오자 이번에는 제가 산으로 찾아가 그를 기어이 불태워 죽이고 말았다. 여염에서 죽은 그 많은 중들보다 절에서 죽은 모우당이 사발에게는 한결 크고 높은 중으로 우러러뵌다. 난리조차도 산중에 든 그를 산 아래로 끌어내리지 못한 것이다.

"뼈는 그래 추렸든가?"
"예, 소승이 사리舍利와 연골을 항아리에 수습해서 임시루 돌무덤을 지어 그 속에 감춰두었습니다."
"자네가 참으로 큰 적공을 했네. 그래 그 무덤이 어디 있는가?"
"저를 따라오십시오. 바루 집 뒤에 돌무덤이 있사오이다."

젊은 비구가 사발을 달고 돌담을 돌아 객사 뒤로 돌아간다. 집터 비슷한 평평한 공터에 과연 눈 덮인 작은 돌무덤이 하나 있다. 비구가 무덤 앞에 합장을 한 뒤 다시 등뒤에 선 사발을 돌아본다.

"이 돌무덤이 큰스님의 사리와 연골이 묻혀 있는 무덤입니다."

사발이 대꾸없이 무덤 앞으로 다가간다. 합장을 한 채 한참이나 무덤을 굽어보다가 사발이 문득 허공을 향해 산 사람에게 말하듯 입을 연다.

"온갖 외도 다 허구 오느라 내가 이렇듯 늦었구면. 내 악연이 하 질겨서 자네가 부처인 것을 내가 미처 깨닫지 못했네. 잘 기시게, 모우당. 자네가 많이 보구 싶네."

말을 끝낸 사발이 돌무덤에서 물러나 젊은 비구를 돌아본다. 넋 나간 듯한 공허한 표정으로 사발이 다시 말을 묻는다.

"이 깊은 산중까지 왜적이 무슨 까닭에 들어왔다든가?"

"여염에서 떠도는 헛소문을 듣구 도적질을 허러 들어왔던 모양입니다."

"절에 무엇이 있다구 도적질을 허러 들어와?"

"금부처가 있노라는 헛소문을 곧이 듣구는 왜적들이 금부처를 내놓으라구 스님들두 핍박허구 절두 홀랑 뒤졌습니다."

"왜적들만 탓할 일두 아니로세. 금부처 소문낸 자가 바루 모우당을 죽인 거나 진배없네."

"조실 큰스님의 교화 덕에 그나마 여러 비구가 목숨들을 구했습지요."

"절에 그 즈음 승도가 많이 있었든가?"

"이리저리 떠나구두 절에 승도가 서른 명은 넘었지요. 왜적들이 승도들을 잡아 누사 다락방에 모두 가두고는 조실 큰스님을 뫼셔와서 금부처 있는 델 대라구 심한 핍박을 했었드랍니다."

"어떤 모양으루 핍박을 허든가?"

"왜적 하나가 벼락치는 소리와 함께 큰스님의 귀 한 짝을 칼루 베어 떨어뜨렸지요. 큰스님이 그제두 굴허지 않자 왜적들이 그제야 승도 서른 명을 모두 풀어주었답니다."

사발이 퀭한 눈으로 다시 허공을 올려다본다. 백발 동안의 선골 仙骨 모우당이 푸른 허공에 두둥실 올라앉아 있다. 왜적에게 베인 귀뿌리에서는 피 한 줄기가 흘러 흰 수염을 붉게 물들인다. 사발이 고개를 내두르더니 다시 비구를 돌아본다.

"왜적들이 절에는 며칠이나 머물다 갔는가?"

"꼭 열 하루를 머물구 떠났습니다."

"처음 들어와 해치지 않은 모우당을 왜적들이 왜 훗날에야 불에 태워 죽인 겐가?"

"죽일 생각이 있었든 게 아닙니다. 그날 왜적 하나가 개천가에 돌을 맞아 흉한 모습으루 죽은 것을 발견허구는, 왜적의 괴수가 화가 동해서 절에 온통 불을 지르게 된 겝니다. 왜적들이 불지르는 것을 보시구는 큰스님은 곧장 법당으루 들어가셨지요. 몸으루라두 왜적의 불길을 막아보려 허셨던 모양입니다."

"미련한 인사……. 절이 죽으니 저두 함께 죽을 작정을 헌 게로군."

"제 동아리가 돌에 맞아죽은 것을 보구는 왜적들두 그 즈음엔 제 정신들이 아니었지요. 그 동안 큰스님을 어렵게 여기던 왜적들두 그 날만은 눈이 뒤집혀 법당에까지 불을 놓게 된 겝니다."

"왜적을 누가 돌루 쳐죽였든가?"

"절에서 밥짓던 공양주 여인을 왜적 하나가 욕보이려 했든 모양입니다. 절 사람이 일을 저지른 모양이나 누군지는 끝내 밝혀지지 않았습니다. 그 일루 해서 공양주두 죽구 비구들두 둘이나 칼을 맞구 죽었습니다."

사발이 더 묻지 않고 몸을 돌려 돌무덤을 떠난다. 젊은 비구가 뒤따라오며 사발에게 다시 말을 묻는다.

"스님은 운해사가 불탄 것을 모르구 오셨습니까?"

"운해사에 왜적 든 소문은 들었네만 절이 불에 타 재가 된 줄은 모르구 왔네."

"절루 올라오시면서 산마을 사람들두 만나보시지 못했습니까?"

"눈이 많이 쌓인데다가 마을들두 모두 비었드군. 이 총각이 살던 황새등 마을에두 사람 없는 빈집에 산짐승들만 우글거리데."

그 때까지 말이 없던 짝쇠가 젊은 비구를 향해 모처럼 입을 연다.

"혹 산마을 사람들 어찌 되었는지 모르십니까?"

"양식들을 앗기거나 털려, 먹을 것을 구허러들 깊은 산중으로 떠났을 겔세."

"양식을 털리다니오?"

"산으로 피난 온 평지 사람들이 요즘은 도둑으루 변해 산사람들의 양식을 마구 빼앗아간다는 소문일세. 그래서 요즘 산에 사는 사람들은 제 집을 두구두 한뎃잠을 잔다구 들었네. 양식 안 빼앗기구 목숨 부지허기 위해서는 도둑들이 눈치 못 채게 움막이나 굴속에 숨어살아야 되는 모양일세."

"황새등두 깊은 산골인데 더 깊은 산중이라면 어디를 또 이르는 겝니까?"

"겨울 날 양식들이 모자라서 반야봉 쪽 어느 골인가루 상수리 열매들을 주우러 갔노라구 들은 것 같네."

짝쇠가 더 묻지 않고 사발 쪽을 물끄러미 돌아본다.

산사람들이 흉년을 당해 제일 손쉽게 취하는 것이 상수리 열매다. 도토리의 일종인 상수리 열매는 겉껍질을 벗겨 물에 불린 뒤 가루로 만들어 묵을 만들거나 죽을 쑤어먹을 수 있다. 흉년 아닌 풍년에도 없는 백성들이 쉽게 주워먹는 양식이라, 난중에 흉년까지 겹친 지금에는 상수리 열매는 더욱 귀한 양식이다.

"절이 홈빡 불에 탔는데 객사는 어찌 불질을 면했든가?"
사발이 다시 젊은 비구에게 묻는다.
"왜적의 괴수가 잠자리루 쓰든 곳이라 딴 곳은 불질을 해두 이곳만은 불을 면했지요."
"나무로 된 불우들이 불에 탄 것은 당연허겠네만 종각의 종이나 불기佛器 같은 유기들은 불에 타지 않는 쇠붙이건만 왜 아니 보이는 겐가?"
"그런 철물이야 불 놓기 전에 왜적들이 모두 산 아래루 실어갔습지요. 수천 근이나 나가는 범종까지두 왜적들이 큰 수레에 실어 벌써 오래 전에 산 아래루 가져갔는 걸요."
"그 무거운 동종銅鐘을 실어가자면 왜적들 한둘루는 어림두 없을 텐데?"
"그러지 않아두 동종을 실어내갈 때는 밖에서 원병 수백 명을 더 불러왔습지요. 마병의 말들까지 스무 필이나 끌어서야 겨우 그 종이 산 아래루 내려갈 수 있었답니다."
왜적이 조선에 쳐들어오기는 대국 명나라를 치기 위한 길을 빌자는 것이었다. 그러나 그들은 명나라 땅에는 발도 들여놓지 못한 채, 조선에 들어온 뒤 이르는 곳마다 무수한 생령들을 도륙하거나 온갖 재물과 보화를 닥치는 대로 제 나라로 실어갔다. 군량을 충당하기 위해 백성들의 양식을 털어가기는 보통이요, 도자기 보물 정포正布 같은 옷감이며 심지어는 무덤을 파헤쳐 그 안에 든 귀물貴物〔귀중품〕까지 무수히 약탈해 간 것이다.
그러나 그보다 더욱 어처구니없는 것은 물건 아닌 산 사람을 수도 없이 제 나라로 잡아간 것이다. 그 중에도 그릇 굽는 도공陶工이 제일로 많이 잡혀갔고, 종이 만드는 지장紙匠과 자리 만드는 석장席匠에, 두부 만드는 숙수熟手까지도 무수히 잡혀간 것이다. 산중에 있는 이 곳 운해사도 왜적의 손길은 피할 수가 없었다. 왜적들은 절의 범종과 온갖 불기까지 깡그리 쓸어간 것이다.

어느새 객사 앞이다. 젊은 비구가 앞장서서 사발을 객사로 안내한다. 돌담이 둘린 아늑한 객사는 왜적의 화를 면해 옛 모습을 그대로 지니고 있다. 넓은 뜰 한 귀퉁이에 타다 만 불기들과 나한상 동자상 따위의 작은 석물들이 놓여 있다. 사발이 뜰 복판에 서서 불에 그을린 기물들과 여러 석물들을 둘러본다. 젊은 비구가 석물들을 가리키며 한숨 섞어 입을 연다.

"불이 꼬박 사흘 밤낮을 탔습니다. 그 통에 산문 밖으루 불이 번져 그 넓은 상수리나무 숲두 깡그리 타구 등걸들만 남았습지요. 사흘 만에 불이 꺼지니 훤한 절터엔 온통 검게 그을린 석축과 주춧돌만 즐비허드군요. 혹시나 해서 잿더미 속을 뒤졌으나 건질 만한 물건은 별루 눈에 띄지 않았습니다. 여기 있는 이것들이 제가 그 동안 잿더미에서 시나브로〔조금씩〕 주워모은 물건들입니다."

불단이나 법상法床 불탁佛卓 따위 기물들 외에 나한전의 작은 나한상들과 돌로 된 동자상 따위가 뜰 한쪽에 아무렇게나 놓여 있다. 그 웅장한 법당과 비로전毘盧殿 명부전冥府殿 따위의 주존主尊과 기물들은 깡그리 불에 타 흔적도 없는 것이다.

"자네 수고가 적지 않네그려. 그간 이 절을 자네 혼자 지켰든가?"
"불이 난 며칠 뒤까지는 승도가 여럿 남아 있었지요. 허나 절에 양식이 떨어지자 승도들이 하나둘 떠나구 저 혼자 남게 되었습니다."

"말사나 암자에서두 찾아오는 사람이 없든가?"

"더러 소문을 듣구 찾아오기는 헙니다만 빈 절터를 둘러보구는 이내 다시 떠나드군요. 잡을 형편두 아니라서 소승두 잡지를 않았습니다."

"모우당이 세상에 나와 자네 하나를 건졌네그려."

"그게 무슨 말씀이십니까?"

"암것두 아닐세. 내 혼자 해본 소릴세."

사발이 말을 끝내고 객사 마루 끝에 걸터앉는다. 한겨울이건만 객사 마룻장이 엉덩이에 따뜻하게 느껴진다. 오전 내내 햇살이 비쳐 들어 마룻장 널빤지가 따뜻하게 데워진 때문이다. 젊은 비구가 차수하고 섰다가 방을 가리키며 변명 비슷이 입을 연다.

"방에 드시지요. 오공午供이라두 올리구 싶사오나 지닌 양식이 넉넉지를 않사와서……."

"자네 양식은 그대로 두게. 저 총각헌테 길양식이 있네."

사발의 말이 떨어지자 짝쇠가 마루 위에 앉으며 등에 진 봇짐을 훌렁 벗는다. 봇짐 주둥이를 끄르면서 짝쇠가 힐끗 젊은 비구를 올려다본다.

"바가지나 가져오시우. 양식 좀 내드리리다."

"고맙네 총각. 잠시만 기다리게."

비구가 부엌으로 들어가더니 이내 바가지를 들고 나온다. 바가지에 양식을 퍼내는 짝쇠에게 사발이 문득 입을 연다.

"이눔아 퍼낼 게 무어냐. 그냥 모두 바가지에 쏟아라."

"다 쏟으면 우리는 어쩔 게요? 길 가자면 우리두 양식이 있어야 허지 않소?"

"어딜 또 간다는 게냐. 나는 예서 겨울을 날 게다."

"예서 겨울을 나다니요? 스님 지금 제정신으루 허시는 말씀이오?"

"제정신이다마다. 가구 싶거든 너 혼자 가려무나."

"이런 제길. 절이 불에 타 빈터만 남았는데 무슨 생각으루 예서 겨울을 난다시는 게요? 긴긴 삼동에는 무얼 먹구 지낼 게며 또 여기 남아서는 무엇으루 소일허실 게요?"

"네눔이 금수만두 못헌 놈이다. 네가 그러구두 사람이랄 수 있느냐?"

갑작스런 사발의 꾸중에 짝쇠는 두 눈만 끔벅일 뿐이다. 사발이 여유를 주지 않고 다시 짝쇠를 호되게 나무란다.

"집 떠나 오갈 데 없는 너를 누가 거두어 먹여주고 재워주었느냐? 바루 운해사 절 부엌에서 네가 한 해를 먹구 자지 않았느냐?"

"그러니 그게 어쨌다는 게요? 내가 그 때 공밥 먹은 줄 아시오이까?"

"네가 공밥 안 먹었으면 누가 너를 먹였느냐? 물이나 긷구 산에 나무나 다닌 것이 네 딴에는 짜장 밥값 헌 걸루 생각했드냐?"

"밥값 허구두 남았을 게요. 내가 그 어린 나이에 얼마나 절 부엌에서 죽을 곡경을 치른 줄 아시오?"

"예끼 이 배은망덕헌 놈! 조실 큰스님을 생각해서라두 네가 감히 그 따위 주둥이를 놀릴 수 있느냐? 네가 심성이 참으로 흉악한 놈이구나. 오냐 가거라. 내 다시는 네 얼굴 아니 볼 테다!"

"내가 언제 조실 큰스님께 싫은 말을 했소이까? 그 스님 은혜는 나두 알우. 괜한 역정 내지 마시우."

"큰스님 은혜를 알면서두 네가 이눔아 돌무덤을 그냥 두고 떠나려 했드냐? 말 듣구 보니 네눔이 도척이보다 더욱 흉악허다. 내가 왜 이 절에서 겨울날 생각을 헌 줄 아느냐?"

짝쇠가 그제야 눈을 깜박이며 사발의 주름 잡힌 얼굴을 우두커니 바라본다. 저를 꾸짖는 사발의 뜻을 그는 뒤늦게 깨달은 얼굴이다.

"큰스님의 돌무덤을 허물구 새루 무덤을 올리실 작정이오?"

"중에게 무덤이 어디 있어."

"허면 그 돌무덤을 어찌허실 생각이시우?"

"사리를 따루 뫼실 탑을 세울 생각이다. 그러기 전에는 내 여기서 한발짝두 떠나지 않을 게다."

"땡전 한 닢두 없는 스님이 무슨 재주루 사리탑을 세운다 허시우? 여염에 내려가 탁발을 해서 탑을 세울 생각이오?"

"네 잔소리 듣기 싫다. 너는 어서 밥이나 지어라."

짝쇠가 더 대거리 않고 젊은 중의 손에서 바가지를 받아 부엌으로 들어간다. 젊은 비구가 마루 끝에 앉으며 사발을 향해 두 손을 공손히 합장해 보인다.

"스님 정말 절에 머무시며 모우당 큰스님의 사리를 봉안허실 생각이십니까?"

"내 요즘사 모우당이 얼마나 큰 중인가를 알 듯허네. 세상의 모든 중들이 왜적 물리친다구 선장禪杖 들구 산을 내려갔네만 모우당만은 끝내 절에 남아 제자리를 지키다가 아쉽게 입적을 했네. 중이 크게 보이는 것은 여염에서가 아니구 절에 앉아 있을 땔세. 왜적 물리친 승장들보다두 그래서 더욱 모우당이 내 눈에 커 보이는군."

"스님 말씀을 듣구서야 소승두 눈이 트이는 듯싶구면요. 한 되나 되는 큰스님의 사리를 주워담으며 소승은 모우당의 입적에 무슨 뜻이 있는지를 몰랐습니다. 허나 이 험한 난세에두 모우당 큰스님은 도량을 떠나지 않으셨습니다. 이보다 더 어려운 일이 어디 또 있으리까."

"내가 자네를 깨우치기 전에 자네가 나를 먼저 깨우쳤네. 불탄 빈 절을 지킨 자네는 이미 모우당의 입적한 뜻을 알구 있었네. 자네가 아니면 내가 어찌 모우당의 사리라두 만나볼 수 있었겠는가?"

"불타버린 운해사는 다시 세울 수 있을까요?"

"다시 세우려 애쓰지 말게. 운해사가 불에 타 없어진 것은 다른 산에 더 큰 절을 세우라는 뜻일 수도 있네."

"허면 모우당의 사리탑은 어찌 세우려 허시는 겝니까?"

"탑 세울 소문이 사방으루 퍼져나가면 모우당의 입적한 뜻두 절루 사방에 퍼질 겔세. 그리 되면 모우당의 사리탑은 땅 위에 세워지질 않구 사부중四部衆의 마음속에 세워지는 게지."

온 세상이 난에 휩쓸려 제자리들을 잃고 허둥대고 있다. 그러나 운해사의 모우당만은 끝내 제자리를 지키다가 자기 몫을 다하고 입적했다. 세상에 큰일하기보다 더 어려운 것이 제자리를 지키는 일이다. 모우당의 죽음을 보고서야 사발은 비로소 제가 할 일이 무엇인가를 깨달았다.

강변에 눈이 펄펄 날린다.

오랜 추위로 강물이 얼어 나루터의 배들은 모두 얼음 속에 갇혀 있다. 강이 언 지가 여러 날째라 행인들은 보름 전부터 강을 등빙登氷〔얼음 위로 다님〕하여 건너고 있다. 강 위에 온통 눈이 두껍게 덮였건만 유독 나루터 쪽에만 눈이 밟혀 꾸불텅한 길이 나 있다. 행인들이 강을 건너면서 눈을 밟아 생긴 길이다.

방금 강을 건넌 두 남녀가 강변에 올라 사공막을 바라고 올라간다. 앞선 사내는 큰갓 쓴 것이 양반일시 분명하고, 뒤따르는 아낙은 장옷 둘러쓴 것이 양반의 안식구가 분명하다. 그러나 전후배의 하인이나 종자를 거느리지 않아 그들은 언뜻 보아 상사람 내외인 듯도 하다.

나루터에서 배를 부리는 사공들은 주로 강변에 사공막을 지어 그 안에서 눈비도 피하고 강 건너는 길손도 맞이한다. 강이 얼어붙어 배를 띄울 수 없는 요즘도, 사공들은 사공막에 남아 길손들의 길을 잡아주거나 무거운 짐을 대신 져준다. 방금 강을 건넌 두 남녀는 길을 묻기 위해 사공막을 찾아가고 있다

바람이 자는가 싶더니 눈발은 오히려 더 굵고 탐스럽다. 눈발이 워낙 짙다보니 눈뜨기도 불편하고 먼 앞을 보기도 수월치 않다. 방금 강을 건너온 두 남녀의 발걸음이 방향과 길을 찾는 듯 점점 굼뜨고 더디어진다. 사공막을 바라고 강변을 질러가는 모양이지만 그들은 눈발이 짙어 대강의 어림짐작으로만 길을 잡아가고 있다.

"이랴!"

보이느니 눈뿐인데 앞쪽에서 돌연 짐승을 모는 호령 소리가 들려온다. 방울 소리가 떨렁거리는 것으로 보아 누군가가 필시 나귀나 말을 타고 다가오는 모양이다. 맞부닥뜨릴 것이 걱정이 되었던지 앞선 사내가 발걸음을 세운다. 아니나 다를까 내외가 막 멈춰 서자 회색빛 눈발 속에서 나귀 탄 양반과 패랭이짜리 하인이 함께 나타난다. 반 칸 거리까지 다가와서야 경마잡은 패랭이짜리가 이쪽을 보고 나귀의 고삐를 잡아챈다.

"말방울 소리를 들었거든 사람 있는 기척이나 허시우."

경마잡은 양반의 하인이 이쪽 사내에게 내지르는 고함소리다. 양반 차림의 이쪽 사내가 그 고함을 듣고는 하인을 가볍게 나무란다.

"자네가 공연한 트집일세. 그러길래 내가 지금 앞으루 가지 않구 이렇듯 자네 오기를 기다리구 서 있는 게 아닌가."

"창졸간에 사람이 길을 막으니 나귀가 놀라 멈춰 서는 게 아니오이까."

"자네허구 시비할 생각 없네. 알았으니 어서 가게."

"큰갓만 쓰면 양반인가. 꼴에 뉘게 다 하게를 붙여?"

하인의 말을 들었으련만 이쪽의 사내는 대꾸없이 그대로 나귀 앞을 지나간다. 윗사람이 아랫사람과 다투어 얻는 것은 욕뿐이다.

요즘은 나라의 기강이 흩어져서 양반들도 길에 나서면 아랫사람들에게 욕을 보기가 십상이다. 난중에 양반의 위신이 땅에 떨어진 탓도 있지만, 나라에 곡식을 바치고 새로 양반이 된 보리동지同知가 적지 않아서 상사람들이 양반 알기를 우습게 아는 때문이다.

짙은 눈발 저쪽으로 희끄무레한 집채가 보인다. 집 한 채가 보이기 시작하자 이어서 여러 집들이 둑을 따라 거뭇거뭇 나타난다. 시각으로 보아서는 한낮이건만 날이 궂은 탓으로 초저녁이나 새벽녘 같이 날이 어둡다. 쥐죽은듯하던 눈발 속에 이윽고 여염에서 나는 사람의 인기척들이 들려온다. 그러나 이쪽은 삼개나 서강나루처럼 큰 규모의 나루가 아니어서 경강의 나루치고는 집채들도 적고 번다하지도 않은 편이다. 없이 사는 사람들이 긴 강언덕에 움막을 치고 사는 곳이어서, 오히려 양반이나 강상들은 찾아오기를 꺼려하는 곳이기도 하다.

"여염들이 보이는구려. 잠시 몸이라두 녹이겠소?"

앞서 가던 사내가 멈춰 서며 뒤따르는 아낙에게 묻는 말이다. 아낙이 강언덕에 늘어선 초가들을 바라보더니 발걸음을 다시 옮기며 지친 목소리로 대답한다.

"몸 녹이는 것두 급허지만 우선 요기를 해야지요. 여염에서 우리를 받아줄는지……? 차라리 주막을 찾아가시어요. 그쪽이 마음두 편쿠 번다허지두 않을 듯싶네요……."

사내가 더 대꾸없이 몸을 돌려 앞서 걷는다. 언덕 위로 올라서자 초가들이 좀더 가까이 눈앞으로 다가든다. 눈 때문에 나다니는 사람이 없어 집들이 흡사 임진년에 난을 만나 비워둔 집들 같다. 뜰에 방금 내린 눈이 쌓여 사람의 발자국을 볼 수가 없다. 초가 여러 채를 그냥 지난 사내가 이윽고 어느 초가 앞에서 집 안을 살핀 뒤 천천히 발걸음을 세운다.

"주둥 거는 바지랑대가 있는 걸 보니 예가 바루 주막인 모양이오. 들어가 알아봅시다. 주막이 아니더라두 당신은 잠시 쉬어야겠소."

사내가 여인의 팔을 잡고 주막 술청으로 들어선다. 뜰에 눈이 그대로 쌓인 것을 보니 이 곳도 역시 눈 내린 이후 집 안에서 사람이 나오지 않은 모양이다. 사내가 부엌에 딸린 작은 토방을 보고 입을 연다.

"안에 뉘 있는가?"

"……."

"뉘 있으면 나 좀 보세. 안에 아무두 아니 계신가?"

"밖에 뉘시우?"

"길 가던 길손일세. 눈 피하러 잠시 들렀다네."

"길손은 받지를 않소. 양식이 떨어져 손을 받을 형편이 아니외다."

"양식은 우리가 지니구 왔네. 양식을 내어줄 테니 우리를 요기 좀 시켜주시게."

방문이 열리더니 중늙은이 하나가 젊은 아낙을 뒤로 달고 꾸무럭꾸무럭 방을 나온다. 사내가 이쪽의 행색을 살피더니 수상쩍은 얼굴로 입을 연다.

"어디서 오는 손이시우?"

"방금 강 건너오는 길일세."

나이가 열 살은 아래로 보이건만 손은 당당히 늙은 식주인을 '하게'로 하대한다. 주인은 그러나 양반으로 보였던지 말씨는 개의치 않고 다시 손에게 말을 묻는다.

"강 건너 어디서 오시우?"

"새벽에 과천 떠나 이제 막 강을 건넜네."

"과천 사시우?"

"여주 고을 근처 강촌이라는 시굴에 사네. 게서 그제 길을 떠나 오늘에야 경강에 닿은 겔세."

"강가 사공막에서 경강 진군들을 만나지 않으셨소?"

"만나지 못했네만……. 진군이 무슨 까닭에 도선渡船두 없는데 사공막에 나와 있겠는가?"

"며칠 전에 살인이 났소이다. 살인 죄인을 잡는다구 강가에 연해 기찰 포교와 진군들이 내려오우."

"그래 자네 보기에는 우리 두 사람이 그 살인 죄인 같은가?"

"살인 죄인은 내가 아우. 포교와 진군들이 나와 있던가를 묻는 게요."

"아무두 보지 못했네. 눈발이 워낙 짙어 사공막두 뵈지 않더군."

"알았수. 봉노두 비었소만 내외분 같으시니 안으로 들어가 사첫방에 들두룩 허시구려."

"고맙네."

사내가 앞장서서 안뜰을 지나 사처로 향한다. 방 앞에 다다라 문을 열며 주인 사내가 다시 객을 돌아본다.

"아침에 불을 지펴 구들이 아직 더울 게요. 밥지어 올릴 테니 양식이나 어서 내주시우."

안식구를 방 안에 들여주고 객이 등에 진 봇짐을 벗는다. 봇짐 속에서 길양식 자루를 꺼내더니 객이 다시 주인 사내를 바라본다.

"하루 연가煙價(주막의 밥값)루 쌀 몇 되를 내면 되겠나?"

"두 사람이 두 끼 먹구 입쌀루는 넉 되면 되우."

"알았네. 그릇을 주게. 예서 아예 받아가게."

주인 사내가 사첫방 부엌으로 들어가더니 이남박(쌀 이는 바가지)을 찾아들고 다시 나온다. 객이 양식자루 주둥이를 끄른 채 주인 사내를 다시 올려다본다.

"됫박이 없지 않은가?"

"내 손으루 듬뿍 뜨면 그게 바루 한 되가 되우. 주둥이를 잡구 기시면 내가 손으로 쌀을 떠내리다."

객이 말없이 자루 주둥이를 쥐고 있자 사내가 손을 넣어 두 손으로 수북히 쌀을 퍼낸다.

야박한 세상 인심이다. 난 전 같으면 제 먹을 양식은 없어도 제 집 찾아온 손에게는 더운 이밥을 지어 대접하던 것이 이 나라 인심이었다. 그러나 난이 여러 해를 끌고 매년 연사마저 대흉년이 들고 보니, 이제는 어디를 가든 제 양식을 지니지 않고는 밥 한 끼를 얻어먹을 수가 없다. 남을 후히 먹이다 보면 제가 당장 굶을 판이라 인심은 날이 갈수록 각박하고 흉악해질 뿐이다.

어느새 이남박에 쌀 넉 되가 수북히 찼다. 주인 사내가 이남박을 집어들며 다시 객에게 입을 연다.

"지금 곧 밥을 지어올릴 테니 잠시만 방에 들어 몸이나 녹이며 기둘리시우."

"내가 목이 많이 갈허네. 술이 있거든 식전에 목이나 좀 축이도록 해주시게."

"그러시우. 그럼 먼저 술상부터 보아드리리다."

"아닐세. 술은 내가 술청에 내려가 들겠네. 자네헌테 내가 긴히 물어볼 말두 있구 해서……."

"좋을 대루 허시구려."

안식구만을 사처방에 남겨둔 채 양반 손이 다시 주인을 따라 안뜰에서 술청으로 나온다. 젊은 아낙이 부엌 앞에 서 있다가 늙은 사내가 건네주는 쌀 담긴 이남박을 받는다.

"밥 안치라구요?"

"먼저 술상부터 보아주구 밥은 두 그릇만 얼른 안치게."

"알았세요."

아낙이 부엌으로 내려가자 주인과 손은 다시 토방으로 올라간다. 삿자리 깔린 방바닥에 마주 앉자 주인이 손에게 먼저 입을 연다.

"생원께서는 어디를 가시는 길이시우?"

"여기가 함나루가 맞다면 내가 바루 이 나루를 찾아온 겔세."

"보아허니 양반님네 같으신데 이 험한 나루에는 무슨 일루 오시었소?"

"사람 하나를 찾아왔네."

"찾는 사람이 뉘시관데?"

"이름을 대두 모를 걸세. 김찬홍이라는 선비라네."

"여기가 경강 나루들 중에두 없는 사람들이 많이 살기루 소문난 강가외다. 글 읽는 선비가 무슨 까닭에 이런 궁색한 강가에 내려와 산답니까? 선비라구는 당최 살지 않수. 생원이 사람을 잘못 찾아온 모양이우."

"잘못 찾아오지 않았네. 나루 이름이 함나루라면 내가 분명 제대루 찾아왔네. 말을 전해 준 사람이 있어 우리가 사는 데를 알구 길을 묻구 물어 예까지 찾아온 겔세."

"방에 술상 들일까요?"

쉰 된 여인의 말소리와 함께 방문이 열리더니 개다리소반이 들어온다. 상 위에는 호로병 한 개와 술잔 두 개와 비린내나는 물고기 조림 한 뚝배기가 놓여 있다. 아마 강가라 붕어나 마자(모래무지의 일종) 같은 민물고기를 조려놓은 술안주인 모양이다.

"마지막 거른 술이라서 술이 좀 탁헐 게요. 갈허구 시장허시다니 초다짐으루는 외려 좋을 듯싶소."

주인 사내가 말과 함께 길손의 잔에 먼저 술을 따른다. 질손이 술병을 되받으려 하자 주인이 고개를 내젓고는 자작으로 제 잔에도 술을 채운다.

"기장으루 담근 술이라 술맛이 좀 떫습지요. 술값은 받지 않을 테니 입에 맞거든 많이 드시우."

"고맙네. 그럼 먹겠네."

양반과 상사람이 마주 앉아 술을 먹기도 드문 일이다. 그러나 김인홍은 서출이라 온 양반이 아니고 반쪽짜리 절름발이 양반이다. 주고받는 말들은 반상의 구별이 뚜렷하건만, 주인의 나이가 저보다 위라 인홍은 신분을 탓하지 않고 주막 주인과 겸상하여 술을 들고 있는 것이다.

"그래 그 김아무개라는 선비를 생원께서는 어찌 찾으시우?"

"그 어른이 바로 내 형님일세."

"여주 고을 사시는 생원 형님이 경강 나루까지는 무슨 일루 올라왔답니까?"

"원래는 나랑 우리 형님이 도성에 살았었네. 임진년 왜란을 만나 집안 권속들이 사방으루 흩어지면서 나는 장토 있는 강촌으루 내려가구 형님은 객지를 떠돌다가 연전에야 이 곳 함나루로 올라왔다네. 우리 형님이 작년까지만 해두 예 있지 않으시구 삼개나루 쪽에 계셨었네."

"내가 난 전부터 여기서만 벌써 십여 년째 살구 있소. 낯선 사람 하나만 갈아 들어와두 온 동네에 짜하게 소문이 도는 터에, 도성 살던 선비가 내려오셨으면 내가 그 어른을 어찌 모르리까? 생원께서는 남의 말만 믿구 잘못 찾아오신 모양이외다. 도성에 살던 선비라구는 우리 나루에 통 얼씬두 허지 않았소."

인홍이 더 대꾸 않고 거푸 두 잔째의 술을 비운다. 맛이 떫을 것이라는 주인의 말과는 달리, 술이 환갑 진갑을 다 지나서 군맛이 나고 시금털털하다. 술사발에 다시 술이 채워지는 것을 보며 인홍은 망설이다가 기어이 형 찬홍의 본 모습을 밝히고 만다.

"우리 형님이 변성명두 했으려니와 흉악한 병에 걸려 세상을 숨어서 사시었네."

"흉악한 병이 무어란 말이오?"

"대풍창일세. 속말루는 문둥병이지."

"생원님 형님 되시는 분이 문둥이란 말씀이오?"

"그렇다네. 난 전에 대풍창에 걸려 그 형님이 병막에 계셨다네. 헌데 왜란이 나서 집안 권속이 황해도루 난을 피해 올라간 새에 형님은 따루 병막을 떠나 세상을 떠돌다가 삼개 강변에 움막을 치구 숨어사신 겔세."

주막 주인이 눈을 천천히 끔뻑이며 마주 앉은 인홍을 뚫어지게 바라본다. 잠시 무언가를 생각하는 눈치더니 주인이 문득 턱을 당기며 말을 물어온다.

"그 어른이 본시 도성에 사시던 양반이었소?"

"그렇다네."

"벼슬두 하시었소?"

"때가 아직 이르지 않아 백두포의白頭布衣〔벼슬 없는 선비〕루 집에서 글만 읽으셨네."

"이제 보니 그 소문이 헷소문이 아니오그려?"

"무슨 소문을 말허는 겐가?"

"그 어른이 예전에 양반이었노라는 소문을 들었으나 우리는 헷소문이루 알구 아무두 그 말을 믿지 않았지요. 이제 생원님 말씀을 듣구 보니 그 소문이 헷소문이 아니오그려."

"자네가 우리 형님을 아시는가?"

"알다뿐이겠소. 함나루 사는 사람치구 그 어르신 모르는 사람은 한 사람두 없으리다."

"그래, 우리 형님이 지금 어디 기신가? 형님이 많이 편찮다는 말을 듣구 내가 이렇듯 형님을 뵈러 올라온 겔세."

주인이 대꾸없이 술사발을 들어 벌컥벌컥 술을 비운다. 탕 소리가 나게 술사발을 내려놓으며 주인이 갑자기 혼잣말하듯 입을 연다.

"생원님이 한 발 늦으셨수. 그 어른 지금 이 세상 사람이 아니우."

"무슨 소리를 허는 겐가? 형님이 하마 허면……?"

"그렇소이다. 세상 버리셨소. 그 어른 돌아가신 지가 벌써 달포가 지났소이다."

넋 나간 얼굴인 채 인홍은 잠시 말이 없다. 병이 중하다는 말을 전해 듣고 강촌을 떠날 때부터 불길한 예감에 사로잡혔던 인홍이다. 병이 깊어 오래 살지 못할 것은, 작년 가을에 강촌을 찾아온 연이를 통해 진작부터 알고 있었다. 그러나 막상 형 찬홍의 죽음을 듣고 보니 인홍은 가슴 미어지는 연민과 허망함이 느껴진다. 그러나 형의 죽음을 자기보다 더욱 슬퍼하고 허망히 여길 사람이 있다. 지금 사처에 들어 있는 형의 옛 아낙인 윤씨가 바로 그녀다.

"달포 전에 세상 떠나셨으면 초종장사는 어찌 됐겐가?"

"초종은 진작에 치렀지요. 구일장으루 했을 게요."

"상주두 없이 누가 장례를 치렀단 말인가?"

"상주는 강 언덕 토굴에 사는 병신들과 비렁뱅이들이 주장해서 치렀소이다. 봉은사 중까지 불리어 와서 경까지 읽힌 큰 장례지요. 박거사朴居士가 저승길만은 조금두 섭섭지가 않았을 게요."

"박거사라구 했나?"

"예. 그 어른이 여기서는 박거사루 통했소이다."

"방금 형님의 장례를 누가 치렀다구 말했든가?"

"강언덕 토굴에 사는 비렁뱅이들이 주장을 해서 치렀다구 했소이다."

"무슨 소리를 허는 겐지 모르겠네? 강언덕에 사는 비렁뱅이들이 무슨 까닭에 형님의 장례를 주장해서 치러주었다는 겐가?"

"까닭이 있지요. 박거사가 비렁뱅이들 속에 섞여 살며 그것들을 지금껏 친자식 거두듯 했소이다. 병들어 몸이 불편하면 화제를 써서 약을 지어 먹여주구, 송사가 걸려 관가에 잡혀갈 일이 생기면 박거사님이 글을 지어 억울한 송사를 애초에 막아주기두 했소이다. 양반 집에 종살이하다가 도망친 사람두 수태 많은데, 그런 사람들두 박거사가 가로막아 추쇄나온 양반님네들을 말루 타일러 돌려보내군 했소이다. 글두 잘허시구 언변두 좋으셔서 내로라 하는 양반님네들두 박거사 앞에서는 패악을 못 내놓구 얌전히 물러가군 했었지요."

마포나루에 살 때부터 형 찬홍은 이미 옛 신분을 숨기고 비렁뱅이들 속에 함께 들어 살았다. 형이 그들과 어울리게 된 것은 흉악한 악질로 해서 세상이 그를 용납지 않았기 때문일 것이다. 그러나 그들과 가까이 되면서 형은 놀라운 변신을 했다. 그들을 꺼리고 멀리 한 것이 아니라 그들에게 정을 쏟아 그들과 한 동아리가 된 것이다.

"그 어른을 곁에서 뫼시던 젊은 아낙이 하나 있을 겔세. 그 아낙은 형님 돌아가신 뒤 어찌 되었는지 모르는가?"

"그 아낙이 또 열녀외다. 박거사님 장례 끝나자 오동나무에 목을 매어 스스로 자결을 했소이다."

"자결을!"

"그 아낙의 장례 역시두 비렁뱅이들이 치러주었지요. 박거사님 장례 못지않게 장한 장례가 되었소이다."

인홍이 넋 나간 얼굴로 다시 눈을 들어 허공 한곳을 올려다본다. 비자로 있을 때부터 그녀는 유난히 형 찬홍을 따르고 사모했다. 온 세상이 꺼리는 흉악한 대풍창에도 불구하고 그녀만은 왜란 이후 한시도 형의 곁을 떠난 일이 없다. 결국 그녀는 형과의 사이에서 아이 하나를 배태하여 그 아이가 지금 김대감 집안의 마지막 혈손으로 강촌에서 크고 있다.

"두 어른의 봉분이 어디쯤 있는지 혹 아는가?"

"봉분이 없소이다. 장례 후에 시신을 불에 태워 뼈를 가루로 내어 강물에 띄웠습지요."

"그럴 수는 없네. 누가 형님의 시신을 불에 태우라구 했다든가?"

인홍의 목소리가 저도 모르게 높아졌다. 그러나 주인은 아랑곳 않고 인홍을 무시하듯 차분하게 입을 연다.

"그 어른 시신을 불에 태운 것은 바루 그 어른의 유언을 따라 행헌 일입니다. 화장허라는 유언이 아니 기셨으면 감히 누가 박거사님 시신을 태울 수가 있었겠소이까."

"자결한 아낙의 시신두 허면 함께 화장을 했든가?"

"물론입지요. 날짜는 서루 다르지만 역시 불에 태워 뼈를 강물에 띄웠소이다."

이로써 형 찬홍은 이 세상에 살다간 흔적조차 남기지 않았다. 하긴 무덤을 남긴다 한들 그것이 죽은 사람의 흔적이라고는 할 수 없다. 세상의 그 어떤 무덤도 4·5대 이상은 기억되지 않는다. 죽은 사람의 가장 오랜 흔적은 산 사람의 칭송하는 말을 통해 후세 사람들의 기억 속에서만 존재할 뿐이다.

"형님의 그간의 이야기를 듣자면 내가 누구를 만나보는 것이 좋겠는가?"

"강언덕에 사는 사람들을 만나보두룩 허시지요. 박거사가 1년 남짓 그 곳에 사셨으니 그 곳에 사는 사람들이 제일루 그 어른을 잘 알 겝니다."

"형님이 사시던 토굴은 그대루 남아 있는가?"

"없어졌지요. 장례 치른 날 불을 놓아 그 어른 사시던 움막두 함께 불에 타 재가 되었소이다."

불가의 장례법을 따른 것이 분명하다. 사후사死後事를 화장으로 하도록 유언까지 남긴 것을 보면, 형은 필시 말년에 이르러 불문에 귀의했던 것인지도 모른다. 대풍창의 흉악한 몸으로 형은 살아 있는 것이 죽음의 고통보다 더 견디기가 어려웠는지도 알 수 없다. 그러나 그는 그 적막한 외로움 속에서도 기어이 그의 삶을 아름다운 것으로 만들고 죽었다. 비록 비렁뱅이 비천한 사람들의 마음속에서나마 그는 어질고 착한 사람으로 오래도록 기억될 것이기 때문이다.

"강언덕이 예서 얼마나 되나?"

"등성이 넘으면 바루외다."

"지금두 그 등성이에 비렁뱅이들이 많이 살구 있나?"

"물론입지요. 비럭질은 멀리 장안으루 나다녀두 해가 지면 잠을 자러 죄 이리 내려옵지요."

"그 사람들 중에 누구를 만나야 형님 소식을 제일루 잘 들을 수 있겠는가?"

"외다리 마서방을 만나보시우. 그눔이 바루 비렁뱅이들의 괴수외다."

"그들에게두 괴수가 따루 있나?"

"괴수 없는 무리가 어디 있답니까. 그것들두 저들 나름으루 죄두 다스리구 간혹 벌두 내립디다."

인기척과 함께 젊은 주모가 방문 밖에서 말을 물어온다.

"사처에 밥상 올려가랍니까?"

인홍이 그 말을 받아 고개를 내저어 보인다.
"아닐세, 두어두게. 우리가 잠시 밖에를 좀 다녀올 데가 있네."
"어디를 다녀오실랍니까?"
이번에는 주막 주인이 인홍에게 물어온다.
"형님이 이미 돌아가신 것을 알았는데 우리가 어찌 방에 앉아 더운밥을 먹겠는가. 사처에 올라가 의논을 한 뒤 밥은 나중에 불러 먹겠네."
"생원님 좋을 대루 허십시오. 허면 지금 곧 사처루 올라갈 겝니까?"
"겨울철이라 해가 짧아 날이 이내 어두워질 겔세. 우리가 얼른 강언덕에 올라가 형님 돌아가신 내력부터 알아보는 것이 순서일 듯 싶네."

인홍이 말과 함께 자리에서 몸을 일으킨다. 주인이 따라 일어서며 인홍에게 다시 말을 묻는다.
"혼자 가실 수 있겠습니까? 지금 차림으루 올라가셨다가는 욕을 보시기가 십상일 터인데요?"
"지금 차림이 어떻다는 겐가? 그리구 누가 우리를 욕보인다는 겐가?"
"천한 것들이 몰려사는 곳이라서 옷갓한 사람들은 가만두지를 않습니다. 말루 하는 쌍욕은 예사이옵구 가끔은 패악을 부려 옷갓을 찢기거나 벗기우는 양반네두 있소이다."
"그러니 어쩌라는 겐가? 자네라두 허면 나를 그리루 데려다 주겠는가?"

"외다리 마서방을 찾아보십시오. 그 사람을 먼저 찾아 나으리가 박거사님의 아우라는 것을 밝히십시오. 아마 박거사님의 아우인 것이 밝혀지면 아무리 험한 그눔들두 나으리를 함부루 대허지는 않을 것이외다."

"알았네. 우선 사처에 올라가 안식구와 의논을 해봐야겠네."

인홍이 말을 끝내고 주인과 헤어져 사처로 올라간다. 그 동안 눈이 그쳐 하늘이 많이 밝아졌다. 그러나 안뜰에는 발목이 잠길 만큼 그간에 내린 눈이 수북히 쌓여 있다. 사처방 앞에 다다른 인홍이 발을 굴러 눈을 털며 방을 향해 입을 연다.

"나요, 들어가두 좋소?"

방문이 열리더니 윤씨가 밖을 내다본다.

"들어오세요. 밥은 아직 멀었답니까?"

인홍이 대꾸없이 눈을 털고 방 안으로 들어온다. 눈이 그친 뒤 날이 밝아져서 방이 전보다는 많이 환해진 느낌이다. 윤씨는 그 동안 언 몸이 녹은 듯 얼굴에 화색이 돌아 앳된 색시 같은 싱싱한 낯빛을 하고 있다. 이 싱싱하고 아름다운 여인이 바로 형 찬홍의 옛적 지어미 윤씨 부인이다. 인홍은 잠시 곤혹스런 얼굴로 윤씨의 싱싱한 얼굴을 아득하게 바라본다.

"주막 주인에게서 내가 방금 형님의 소식을 들었소."

윤씨가 눈을 크게 떠서 인홍의 다음 말을 재촉한다. 이미 인홍과 몸을 섞은 그녀는 옛적의 어렵기만 하던 내당마님이자 형수가 아니다. 한집에 사는 어쩔 수 없는 젊은 피가 그들의 금단의 관계를 깨뜨린 지 벌써 오래다. 곤혹스런 낯빛을 한 채 인홍이 기어이 입을 연다.

"형님은 이미 달포 전에 병환으루 돌아가셨소."

입을 조금 열어보였을 뿐 윤씨는 더 이상 말이 없다. 만감이 잠시 그녀를 휘감아서 입을 열기도 쉽지 않은 모양이다. 가왜들에게 겁간을 당했을 때 그녀는 이미 죽은 사람이 된 것이나 다름없다. 이 세상의 그 어떤 것도 이제는 그녀를 놀라게 할 수가 없다.

"달포 전에 돌아가셨으면 장례는 어찌 되었답니까?"

"함께 살던 사람들이 시신을 수습하여 장례를 치른 모양이오. 허나 시신을 불에 태워 무덤을 만들지 않았다구 허는구려."

윤씨가 천천히 고개를 떨구더니 기어이 방바닥으로 눈물을 떨군다. 그 모진 지난날의 고초에도 불구하고 그녀에게는 아직 사람의 정이 남아 있다. 스스로를 죽은 사람으로 생각하고 살아왔건만 역시 그녀의 여린 마음에는 아직도 눈물이 숨겨져 있었던 모양이다. 흐르는 눈물을 옷고름으로 찍어내며 그녀가 다시 고개를 들어 인홍을 바라본다.

"연이는 어찌 되었답니까?"

"형님의 장례를 끝낸 뒤에 목을 매어 자결을 했다 하오."

"예에?"

눈을 한번 크게 떠보이고 윤씨는 다시 고개를 떨군다. 계집종 연이를 강촌 병막으로 보낸 것은, 그녀로 하여금 지아비 찬홍의 잠자리 시중을 들라고 한 것이다. 그러나 연이는 그 때 이후 찬홍을 섬겨오다가 끝내는 정인을 따라 순사殉死까지 한 것이다. 순사를 할 수 있었던 계집종 연이에게 윤씨는 지금 어쩌면 투기가 아닌 부러움을 느끼는지 모른다. 시아버지와 자식을 눈앞에서 잃은 그녀는, 김씨

가문의 절손을 막기 위해 스스로 목숨을 끊을 기회마저도 버려야 했다. 거리낌없는 비자 연이의 애틋한 순사가 김대감 큰며느리인 윤씨에게는 선망이자 부러움이 될 수밖에 없다.

"가보시겠소?"

"어디를요?"

"형님의 장례를 치러준 사람들이 바루 이 너머 등성이에 산답니다. 그 사람들을 만나보면 그간의 형님 소식을 대강이나마 들을 수 있지 않겠소?"

윤씨가 벗어둔 장옷을 집어들며 이내 자리에서 몸을 일으킨다. 인홍이 뒤따라 자리를 일자 그녀가 다시 입을 연다.

"무덤두 아니 만들구 시신을 불에 태워 어쨌답니까?"

"뼈를 빻아 강물에 띄워보낸 모양이오."

"사문(沙門)두 아닌 터에 화장한 까닭이 무어랍니까?"

"형님 당신께서 미리 말씀이 계셨던 모양이오. 형님의 유언에 따라 이 곳 사람들이 화장을 한 것 같소."

두 사람이 방을 나와 뜰을 거쳐 주막을 빠져나간다. 눈이 수북히 쌓인 밖은 온 천지가 눈부시게 희고 밝다. 얼음이 얼어 질펀한 강에 행인이 더러 눈에 띄고, 강가에 늘어선 여러 채 초가에서도 아까와는 달리 사람들의 기척과 아이들의 말소리가 들려온다. 발목이 잠길 만큼 눈이 쌓였으나 길을 찾기는 생각보다 어렵지 않다. 눈이 그치자 어느새 누가 길을 따라 발자국을 남긴 때문이다.

"장례를 치러준 사람들이 무엇하는 사람들이랍니까?"

"빌어먹는 사람들이라오."

"이번에두 삼개에서처럼 없이 사는 사람들과 함께 지내신 모양이지요?"

"그런 것 같소."

갓 내린 눈이라서 길이 미끄럽지 않은 것이 다행이다. 눈이 그치자 바람마저 자서 온 세상이 눈밭인 채 적막하기가 깊은 물 속 같다. 밋밋한 비탈을 얼마쯤 올라가자 눈앞에 이윽고 넓고 훤한 공터가 나타난다. 온 천지가 흰 눈뿐이건만 이 곳에는 더러 검은 얼룩들이 눈에 띈다. 하늘의 눈도 미처 덮지 못한 거적들과 토굴 어귀와 땟국에 까맣게 찌든 사람들의 얼굴들이 보이기 시작한 것이다.

잠시 공터에 멈춰 선 사이에 늘어진 거적들 사이로 많은 사람들의 검은 얼굴들이 나타난다. 얼굴들을 저마다 헝겊이나 넝마들로 둘러싸서, 남녀의 구별도 없을뿐더러 나이도 알아볼 수 없다. 두 눈만 빠끔히 헝겊들 사이로 뚫려 있을 뿐 사람들은 너나없이 하나의 커다란 넝마 뭉치로 보일 뿐이다.

새하얀 언덕 눈밭에 잠시 적막한 침묵이 흐른다. 아무도 알려준 사람이 없건만 언덕의 여러 움막들 속에서는 수많은 사람들이 꾸역꾸역 밖으로 나온다. 눈뜨고 볼 수 없는 그들이 괴상한 몸치장은 어쩌면 한 겨울의 추위를 막기 위한 방편인지 모른다. 그들은 추위를 막기 위해서는 아무것도 꺼릴 것이 없다. 꿰진 이불이건 반쪼가리 거적때기건 그들은 추위만 막을 수 있다면 제 몸에 온갖 물건들을 겹겹으로 두르고 있다.

난중에 모진 세파를 다 겪어본 인홍이다. 그러나 지금 그의 눈앞에 떼거리로 나타난 사람들은, 담력있는 인홍에게도 소름끼치는 역겨움과 두려움이 느껴지는 모습들이다. 이렇듯 입성과 외모들이 추악한 사람들을 인홍은 지금껏 이 세상 어디서도 본 일이 없다. 머리에서 발끝까지 온갖 물건들을 주렁주렁 감거나 휘감은 채, 그들은 두 눈만 밖으로 내놓고 인홍과 윤씨를 뚫어지게 바라보고 있다.

"여보게들 안녕허신가? 내 자네들에게 말 몇 마디 물어보고자 올라왔네."

저를 바라보는 무리를 향해 인홍이 이윽고 커다랗게 입을 연다. 그러나 움직임을 멈췄을 뿐 그들은 누구 하나 대꾸도 없고 응대도 없다. 인홍이 다시 무리들을 둘러보며 언덕이 울리도록 큰 소리로 고함을 친다.

"내가 사람 하나를 찾구 있네. 자네들 중 마서방이 있으면 나랑 잠시 이야기 좀 허세!"

인홍의 고함을 들었으련만 그들은 여전히 꿀먹은 벙어리다. 그러나 말은 없어도 그들은 눈 언덕 사방에서 인홍을 향해 꾸역꾸역 다가온다. 마치 먹이 찾아 모여드는 흉칙한 벌레들처럼 그들은 둥근 원을 만들어 인홍과 윤씨 주위로 조금씩 죄어오고 있다.

"마서방이 어디 있는가? 마서방을 만나 내가 꼭 할 말이 있네. 아무라두 대답 좀 허게. 벙어리두 아닐 텐데 왜 대답들이 없는 겐가?"

마치 얼굴에 탈을 둘러쓴 듯 그들은 무슨 말을 물어도 누구 하나 대답이 없다. 그들이 침묵이 너무나 철저해서 인홍은 은근히 불안과 두려움이 느껴질 정도다. 그러나 그가 막 또 한 차례 고함을 치려 하자 누군가가 그의 등뒤에서 끝이 뾰족한 물건으로 그의 등을 쿡 찌른다.

"마서방을 어찌 찾어?"

돌아보니 머리털 하얀 할멈 하나가 지팡이를 곤추 세워들고 인홍을 빤히 올려다본다. 산발한 흰머리에 눈만 휑한 할멈이건만 목소리만은 앙칼지고 다부져서 어딘가 무리 중에서도 웃어른 대접을 받고 있는 할멈인 듯하다. 그나마 자기에게 대답해 준 것만도 고마워서 인홍은 할멈을 향해 급하게 입을 연다.

"외다리 마서방이 자네들 동아리의 우두머리라구 알구 있네. 내가 그 사람을 만나 꼭 물어볼 말이 있네. 마서방을 좀 보게 해주게. 그 사람이 지금 예 있는가?"

"어디서 왔어?"

인홍의 말에는 대답없이 할멈이 다시 제 말만을 물어온다. 할멈의 고집스런 얼굴을 보고는 인홍이 이내 숙어든다.

"나 말인가? 먼 데서 왔네. 나흘 전에 여주 고을서 올라왔네."

"마서방은 어째 찾어?"

"내가 원래는 마서방을 찾아온 게 아닐세. 우리 형님을 찾아왔네만 형님이 돌아가셨다기에 마서방이라두 만나려구 허는 걸세."

"형님이 뉘여?"

"원래 함자는 김자 찬자 홍자시네마는 여기서는 변성명을 하여 박거사루 불리신 모양일세."

파뿌리 같은 하얀 머리털 속에서 할멈의 까만 눈이 여러 번 바쁘게 깜박인다. 그러나 곧 고개를 내젓더니 할멈이 다시 입을 연다.

"그런 사람 여기 읎어. 잘못 찾아왔어. 딴 데 가봐."

"없다니 누가 없다는 겐가? 마서방이 없다는 겐가, 박거사가 없다는 겐가?"

"공으루는 말헐 수 없어. 강가에 시방 기찰 포교가 쫙 깔려 있어. 마서방을 만나보려거든 내게 그 값을 치러야 해."

"무슨 값을 내라는 겐가? 말해 보게. 내 값을 치러줌세."

"이 장옷을 내게 주어. 허면 내가 마서방 있는 델 일러주지."

할멈이 말과 함께 윤씨가 쓰고 있는 장옷을 가리켜 보인다. 인홍은 그러나 고개를 내저으며 할멈에게 타이르듯 입을 연다.

"그 부인이 어느 대감댁의 지체 높은 내당마님일세. 밖에 나와 장옷이 없구서야 부인께서 어찌 먼길을 갈 수 있겠나? 딴 물건이라면 내어줄 수도 있네마는 부인의 장옷만은 자네에게 줄 수가 없네 그려."

"주기 싫으면 그만두어!"

할멈을 대신해서 문득 우렁우렁한 사내 목소리가 들려온다. 돌아다보니 등걸 장대한 사내 하나가 털가죽 옷을 입은 채 움집 앞에 서서 인홍을 당당히 바라보고 있다. 인홍이 잠시 멈칫한 사이에 그가 다시 입을 연다.

"자네가 꼴에 양반이라구 제법 흰소리를 허네그려? 달래서 아니 주면 빼앗는 것이 여기 풍습이여. 자네 여기가 어딘 줄 아나? 육조거리라두 되는 줄 아는 겐가?"

말투가 같은 하게여서 인홍은 잠시 기가 막힌다. 밥이나 빌어먹는 천한 것들이 양반에게 마주 하게를 놓고 있다. 괘씸한 생각으로는 당장 놈자를 붙이고 싶으나, 그리 되면 저쪽에서도 인홍에게 같은 놈자를 붙여올지도 알 수 없다. 양반과 상놈이 마주 놈자를 붙여서야 체면 있는 양반 쪽이 망신 살 것은 뻔한 일이다. 세 불리함을 깨달은 인홍은 어쩔 수 없이 부드러운 낯빛으로 입을 연다.

"예가 어딘 줄 모르구야 내가 어찌 자네들을 보러왔겠는가. 내가 예까지 온 까닭은 오로지 우리 형님의 소식을 듣기 위함일세. 얘기 듣자니 우리 형님이 돌아가시기 직전까지 자네들과 함께 이 언덕에 사셨다는군. 돌아가신 형님의 뒷얘기라두 들을까 싶어 내 이렇듯 늦게나마 마서방을 찾는 걸세."

"돌아가신 박거사가 댁의 형님인 것을 어찌 알구 마서방을 찾는 게여?"

"그 형님이 연전에두 삼개나루 언덕배기에서 자네들 같은 사람들과 함께 지내신 적이 있네. 내가 그 때는 형님을 찾아뵈어 문안인사까지 여쭌 일이 있었더라네. 헌데 요즈막에 길손 하나가 일러주는 말이 경강의 어느 작은 나루에 선비 한 분이 사시는데, 그 어른이 없이 사는 백성들에게 선행을 베풀어 인근에 온통 칭송이 자자하다는 소문일세. 당신은 중병이 들어 다 죽어가는 몸이건만 고생하는 천한 백성들을 돌보느라 제 몸 비편한 것은 거들떠보지두 않는다는 겔세. 길손이 전하는 그 소문을 듣구 내 벌써 그 선비가 우리 형님인 것을 알아차렸네. 병환 든 것과 경강 나루 근처에 사시는 것이 연전에 찾아뵌 우리 형님과 꼭 맞아떨어졌기 때문일세."

"댁의 형님이 앓던 병이 무슨 병인지 아시오?"

어느 틈에 사내의 말투가 하게에서 하오로 변해 있다. 인홍이 사내의 말을 받아 담담하게 대답한다.

"의서醫書에서는 대풍창이라구 허네마는 속말루는 문둥병이라구

하는 병일세."

"이리루 들어오시우."

사내가 한 마디 툭 내뱉고는 그대로 몸을 돌려 거적을 들치고 제 움집으로 들어간다. 인홍이 그제야 몸을 돌려 제 등뒤에 선 윤씨를 돌아본다.

"예서 잠시만 기다리시오. 내 얼른 들어갔다 나오리다."

윤씨가 대답 대신 고개를 살풋 숙여보인다. 인홍은 곧 윤씨 곁을 떠나 사내가 방금 사라진 움막 속으로 몸을 디민다.

밝은 눈밭에서 움막으로 들어서니 눈앞이 컴커무레하다. 그러나 움 복판에 불구덩이가 하나 있어 그 곳에서 비치는 불빛이 움 안을 따뜻하게 밝히고 있다. 눈 오기 전에 화톳불을 지폈던 듯 불꽃들이 모두 사위고 붉은 잉걸불들만 불구덩이 속에 벌겋게 남아 있다.

"이리루 앉으십시오. 먼길 오시느라 고생이 많으셨겠습니다."

등걸 큰 아까의 그 사내가 이제는 인홍에게 깍듯이 높임말을 쓰고 있다. 손으로 가리키는 불구덩이 옆의 삿자리에 앉으며 인홍이 등걸 큰 사내의 뭉뚝하게 잘리고 없는 허벅다리를 바라본다.

"자네가 바루 마서방인 게군?"

"예, 쇤네가 바루 외다리 마서방이외다."

"고마우이. 자네가 우리 형님의 초종장사를 지내 주셨다구?"

"장례랄 것두 없사외다. 하늘 같은 그분 은혜에 비허면 우리네가 헌 일은 경강 모래밭의 모래 한 알에두 못 미치는 일이외다."

상호相好〔얼굴 모습〕는 추하고 불량해도 사내는 도중의 우두머리답게 언동이 신중하고 듬직하다. 인홍이 박거사의 아우인 것을 알고부터는 그는 거칠던 태도를 바꿔 공손하고 예의바른 사내가 된 것이다.

"그래 우리 형님이 무슨 병환으루 돌아가셨으며 자네들 허구 같이 지낸 것은 언제부터의 일이든가?"

"우리에게루 오시기는 작년 이른봄 해토 무렵이구 거사께옵서 돌아가신 까닭은 병환이 심중해진 때문으루 아오이다."

"자네들에게루 형님이 오실 적에 형님이 누구랑 같이 오셨든가?"

"첨엔 홀루 오셨습니다만 며칠 뒤 내당께서 이리루 뒤따라 오셨 습지요."

움집이 밝아지더니 거적문을 통해 사내들 둘이 들어온다. 마서 방에게 꾸벅 고갯짓을 하고는 두 사람은 토방에 올라 마서방 뒤로 말없이 내려앉는다.

"같이 지내는 동아리들이외다. 모두 우리 거사님께 큰 은혜를 입 었습지요."

마서방의 소개를 받고 두 사내들이 인홍에게 꾸벅 절을 한다. 인 홍이 마주보고 고개를 끄덕인 뒤 다시 마서방에게 말을 묻는다.

"대풍창에 든 지가 오래되시어 우리 형님이 성한 몸이 아니었네. 헌데 형님께서 그런 몸으루 자네들에게 무슨 선행과 은혜를 베풀었 는지 모르겠네그려?"

"몸이 성치 않으시기에 그 어른의 은혜가 우리에겐 더욱 고맙구 황송했던 게지요. 아무리 당신의 몸이 불편허구 어려우셔두 그 어른 은 우리를 위해서는 몸과 수고를 아끼지 않으셨소이다."

"그래 형님께서는 자네들에게 무슨 선행을 베푸셨든가?"

"제일루 많이 베푸신 것이 아픈 사람의 병을 보아주신 게구, 그 다음은 우리가 모르는 걸 일러주어 여러 목숨이 죽을 것을 미리 구해 주신 일이오이다."

"병 보아주신 것은 나두 짐작을 허겠네만 모르는 것을 일러주셨다는 것은 내 도무지 무슨 일인지를 모르겠네?"

걸인들이 잠시 말을 끊고 서로의 얼굴을 돌아본다. 서로 말하기를 미루더니 이번에도 역시 마서방이 입을 연다.

"작년 늦여름이라 아마 7월 하순쯤이 될 겝니다. 도성은 물론 경강의 여러 나루에서 하루에두 수십 명의 사람들이 돌림병에 들어 떼죽음을 당허던 때였습지요. 들리는 말루는 왜적들이 퍼뜨린 천하의 무서운 돌림병이라구 허더이다. 하루에두 수십 번씩 칙간에 가 뒤를 보다가 끝내는 피똥을 싸구 힘이 진해 쓰러져 죽는 병이었지요."

그 병에 관해서는 인홍도 들어 알고 있다.

금년 여름엔 온 조선에 그 무서운 돌림병이 퍼져 있었다. 수많은 백성들이 그 병으로 죽었고 심지어는 명나라 군사와 왜적들까지도 그 병에 들어 죽었다고 했다. 어느 고을에서는 부민이 모두 그 병으로 죽어 송장을 치울 사람이 없어 고을에 아예 불을 지르기도 했다는 것이다.

마서방이 한동안 말을 끊었다가 다시 차분하게 입을 연다.

"헌데 돌림병이 한창 기승을 부릴 즈음 거사님께서 우리 무리에게 이르신 말씀이 있었지요. 이 병의 역신은 우리가 먹는 물에 있으니 물을 꼭 끓여먹으면 역신을 물리쳐 병에 걸리지 않는다는 것이었지요. 아니나 다를까 바가지를 삶고 밥과 물을 끓여먹었더니 이 언덕에 사는 우리 동아리들은 그 병에 잡힌 사람이 한 사람두 없었소이다. 도성에서는 상사람들은 물론이구 지체 높은 양반님네까지두 그 병에 걸려 떼송장이 나가는데 여기 사는 우리네 천한 백성들은 누구 하나 병을 앓지 않구 그 여름을 무사히 날 수가 있었다는 말씀이외다. 결국 날씨가 서늘해지면서 그 병이 숙어들기 시작했는데 경강 가에 살던 백성들만두 그 병으루 죽은 사람이 5백에 이른다구 했소이다. 거사님이 그 때 그 말씀을 일러주시지 않았더라면 여기 있는 우리 세 사람두 지금까지 살아 있지를 못했을 것이외다."

형 찬홍이 의서를 익힌 것은 저 자신이 바로 대풍창이라는 무서운 병에 잡혀 있었기 때문일 것이다. 자신의 병을 고치기 위해 남몰래 의서를 뒤적이던 찬홍은 결국 그 때 익힌 해박한 의술로 무수한 없는 백성들을 구하게 된 것이다.

"허나 그런 일루 해서 우리가 거사님을 따르구 우러러뷘 것은 아니외다. 정작 우리가 그 어른을 우러러뷘 것은 그 어른이 우리에게 보여 주신 위아래 없는 깊은 정과 따뜻한 마음 때문이외다. 그 어른이 양반이신 것을 우리는 그 어른이 돌아가시는 날까지두 몰랐소이다. 우리가 비럭질해 온 대궁밥두 자시구 우리랑 거침없이 쌍말두 주고받던 어른이시라서, 우리는 그 어른이 우리와 다를 바 없는 천한 백성이거니 생각했었지요. 돌아가신 뒤에야 그 어른의 마나님을 통해 그 어른이 도성 안 김대감댁의 지체 높은 선비였던 것을 알게 되었지요. 그 어른은 당신이 양반이면서두 양반을 제일루 싫어허구 미워허던 분이었소이다. 백성 수탈허는 양반들이 없어져야 우리 조선이 잘될 수 있다구 입버릇처럼 말씀허시군 했었지요."

형의 변모가 어떤 것인지 인홍은 그제야 어렴풋이 알 것 같다. 왜란이 그토록 큰 가르침을 베풀었건만 모든 양반이 형과 같은 깨우침에 이른 것은 아니다. 모든 관습과 생각과 규범은 한갓 마음의 조작이고 허구일 뿐이다. 그것을 깨우친 형이야말로 이 나라의 양반들 중에 가장 큰 양반으로 살다간 사람이다.

"마서방, 얘기 잘 들었네. 자, 나는 그럼 가봐야겠네."

갯가에 봄빛이 완연하다.

하긴 해가 바뀌고 입춘이 지난 지도 여러 날이다. 네댓새 뒤면 우수 경칩이 닥칠 절기라 몇 차례 궂은 비가 질금거리더니 날이 활짝 개면서 갯가에 온통 봄기운이 화사하다.

등성이 하나를 넘으니 이군관 강득의 선소 굴강이 내려다보인다. 이쪽은 상한 배 몇 척만 모래밭에 얹혀 있을 뿐, 본영 영성이나 진중처럼 군사들이 별로 붐비지 않는다. 새로 옮겨온 통제영의 여러 공사가 지금 한창 진행 중이어서 배 고치는 선소에는 목장과 격군 몇 사람밖에 배치되지 않은 탓이다.

조선 수군의 통제영이 고금도古今島로 옮겨온 지도 오늘로 벌써 여드레째다. 해남과 전라우수영을 전전하다가 주사舟師(수군)는 지난 2월 열 이렛날에 본영을 아예 고금도로 옮겨왔다. 완도 위쪽에 위치한 고금도는 뭍과 가까울뿐더러 바다 뱃길의 길목이라 섬들 많은 전라도 지경을 왕래하는 배들을 감시하기에 적당한 곳이다. 더구나 섬이 커서 들도 넓고 나무도 많아 수군은 일방으로는 왜적과 싸우면서 다른 한편으로는 농사도 짓고 소금도 구워 군량과 군비를 마련하기도 편한 것이다. 생각이 깊고 앞일을 길게 내다보는 통제사 이순신은 고금도의 이利를 미리 알아 정유년에서 무술년으로 해가 바뀌자 이내 수군의 본영을 고금도로 뽑아 옮긴 것이다.

그러나 진을 한번 옮기면 그만큼 본영 수군들은 밤낮없이 일에 묶여 살아야 한다. 망루를 세우고 성을 새로 쌓는 것은 물론이요, 땅을 골라 새 집들을 지어야 하고 배 닿는 갯가의 굴강과 축방도 크게 넓히거나 새로 쌓아야 한다. 따라서 이런 잡역들을 치르자면 본영에 딸린 각종 장색들은 물론이요, 격군이나 군사들까지도 일에 묻혀 헤어날 길이 없다. 막상 몸이 고되기는 싸움보다 이쪽이 더 어렵고 힘겨운 것이다.

고금도로 옮겨와서도 군사들은 역시 바쁘게 돌아가야 했다. 다행히 왜적들은 뭍에 깊숙이 웅거한 채 요즘은 좀처럼 바다로 나오지 않고 있다. 명량싸움 이후 조선 수군에게 여러 차례 패한 터라 다시는 왜의 수군이 전라도 이서로는 넘어올 생각을 하지 않고 있다.

비릿한 갯바람에 섞여 송진 냄새가 물씬 풍겨온다. 배를 새로 뭇거나 수리하는 선소에는 언제나 향긋한 송진 냄새가 풍겨오게 마련이다. 나무를 새로 켤 때도 송진 냄새가 요란하지만 감수를 막기 위해 뱃널의 틈을 막을 때도 송진을 끓여 붓기 때문에 역시 냄새가 야단스럽다.

"나으리, 안녕헙시오."

선소 뜰로 들어서는데 낯익은 목장 하나가 허리를 굽혀 절을 한다. 자주 보아 얼굴이 익어서 선소 장색들은 이군관을 모르는 사람이 거의 없다.

강득이 고개를 끄덕하고는 젊은 목장에게 말을 묻는다.

"도목장 지서방 어디 있는가?"

"풀뭇간에 올라가 기십니다."

"풀뭇간이 어디 있기에?"

"배들 뒤루 돌아가시면 바다루 흘러드는 작은 개천이 있습지요. 그 천변에 그제 겨우 연장 벼르는 풀뭇간을 지었답니다."

"헌데, 지서방이 풀뭇간에는 무슨 일루 갔나?"

"깨진 배들을 수선허랍시는 위의 분부가 기시온데 연장들이 모두 녹이 슬어 다시 벼르어야 됩답니다. 본영을 이리루 옮기느라 그간 여러 날을 바닷바람을 쐬었더니 연장들이 죄 녹이 슬어 못 쓰게 되었다구 허는군입쇼."

목장들의 연장들만 녹이 스는 것이 아니다. 군사들의 도검이나 병기는 물론이요, 판옥전선에 거치되어 있는 각종 화포들도 시뻘겋게 녹이 나 있다. 바닷바람에 소금기가 들어 있어 쇠붙이란 쇠붙이는 녹 안 나는 물건이 없다. 그 많은 녹들을 지우기 위해 수군들은 자고 깨면 노상 하는 일이 병기에 대한 기름걸레질이다.

"막개가 예 있다구 들었는데 도목수랑 함께 있는가?"

"막개 패두는 격군들 거느리구 생솔 찍으러 뒷산 솔숲으루 올라갔습지요."

"생솔을 베러 산에를 갔다는 게냐?"

"예. 사또께서 이르시기를 이 섬에 오래 묵으며 군선을 여러 척 새루 무을 거라구 허셨답니다. 그 때 쓸 요량으루 도목수 지십장께서 미리 생솔을 베어오라구 허신 듯 싶소이다."

막개가 싸움배 판옥선을 타다가 도목수 율개 밑에 있게 된 것은 지난해 겨울부터다. 귀가 먹어 수군 조련 때도 군령을 잘못 알아듣는 것을 보고는, 본영 중군이 그를 다시 옛적에 몸담고 있던 본영 선소로 내려보낸 것이다. 그러나 싸움터에서의 전공이 참작되어 막개는 옛날과는 달리 선소 격군들의 패두로 승급이 되었다. 그는 이제 목장들 사이에서 도목수 율개보다도 더 높은 지위에 오른 것이다.

"일 보게."

"예 나으리, 살펴가십시오."

이군관이 목장들과 헤어져 배들 누워 있는 갯가 모래밭을 질러간다. 수리를 위해 뭍으로 끌어올려진 배들은 대부분이 너무 낡아 뱃널이 상했거나 썩어버린 배들이다. 이런 배들은 상한 널을 갈아 끼우거나 썩은 배는 아예 헐어버리고 쓸 만한 용재들 몇 개만 따로 골라내고 나머지는 불을 질러 태워버리는 것이 보통이다. 연이어 싸움 바다에 떠 있어야 했기 때문에 전선들은 대부분이 제 나이보다 일찍 명을 다해 해체되거나 태워지는 것이다.

그러나 고금도 통제영 본영에는 현재 열두 척이던 판옥선이 스무 척으로 다시 늘어났다. 울돌목 싸움 이후 이통제 순신의 독려와 재촉으로 전라우도의 각 선소에서 새로 판옥선을 여덟 척이나 더 만든 것이다. 그러나 스무 척 판옥선으로도 왜적의 많은 수군을 당해내기는 어림도 없다. 이번에 명나라 수군이 내원을 왔기에 망정이지 그간에 조선 수군은 왜적의 침공만 겨우 막았을 뿐 스스로 적을 찾아 바다로 나가지는 못한 것이다.

"나으리, 안녕헙쇼?"

낡은 배들을 수선하던 목장들이 잠시 일손을 놓고 여기저기서 이군관에게 인사를 한다. 강득이 말없이 인사를 받으며 개천가 둔덕에 있는 대장간을 바라고 올라간다. 천변 둔덕 위에 올라앉은 대장간은 네 기둥에 지붕만 얹혀 있고 쇠 달구는 화독 하나만이 복판에 길쭉하게 박혀 있을 뿐이다. 시급한 것이 연장 벼르는 일이어서 대장간에는 벌써 화독에 벌건 숯불이 지펴졌고, 야장들 셋이 둘러서서 번차례로 쇠메질을 하고 있다. 땅땅 울리는 메 소리를 들으며 이군관이 가까이 다가가자 도목수 율개가 그를 발견하고 걸터앉았던 통나무 위에서 엉거주춤 몸을 일으킨다.

"잘 있었는가?"

"어서 오시게."

나이로 따져서는 율개가 강득의 장형뻘이 되지만 한쪽은 군관이요, 다른 한쪽은 천히 여기는 장색이라 남의 눈도 있고 해서 그들은 선소에서 만나면 평교平交하듯 서로 말을 놓고 지낸다.

"선소에 안 있구 어찌 목수가 풀뭇간에 와 있는 겐가?"

"연장들이 죄 망가져서 새루 벼르느라 올라왔네. 그래 예까지는 어쩐 일루 왔나? 본영에두 지금 눈코뜰새 없이 바쁠 텐데?"

강득이 잠시 대꾸가 없더니 대장간 옆모서리의 빈터로 돌아간다. 통나무를 보고도 앉지 않고 우두커니 선 자세로 강득이 갑자기 입을 연다.

"일이 생겼네."

"무슨 일?"

심상치 않은 강득의 낯빛에 율개도 덩달아 말소리가 작아진다. 한동안 바다 쪽을 바라보더니 강득이 다시 심상찮게 입을 연다.

"간밤에 서군관이 영을 떠나 어딘가루 없어졌네."

"무슨 소린가? 서군관이 그래 어디루 갔다는 겐가?"

"간 곳을 알면 내가 무슨 걱정인가. 어디 갔는지를 모르겠으니 이렇게 애가 타는 게지."

이번에는 도목수 율개가 찌푸린 얼굴로 말이 없다. 요즘은 군법이 엄해 도망친 군사는 곤장 30도를 맞거나 심한 경우는 목이 잘리는 때도 있다. 특히 노역櫓役이 고된 노군櫓軍들의 도망질이 유난히 많아 그들은 도망치는 경우 십중팔구는 참수 따위의 극형을 당하는 것이 보통이다. 각 고을 수령도 허락없이 직을 떠나면 사또 앞에서 결곤을 당하는 터라 본영 군관이라도 예외는 될 수가 없다. 제자리를 버리고 허락없이 영을 떠나면 그는 반드시 이통제에게 입문되어 중형으로 다스려질 수밖에 없다.

"그 사람이 이번에는 또 어느 고을루 내뺀 겐가?"

혼잣말하듯 하는 율개에게 강득이 다시 차분하게 입을 연다.

"중군장한테 말씀을 올려 내가 사흘 간은 말미를 받아두었네. 사흘 안에 서복만이 본영으루 돌아오면 중군장은 이번 일을 사또께 품해 올리지 않겠노라구 약조했네. 허나 사흘이 지나두 서군관이 아니 오면 그 때는 사또께 품해 복만이 크게 벌을 당허게 될 듯싶네."

"말미를 받으면 무얼 허누. 복만이 그 안에 돌아올 사람인가."

"어딜 갔는지만 알아두 일이 이렇듯 난감허지는 않으련만……. 혹 근자에 서군관이 지서방 자네헌테는 다른 기색 보이지 않든가?"

"나헌텐 아무 기색 없었네. 막개랑은 어제 그제 같이 어울리는 눈치였네만."

"막개는 지금 어디 있나?"

"벌목허러 산에 갔네."

"그 아이가 언제 올 겐가?"

"새벽에 올라갔으니 하마 내려올 시각일세."

말들이 끊어진 채 두 사람은 다시 먼바다 쪽을 바라본다.

서복만이 본영을 떠난 것은 이번에도 역시 제 아낙 강진댁을 찾아보기 위해서일 것이다. 전라좌수영이었던 매성이 왜적의 손에 떨어진 뒤 서복만은 안식구인 강진댁의 소식을 지금껏 한 마디도 듣지 못하고 있다. 차라리 죽기라도 했으면 복만은 강진댁을 일찌거니 잊었을지도 모른다. 행방은 고사하고 생사조차 모르는 그녀이기에, 복만은 미련이 남아 더욱 그녀의 뒷소식을 궁금히 여기고 있는 것이다.

앞뒤 생각없는 급한 성미대로 서복만은 그 후 걸핏하면 순행을 핑계 대어 여러 갯마을로 제 아낙을 찾아다녔다. 어떤 갯마을에서는 사흘까지도 묵어와서 본영에서는 그가 왜적에게 죽은 것으로 알기도 했다. 이번에도 그는 제 아낙을 찾기 위해 가까운 강진 고을로 배를 몰아 찾아갔기가 십상이다. 혼자서라도 능히 작은 돛배를 부릴 수 있는 그는 이 근처 바다를 샅샅이 알고 있어서 캄캄한 밤중이라도 얼마든지 배를 몰아 뭍으로 오를 수가 있다.

"없어진 게 언제여?"

"어제 저녁일세."

"없어진 배는 없구?"

"본영 굴강에 묶여 있던 외대박이 포작선 한 척이 없어졌네."
"자네 짐작엔 그 위인이 어디루 간 것 같은가?"
"안식구 고향이 강진이니 강진말구 어디를 갔을 겐가?"
"본영이 고금도루 옮겨올 때부터 그 위인이 무척이나 흥겨워 뵈더라니……"
"허면 그 위인이 진작부터 강진에 찾아갈 생각이 있었구먼?"
"속으루는 진작부터 강진 찾아갈 꿍꿍이를 세워놓구 우리헌테는 시침뗀 얼굴루 아닌보살 허구 있었던 셈이지."

진에서 도망치는 군사들의 태반이 끊어진 제 집안의 소식을 알아보기 위해 진을 떠난다. 하삼도 갯마을이 고향으로 되어 있는 대부분의 전라도 수군들은 무엇보다도 애타게 알고 싶은 것이 왜적이 휩쓸고 간 뒤의 제 고향 뒷소식이다. 포악한 왜적들의 손에 제 집안 식구들이 어찌 되었는지를 알지 못해, 그들은 틈만 있으면 배를 훔쳐 타고 고향마을에 한번 가보고 싶어하는 것이다. 그러나 싸움에 임한 군사로서 윗사람의 허락없이 진이나 영을 떠날 수는 없다. 더구나 통제사 이사또는 군법과 군율이 엄하기로 소문난 장수다. 사사로운 일로 진을 떠난 군사에게는 그는 군법대로 시행할 뿐 사정을 두지 않는 엄정한 장수다.

"저기 막개가 내려오네."

율개가 손가락질하는 곳에 과연 막개의 큰 몸이 보인다. 격군들 거느리고 산에 올라갔다더니 그는 아무도 거느리지 않고 홀로 산에서 내려오고 있다. 아마 격군들은 벤 나무를 날라오느라 그보다 늦어서야 산을 내려올 모양이다.

막개가 이쪽을 보지 못하고 선소 위쪽의 초막 앞 나무토막 위에 앉아 있다. 귀먹은 사람이라 소리쳐 부를 수도 없어 이군관과 율개는 몸을 돌려 그에게로 다가간다.

"제발덕분에 저 녀석이라두 복만이 있는 델 알구 있으면 좋으련만."

"매일 둘이 어울려 다녔으니 어쩌면 저 녀석은 복만이 있는 델 알는지두 모르지."

두어 칸 거리로 다가가서야 막개가 드디어 이군관을 보고 몸을 일으킨다. 허리를 굽혀 군례를 올리고는 막개가 큰 목청으로 소리지르듯 입을 연다.

"나으리, 여긴 어쩐 일이시우?"

"너 보러 왔다."

이군관의 입을 눈여겨보더니 그가 다시 말을 건네온다.

"나는 나으리가 왜 왔는지 알구 있수."

"네가 무얼 안다는 게냐?"

"형님 찾으러 오지 않으셨소?"

막개와 서복만은 의형제를 맺고 있다. 막개는 이미 이군관이 복만을 찾아온 것을 알고 있는 눈치다.

"그래 너는 네 형님이 어디 있는지를 안다는 게냐?"

"알어두 말 못허우."

"왜 못해?"

"그 형님 다시는 우리에게루 아니 올 게요."

"아니 오면 어쩐다는 게냐? 잡히면 군법에 죽을 텐데 너는 형님이 죽기를 바라는 게냐?"

"안 잡히면 될 게 아니우. 잡히지 않는 데야 누가 형님을 죽인다는 게요?"

거짓말을 모르는 우직한 총각 막개다. 어쩌면 막개의 말은 사실인지도 알 수 없다. 서복만은 이번에야말로 뭍으로 도망쳐서 다시는 영으로 돌아오지 않을지도 모른다. 그러나 아무리 난중이라 해도 복만은 기어이 추쇄推刷꾼에게 잡히고 말 것이다. 지금은 용케 몸을 숨길 수 있더라도 앞으로 언젠가는 서복만 역시 잡히고 만다. 오늘만 살고 내일은 살지 않을 각오라면 모르지만, 그는 앞날을 위해서도 반드시 통제영으로 돌아와야 하는 것이다.

"막개야, 네가 정녕 복만이 형을 위헌다면 그 사람을 숨겨줄 게 아니라 지금 우리헌테 간 데를 말해 줘야 헌다. 내가 중군장헌테 이틀 말미를 받아뒀어. 이틀 안에만 돌아오면 복만이는 볼기 한 대 안 맞구 일이 무사히 된단 말이다."

강득의 차분한 말에 막개는 잠시 율개를 돌아본다. 생각이 단순한 대신 막개는 유난히 고집이 세다. 스스로 입을 열기 전에는 어느 누구도 그의 입을 열 수는 없다. 율개가 재촉하듯 턱을 한번 들어보이자 막개가 그제야 혼잣말하듯 입을 연다.

"복만이 형님이 이틀 안에는 이리루 다시 돌아온다구 했수."

"돌아와? 너헌테 정말 돌아온다구 했단 말이냐?"

"나헌테 약조를 했소. 이틀 안에 돌아오마구."

"헌데 왜 방금 전에는 복만이 다시 안 올 게라구 했니?"

"추쇄꾼 풀어 뒤를 쫓을까 봐 내가 그 때는 거짓말을 둘러댄 게요."

"밖에서 이럴 게 아니라 초막 안으루 들어가자."

율개의 말에 강득과 막개가 가까이 있는 초막 안으로 들어간다. 초막 복판 구덩이에 화톳불 뒤끝인 숯불이 남아 있고, 그 둘레에는 통나무를 깎아만든 기다란 걸상이 놓여 있다. 강득이 먼저 걸상 위에 앉으며 막개를 다시 돌아본다.

"이틀 안에 온다구 했다니 복만이 허면 모레쯤엔 돌아오겠구나?"

"그럴 게요."

"그 안에 안 돌아오면 네가 복만이 대신 큰 벌을 받을 줄 알아라."

"당치 않수. 내가 왜 그 형님 벌을 대신 받을 게요?"

"네가 벌받을 까닭이 있다. 서군관이 도망친 것을 뻔히 알면서두 너는 본영의 수직 군관헌테 그 일을 알리지 않았다. 적 앞에서 도망친 죄가 얼마나 큰지를 네가 지금껏 몰랐다구는 못헐 게다. 도망친 노군을 목베는 것을 네가 그간에 여러 차례 보지 않았느냐?"

"동기간에 형이 도망친 것을 그 아우가 어찌 본영에 알릴 게요? 그게 만일 죄가 된다면 내가 그 죄 대신 받으리다."

막개의 퉁명스런 말투에서 강득은 문득 귀 먹은 사람의 강한 고집을 느낀다. 더 크게 엇나가기 전에 강득은 얼른 막개를 달래기 시작한다.

"내가 너를 벌 준다구 무슨 득이 있을 게냐? 서군관만 제때에 돌아오면 나는 아무두 벌받기를 원치 않어. 허나 만일 모레까지두 서군관이 아니 오면 그 때는 본영 중군장이 서군관 도망친 것을 통제사 사또께 아뢰지 않을 수가 없다. 그 때는 서군관은 물론이구 너까지두 죄인이 되는 게야. 그러니 그리 되기 전에 우리가 먼저 선손을 쓰자는 게다."

 강득의 말을 듣고 막개가 옆에 앉은 율개를 돌아본다. 율개가 그제야 고개를 끄덕이며 좋은 말로 막개를 구슬린다.

 "이군관 허시는 말씀이 백 번 옳은 말씀이시다. 이틀 말미를 받은 것만 해두 그게 모두 이군관 나으리의 덕인 줄 알어라. 네가 정녕 서군관 잘되기를 바란다면 지금이라두 이군관 말씀 따라 그 어른 하라시는 대루 따르는 게 좋을 듯싶다."

 "그래 나더러 어쩌라는 말씀이오? 뭍에 간 복만이 형님을 잡아오기라두 허라는 게요?"

 "잡아올 것은 내게 맡기구 너는 그 형님이 어디 갔는지만 말을 해."

 막상 입을 열자니 막개는 다시 난감한 모양이다. 그러나 율개가 끌끌 혀를 차자 막개가 땅을 굽어보며 혼잣말하듯 입을 연다.

 "그 형님이 강진 가셨소."

 "강진 어디루?"

 "다릿골이라는 갯마을이우."

 "다릿골이 어디여?"

 "옛날 형수님이 사시던 동네랍디다. 강진 고을서 남녘으루 30리 상거쯤 되는 모양이우."

 강득이 율개를 향해 다릿골을 아느냐고 눈으로 묻는다. 율개가 고개를 끄덕이자 강득이 다시 막개를 향한다.

 "다릿골에는 그래 서군관이 무슨 일루 갔다는 게냐?"

 "그 형님 마음속에는 온통 형수님 생각뿐이우. 다릿골 올라갔다면 형수님 찾아간 게지 달리 무슨 뜻이 있겠소."

"허면 다릿골에는 강진댁이 있는 것이 분명허냐?"

"있다는 게 아니구 혹시나 해서 알아보러 간 게요. 알아보아 있건 없건 모레 안에는 돌아오마 했소."

강득이 다시 율개 쪽을 돌아본다.

"다릿골이 예서 뱃길루 얼마나 되나?"

"바람만 좋으면 반나절에 닿을 수두 있네."

"그럼 내가 오늘 다릿골에 가봐야겠네그려."

"오늘 가면 당일루는 돌아오기가 어려울 텐데 하루씩 영을 비워두 위에서 탈잡지 않을까?"

"순행나갈 핑계를 대면 하루쯤 빠져두 뭐랄 사람 없네. 허나 한 가지 걱정은 내가 다릿골 가는 바닷길을 모른다는 겔세."

"바닷길은 내가 아니 허면 나랑 같이 가세나."

"자네가 같이 간다면 내가 무얼 더 바랄 겐가. 허면 쇠뿔은 단김에 빼라구 내 곧 협선 끌구 이리루 건너옴세."

"그러게. 나두 허면 길 떠날 차비허구 기다리겠네."

24. 의리있는 귀신이 될지언정

성밖 저잣거리에 사람들이 북적거린다.
 바다와 가까운 이 고을은 왜적이 머문 지 오래되어 지난해 가을부터 조선 백성이 왜적과 어울려 함께 살고 있다. 성밖에는 그러나 조선 백성만 눈에 띌 뿐 왜적은 좀처럼 볼 수가 없다. 왜적은 주로 관아가 있는 성안에만 군사를 묻어 저희들끼리 살고 있다.
 성문 앞 공터로 가까이 갈수록 사람들이 붐비고 장사치들이 많이 눈에 띈다. 봄이 되어 해토가 되면서 장터에는 온갖 물건들이 쏟아져 나오고 있다. 올봄에도 가장 많이 나온 것이 양식으로 쓸 알곡들과 여러 가지 산채들이다. 봄철이라 특히 흔한 것은 굵기가 서까래만한 칡뿌리들이다. 연이은 흉년으로 양식이 귀해지자 백성들은 이제 산채와 칡 등으로 연명을 하는 것이 보통이다.
 "노형, 나 좀 봅시다. 알곡 좀 있으면 내구 가시구려."

저자 가까이 다가가자 길목에서 말감고(말 되는 사람)들이 서로 다투듯 행인들의 팔을 잡아끈다. 곡식이 워낙 귀하다 보니 값의 고하는 따질 것도 없다. 물건부터 우선 잡기 위해 거간꾼들은 장터 길목에서 사람들의 팔을 잡아 행보를 방해한다.

"손 치우슈. 내게는 알곡이 없소."

박두산의 험한 낯빛에 감고가 얼른 팔을 놓는다. 하긴 그의 봇짐 속에는 알곡이라고는 한 톨도 없다. 봇짐 생긴 것이 곡식 든 것 같지가 않아 감고들은 이내 그의 팔을 놓아준다.

성벽 한곳에 여러 사람들이 둘러서서 무언가를 구경하고 있다. 방이라도 붙었다면 갓쓴 양반이라도 보이련만 갓짜리는 한 명도 없고 주로 상사람과 아이들이 대부분이다. 두산이 가까이 가서 어깨 너머로 넘겨다보니 작대기 세 개를 서로 맞물려 괴어놓고 그 사이에 사람 머리 하나를 상투풀어 매달아놓고 있다. 퀴퀴한 냄새가 나는 것을 보니 효수된 머리는 꽤 여러 날을 성밖 장터에 내걸렸던 모양이다. 살갗도 이미 퍼렇게 썩어 제 빛깔이 아닐뿐더러, 입술도 여러 날 햇볕에 말라 위로 말려올라가 이가 하얗게 드러나 있다. 눈가에는 벌써 날 것이 달려들어 이리저리 날고 있고, 잘린 목에는 재와 피가 엉겨 검은 피딱지가 고약처럼 붙어 있다.

"쳐죽일 놈!"

구경꾼 중 한 사람이 혼잣말하듯 중얼거린다. 효수된 머리 뒤를 자세히 보니 글 몇 줄이 적힌 긴 헝겊이 붙어 있다. 아마도 죽은 사람의 죄상과 이름이 적힌 헝겊인 모양이다.

"저 사람이 무슨 죄루 효수되었수?"

"의병질한 죄요."

"의병질이라니?"

"의병 일으켜 왜적들과 싸우다 사로잡혀 목이 잘려 내걸린 게요."

뜻밖이다. 의병이 사로잡혀 왜적에게 효수된 것을, 같은 조선 백성들이 둘러서서 구경삼아 바라보고 있다. 아무리 왜적이 성안에 가까이 있기로니 이런 일은 있을 수 없다. 두산이 사내를 돌아보며 의아스레 말을 묻는다.

"노형의 말뜻을 모르겠구려. 이 머리가 의병의 머리라면 왜 댁들은 구경허듯 보구만 있는 게요?"

"아무두 이 머리에 손을 대지 못허게 하니 우린들 보구 있을 수밖에 딴 도리가 없지 않소?"

"왜적은 한 눔두 뵈지 않는데 누가 이 머리에 손을 못 대게 헌다는 게요?"

"저기 저 성문 곁에 칼 가지구 있는 눔이우. 저눔이 이 머리에 손을 대는 사람은 누구를 막론허구 참수허겠다구 허구 있소."

바라보니 성문 옆 커다란 홰나무 밑에 웬 두건 쓴 사내 하나가 왜검(倭劍)을 끌어안고 이쪽을 보고 있다. 허우대가 크고 얼굴이 험상궂어 사내는 언뜻 보기에도 상스럽고 흉한 상호다. 두산이 다시 곁에 선 사내에게 나직하게 말을 묻는다.

"저 자가 조선 사람이 아니오?"

"그러니 더욱 죽일 눔이지요."

"조선 사람이 무슨 까닭에 우리 의병의 머리에 손두 못 대게 허는 게요?"

"저눔이 원래는 어느 토반댁의 행랑살이를 허든 눔인데 지금은 왜적에게 빌붙어 지내며 이 성에서 왼갖 흉한 짓을 도맡아 허구 있소. 말 듣자니 효수된 저 사람이 옛적에는 저눔의 상전이었던 모양이오. 저눔이 그 때 주인에게 한을 품구 있다가 이제 그 한풀이를 허느라구 제 옛적 상전의 머리에 손두 못 대게 헌다는 게요."

두산이 아무 말 없이 다시 성문 곁의 허우대 큰 사내를 바라본다. 두 다리 사이에 칼을 세워둔 채 사내는 무언가를 먹는 듯 입을 연방 우물대고 있다. 두산이 다시 곁에 선 사내에게 낮은 소리로 말을 묻는다.

"왜적들이 보이지 않으니 놈들은 모두 어디들 있는 게요?"

"싸움이 있을 때만 밖에 나올 뿐 낮에는 성문 닫구 성안에 들어 박혀 나오는 일이 드물지요."

"성문 지키는 군사두 없소?"

"졸개 둘이 지키구 있으나 그것두 성문 안에 있어 밖으루는 잘 나오지 않소이다."

"허면 저자 혼자 성밖에 나와 있는 게요?"

"그렇소이다. 변가눔이 혼자 성밖에 나와 조선 백성들을 지켜보지요."

변가눔이라고 부르는 것을 보니 사내의 성이 변가인 모양이다. 두산이 잠시 말이 없다가 갑자기 곁에 선 사내의 팔소매를 잡아끈다.

"노형. 나 좀 봅시다."

"나를 왜 보자시오?"

"내 노형께 헐 말이 있소. 잠시 저리루 같이 좀 가십시다."

사내가 두산에게 끌려 성벽 앞에서 물러난다. 사람들 뜸한 공터로 나오더니 두산이 발을 세우며 사내를 다시 돌아본다.

"노형 사는 데가 어디유?"

"내가 바루 이 고을에 살우."

"허면 이 저잣거리 사람들을 노형이 많이 아시겠구려?"

"알다 뿐이겠소. 딴 고을 사람이 아니구는 나를 모르는 사람이 없수."

"허면 내가 사람부터 올바루 골라잡은 것 같소. 내가 지금 저 변가눔을 죽일 생각을 허구 있소. 그러니 노형께서는 나를 좀 도와주시오."

갑작스런 두산의 말에 사내는 놀란 얼굴로 살피듯이 두산을 바라본다. 두산은 그러나 아랑곳 않고 제 하고 싶은 말을 그대로 뱉어놓는다.

"내가 저눔을 죽이자면 나를 도와주는 사람이 있어야 허우. 우선 활과 화살이 있어야 저눔을 쏘아죽일 수 있구, 저눔을 죽인 뒤 여기를 무사히 빠져나가자면 타구 갈 말 한 필이 있어야겠소. 내 값은 후히 쳐줄 테니 활 한 채허구 말 한 필만 구해 주시우."

처음에는 놀란 낯빛이더니 사내가 지금은 눈빛에 살기와 힘이 담겨 있다. 그러나 그는 두산을 떠보듯 펄쩍 놀라는 듯한 야단스런 얼굴빛을 해보인다.

"노형 지금 무슨 말씀을 허시는 게요? 남들 들으면 어쩌려구 예서 함부루 그런 말씀을 허시는 게요?"

"나두 원래는 의병으루 싸우던 사람이오. 임진년 10월에는 진주성 싸움에두 참례를 했었소이다. 내 딴것은 못 본 체헐 수도 있소마는 의병의 목을 손 못 대게 허는 저런 더러운 놈만은 아무래두 이대루 살려둘 수가 없소이다. 저눔이 왜적 무서운 줄만 알았지, 조선 사람 무서운 줄을 모르는 게요. 내 그것을 가르쳐 주기 위해서두 저눔을 죽여 저눔의 머리를 대신 저 작대기에 매달아둘 작정이오."

두산의 말이 끝나자 사내가 새삼스레 두산의 얼굴을 찬찬히 바라본다. 갸름한 윤곽에 약간 여윈 듯한 두산의 얼굴은 첫눈에 언뜻 보아서는 예사로운 얼굴로 보이기가 쉽다. 그러나 그의 곱상하기까지 한 얼굴에는 자세히 살필수록 어딘지 모를 서늘한 냉기가 느껴진다.

"활은 내 당장 구해 오리다만 타구 갈 말은 구허지 않아두 될 듯싶소이다."

"내가 저눔을 죽이구 나면 왜적들이 곧 내 뒤를 쫓을 게요. 그 때는 내가 맨몸이라 말탄 왜적에게 잡힐 것이 뻔하잖소?"

"변가눔만 물고를 내시면 우리가 몸으루라두 막아 장사님을 숨겨드리리다. 장사님이 장꾼들 새루 몸을 숨기시면 그 때는 왜적들인들 어찌 장사님을 찾아낼 수 있겠소이까?"

"왜적들의 시퍼런 칼 앞에서 장꾼들이 정작 나를 가려줄 수 있을 듯싶소?"

"왜적들두 요즘은 조선 백성을 업수이여기지 못허외다. 더구나 제 나라 사람이라면 모르지만 죽은 사람이 조선 사람이라 그것들이 크게 날뛰지두 않을 것이외다. 한 가지 걱정이 되는 것은 변가눔이 천하장사라 장사께서 그눔을 당헐 수 있을까 허는 것이외다. 저눔의 여력이 워낙 대단해서 우리두 지금껏 엄두를 못 내구 있었던 것이외다."

"사람은 힘이 좋으면 그만큼 또 굼뜬 법이외다. 활을 쏠 것두 없을 것 같소. 내게 환도 하나만 구해 주면 저자를 곧 없앨 수가 있겠소이다."

"환도는 제게두 있습니다. 헌데 정녕 장사께서 저 변가눔을 해치울 수 있겠소이까?"

두산이 대꾸없이 사내를 물끄러미 바라본다. 사내 역시 턱을 당기고 두산의 얼굴을 살피듯이 마주본다. 곱살한 두산의 얼굴에서 사내는 문득 죽은 사람의 식은 몸을 만질 때와 같은 묘한 서늘함과 공포를 느낀다. 아무런 의지도 담지 않은 채 사람을 똑바로 바라보는 그의 눈에는 그 어떤 일도 해치울 수 있는 냉혹한 결단과 선뜩한 담력이 숨겨져 있다.

"장사님 고맙소이다. 환도말구 우리가 또 무엇을 거들어 드릴 수가 있겠습니까?"

"저자를 성문 앞에서 이쪽 장터루 불러냈으면 좋겠소이다. 허나 불러내기가 어렵다면 그대루 두어두 상관없수."

"불러내는 일은 어렵지 않지요. 저자가 고기를 좋아해서 고기루 꾀면 장터 쪽으루 나올 겝니다."

"허면 우선 잘 드는 환도부터 구해 오구 저자를 성문에서 꾀어 장터 쪽으루 불러내시우."

"예, 그럽지요. 헌데 장사님의 함자가 어찌 되시는지요?"

"이름은 알어 무얼 헐 게요? 나는 산에 사는 이름두 없는 백성이우."

"장사님 뜻이 하 고맙구 황송해서 우리가 거사 전에 장사님 존명이라두 알구 싶소이다. 존명을 밝히기가 어려우시면 성씨라두 이 사람에게 일러주십시오."

"밖에 나와서는 박서방으루 행세허우. 나를 부르려면 박서방으루 부르시우."

"이 사람은 고서방이라구 허오이다. 허면 잠시만 저기 있는 반송盤松 밑에서 기다려 주십시오. 내 곧 환도두 구해 오구 변가눔두 그리루 불러내도록 허겠습니다."

"늦지 않게 서두시우. 저자가 성안으루 들어가면 그 때는 나두 어쩔 수가 없수."

"그리되면 박장사님보다 우리가 더 낭패지요. 자 허면 다녀오리다. 장사님은 어서 반송 밑에 가 기십시오."

두산이 대꾸없이 사내와 헤어져 장터 모퉁이의 큰 소나무 밑으로 다가간다. 위가 둥글게 바라져서 일산처럼 생긴 소나무 밑에는 물동이를 앞에 둔 늙은 아낙들이 네댓이나 기다랗게 앉아 있다. 사내들이 그 앞에 앉아 붉은색이 도는 음식들을 먹는 것을 보니 아마 아낙들이 장꾼들에게 팥죽을 팔고 있는 모양이다.

두산이 곧 반송 밑에 다다라 하릴없는 사람처럼 성문 쪽을 바라보고 섰다. 환도를 구하러 간 고서방이란 사내는 이미 어딘가로 가버리고 장터에서는 볼 수가 없다. 그러나 얼마쯤 소나무 밑에 서 있자니 웬 패랭이 쓴 사내 하나가 두산에게 다가와 어눌하게 말을 물어온다.

"어르신께서 박장사님이시오이까?"

"그렇수. 내가 박서방이우."

"우리 형님이 장사님더러 저 아래 군치릿집〔개고기 파는 집〕에 내려가 기시라구 허는군요. 변가를 그리루 불러낼 테니 게서 일을 도모허랍시는 말씀이십니다."

"환도는 구했소?"

"군치릿집에 맡겨두었답니다. 주인헌테 고서방이 맡긴 물건을 달라시면 주인이 무명으로 말아둔 환도 한 자루를 건네줄 게라구 허는군요."

"댁네 형님은 어딜 가구 댁네가 내게 그 말을 전허는 게요?"

"만에 하나 일이 잘못되면 형님이 따루 변가놈을 해치울 모양입니다. 몇몇 사람에게 그 일을 알리느라 형님이 저를 대신 장사님께 보내신 듯허오이다."

"군치릿집은 어디쯤 있소?"

"저를 따라오십시오. 저 아래 개천가에 있습니다."

패랭이 쓴 사내가 앞장서서 장터 아랫녘의 개천가로 내려간다. 개고기를 삶아 파는 군치릿집은 원래 개 잡기에 편한 천변 같은 곳에 자리하게 마련이다. 난이 길어지며 소와 돝이 귀해지자 요즘은 절기도 없이 백성들이 개를 잡아먹는다. 그러나 개고기 역시 쉽게 먹을 수 있는 음식은 아니다. 난중에 개들이 모두 집을 떠나 들과 산으로 흩어져서 사람을 잘 따르지도 않을뿐더러 오히려 사람을 위협하는 무서운 산짐승으로 변해 버렸기 때문이다.

"다 왔구먼요. 자 안으루 드시지요."

패랭이 쓴 사내가 발을 세우더니 열린 대문 안을 손으로 가리킨다. 초가로 된 군치릿집은 천변 둑 위에 홀로 떨어져 있다. 술청 비슷한 토방 안에 평상 한 개가 놓여 있고, 평상에는 또 숯불 담긴 질화로 하나가 덩그렇게 놓여 있다. 두산이 집 밖에서 집 안을 살피자 패랭이 쓴 사내가 엉거주춤 허리를 굽혀보인다.

"쇤네는 허면 이만 가렵니다. 장사님은 잠시만 술청에서 기다려 주십시오."

"알었수. 변가가 오거든 내게 미리 통기나 해주시우."

"통기 안 해두 아실 겝니다. 그눔이 허우대가 커서 보통 사람의 두 배가 넘사외다."

"너무 조용해 빈집 같구려. 주인은 안에 있는 게요?"

"예, 있습니다. 자 허면 장사님만 믿사오이다."

"송장은 댁들이 치우시우. 나는 일 끝나면 곧장 여길 떠날 게요."

"송장 치울 일은 걱정을 마십시오. 변가눔만 물고를 내면 나머지 일들은 우리가 모두 알아서 헐 겝니다."

"알었수. 어서 가시우."

두산이 말을 끝내고 사내와 헤어져 군치릿집 술청으로 들어선다. 한낮이라 술청에는 술손님 한 명을 볼 수가 없다. 빈 술청의 평상 위로 걸터앉으며 두산이 집 안을 향해 커다랗게 소리를 친다.

"안에 기시우? 뉘 있으면 나 좀 보십시다!"

뒤뜰 쪽에서 인기척이 들리더니 늙수그레한 사내 하나가 부엌을 질러 술청으로 바삐 나온다. 평상 위의 두산을 보고는 사내가 허리를 굽혀 가볍게 흠신해 보인다.

"어서 옵시오. 술상 보아 올릴갑시오?"

"술상 내오기 전에 내게 먼저 물건부터 내주시우. 이 집에 고서방이 맡긴 물건이 있다구 들었소만?"

"있습지요. 그 물건을 예서 지금 보시겠습니까?"

"곧 써야 될 물건이니 내가 당장 보아야겠소."

"잠시만 기다리십시오. 내 곧 이리루 내오리다."

주인이 몸을 돌려 부엌으로 되돌아간다. 부엌 선반 위로 손을 뻗더니 주인이 무언가를 손에 들고 부엌에서 다시 나온다. 주인의 손에 들린 것은 두 자 길이가 조금 넘어뵈는 무명으로 감싼 길쭉한 물건이다.

"이게 고서방이 저헌테 맡긴 물건입지요. 쇤네는 그 안의 물건이 무엇인지 모르오이다."

두산이 대꾸없이 무명을 풀어 그 속에 든 환도를 꺼내어 본다. 칼집에서 칼날을 뽑아 두산은 다시 칼날과 칼끝과 칼코등이 따위를 찬찬히 살펴본다. 칼은 기름칠이 잘 되어 있어서 녹도 슬지 않았고 날도 제법 온전하다. 칼날을 다시 칼집에 꽂더니 두산이 칼을 들고 주인 사내를 보며 부엌문 쪽으로 다가간다.

"칼을 부엌문 뒤 문설주에 걸어두겠소. 내가 칼에 손을 대기 전에는 주인장은 그쪽으루 눈길두 주지 마시우."

"쇤네는 도무지 모르는 일이외다. 장사님 허시는 일에 쇤네가 감히 무슨 참견을 허겠소이까."

"알았으니 술상이나 내오시우. 개고기두 한 근만 푸짐허게 썰어 주시구려."

"예. 곧 내올 테니 술 데울 동안만 기다려 주십시오."

주인이 부엌으로 사라지자 두산은 잠시 집 안을 두루 살핀다. 살인이 날 것을 미리 알고, 집에는 늙은 주인뿐 안식구와 젊은 사람은 어딘가로 피하고 없다. 환도를 구해 준 고서방조차도 아직은 두산을 믿지 못하고 있는 것 같다. 하긴 처음 보는 뜨내기 사내 두산이라, 그런 큰일을 하리라고는 아무도 선뜻 믿기지가 않을 것이다. 만일 일이 실패라도 되는 날이면 일을 모의했던 사람들은 오히려 큰 화를 당할지도 모른다. 그만큼 이 고을 사람들은 왜적의 앞잡이인 변가의 위세에 눌려살고 있는 눈치다.

"술은 거냉만 했소이다. 잡숫기 편허두룩 고기는 쇤네가 잘 양념을 했구먼요."

늙은 주인이 술상을 들고 나와 두산이 걸터앉은 평상 위로 내려놓는다. 술은 바탱이에 담겨 작은 쪽박이 띄워졌고 개고기는 잘 양념이 되어 뚝배기에 수북히 담겨왔다. 잠시 후면 큰일을 저지를 두산이건만 그는 태연히 술상을 제 앞으로 끌어당긴다.

상을 놓고 물러가려는 주인에게 두산이 문득 말을 건넨다.

"변가눔이 원래 이 고을 사람이오?"

"웬걸입쇼, 등 너머 박목골서 행랑살이 허던 위인입지요."

"허면 타처에서 굴러온 천한 것을 이 고을 사람들은 왜 여지껏 그대루 두구 보는 게요?"

"힘과 세가 부치다보니 우린들 달리 어쩌겠소이까. 왜적을 등에 업은데다가 그눔이 힘이 또한 천하장사외다."

"왜적을 등에 없었다구 그 자가 맥네들헌테 무슨 유세를 헌다는 게요?"

"왜적이 변가눔헌테 이 고을 수령 벼슬을 내렸지요. 놈이 그것두 벼슬이라구 보통 유세가 아니오이다."

왜적들이 둔취한 고을에서는 제 뜻에 맞는 조선 사람을 골라 왜적들이 장군 이름으로 벼슬을 내리는 때가 종종 있다. 아마 변가눔도 왜적에게 잘 보여 왜적으로부터 수령 벼슬을 받은 모양이다.

"왜적에게 벼슬을 받았으면 변가가 제 밑에 부리는 아전들두 두었겠구려?"

"뼬 없는 놈들이 몇이 있지요. 허나 변가만 죽구 보면 나머지 졸개들은 일될 것두 없사외다."

두런거리는 말소리와 함께 인기척이 가까이 들려온다. 주인이 밖을 내다보더니 갑자기 두산에게 소곤대듯 입을 연다.

"변가가 이리루 오우. 쇤네는 부엌에 내려가 있으리다."

주인이 말을 끝내고 부리나케 부엌으로 들어간다. 뒤미처 열린 문으로 칼찬 변가와 고서방이 나란히 들어온다.

"송서방, 나 왔네. 갓 잡은 황구黃狗가 있다기루 내 고기 한 점 맛보러 내려왔네."

"뉘시라구요, 어서 옵시오. 내 그러지 않아두 변장군을 뫼시려던 참이었지요."

가까이서 보니 과연 변가의 허우대가 장대해서 보통 사람의 두 배는 됨직하다. 변가가 술청으로 들어서다가 그제야 먼저 상을 받은 두산을 보고 천천히 멈춰 선다. 두산이 그러나 본 체 않고 술사발을 입으로 가져가자 변가가 곁눈질로 살피다가 시비하듯 퉁명스레 말을 걸어온다.

"어디서 오는 객이신가? 보아허니 상사람 같은데 자네는 위아래 두 없는 겐가?"

두산이 대꾸없이 술 한 잔을 달게 비운다. 빈 사발을 술상 위로 내려놓더니 두산이 한참 만에 앉은 채로 변가를 올려다본다.

"댁네가 지금 뉘게다 자네라구 허는 게요?"

"어허, 이 술청에 자네말구 누가 또 있나? 자네를 자네라구 허는데 자네헌테는 그 말이 고깝게 들린겐가?"

입가에 웃음까지 띄우며 변가는 자못 재미있다는 표정이다. 두산의 눈이 실쭉해지더니 그 역시 빙긋 입가에 웃음을 떠올린다.

"개 눈에는 무엇만 보인다구. 자네 눈에는 내가 자네루 보이든가?"

"이눔 봐라? 개 눈에는 뭐? 네눔이 지금 나를 자네루 부른 게냐?"

"네눔이 나를 자네루 부르는데 내가 네눔을 자네루 못 부를 까닭이 무어냐? 그건 그렇구 소문 듣자니 네눔이 여기 있는 왜적들의 앞잡이 노릇을 허구 있다지?"

"어허, 이런 쳐죽일 놈을 봤나!"

변가가 대뜸 다가오더니 두산을 한주먹에 때려누일 기세다. 그러나 그보다 한발 앞서 고서방이 변가 앞을 막아서며 두산에게 버럭 고함을 내지른다.

"이눔아, 니가 감히 뉘 앞에서 주둥일 놀리는 게여? 당장 이 앞에 꿇지 못헐까? 명 재촉을 해두 유분수지, 너 이눔 이 나으리가 뉘신 줄이나 알구 헷소리냐!"

"내 요즘 사람의 피맛을 보구 싶더니 여기 와 오늘에야 그 원을 푸나보다. 네가 같은 조선 사람으루 어찌 왜적에 붙어 같은 핏줄을 능멸허구 핍박허는 게냐? 산에 사는 미물 짐승두 제 동아리는 알아보 드라. 이 짐승만두 못헌 눔아. 네가 그러구두 오래 살기를 바랐드냐?"

"저런 쳐죽일!"

씨근대던 변가의 몸이 두산을 덮친 것은 바로 그 때다. 그러나 마당에 고꾸라졌어야 할 두산은 어느새 변가의 몸을 피해 저만치 훌쩍 물러 서 있다. 변가가 그제야 몸을 곧게 세우더니 허리에 지른 긴 왜검을 뽑아들어 마주 선 두산을 향해 비스듬히 겨누어 잡는다. 빈손인 두산을 굽어보며 변가가 웃음과 함께 비아냥대듯 입을 연다.

"주둥이 살았을 때 많이 지껄여라. 네눔이 날쌘 체헌다만 어디 내 칼두 피헐 수 있는지 한번 보자."

말이 미처 끝나기도 전에 변가가 벽력 같은 고함과 함께 칼을 휘두르며 두산에게 달려든다. 긴 장검이 허공을 가르며 좁은 뜰 안에 서늘한 검풍劍風을 일으킨다. 두산은 그러나 날랜 뜀질로 변가의 칼질을 이리 저리 피하더니 변가의 칼이 부엌기둥을 내리치는 순간 훌쩍 몸을 물려 문설주 뒤에 숨겨둔 환도를 찾아들고 번개처럼 칼을 뽑아 변가와 마주선다. 갑자기 뽑아든 두산의 칼에 변가의 우둥통한 낯이 해쓱하게 핏기를 잃는다. 두산의 몸놀림이 예사롭지 않음을 알자 변가도 그제야 낯선 사내가 녹녹치 않은 상대임을 안 듯하다. 그러나 변가가 멈칫한 바로 그 순간이다. 두산의 환도가 변가의 장검을 번개처럼 쳐 떨구고 화살처럼 곧게 앞으로 내질러 변가의 몸에 깊이 박힌다. 변가의 입에서 짧은 비명이 울린 듯하다. 그러나 이미 두산의 환도는 변가의 커다란 배에 자루만 보이도록 깊숙이 박힌 뒤다.

얼결에 칼을 맞은 변가는 잠시 제 몸에 박힌 환도자루를 우두커니 굽어본다. 믿을 수 없다는 표정으로 칼을 잠시 굽어보더니 이윽고 변가의 몸이 기우뚱거리며 서너 걸음 뒤로 물러선다. 그러나 그것이 변가가 할 수 있는 마지막 운신이자 안간힘이었다. 몸이 한쪽으로 비스듬히 기울더니 변가의 우람한 몸이 고목 쓰러지듯 좁은 뜰에 털퍼덕 쓰러진다.

군치릿집 작은 뜰에 잠시 아무런 소리가 없다. 죽어 자빠진 변가의 송장이 고서방과 주인의 입을 한순간에 봉해 버린 것이다. 두산은 그러나 배에 박힌 칼을 뽑더니 한 손으로 다시 죽은 변가의 상투를 잡고 두어 번의 빠른 칼질로 변가의 머리를 몸에서 베어낸다. 머리 없는 변가의 몸에서 피가 두어 자나 뿜어나온다. 몸에서 잘린 변가의 머리에서도 피가 뚝뚝 땅에 듣는다[방울방울 떨어지다]. 듣는 피를 마른 땅에 이리저리 문질러 지우더니, 두산이 다시 몸을 일으켜 변가의 머리를 고서방 앞으로 불쑥 디민다.

"이걸 지금 당장 장터 복판에 매다시우. 그리구 왜적들이 보기 전에 의병장의 머리를 수습해 땅에 고이 묻어주시우."

건네주는 머리를 받으며 고서방이 한참 만에 혼잣말하듯 입을 연다.

"고맙소이다, 박장사님. 장사님 덕분에 우리가 이제야 사람처럼 살게 되었소."

겸사의 대답을 기다렸으나 두산은 칼을 내려놓고 그대로 술집을 나간다. 방금 사람을 죽이고도 두산은 낯빛 하나 변치 않은 맨송맨송한 얼굴이다.

등롱 든 전배를 앞세우고 가마 하나가 골목길로 들어선다.

2경이 가까운 한밤이라 골목 안은 칠흑 같은 어둠에 싸여 있다. 교군꾼의 발걸음이 가벼운 것을 보니 가마에 탄 사람이 어느 대갓집의 내행이라도 되는 모양이다. 밤이 깊어 교군꾼들의 발걸음이 가볍기도 하려니와 유난히 바쁘기도 하다. 일찍 일 끝내고 들어가 잘 생각에 목적지가 가까워지자 교군꾼의 발걸음도 빨라질 수밖에 없다.

"게 뉘시오?"

등롱 들고 앞서가던 전배가 발걸음을 세우더니 골목 안을 보고 소리를 친다. 뒤따르던 교군꾼들도 전배의 고함을 듣고 그 자리에 발을 세운다. 흐릿한 불빛에 보니 골목 안 어느 평대문집 앞에 사내 하나가 이쪽을 보고 우뚝 서 있다. 길을 막은 것은 아니지만 사내는 공교롭게도 교군꾼이 가려는 바로 그 집 앞에 서 있다. 인적 없는 골목에 사람 보기도 두려운데, 사내가 선 곳이 바로 그들의 목적지라 교군꾼들은 눈앞의 사내가 두렵기도 하고 수상쩍기도 하다.

"뉘시오이까? 대답을 허시우. 밤두 야심헌데 그댁 앞에서 무얼 허시우?"

"자네들에게 내 말 몇 마디 물어보세."

"무슨 말을 물으시랴오?"

"교자에 계신 어른이 이댁 안주인이 되시는가?"

"맞소이다만 아씨는 어찌 찾으시오?"

"내가 그 아씨를 뵈러왔네. 자네들은 아씨 내려드리구 이제 그만 물러들 가게."

사내의 점잖은 말에 교군꾼들은 잠시 서로의 얼굴을 돌아본다. 가려던 목적지에 다 왔으니 그들은 어차피 제 집으로 돌아갈 몸들이다. 그러나 막상 돌아가라는 사내의 말을 듣고 보니 수상쩍은 생각과 함께 교자 탄 아씨의 다음 일이 걱정된다. 전배가 다시 등롱을 높이 들며 사내를 향해 조심스레 말을 묻는다.

"댁이 뉘시관데 우리더러 가라 마라 허는 게요? 우리가 뫼신 아씨루 말헐 것 같으면 오위영 상장군의 내당마님이 되시는 분이외다. 나리마님의 분부 받잡구 아씨를 예까지 뫼셔왔으니 우리는 아씨께서 집에 드시는 것을 보아야겠소."

사내가 잠시 말이 없다. 상장군 소리를 듣고 응대가 난감해진 모양이다. 머뭇거리는 사내를 보고 교자가 다시 움직인다. 그러나 두어 걸음 앞으로 나갔을 때 뜻밖의 목소리가 교군꾼들의 발을 세운다.

"그 어른 분부대루 허게나. 집에 다 왔으니 나를 예서 내려주게."

뜻밖의 목소리는 교자 안의 아씨의 목소리다. 창을 통해 밖을 내다보고 아씨는 벌써 집에 다 온 것을 안 모양이다. 전배는 그러나 미심쩍은 목소리로 교자 안의 아씨를 향해 조심스레 입을 연다.

"저 어른이 뉘신지 아씨께서 알아보실 수 있겠습니까? 쇤네들에게는 아씨를 무사히 댁에까지 뫼셔야 될 소임이 있사외다."

"저 어른을 내가 아네. 저 어른이 바루 내 오라버니 되시는 어른일세. 집안에 아마 일이 있어 오신 듯허네. 긴말 허지 말구 나를 어서 내려주게."

"어이구 그러시오이까. 우리가 몰라뵈어 죄송헐 따름이외다."

전배가 말을 끝내고 교군꾼들에게 눈짓을 한다. 가마가 곧 땅에 놓이고 앞창이 열리더니 장옷 쓴 여인이 가마를 내린다. 사내는 그 동안 저만큼 떨어져 선 채로 이쪽을 바라볼 뿐 한 마디도 말이 없다. 빈 가마를 다시 메는 교군꾼들을 보며 장옷 쓴 아씨가 등롱 든 전배에게 입을 연다.

"밤늦게 욕들 보셨네. 내 행하(심부름 값)는 날 밝거든 내려줌세. 허면 이만 물러들 가게. 밤길에 조심들 허게."

"예. 아씨 안녕히 기십시오."

교군꾼들이 절을 하고는 몸을 돌려 바삐 골목을 빠져나간다. 그들의 모습이 어둠 속에 빨려든 무렵에야 장옷 쓴 젊은 여인이, 사내가 서 있는 평대문 제 집으로 조심스레 다가간다.

"오랜만이구나……."

대문 앞의 사내가 먼저 입을 연다. 여인은 그러나 멈춰 설 뿐 아무런 말이 없다.

"내 그간 소식을 몰라 너를 얼마나 찾았는지 아느냐?"

"제 있는 곳을 뉘게서 들으셨세요?"

"매향이가 일러주더구나. 내가 방금 그 아이를 보구 오는 길이다."

옥섬이 더 묻지 않고 대문 안에 손을 넣어 무언가를 잡아당긴다. 집 안에서 이내 방문 여닫는 소리가 들리더니 짚신짝 끄는 소리와 함께 할멈의 목소리가 들려온다. 아마 집 안 어딘가에 설렁줄이 설치된 모양이다.

"밖에 뉘시우?"

"낼세, 할멈."

"오늘은 많이 늦었소?"

"좀 늦었네. 문이나 열게."

대문이 열린다. 옥섬의 뒤로 웬 사내가 따라 들어오자 할멈이 깜짝 놀라 서너 걸음이나 뒤로 물러선다.

"에그머니, 이게 뉘시오?"

"낼세, 할멈. 자네가 이제는 내 얼굴두 잊었는가?"

"밤이 3경인데 얼굴을 어찌 알아보라시오? 가만 있거라. 목소리가 귀에 익소. 옳지 이 어른이 남문 안 젊은 의원나리가 아닌가뵈?"

"대문 닫구 어서 들어와요. 나리 오셨으니 술상 얼른 보아야지."

"아니다. 술상은 일 없다. 오늘은 내 너랑 이야기나 실컷 하련다."

"저녁은 자셨는지요?"

"지금이 언제라구 여태 저녁을 안 먹었을까. 술두 밥두 일 없으니 할멈은 그만 들어가 쉬게."

"예 나으리. 그럼 편히 주무십시오."

인욱이 옥섬과 함께 마루를 거쳐 안방에 든다. 미처 불을 밝히지 않아 방 안이 칠흑처럼 캄캄하다. 한 걸음 먼저 방에 든 옥섬이 불씨라도 찾는지 어둠 속에서 작은 인기척을 내고 있다. 뒤이어 빨간 불빛이 보이더니 어둠 속에 옥섬의 얼굴이 빨갛게 드러난다.

화로에 묻힌 뜬숯을 파내어 그것을 여러 차례 입으로 불자, 그 불빛이 얼굴에 비쳐 옥섬의 얼굴이 어둠 속에 빨갛게 드러난 것이다. 뜬숯에 인 작은 불꽃이 기름 등잔 심지에 옮겨붙는다. 방 안이 이내 환해지면서 그제야 인욱의 눈에 옥섬이 이사한 새 집의 내실이 드러난다.

병풍 둘린 아랫목에는 안석案席과 방침方枕 장침長枕이 놓여 있고 두껍닫이 남창 밑에는 외짝 문갑에 수반과 편병자기가 놓여 있다. 아랫목 왼편으로는 경대와 대추나무 버선장이 놓여 있고 그 뒤로는 다시 작은 머릿장에 삼층 화각장이 쌍나란히 놓여 있다. 안석 위를 손으로 가리키며 옥섬이 한참 만에 인욱을 보고 자리를 권한다.

"오라버니 위로 오르세요. 못 뵈온 지가 무척 오래 되었네요."

"그래. 헌데 이 난중에 이런 세간들을 모두 어디서 구했느냐?"

"난중이라 양식은 귀해두 세간 구허기는 오히려 쉽답니다. 저는 통 모르는 일이에요. 상장군 나으리가 모두 마련을 해주셨지요."

인욱이 더 말을 않고 안석 위로 내려앉는다. 옥섬도 함께 내려앉으며 그제야 두 사람은 서로의 얼굴을 바라본다.

맞부딪친 두 사람의 눈길 속에 온갖 정회가 한데 뒤엉켜 어지럽다. 서로 떨어져서는 원망과 미움이 쌓이더니 막상 부딪치면 그리운 정감만이 가슴 가득히 타오르는 그들이다.

옥섬이 청파역 근처의 옛집을 떠난 이래 그들은 무려 대여섯 달 만에야 서로의 얼굴을 처음으로 보고 있다. 그간 인욱은 혜민서 잡직에 취재取才되어 종9품 참봉 구실을 살게 되었고, 옥섬은 또 성안으로 집을 옮겨 어느 무변의 소실 자리를 기웃거리고 있는 중이다. 서로의 일로 바쁘게 살다보니 그들은 보고 싶은 정과는 달리 지금껏 같은 도성에 살면서도 찾아보기가 어렵게 된 것이다.

눈길을 떨구는 옥섬을 향해 인욱이 한참 만에 먼저 입을 연다.

"밤두 야심헌데 어딜 갔다가 이제 오누?"

"오라버니는 언제 제 집에 오셨세요?"

"매향이를 늦게 만나 날 저문 뒤에야 네 집을 알게 되었다. 그 때부터 더듬어 오자니 어느새 밤이 깊어지더구나."

"아버님은 더러 소식을 주시나요?"

"소식 끊긴 지 여러 달째야. 아마 또 계시던 거처를 딴 고을루 옮기신 게 아닌가 싶다."

"난이 곧 끝날 게라든데……?"

"난이 끝나? 누가 그러든?"

"장군님들 허시는 말을 제가 곁에서 들었지요. 왜적들두 요즘은 싸움에 지쳐 남해 연안 고을에 머물며 쳐 올라올 생각을 않는답니다."

"그리만 되면 오죽 좋을까. 그래 너는 양식 걱정은 않구 지내느냐?"

"양식 걱정 않는 사람이 지금 조선에 어디 있답니까. 저두 요즘은 양식 아끼느라 하루 두 끼만 먹구 있답니다."

"요즘은 성 안팎에 온통 굶어죽은 송장들뿐이더구나. 평년에두 이맘때면 굶어죽는 백성이 많았으니 난중인 근년에는 더 말해 무엇 할까."

"늦봄인 요즘이 주려죽는 사람이 제일루 많다지요. 주린 백성이 요즘은 식인食人까지 한다는 소문이 돌더군요. 저두 엉덩이 살이 뭉텅 잘려나간 시신 하나를 본 일이 있세요."

"송장의 살점이 베어지구 없는 것은 벌써 오래 전부터 도성 안에 있던 일이다. 요즘은 인상살식人相殺食이라구 산 사람을 잡아먹는다는 소문이라 어린아이나 아녀자는 문밖 출입두 삼가는 형편이다."

사람만이 수난을 당하는 것은 아니다. 도성 근처의 소나무란 소나무는 아마 올해 안에 한 그루도 살아남지 못할 것이다. 주린 백성들이 소나무의 송기〔소나무 속껍질〕를 벗겨먹어서 목멱은 물론 삼각산의 소나무들도 요즘은 성한 나무 보기가 어려운 지경이다.

"네가 그간 어찌 지냈는지 내 대강 매향이 통해 얘기 들었다."

고개를 아래로 떨굴 뿐 옥섬은 아무런 말이 없다. 인욱은 그러나 아랑곳 않고 하던 말을 계속한다.

"너를 소실루 들이려는 사람이 누군지 알구 싶구나."

"소실루는 아니 갈 생각이에요. 지금은 이대루 혼자 지낼 생각이에요."

"네가 기적에두 들지 않은 채 어찌 혼자 산다는 게냐? 그리구 혼자 지내구서야 장차 무얼 먹구 살아갈 생각이냐?"

"제 나이 벌써 스물여덟이에요. 기적에 들구 싶어두 나이가 많아 들 수가 없답니다. 차라리 이대루 한세상 지내다가 살기 귀찮으면 고만두지요."

"고만둔다? 고만둔다니 대체 무얼 고만두어?"

"살기를 고만두지요."

옥섬이 눈을 들어 인욱을 빤히 바라본다. 그러나 그것은 도전적인 당돌한 눈빛이 아니고 병든 짐승의 겁먹은 눈과 같은 어딘가 삶에 지친 피로한 눈빛이다. 하긴 그녀는 너무 오랫동안 거친 세파에 시달림만 받고 살아왔다. 그녀를 괴롭힌 것은 그러나 밖에 있는 세상만도 아니었다. 살아보려고 애쓰는 그녀를 인욱은 거들기는커녕 무시로 찾아와 희롱만 하고 떠난 것이다. 결국 인욱이 빌미가 되어 유지평과도 이연하게 되었고, 종당에는 인욱과도 헤어질 것을 선언했다. 그러나 도성으로 살던 집까지 옮겨간 그녀는 반년이 다 된 지금까지도 확실한 장래와 삶의 방향을 못 잡고 있다. 그녀를 이렇게 곤핍하게 만든 자신이, 인욱은 새삼스레 역겹고 저주스러운 것이다.

"네가 요즘 많이 곤한 모양이구나. 집에서 좀 쉬려무나. 몸이 곤하면 마음두 따라 곤한 게다."

"먹구 노는 게 제 일인데 곤헐 까닭이 있을까요. 제가 자주 곤헌 것은 외레 일이 없는 탓이지요."

다음 말을 하려다가 옥섬은 말끝을 한숨과 섞어 삼켜버린다. 지척의 거리에 앉고 보니 그녀의 입에서 술내음이 언뜻 풍겨온다. 아마 어느 무관들의 주석(酒席)에 주인 될 상호군과 함께 했던 모양이다.

"혜민서에 일이 바쁜데 네가 일이 없다면 그리루 나와 우리 일이나 거들지 않으련?"

"혜민서에 예전처럼 의녀들이 나온답니까?"

"늙은 의녀들이 네댓 나와서 탕약 시중을 들구 있지. 요즘은 더러 대갓집 내실에서두 가마를 보내어 데려가기두 허드구나."

난 전에도 의녀들은 자주 대갓집에 진맥하러 불리어가곤 했다. 남녀가 유별하여 내당의 젊은 아씨들은 아무리 병이 위중해도 사내 의원에게는 진맥을 허락지 않았다. 그럴 때 의원 대신 불리어간 것이 간단한 의술을 익혀 간병에 능한 의녀들이다.

"유심약의 소식은 요즘두 더러 들으시는지요?"

"통 없다. 그 사람 이제는 황해도에 아예 눌러살 모양이다."

"심약의 소식이 통 없다면 오라버니 혹 새언니 소식을 들으셨는지요?"

"새언니가 누구냐?"

"이천 고을 새언니를 오라버니가 잊으셨세요?"

인욱이 대꾸없이 고개를 들어 옥섬의 등뒤 흰 벽을 바라본다. 인욱의 예전 안사람은 지금 생사조차 알 수가 없다. 난이 일기 바로 전에 그녀는 성씨 집안을 떠나 이천 고을 친정으로 내려갔다.

그녀가 집을 떠나 친정 이천으로 내려간 것은 혼례 뒤 인욱이 의붓누이 옥섬과 가까이 지내는 것을 투기한 때문이다. 그들의 관계가 예사롭지 않은데다가 서방 인욱이 까닭없이 그녀와의 합금을 꺼려해서, 왜적이 도성에 들어오기 바로 직전 그녀는 암글로 된 긴 글 한 통을 남기고는 집에 있는 나귀를 꺼내어 타고 곧장 친정이 있는 이천 고을로 내려간 것이다. 모친은 안식구를 데려오라고 인욱을 당장에 이천으로 내려가도록 닦달했으나 부친 성기준은 고개를 내둘러 인욱에게 그대로 집에 있으라고 호통을 쳤다. 시집을 떠나간 며느리에 대한 노여움 때문이 아니었다. 부친은 그 때 이미 아들 인욱이 제 아낙보다 의붓누이 옥섬을 더 지극히 그린다는 것을 짐작하고 있었던 것이다.

한번 친정으로 내려간 인욱의 안사람은 그 뒤로 통 연락도 소식도 없었다. 들리는 말로는 머리를 깎고 비구니가 되어 절 사람이 되었다고도 하고, 혹은 또 친정에서 개가하여 어느 토반의 소실이 되었다고도 한다. 그러나 그 어느 것도 확실한 소문은 아니었다. 인욱은 차라리 그녀의 떠남을 홀가분하게 생각했을 뿐이다. 그녀는 결국 당자인 인욱은 물론이고 성씨 집안 사람들에게는 아득한 과거의 인물로 기억 속에 묻혀버린 것이다.

헌데 까마득히 잊고 있던 그녀를 옥섬은 오늘 다시 기억 속에서 들추어내고 있다. 수년 전에 이미 머릿속에 묻어둔 여인을 옥섬이 무슨 까닭에 다시 들추는지 인욱은 알 수가 없다. 그녀는 이미 인욱에게는 남보다 더 생소한 낯선 사람이 된 것이다.

"전 그 새언니헌테 씻을 수 없는 큰 죄를 지었세요. 언젠가는 그 때 진 죄루 반드시 제가 벌을 받게 될 거라구 생각했세요. 지금이 바루 그 때의 죗값으루 제가 벌을 받는 땐 것 같아요."

"그 일루 죄를 받는다면 네가 아니구 내가 받아야지. 사람의 생각대루 안되는 것이 바루 우리 사는 세상사인 모양이다. 나두 그 사람의 일을 생각허면 지금두 별루 편한 마음이 아니구나. 헌데 네가 무슨 까닭으루 그 사람의 얘기를 다시 꺼내는지 모르겠다. 그 사람의 일이라면 벌써 옛날에 다 끝난 일이 아니냐?"

"오라버니나 그 언니한테는 그 때 일은 벌써 다 끝난 과거지사겠지요. 허나 세상일은 세월이 지나다 보면 앞뒤가 뒤집혀 서루 반대 쪽에 등을 돌릴 때두 있답니다. 그 언니를 요즘 내가 도성에서 보았세요. 서울 도성에서 며칠 전에 내가 그 언니를 만나뵈었단 말이에요."

"도성에서 그 사람을 보다니? 그 사람이 시굴에 안 있구 도성에 올라와 살드라는 게냐?"

"왜란 전에는 이천 고을 친정에서 지내다가 왜란이 나자 친정을 따라 강원도 산골루 피난을 갔드랍니다. 헌데 왜적이 계사년에 도성을 버리구 남도루 내려가자 친정은 다시 고향으로 돌아가구 언니 혼자 친정과 떨어져 곁쪽을 따라 도성으루 올라왔답니다. 도성에서 어렵게 곁쪽 집에 얹혀살다가 왜란 끝나자 이태 전에 개가를 허게 되었답니다."

"개가를 해? 그 아낙이 개가를 해?"

"네, 헌데 오라버니 왜 그리 놀라세요?"

"우습지 않느냐. 그 아낙이 어찌 서방을 두고 개가를 했니?"

"지아비헌테 버림받은 아낙이 개가허는 게 허물인가요?"

"개가헌 것을 탓허는 게 아니다. 같은 도성에 살았으면 개가 전에 나헌테 기별이라두 했어야지."

"기별해 무엇허게요? 기별했으면 오라버니가 그 언니를 받아주실 겐가요?"

면박 비슷한 옥섬의 말에 기준은 무연히 말이 없다. 뜻밖이다. 그녀가 같은 도성에 올라와 있는 것도 전혀 몰랐고, 이태 전에 개가를 한 것도 지금 옥섬에게서 처음 듣는 이야기다.

그러나 그녀가 개가를 한 것은 무엇보다도 반가운 일이다. 열여섯 나이에 성씨 집안으로 시집왔으나 그녀는 10년 지난 지금도 스물여섯의 젊은 나이다. 그녀가 개가를 했다는 것은 인욱에겐 오히려 홀가분한 일이다.

"그래 그 사람이 어느 집안으루 개가를 했다드냐?"

"어느 무장대가武將大家의 당상까지 오른 나리의 후실루 들어간 모양이에요. 정실이 죽어 재취루 들었으니 소실 아닌 속현續絃[새 아내를 맞음]이라 후실이 된 셈이지요."

듣고 보니 그녀의 일이 뜻밖으로 잘된 듯하다. 소실이 아닌 후실이 되었다면 그녀의 나이로 보아 슬하에 소생이 있을 법하다. 인욱에게 버림받아 눈물 속에 산 그녀가 10년 세월이 지난 지금은 오히려 더 좋은 연을 맺어 나리의 내당마님으로 유복하게 살아가게 된 것이다.

"무장대가라면 그 사람의 시가가 장안에 이름있는 서반西班의 집안인 모양이구나. 그래 지금 그 사람의 주인은 어느 고을서 무슨 벼슬을 산다드냐?"

"한때는 전라좌도의 병사兵使까지 지낸 모양이지만 지금은 벼슬이 다시 올라 오위도총부에 부총관副摠管으루 있다구 헙니다."

"오위도총부에 있다면 네가 섬길 상호군 나리의 바루 윗사람이 아니드냐?"

"그 일루 해서 제가 상호군 나으리를 더 뫼실 수가 없다구 허는 게지요. 부총관 사또댁에서 젊은 내당마님을 처음으루 뵙는 순간 저는 상호군 나으리의 소실될 생각을 버리기루 헌 겝니다."

"그 사람이 너를 첫눈에 알아보드냐?"

"알아보구두 모른 체했지요. 나중에 제가 물어서야 남의 눈을 피해 그간의 일을 소상히 말허더군요."

일이 너무나 공교롭다. 그가 버린 옛적 아낙이 지금은 옥섬이 소실로 가려는 어느 무변 윗사람의 아낙이 되어 있다. 부총관이라면 상호군보다는 품계도 직도 훨씬 윗길이다. 더구나 그녀는 부총관의 후실이고 옥섬은 그 아랫사람인 상호군의 소실로 들어가려 하고 있다. 각기 섬기는 사내들의 품계도 다를뿐더러 한쪽은 후실이요, 한쪽은 소실이라 세상에서 보는 눈도 사뭇 다른 그들인 것이다.

"부총관의 품계가 어찌 되느냐?"

"종2품 가선대부嘉善大夫지요."

"상호군은 어찌 되구?"

"품계는 정3품이지만 통정대부通政大夫 당상이 아니구 통훈대부通訓大夫 당하관이랍니다."

품계는 하나가 아래로 되나 당상과 당하의 차이는 하늘과 땅만큼이나 위계가 다르다. 이 넓은 대명천지에 옥섬과 그녀의 만남은 너무나 공교하고 신기하다. 옥섬의 반듯한 이마를 바라보며 인욱이 다시 울적하게 말을 묻는다.

"그 아낙이 아직두 너를 괘씸히 여기는 눈치더냐?"

"차라리 괘씸히나 여기면 제 속이 오히려 편허겠세요. 저를 마치 화냥년 대허듯 천히 보는 눈빛이었세요."

"저는 무엇이 썩 잘나서 너를 천히 본다는 게냐? 부총관의 후실이 되구 보니 세상이 온통 눈 아래루 뵈나 부지?"

"부총관의 아낙이 되어 천히 보는 것은 아닐 겝니다. 명색이 누이란 것이 제 서방을 빼앗았으니 그 사람의 눈으루 보면 제가 화냥년으루 보이는 게 당연허지요. 저는 그 사람의 눈빛을 보구는 부끄러워 낯을 들 수가 없었습니다."

지금에 이른 모든 일의 사단은 결국 인욱에게 돌아올 수밖에 없다. 한 차례 풍파를 겪었으면 진작에 옥섬을 잊어야 할 인욱이다. 그러나 그는 다시 옥섬을 가까이했고 종당에는 유지평과도 그녀를 이연하게 만들고 말았다. 인욱과의 관계를 견딜 수 없다고 생각한 옥섬은 다시 성안으로 집을 옮겨 상호군 벼슬의 무장의 소실로 들어가려 하고 있다. 그러나 일이 공교해서 상호군 소실마저도 그녀의 뜻과 같이 되지 않을 모양이다. 그들은 다시 오라비와 누이인 채 정인의 비밀스런 사이로 머물 수밖에 없는 것이다.

"제 배를 좀 만져보세요."

옥섬이 문득 말과 함께 치마끈을 끄르며 인욱의 손을 잡아 제 배 쪽으로 끌어당긴다.

"아이가 노는 것 같아요. 오라버니, 이 아이가 뉘 아인지 아시겠어요?"

인욱이 놀란 얼굴로 옥섬의 눈을 뚫어지게 쏘아본다. 옥섬은 그러나 장난기를 가득 담아 인욱에게 다시 제 배를 툭툭 쳐보인다.

"대여섯 달쯤 된 것 같아요. 매달 있던 달것이 없길래 웬일일까 허구 걱정을 했더니 제게두 글쎄 나두 모르게 아이가 들어 있었던 거예요. 돌계집이거니 생각허구 아이는 아예 꿈두 꾸지 않았는데 뜻밖에두 아이가 들어 신기허구 꿈만 같아요."

"그 아이가 누구 아이냐?"

생각없이 물어놓고 인욱은 문득 고개를 크게 내두른다. 누구 아이인지는 물을 것도 없다. 대여섯 달 전이라면 그 아이는 바로 자신의 아이다. 갑자기 몸 속에 뜨거운 열탕이 흐르는 듯 인욱은 후끈한 기운과 함께 걷잡을 수 없는 기쁨과 고마움이 솟아오른다. 누구에 대한 기쁨이요, 고마움인지 인욱은 애써 알고 싶지 않다. 한동안 뚫어지게 옥섬을 바라보다가 인욱은 와락 팔을 뻗어 옥섬의 윗몸을 제 가슴으로 끌어안는다.

"너는 이제 내 아낙이다. 내 다시는 너를 내 품에서 빼앗기지 않을 게다. 세상의 눈이 무어라더냐? 우리가 언제 피를 나눈 오누이냐? 남들 욕이 듣기 싫으면 우리 둘이서만 산에 숨어살자꾸나. 우리 아이가 생겼으니 이제는 누가 너를 내 품에서 떼어갈 게냐? 네가 내 아이를 가질 줄이야. 어디 보자 내 아이, 이 속에 정말 내 자식이 들었다는 게냐."

밀치듯 다가오는 사내의 힘에 여인은 무너지듯 그대로 자리에 몸을 누인다. 그것은 이제 장난이 아니고 기쁨을 주체하지 못하는 한 사내의 허둥대는 사랑이다. 한몸이 되어 나뒹군 남녀는 어느새 손들을 뻗어 서로의 몸에서 거친 손길로 옷들을 벗겨낸다. 엉클어진 두 개의 몸들이 이윽고 파도가 되어 높고 크게 부풀거나 뒤척인다.

어느새 더워진 여인의 몸이 열락을 견디지 못해 활처럼 휘며 짧게 토막난 외침들을 토해내기 시작한다. 파도가 되어 펄럭이는 여인에게 사내의 몸이 검은 흉기처럼 거칠게 부딪쳐간다.

주인을 찾아 허덕이던 여체가 사내의 몸을 받아 살(矢)맞은 짐승처럼 부르르 몸을 떤다. 사내의 힘이 거칠면 거칠수록 여인은 몸을 크게 열어 더 깊이 사내를 제 몸 속에 받으려 한다. 방 안은 이제 여인이 외치는 열락의 소리로 가득 차 있다. 아득한 하늘과 땅 사이에 지금은 그들만이 가득히 살아 있을 뿐이다.

밖은 이미 3경이라 달빛만 휘영청 밝다.

밖이 소란하다.

행랑 쪽에서 큰 소리가 나는 것이 필시 집안 하인들이 서로 다투는 모양이다. 소리를 쳐서 아랫것들을 부르려다가 한덕대는 생각을 고쳐먹고 스스로 밖에 나가 까닭을 알아볼 생각을 한다. 저녁상 물린 지가 얼마 안되어 속이 더부룩해 집 안에서라도 걷고 싶은 생각이 난 것이다.

신을 꿰고 뜰로 내려서니 다투는 소리가 집 안 아닌 행랑 밖 타작마당에서 들려온다. 하인들 사이의 다툼이 아니고 길 가던 과객과 집안 누군가가 다투는 모양이다. 안뜰 복판쯤에 다다르자 대문으로 하인 감이가 들어오며 덕대를 향해 숨가쁘게 입을 연다.

"나으리, 밖에 좀 나가보십시오. 웬 밥 빌러온 과객 하나가 쥐불이 박서방을 개패듯 허구 있사오이다."

"과객이 무슨 일루 쥐불이를 매질헌다는 게냐?"

"과객 주제에 밥을 한 술 달라기에 밥이 없다구 내쳤더니 지팡이루 쥐불이의 머리를 때려 피를 터뜨리구 말았구먼요. 쥐불이두 그제는 화가 나서 과객에게 지금 막 대들구 있는 중이오이다."

"과객이 무슨 차림이드냐? 혹 양반이 아니드냐?"

"갓 쓰구 도포 입어 양반 차림은 갖췄으나 몰골이 하두 볼썽사나워서 밥 빌어먹는 거렁뱅이나 진배없사외다. 그 주제에 양반 위세는 대단해서 상사람 대허는 꼴이 대단치두 않사오이다."

"이놈이 못허는 소리가, 누가 너더러 양반 험담허라드냐. 옷주제 보구 사람을 가려서는 안되느니, 너희가 아무래두 큰 잘못을 저지른 듯싶다. 내 무어라구 일렀느냐. 주인 찾는 과객이거든 홀대치 말구 바깥사랑으루 뫼시라구 허지 않았느냐?"

"허나 인근에 이댁 인심 좋다는 소문이 돌아 사방에서 이런저런 양반들이 끼니때 맞추어 줄을 잇듯이 찾아오구 있구먼요. 과객들 먹이는 양식만두 한 달에 대충 서 말이나 든다구 허오이다. 이렇듯 찾아오는 과객들을 죄 불러들여 먹이다가는 집안에 마련된 양식두 몇 달 못 가 바닥이 날 듯싶사오이다."

"너희더러 언제 양식 걱정허라드냐. 마님이 알아서 할 것이니 너희는 딴소리 말구 마님 분부대루만 따라 해라. 그리구 너 지금 당장 밖에 나가서 쥐불이 꾸짖는 과객 양반을 바깥사랑으루 뫼시어라. 내 먼저 들어가 기다릴 테니 당장 영대루 시행하렷다."

"예 나으리, 쇤네 당장 나으리 분부대루 거행헙지요."

하인 감이가 집 밖으로 나가자 덕대도 그제야 몸을 돌려 바깥사랑으로 다가간다.

행랑에 딸린 바깥사랑은 주로 과객들을 재우는 방이다. 양반이 되어 과천 시골로 내려온 덕대는, 어느새 해를 넘겨 양반의 틀이 조금씩 몸에 배어가고 있다. 그 동안 부인 이씨의 내조도 큰 힘이 되었지만 무엇보다 덕대 자신의 애쓴 보람이 밖으로 드러난 것이다.

1년 넘게 글을 읽어 이제 덕대는 면무식도 하게 되었고, 반가 출신의 부인에게 배워 양반의 의젓한 몸가짐도 어느 정도 몸에 익혔다. 다만 그가 아직도 못 버리는 옛적 버릇은 집안의 여러 자질구레한 일감들을 보고 가만히 참지 못하는 것이다. 마당이 어수선하면 비를 들고 쓸려 했고, 통장작 쌓인 것이 눈에 보이면 도끼로 장작을 패려 했고, 때로는 하인들의 눈을 피해 바지게에 거름을 지고 들로 내려고도 했다. 그러나 양반은 글을 읽는 외에는 달리 아무 일도 할 수가 없다. 부인 이씨의 성화에 쫓겨 그는 번번이 일 직전에 안채 사랑으로 쫓겨 들어가곤 했던 것이다.

방 앞에 막 다다르자니 등뒤에서 덕대를 찾는 하인 감이의 목소리가 들려온다.

"나으리, 밖의 길손 집 안으루 뫼셔왔사오이다."

돌아보니 과연 폐포파립의 과객 하나가 머리에 피 터진 쥐불이와 함께 뜰을 가로질러 그에게로 다가온다. 과객이 가까이 이르기를 기다려 덕대가 먼저 공손히 입을 연다.

"어서오십시오. 어디서 오시는 손이신지요?"

"이댁 당주堂主 어른이 되시오이까? 길 가던 과객이 하루 묵자구 들렀소이다만 저 하인눔이 패악을 부리기루 내 그만 결기에 지팡이루 매질을 했소이다. 당주께는 미안허오만 저 하인눔은 매맞아 싼 눔이외다. 내 이만 떠날 터이니 당주께서는 집안 하속下屬들을 잘 단속도록 허십시오."

말을 마친 과객이 그대로 돌아서서 가려 한다. 덕대는 그러나 성큼 내달아서 과객의 팔소매를 부드럽게 부여잡는다.

"이 사람이 불민하여 하속들 단속이 잘못 되었던 듯허오이다. 손께서는 노여움을 푸시고 이 사람의 낯을 보아 잠시 방에 들어 다리라두 쉬어가시지요."

"당주 말씀이 고맙소이다만 갈 길이 바뻐 내 그냥 떠날까 보이다."

"아니외다. 이대루 가옵시면 이 사람의 마음이 편치 않을 것이외다. 쥐불이 너 이눔, 무얼 허는 게냐! 당장 이 어른께 사죄 말씀 아뢰지 못허느냐!"

하인 쥐불이가 터진 머리를 쥐고 있다가 덕대의 호통을 듣고 그제야 마지못해 허리를 넙푼 숙여보인다. 덕대가 이번에는 감이를 보고 호령기 있게 말을 이른다.

"너는 얼른 찬간에 가서 주안상 바깥사랑으로 내오라구 일러라. 자 손님 안으루 드십시다. 시굴이라 찬은 없소만은 술이 마침 익었으니 반주라두 배불리 드시지요."

"이제 보니 당주 어른이 우러러뵐 만한 대인이시오그려. 내 허면 잠시 들어 다리라두 쉬어갈까보오."

과객이 덕대의 안내로 행랑에 딸린 바깥사랑으로 들어간다. 주객이 마주 방 안에 좌정하자 객이 먼저 정식 인사를 청해 온다.

"이 사람은 충청도 괴산槐山 사는 김생원이라구 허오이다. 난중에 가권을 모두 잃어 지금 도성으루 흩어진 가권을 찾아가는 길이외다."

"저런 딱헐 데가. 난이 원체 길게 끌다보니 나라 안에 온통 온전한 집안이 없소이다그려. 이 사람은 한선달이라 하옵구 이 곳 장토에 묻혀 살며 음풍농월吟風弄月이나 허구 지내지요."

"다복허시오이다. 여기 오며 들을 둘러보니 땅이 기름지구 산세가 매우 수려헙디다. 난 전에는 이 사람두 남부럽지 않게 살았소이다만 저 흉악한 왜적의 분탕으루 집 태우구 가권을 잃어 이렇듯 폐포파립으루 유리걸식 허는 과객 신세가 되었소이다. 왜적이 우리 조선과 무슨 원수가 졌기루 이토록 조선 백성들을 핍박허는지 모르겠소이다."

"난두 이제 곧 끝날 듯싶으니 생원께서두 곧 다시 잃은 가권을 찾으실 수 있을 겝니다. 그래 괴산서 예까지 오셨다니 아랫녘의 왜적들 소식은 달리 들으신 것이 없소이까?"

"왜적들이 요즘에는 경상좌우도에만 둔취해 있어 전라 이서와 충청 이북 지경에는 적화가 별루 없는 것으루 아오이다. 허나 이제 곧 하절루 접어들면 남녘에 머물던 왜적들이 다시 도성을 넘볼지두 모르지요. 그래두 지금은 대국의 천병이 지키구 있으니 임진년 예전 같이 왜적이 도성을 둘러빼기는 어려우리다."

"물론이지요. 그래 먼길을 오시며 여러 고을을 거쳐오셨으니 백성들 사는 형편이 어떠헌지두 아시겠구려? 들리는 소문이 하 흉흉해서 각처의 궁한 백성들은 어찌 지내는지 궁금허오그려?"

"보리이삭이 아직 패지 않아 각 고을과 동리마다 주려죽은 백성이 수두 없이 많더이다. 이 사람두 명색이 삼한갑족의 양반이나 여러 차례 끼니를 걸려 하마터면 주려죽을 뻔했소이다. 난중에 상것들이 이런저런 일루 재물을 모아 양반에게 수모 주는 일두 견디기 어려운 일이더이다."

"이 사람두 양반 수모당헌 일은 여러 차례 풍문을 들어 알구 있사외다. 허나 상것들만 탓헐 것이 아니라 우리 사족士族들두 차제에 많은 깨달음과 자성이 있어야지요. 그래두 기울어진 나라를 바루 세운 것이 우리 백성들이 아니오이까? 백성들이 의병 일으켜 왜적들과 싸우지 않았으면 지금의 이 조선이 어찌 6년이나 버틸 수 있었겠소이까?"

"당주 말씀이 옳긴 허오마는 상것들이 의병 핑계루 왜적 못지않게 분탕헌 일두 많았지요. 허나 상감 뫼시는 금관조복의 조신들은 제 살 길 찾아 도망치기에 바빴으나 백성들은 의병을 일으켜 왜적과 싸워 나라를 다시 구했소이다. 나라가 위험에 처했을 적에는 선비라 해두 글만 읽을 일이 아니지요."

"우리가 그간 문文에 너무 치우쳐서 무武를 소홀히 한 것두 이번 왜란의 한 까닭으루 아오이다."

 "······ 난이 끝나면 우리 사족들두 백성들 앞에 부끄럽지 않게 많이 깨우치구 자성해야 될 것으루 아오이다."

 방문이 열린다. 상노아이가 술양푼 얹힌 칠소반 하나를 방에 들여놓는다. 상 위에는 한 양푼 맑은 술과 묵무침 한 접시와 밥 한 사발과 쑥국 두 대접이 놓여 있다. 덕대가 술상 앞으로 다가앉으며 객에게 먼저 술을 권한다.

 "해동이 되어 요즘 들어 싱싱한 남새가 많이 돋았더이다. 원행 후라 목이 갈허실 테니 우선 술부터 드시지요."

 "고맙구려. 내 여러 날 여러 고을을 들러왔소마는 오늘 당주께 처음으루 귀한 술대접을 받는 것 같소이다. 알곡이 귀한 요즘이라 술을 보기가 쉽지 않더이다."

 "당연허지요. 죽 끓일 양식두 없는 요즘 술 담아먹는다면 호사일 시 분명허외다. 허나 제 집의 술은 호사루 담근 것이 아니오이다. 선고先考제사가 지난 보름날이라 제사에 쓰구 남은 술이 아직 몇 되 독에 깔린 것이외다."

 "이런 귀헌 것을 ······. 당주께서 이 사람 대접이 너무 융숭해 몸 둘 곳을 모르겠소이다."

 덕대가 조용히 웃고는 객과 제 잔에 차례로 술을 따른다. 방금 저녁상을 물린 뒤라 덕대는 술이 썩 당기지 않는다. 그러나 객을 대접하는 자리여서 당기지 않는 술이건만 그는 말없이 주어진 잔을 낸다. 잔이 거푸 세 순배쯤 돌자 객이 다시 주인 덕대에게 말을 물어온다.

"당주의 신우身宇(몸체)가 장대허신데 혹 서반으루 무예라두 익히지 않으셨소이까?"

"무예를 익힌 일은 없소이다. 제 몸이 장대헌 것은 다만 부모가 제게 내려주신 복이지요."

"내 언젠가 소금 도부치는 대구 사람 하나가 키 큰 것을 보았소이다. 그 사람의 키가 7척이 가깝다구 허더이다만 오늘 당주를 가까이 뵈니 그 장한의 키에 조금두 뒤지지가 않을 듯싶소이다그려?"

"소금 도부치는 그 장한을 생원께서 직접 가까이 두고 보셨소이까?"

"난 전에 제 살던 고을서 잠시 만나보았지요. 괴산 고을에 소금 팔러 온 것을 그 키가 하두 장해 구경삼아 여럿이 불러본 일이 있소이다. 그 때 그 사람의 키를 물어보니 제 입으루 7척이 조금 못된다구 허더이다."

소금 도부치는 키 큰 장한이라면 바로 대구가 고향인 한덕대 자기를 두고 하는 말이다. 괴산이 바다와 먼 뭍 깊숙한 산골이라 소금 값이 딴 곳보다 좋아 덕대는 자주 그 고을에 들르곤 했다. 아마 그 때 이 김생원이 여러 사람들 틈에 섞여 자기를 가까이 보았던 모양이다.

"키 큰 것이 득될 것이 없소이다. 옷 지으면 감이 많이 들구 나귀를 타면 발끝이 땅에 끌리지요. 사람들 눈에 잘 띄는 것두 좋지 않아 이 사람은 남들처럼 바깥 출행두 즐기지 않소이다."

"듣구 보니 그런 손損두 있겠소그려. 헌데 그 장한 여력으루 어째 무과에 응시를 허지 않으셨소이까? 왜적을 맞아 지금 나라에 힘있는 무장이 귀헌 터에 당주 같은 어른이 응시를 허면 필시 장원두 넘볼 수 있을 것이외다만?"

"제가 환로宦路에 큰 뜻이 없소이다. 벼슬길에 뜻이 있었다면 진작 싸움터에 나가 뼈를 땅에 흩뿌렸을지두 모르지요."

"말씀 듣구 보니 그렇기두 허오그려. 그래 당주께서는 난 뒤에 우리 조선이 어찌 될 걸루 보시오이까?"

"어찌 되다니요?"

"지금 조선에는 납속수직이라 해서 곡식 바치구 벼슬 산 양반이 수두 없이 늘었지요. 요즘은 납마당상納馬堂上이라 해서 마필을 나라에 바치면 곧바루 당상을 준다구 허더이다. 나라 기강이 이토록 어지러우니 장차 난이 끝나면 나라꼴이 어찌 될지 걱정이외다. 당주 생각은 어떠시오이까? 반상이 이렇게 뒤섞여서야 선빈들 이제 상것들을 어찌 가르치구 다스릴 수 있겠소이까?"

거푸 술잔을 비우더니 객이 드디어 술 취한 기색이다. 그는 밥에는 손도 대지 않고 거푸 술잔만 부지런히 내고 있다. 그러나 몰골은 비록 수척하고 험해도 그는 과연 시골의 선비답게 양반의 기개와 풍모가 온몸에 꽉 배어 있다. 그 보이지 않는 기개에 끌려 덕대는 얼른 일어서지 못하고 그와 대작을 계속하고 있다.

"이 사람의 생각은 생원님 생각과는 다르외다. 반상이 비록 뒤섞여서 나라 기강이 어지러울 게라구 걱정들을 허나, 이 사람은 그 일을 걱정헐 게 아니라 오히려 화가 복이 되더라구 잘된 일루 생각허려 하오이다. 임진년에 닥친 저 흉포한 왜적 앞에 반상에 무슨 구별과 차등이 있더이까? 오히려 체통만 찾아 뒷전에 엎여 뭉기적거리는 양반네에 비해, 백성들은 떨쳐 일어나 제 고을 제 부락을 제 손으루 지키자구 일어서지 않았소이까? 선비들이 지금껏 읽은 글들이 위급한 때를 당해 무엇을 허더이까? 그 어려운 사서삼경이 기운 나라 구허는 일에 무슨 힘을 쓰더이까? 차라리 왜란이 일어나 양반들의 허세가 망가진 것이 다행이외다. 이제는 난이 끝나더라두 위세만으루는 백성들을 다스릴 수가 없사외다. 양반이 다시 백성들을 다스릴 생각이면 이제는 위세 버리구 백성들 허는 말에 귀를 기울여야 될 거외다. 좋은 약은 입에 쓰더라구 나는 이번 왜란이 조선에 쓴 약이 되었으면 허구 바라구 있소이다. 양반두 벼슬아치두 옛날 생각만 가지구는 결쿠 이 나라 백성을 쉽게 다스릴 수 없을 것이외다."

"한공의 말씀도 일리는 있소마는 그렇다구 우리 습속을 하루아침에 뒤엎을 수는 없는 일이지요. 반상간에 예부터 차등을 둔 것은 이 나라 고래로부터 이어져 내려온 습속이외다. 그 오랜 습속을 하루아침에 깨려다 보면 나라 안에 그 일을 빌미루 반드시 또 다른 변란이 올 것이외다. 우리가 사족이라 내 편을 들어 허는 말이 아니외다. 상민이 선비와 사대부를 우러르지 않고서는 나라 습속과 기강이 흐트러져 이 나라 어려운 형편을 다스리기가 어려울 게라는 말씀이외다."

덕대는 더 대거리 않고 말없이 고개만 끄덕인다. 곡식을 나라에 바쳐 양반이 된 덕대로서는 양반의 상사람 험담이 귀에 결코 즐거울 리 없다. 더구나 이 김생원이란 사람은 상투꼭지에서 발끝까지 양반의 위세와 고집으로 뭉쳐 있다. 그와의 긴 이야기가 즐거울 리 없는 덕대로서는 이제 그만 일어설 작정으로 입을 다물고 눈치를 살피고 있다.

"나리마님……."

밖에서 문득 하인 감이의 목소리가 들려온다. 일어설 짬을 찾고 있던 덕대에게 저를 찾는 감이의 목소리는 반가울 수밖에 없다.

"오냐, 무슨 일이냐?"

"큰일났사오이다. 방금 별채 기신 작은서방님이 돌아오셨는데 몸을 많이 상해 등에 업히어 오셨구면요. 의원이라두 불러뵈어야 될지 쇤네는 얼른 판단이 서지 않사오이다."

"무어냐? 몸을 상허다니? 작은서방님이 무슨 일루 몸을 크게 상했다는 게냐?"

"잠시 나와보십시오. 과천 관아에서 서방님 뫼시구 포교 나으리 두 와 기시는구면요."

"관아에서 포교두 왔어?"

"예. 지금 별채 앞에 기신데 역정이 많이 나 기시오이다."

덕대가 그 말에는 대답없이 마주 앉은 김생원을 바라본다.

"내 잠시 집안일루 자리를 떠야 될까보오이다. 비편허신 일이 있으시거든 하인들을 불러 무어든 청허십시오. 자 허면 편히 쉬십시오. 이런 결례가 없소이다."

"별말씀을 다 허시오그려. 집안일이라면 어서 건너가 보셔야지요."

김생원의 말을 뒤로 하고 덕대는 즉시 방을 나온다. 하인 감이가 댓돌 아래 서 있다가 주인을 보더니 몸을 돌려 앞서 가기 시작한다.

"포교 나으리가 별채 쪽에 기시오이다. 작은서방님을 방 안에 들이구 게서 포졸들과 나으리를 기다리구 기시오이다."

"포졸들두 왔느냐?"

"예, 포졸들은 작은서방님을 떠메구 왔더이다. 포교 나으리가 어찌나 역정이 대단허시든지 쇤네들은 감히 까닭두 여쭙지를 못했구면요."

"알았다. 어서 가자."

안뜰을 지나 헛간 모서리를 돌아가자 과연 별채 앞 작은 뜰에 더그레 걸친 포졸 둘과 털벙거지 쓴 포교 하나가 이쪽을 보고 서 있다. 덕대가 가까이 다가간 무렵에야 벙거지 쓴 포교가 흠신하며 입을 연다.

"이댁 당주가 되시오이까?"

"그렇소. 내가 이 집 주인이오"

"한분동이란 사람을 당주께서는 아시오이까?"

"그 사람이 내 아우요."

"보아허니 양반님네 같으신데 계씨께서는 같은 양반으루 어찌하여 양반을 욕보이는지 모르겠소이다."

"무슨 말을 허는 게요? 내 도시 무슨 뜻인지 모르겠소?"

"나으리 계씨께서 몸을 좀 상했소이다. 객점에서 양반을 욕보인 죄루 관아에 잡혀가 결곤 20도를 맞았소이다."

"무슨 일루 내 아우에게 결곤을 했더란 말이오?"

노여움 섞인 덕대의 말에 포교가 눈 부릅뜨고 마주 큰 소리로 응대한다.

"상사람이 양반의 상투를 잡아끌었으니 그 죄가 장 20도루는 헐한 벌인 줄 모르시오이까? 뺨맞은 그 양반이 곡식 팔아 양반 된 사람이라 내 그나마 사정을 보아 장 스무 대루 죄를 감해 준 것이외다."

덕대가 말이 막혀 우두커니 포교를 바라본다. 납속수직한 양반이라면 아우 분동이 욕보인 양반도 바로 자기같이 곡식 바치고 벼슬을 얻어 한 사람인 모양이다. 납속수직은 당자에게만 해당이 되어 형은 양반이 되었어도 그 아우 분동은 여전히 상사람 그대로다. 포교도 이미 그 사실을 알고 있어서 덕대의 울컥하는 노여움에 마주 노여움으로 대한 것이다.

"집안 단속이 잘못되어 내 관아에까지 누를 끼치게 되었소그려. 뜰에 서서 이럴 게 아니라 잠시 안에 들어 자초지종을 들어봅시다."

포교가 그제야 얼굴빛을 누그러뜨리고 뒤에 선 포졸 두 사람을 위엄 있게 돌아본다.

"너희들은 어쩔 게냐? 예서 나를 기다릴 게냐, 먼저 관아루 들어갈 게냐?"

"죄인을 떼메구 오느라구 허기두 지구 힘두 많이 진했구먼요. 신발차나 좀 주시면 저희는 먼저 돌아가 갈헌 목이나 축이렵니다."

덕대가 그 말을 받아 포졸들에게 입을 연다.

"죄인 업어오느라 고생이 많았던 모양일세. 감이야, 너 이 두 사람에게 알곡 몇 되만 내주어라. 예까지 서방님 떼메구 왔으니 네 요량해서 서운치 않게 해야 된다."

"예, 나으리. 쇤네 알아서 허오리다."

감이가 곧 포졸들을 눈짓해서 바깥채 쪽으로 데려간다. 덕대가 다시 포교를 향해 안채 쪽을 가리키며 입을 연다.

"일의 내평[속내]을 알지 못해 내가 많이 궁금허오이다. 잠시 사랑에 들어 어찌 된 일인지 소상히 일러주시구려."

"아랫사람들 눈두 있으니 내 그림 선다님 말씀 따라 잠시 사랑에 들도록 허겠소이다."

덕대와 포교가 몸을 돌려 사랑을 향해 나란히 걸어 올라간다. 그새 벌써 날이 어두워져 방에는 등불이 밝혀졌다. 덕대가 먼저 방에 들어 포교에게 자리를 권한다.

"누추허외다. 우선 그쪽으루 좌정허시구려."

양반이 중인인 포교와 서로 한자리를 할 수 없으나 이미 서로가 속내를 아는 터라 두 사람은 까탈없이 마주보고 대좌한다. 잠시 주객이 말이 없더니 주인이 먼저 소탈하게 입을 연다.

"내 진작 관정官廷을 찾아가서 사또께 인사두 여쭙구, 여러 청廳에 들러 낯익힘두 했어야 옳소이다만, 도성 떠나 시굴 내려와 아직 자리가 잡히지 않아 차일피일 시일을 늦추다가 오늘 기어이 이런 낭패를 보았소그려. 그래 포교께서는 속직이 어디루 되어 있으며 이름 석 자는 무어라 하외까?"

"인사가 늦어 죄송허오이다. 이 사람은 과천 관아의 남포교라 허오이다. 주루 남태령에 나가 도성에 오르내리는 행인들의 기찰을 허는 것이 이 사람의 소임이지요."

"그러시오? 나는 한씨성에 벼슬은 봉사직을 받았소이다. 남들은 나를 그냥 한선달이라 부르지요. 도성에 살다 이리루 내려온 지 이제 겨우 해포 남짓 되오이다. 앞으루 남포교의 신세를 자주 지게 될 듯싶소이다그려."

"소관이 무슨 힘이 있어 나으리께 신세를 보일 수 있으리까. 그나저나 이 사람은 진작부터 한선달님의 선성을 익히 듣구 있었소이다."

"내 선성을 듣다니요. 그게 무슨 말씀이오?"

"도성 운종가에 기실 때부터 선다님 선성은 세상에 벌써 파다허게 퍼졌습지요. 여력이 과인한 외에 특히 발걸음이 비상히 빨라 선다님이 하루 3백 리를 걷는다는 소문이외다. 내 오늘 그런 어른을 뵙게 되어 오히려 크게 광영으루 생각허구 있소이다."

"이러니 내가 어찌 집 밖에를 마음놓구 나다닐 수가 있단 말이오. 그 소문이 모두 헷것이외다. 내 바루 그런 소문 때문에 이렇듯 집에 엎디어 구차히 지내구 있소이다."

"구차히 지내실 까닭이 없습지요. 선다님은 이제 벼슬을 받아 우리와는 달리 반열에 오르신 어른이외다. 예전에 듣던 여러 소문과 뒷공론두 앞으루 세월이 지나면 차차 세간에서 스러질 것이외다."

"집안에 오늘 같은 재앙이 있구서야 그 소문이 쉽게 스러지기두 어렵지요. 그래 내 아우가 무슨 까닭으루 관아에 잡혀가 결곤까지 당허게 되었소이까?"

남포교가 대답을 않고 잠시 입을 쫑긋거린다. 서른 두엇쯤 되어 뵈는 나이에 작달막한 키와 앙바틈한 체구를 한 남포교는, 얼굴까지 검고 살짝 얽어 어딘가 언뜻 보아서는 사나운 개를 보는 듯한 험상궂은 얼굴이다. 특히 도성을 드나드는 남태령 고개의 행인들을 살피는 기찰포교라서 그 눈빛이 사람을 찌르듯 담대하고 날카롭다. 서너 차례 입술을 쫑긋거리더니 그가 이윽고 가는 눈으로 덕대를 똑바로 바라본다.

"모든 게 술탓이지요. 술이 이번 일의 죄올시다."

"아우가 술에 취했더란 말이오?"

"취허다 뿐이오이까. 지금은 많이 깨었소이다만 그 때는 인사불성이라 몸두 가누질 못했소이다."

아우 분동의 이러한 행악을 형 한덕대는 도무지 알 수가 없다. 분동은 원래 착한 아우였다. 형이 양반이 되기 전까지는 형 앞에서 감히 눈 한번 치뜬 일이 없던 아우다. 그러나 형이 곡식 바쳐 양반이 되고부터는, 그는 갑자기 딴사람이라도 된 듯 형 하는 일이라면 노상 엇나가거나 반대를 하곤 했다. 선친의 묘를 옮기는 일에도 그는 한사코 반대를 했고, 최근에는 집안에서 집사 일을 맡아보라고 했을 때도 그는 말없이 집을 나가 닷새씩이나 돌아오지 않곤 했다. 이번에도 그는 형수에게 몇 마디 말을 듣고는 말없이 집을 나가 이 일을 저지른 것이다. 덕대로서는 분동의 이러한 꼬인 심사를 도시 알 수가 없는 것이다.

"그래 술에 취해 아우가 무슨 일을 저지른 게요?"

"계씨께서 술에 취해 고개 아랫녘 원집에 쉬구 있는데 종자 거느린 양반 과객이 하나 들어와 계씨와 크게 시비가 붙었던 모양이외다. 양반 과객이 옛날만 믿구 계씨에게 앞뒤없이 통통히 호령을 해대자 계씨가 그만 분을 못 참구는 양반의 상투를 부여잡구 뺨을 때려 이 두 대를 부러뜨려 죄를 묻지 않을 수가 없었지요. 그나마 다행인 것은 이 사람이 형문刑問을 하게 되어 그 죄인이 나으리 아우인 것을 쉽게 알아본 일이외다. 내 아닌 딴 포교가 죄인 형문을 했더라면 계씨는 중곤重棍 50도에 옥살이두 면치를 못했을 것이외다. 이 모두가 그 죄인이 형님 한 분 잘 둔 덕이외다."

"그게 어찌 내 덕이겠소. 말을 듣구 보니 아우 목숨이 남포교 덕에 산 듯싶소이다."

남포교가 고개를 내젓는데 방 밖에서 다시 하인 감이의 목소리가 들려온다.

"나으리, 별채에 좀 내려가 보십시오. 작은서방님께서 누워기시지 않구 내처 이 밤중에 집을 떠나시겠다구 허시는구먼요."

"알았다. 잠시 기다려라. 내 곧 내려가마."

덕대가 건너다보자 눈치 빠른 남포교가 어느새 자리를 인다. 두 사람은 곧 방을 나와 신을 꿰고 뜰로 내려선다.

"허면 소관은 이만 물러갈까 하오이다."

"아니되오. 날이 어두워 홰라두 밝혀야 되겠소이다. 종자 한 명을 딸려보낼 테니 남포교는 잠시 예서 기다려 주시지요."

말을 끝내고 남포교를 세워둔 채 덕대는 감이를 데리고 부지런히 별채로 향한다. 안채 모퉁이로 돌아들며 덕대가 다시 감이에게 입을 연다.

"너 안사랑 뒤 골방에 가서 무명 든 궤를 열구 상목 두 필만 내오너라. 그걸 지구 홰 하나 잡구 남포교를 따라 그댁에 좀 다녀오너라."

"포교 나으리 댁이 어디쯤 되오이까?"

"내가 그걸 어찌 아니? 남포교 따라가면 알게 되겠지."

"지금 곧 떠나라굽시오?"

"사람을 뜰에 세워두었으니 나 볼 것 없이 지금 당장 떠나거라."

"예, 나으리. 허면 쇤네 분부대루 거행헙지요."

하인 감이를 말 일러 떠나보내고 덕대는 다시 별채로 향한다. 불

밝힌 환한 별채 창에 아우 분동의 그림자가 어른거린다. 마루에 올라 방문을 여니 분동이 옷가지를 늘어놓은 채 요 위에 엎드려 있다가 힘겹게 몸을 일으킨다. 아마 볼기에 곤장을 맞아 바로 앉기가 불편한 모양이다.

"그대루 누워 있거라."

"……."

"볼기가 얼마나 상했느냐? 의원 불러 약이라두 붙여야지?"

"살가죽두 터지지 않았는데 약은 붙여 무엇 헐 겝니까. 집장사령이 사정을 두어 붓기만 했을 뿐 볼기는 별루 상허질 않았습니다."

"그만 허길 다행이다. 헌데 너 이게 무슨 짓인지 모르겠다. 술을 얼마나 마셨기에 그토록 취했느냐?"

"……."

"네가 술 취해 한 짓을 아느냐? 네가 어쩌자구 날이 갈수록 이 모양이냐?"

"형님 나두 내 속을 모르겠소. 내가 아무래두 형님과는 같이 살 수가 없을 것 같소."

"같이 못 살면 어쩔 게냐? 너두 나 버리구 이 집을 떠나겠다는 게냐?"

"나 혼자 따루 살구 싶소. 아우가 상것이라 양반 형님 뫼시기가 너무 힘들구 어렵구려."

"네가 또 그 소리냐? 내 허면 양반 물리구 다시 예전처럼 상사람으로 돌아가랴?"

"형님 양반된 게 샘이 나 이러는 듯싶소? 내가 도시 용납헐 수 없는 일이 한 부모 밑에 태어난 형제가 하나는 양반이 되구 하나는 상사람이 되어 둘이 서루 갈린 게요. 형제가 반상으루 갈렸으니 이러구두 형님과 내가 형제랄 수 있소이까?"

"내가 왜 그걸 몰라. 그러니 내 너더러두 양반이 되라구 권치 않드냐? 양반의 종자가 따루 있드냐? 남들이 양반으루 보아주면 그게 바루 양반인 게다. 세상 있구 양반 생겼지, 양반 먼저 생기구 이 세상 생기지는 않았느라. 네가 왜 그걸 모르구 까탈스레 양반을 싫다는지 모르겠구나?"

잠시 말이 없더니 분동이 한참 만에 고개를 든다. 매 맞은 엉덩이가 아파오는지 분동이 눈살을 찌푸리며 힘겹게 입을 연다.

"형님은 상사람이 양반 되는 것만 길이라구 생각허시우? 반상의 차등을 없애버리면 일부러 곡식 바쳐 양반 될 까닭이 없지 않소? 사람과 사람 간에 차등있는 게 잘못이지, 우리가 상사람으루 태어난 게 무슨 잘못이 된단 말이오?"

"그걸 누가 잘못이라구 했니? 부모를 골라 태어날 수 없는데 상사람으루 태어난 게 어째 우리 잘못이냐. 허나 우리 잘못은 아니다만 상사람으루 살다보면 양반들보다 신역이 얼마나 고되드냐? 이왕 있는 반상의 차등이니 그래 신역 편허자구 곡식 바쳐 양반이 되는 게 아니냐?"

분동이 대꾸없이 일그러진 얼굴로 덕대를 마주 본다. 무언가 할 말이 있는 듯하더니 그는 다시 형 덕대를 역겨운 듯 외면한다. 방바닥에 눈길을 준 채 분동이 갑자기 입을 연다.

"형님, 부탁이니 다시는 나를 찾지 마시우."

"찾지 말라니?"

"날 새면 나는 형님 곁을 떠날 게요. 못 뵙구 떠나더라두 나를 다시는 찾을 생각 말란 말이외다."

목소리가 하두 무겁고 침통해서 덕대는 잠시 검다 쓰다 말이 없다. 마음을 돌려 아우를 잡아두기는 해야겠는데 격앙되어 있는 분동에게 덕대는 얼른 적당한 말이 생각나지 않는다. 형 쪽에서 아무런 말이 없자 분동이 다시 차분하게 입을 연다.

"내가 오늘 형수님과 무슨 일루 다퉜는지 형님은 아시우?"

"네가 형수와 다퉜드냐? 나는 네가 다툰 것두 모르구 있다."

"입이 무거우신 형수님이라 말씀이 아직 없으셨구먼요. 내가 오늘 형수님 뵙구 어려운 청 하나를 드렸지요. 들어주실 것으루 알았드니 형수님이 거절을 허십디다. 그 일이 많이 서운해서 내가 오늘 술을 먹게 되었수."

"네가 지금 무슨 소리를 허는 게냐? 청이 있으면 내게다 헐 일이지 안살림 허는 형수에게 무슨 청을 했다는 게냐?"

"형님헌테는 진작 거절을 당해 내가 어렵사리 형수님께 청을 드렸든게요. 그리구 그 청만은 형님보다는 형수님이 들어주시기 더욱 편헐 거라구 생각했소."

아우 분동과 부인 이씨는 사이가 별로 좋지 않다. 그렇다고 형수와 시동생이 드러내놓고 서로를 멀리하거나 미워하는 것은 아니다. 생각이 깊고 체면과 분별이 있는 두 사람은 마음속으로는 서로를 용납하지 않으면서도 겉으로는 내색없이 예의 지켜가며 담담하게 지내왔다. 한데 이렇게 규각(모난 곳)없이 얌전하게 지내던 그들이 오늘은 덕대도 모르게 서로간에 약간의 말다툼이 있었던 모양이다. 짐작 컨대 다툼질이 있다 해도 그들은 조용조용히 예의바르게 서로 말들을 주고받았을 것이다.

그러나 말들은 예의바르고 상냥해도 그 조용한 다툼질이 그들에게는 험한 욕설이나 손찌검보다도 더 큰 상처를 서로에게 줄 수 있다. 분동은 들어줄 것으로 알고 형수에게 어렵사리 청을 했고, 형수는 또 그 청을 들어주지 못했으니 두 사람 모두 신관이 편할 리 없다. 분동과 이씨 두 사람은 서로간에 의사가 통하지 않아 결국 제각기 서로를 원망하는 미움과 불신감만 크게 키우고 말았을 것이다.

"그래 네가 형수헌테 무슨 청을 했었드냐?"

"집 나간 작은댁을 다시 받아줍시사구 청을 드렸수."

"집 나간 작은댁이라니 네가 금홍이를 만났드냐?"

"만난 지 벌써 달포가 지났소이다."

"금홍이가 그래 어디서 무얼 허는 게냐?"

"도성 안 어느 대갓집에서 드난살이〔남의 집에서 일을 거드는 생활〕를 허구 있습디다."

"드난을 살아? 그래 네가 그 사람을 직접 만나보았느냐?"

"보다 뿐이우. 그댁 행랑에서 하루 묵어오기까지 했수."

덕대는 어이없는 듯 잠시 아무런 말이 없다.

도성에서 과천으로 내려온 지 반년 만에 금홍은 어느 날 글 한 줄을 써놓고 집을 나갔다. 그녀가 집 나간 까닭은 역시 정실부인인 이씨의 엄한 법도와 잦은 간섭 때문이었다. 원래 금홍은 관기 출신이라 남의 밑에 얽매여 사는 것을 싫어하던 사람이다. 더구나 그녀는 덕대가 이씨를 만나기 전에 먼저 덕대와 더불어 부부처럼 살아온 여인이다. 상사람으로 태어나 관기까지 지낸 몸이라 반가 출신인 이씨에게 어쩔 수 없이 정실 자리를 내주었으나, 그녀의 깊은 마음속에는 작은댁이라는 생각이 조금도 없었던 것이다.

헌데 이씨는 정실임을 내세워 서방이 양반이 되고 나자 금홍을 양반집의 소실로 아예 아랫사람 대하듯 했다. 말도 하게로 놓고 집안일도 이것저것을 지시해서 금홍은 뒷방에 박혀 하루 종일 덕대의 얼굴 보기도 어렵게 된 것이다. 소실된 것도 억울하게 여기는 금홍에게 이씨의 이러한 닦달은 견딜 수 없는 고통이요 수모였다. 금홍은 결국 견디다 못해 어느 날 아무도 몰래 과천 집을 떠난 것이다.

한번 집을 나간 금홍은 잠시 도성에 올라가 분동의 집에 머물렀다가 그 뒤로 다시 집을 나가 반년 가까이 소식이 없었다. 덕대가 여러 차례 그녀를 찾아 도성으로 올라갔으나 그 때마다 살던 집을 옮겨 금홍은 좀처럼 종적을 알 수 없었다. 그녀가 미리 알고 자리를 피하는 것 같아 덕대도 작년 겨울 이후로는 그녀 찾기를 작파해 버린 것이다.

그러나 까맣게 잊고 있던 그녀를 뜻밖에도 아우 분동이 얼마 전에 되찾은 모양이다. 다시 관기로나 들어간 줄 알았더니 그녀는 어느 대갓집의 드난살이를 한다는 것이다. 한 번이나마 그녀 보기를 애타게 기다려온 덕대에게 분동이 알려준 금홍의 소식은 반갑기 그지없는 것이었다.

"그래 네 보기에 그 사람 신색은 어떻드냐?"
"마음이 편해 그런지 신색은 퍽 좋아보였소."

"일허기 싫어허던 위인이 어쩌다 남의 집에 드난을 살게 되었누?"
 "나두 그게 이상했소만 형편이 그럴 수밖에 없었던 모양이우."
 "형편이 어쨌기에?"
 "오갈 데 없는 젊은 아낙이 난중에 달리 무얼 허겠소. 드난살게 된 것만두 고마운 일이랍디다."
 생각에 잠긴 낯빛으로 덕대는 다시 말이 없다. 그러나 곧 눈을 들어 아우에게 말을 묻는다.
 "그 위인이 아직두 혼잣몸이드냐?"
 "예. 혼자 행랑에 살구 있습디다."
 "드난사는 주인집은 무얼 허는 사람이구?"
 "좌찬성 벼슬까지 지낸 지체 높은 대갓댁이랍디다. 손이 귀한 집안이라 권속들두 별루 많지 않은 모양입디다."
 "집은 어디께 있느냐?"
 "동대문 밖 숭인방에 있더이다."
 매맞은 엉덩이가 불편한지 분동은 말을 하면서도 연방 엉덩이를 이쪽저쪽 번갈아 들고 있다. 덕대가 눈치를 채고 아우에게 턱짓을 한다.
 "아픈 사람은 예절 챙기지 않아두 된다. 불편한 모양이니 자리 위에 엎드려 있거라."
 "죄송하우. 첨엔 괜찮다 싶더니만 술이 깨면서 더 아프구려."
 "그나마 집장사령이 사정을 보았길래 그만헌 게다. 가죽 터지지 않구두 속으루 골병이 들 수두 있지. 그 몸으루는 어림두 없으니 딴 생각 말구 집에서 푹 쉬두룩 해라."

그 동안 밤이 깊어 집 안이 괴괴하다. 내당에 부인 이씨가 있으련만 기별해 준 사람이 없는지 그녀는 아직 바깥사랑의 소동을 모르는 눈치다. 아우가 형의 말대로 자리 위에 엎드리자 형이 앉음새를 고치면서 분동에게 다시 묻는다.

"네가 과천으루 내려가라구 그 사람한테 권해는 보았느냐?"

"권했지요."

"그래 뭐라구 대답하든구?"

"대답이 없었소만 내려올 생각이 아주 없지는 않은 것 같았수."

"내가 저를 그토록 찾았는데 무엇을 꺼려 망설이구 있는 게냐? 아무 때라두 내려오면 될 걸 내게 또 여러 걸음을 시킬 겐가?"

"형님은 가셔야 소용이 없수. 그 형수님이 아니 내려오는 까닭이 형님 때문이 아니구 이 곳 형수님 때문이오."

"네 형수가 어쨌길래 그 사람이 못 내려와? 그 위인이 아직두 옛날만 여겨 좁은 소견에 투기를 허는 겐가?"

"형님까지 그렇게 말씀을 허시면 형수님이 다시는 과천에 아니 내려오실 겝니다. 이 곳 형수님만 용납을 해주시면 그 형수님은 내려오실 생각이 없지 않은 눈치였소만……."

"그 위인 내려오는 것을 누가 용납 않더라는 게냐?"

"양반의 가풍을 내세워서 이 곳 형수님이 용납지 못하겠다 허더이다. 내 그 말씀 듣구 어이가 없어 집을 나가 술을 마신 게요."

덕대가 엎드린 아우를 말없이 굽어본다. 금홍을 집안에 용납하고 안하고는 부인 이씨가 아니라 덕대 자기가 결정할 일이다. 어쩌면 시새움과 투기를 느끼는 것은 금홍이 아니고 부인 이씨인지도 알 수 없다. 덕대가 곧 무릎을 세우며 아우에게 타이르듯 입을 연다.
"밤이 깊어 나는 이만 들어가 봐야겠다. 그 일은 내 알아서 헐 테니 너는 더 걱정을 마라."

"게 뉘시우?"
옥졸이 창을 누이며 어둠을 향해 고함을 친다. 그러나 털벙거지 쓴 사내는 아무 대꾸없이 옥 앞으로 저벅저벅 다가온다. 털벙거지 혼자로 알았더니 그 뒤로 또 한 명의 두건 쓴 사내가 따르고 있다. 횃불 속에 드러난 털벙거지의 얼굴은 뜻밖에도 본영 전선 군관인 이강득이다. 뉘었던 창을 얼른 세우며 옥졸이 이군관에게 깊숙이 머리를 조아린다.
"나으리, 어서옵시오. 오늘은 많이 늦으셨구면요."
"욕보네. 좀 늦었네. 어서 옥문 좀 열어주게."
"예. 오늘두 장청將廳 곁방에 기실 겐가요?"
"그러이. 오늘은 게서 재우구 내일 새벽녘에 죄인을 내려보냄세."
"그럽시오. 소인두 벌써 서군관 나으리의 죄 풀린 소식을 들어 알구 있사오이다."
옥졸이 연방 입을 놀리면서 옥문에 질린 서까래만한 빗장을 뽑는다. 밖에서 지껄이는 말소리를 들었으련만 죄인 서복만은 옥 안에 앉아 아무런 기척이 없다. 옥졸이 그예 옥 안을 향해 커다랗게 소리를 친다.
"서군관 나으리, 어서 이리루 나오시우. 이군관 나으리께서 밖에 찾아와 기시오이다."

옥 오른쪽 어두운 구석에서 희끄무레한 사람의 형체가 몸을 일으켜 이쪽으로 다가온다. 옥문이 얕아 허리를 굽히고야 죄인은 말없이 햇불 밝은 옥 밖으로 나온다. 산발한 머리에 옷 주제도 낡고 험해서 죄인의 어수선한 몰골이 바로 보기에 민망하다. 밖에서 기다리던 이군관이 죄인 복만에게 다가가더니 제 뒤에 선 두건 쓴 사내를 턱으로 가리켜 보인다.

"자네 이 사람 알아보겠는가?"

"……."

"서장사, 나 주周서방이우. 밤골 주서방을 모르시우?"

죄인이 사내를 물끄러미 쳐다보더니 알겠던 모양인지 고개를 한 번 끄덕한다. 종내 죄인이 말이 없자 강득이 다시 입을 연다.

"장청으루 올라가세. 자네 내일이면 풀려나네."

잡아끄는 대로 따라갈 뿐 죄인 서복만은 여전히 말이 없다. 저만큼 가는 세 사람을 향해 뒤에서 옥졸이 커다랗게 소리를 친다.

"그럼 내일 새벽에는 죄인을 보내주십시오. 죄인이 옥에 없으면 쇤네가 크게 책망을 듣소이다."

"알았네. 내일 새벽에는 죄인을 다시 옥으루 보낼 걸세."

달도 없는 컴컴한 밤이건만 강득은 복만을 잡고 쉽게 길을 찾아 올라간다. 수군 본영을 고금도로 옮겨온 뒤 조선 수군은 본영 안에 많은 집채와 방들을 새로 지었다. 지금 강득이 찾아가는 방도 본영의 수직 군관들이 묵는 장청에 딸린 작은 곁방이다.

서군관 복만을 잘 아는 본영에서는 그가 죄인으로 옥에 갇히자

옛정을 잊지 않고 그를 여러모로 돕거나 보살피고 있다. 밤이면 이 강득이 그를 옥 밖으로 풀어내어도 본영의 사령이나 군사들은 물론이고 나이 지긋한 군관들까지도 눈을 감아 못 본 체했다.

"자 올라가세. 주서방두 들어오시우."

장청에 딸린 곁방 앞에 다다르자 이군관이 먼저 방에 들며 복만과 주서방에게도 방에 들기를 권한다. 미리 사령들에게 말을 일러둔 듯 방 안에는 기름 등잔에 불까지 환히 밝혀져 있다. 세 사람이 모두 방에 좌정하자 강득이 다시 복만에게 말을 건넨다.

"몸은 좀 어떤가?"

"괜찮네."

"장독은 많이 아물었는가?"

"피딱쟁이까지 아물어 떨어져서 이제는 아무렇지두 않네."

예전에는 그토록 수선스럽고 말이 많던 서복만이 본영을 도망친 뒤 되잡혀온 뒤로는 딴사람이라도 된 듯 말수가 적고 조용하다. 그나마 뜸뜸이 묻는 말에 대답을 하게 된 것도, 사또의 형문을 받은 불과 열흘 전부터의 일이다. 본영에 막 잡혀온 무렵에는 도무지 입을 열지 않아서 가까이 지내던 강득까지도 그가 상성하여 폐인이 되지 않았나 걱정까지 했을 정도였다.

"자네 때문에 여기 주서방이 일부러 밤골에서 본영까지 올라왔네. 자네가 군법에 죽을 것을 주서방이 사또께 품해 목숨만은 건지게 된 겔세. 사또께옵서두 주서방 말을 듣구는 자네 심사를 헤아리신 듯 죄를 감하도록 명을 바꾸어 내리신 듯허네."

"내가 도무지 살구 싶은 생각이 없네. 제발 나를 이대루 내버려

두어. 자네가 이런다구 내가 자네를 고마워헐 줄 아나?"

"자네헌테 치사 듣자구 우리가 이러는 듯싶나? 군법이 하 엄해서 자네가 죽게 되었기루 우선 목숨이나 구해 놓구 보자구 우리 여럿이 애들을 쓰구 있는 겔세. 추상같은 우리 사또께서 언제 사삿정 쓰시는 것을 본 일 있든가? 자네를 살려 백의종군토록 허신 것두 그 어른이 자네 옛공을 잊지 않으신 탓이라네."

복만은 대꾸하기도 귀찮은 듯 윗몸을 벽에 기댄 채 두 눈을 질끈 감아버린다.

금년 2월에 본영에서 도망쳐 복만은 석 달이 지나서야 고금도 본영에 되잡혀 왔다. 강진 고을로 도망친 줄 알았던 그는 엉뚱하게도 순천 고을과 가까운 밤골이라는 갯마을에 살고 있었다.

복만이 밤골에 살게 된 데는 그럴 만한 까닭이 있었다. 그토록 애타게 찾아 헤매던 안식구 강진댁을 그는 묻고 물어 밤골에서 되찾았다. 그러나 천신만고 끝에 다시 찾은 안식구 강진댁은 지아비 서복만을 다시 찾고도 반가운 기색이 아니었다. 반겨하지 않는 그녀에게 까닭을 물었지만 그녀는 끝내 입을 열지 않았다. 아니 입을 열기는커녕 그녀는 나무에 목을 매어 스스로 목숨을 끊은 것이다.

강진댁이 목매어 죽고 나자 복만은 시신을 집 안으로 옮겨놓고 며칠 동안 집에 틀어박혀 밖으로 나오지 않았다. 수상히 여긴 마을 사람들이 나흘 만에야 그의 집으로 찾아갔다. 복만은 시신 옆에 나란히 누워 퀭한 눈으로 마을 사람들을 올려다보았다. 집 안에는 불기도 없었고 음식을 끓인 흔적도 없었다. 그는 내처 나흘 동안을 아무것도 먹지 않은 채 시신 곁에 누워만 있었던 것이다. 동네 사람들의 주선으로 장례는 바로 그날 치러졌다.

장사가 끝나고 강진댁이 땅에 묻힌 뒤에도 복만은 여전히 집 안에 박혀 넋 나간 사람처럼 앉아만 있었다. 이웃에서 끼니때마다 밥을 디밀어 주어야만 그는 몇 술 배를 채우고는 다시 방에 누워버리는 것이었다. 본영 군사가 잡으러간 것은 바로 그런 무렵이었다. 군령을 받고 잡으러온 군사에게 복만은 말 한 마디 없이 순순히 오라를 받았다.

본영에 잡혀와서도 복만의 태도는 마찬가지였다. 죄를 묻는 중군 앞에서도 그는 한 마디도 발명이 없었다. 안식구 강진댁의 갑작스런 죽음이 그를 완전히 등신 같은 사람으로 만든 것이다.

"내일 본영 통제사 사또께서 자네를 한번 보자구 허실지두 모르겠네. 사또 안전에서 딴소리를 했다가는 자네가 또 큰 벌을 받을지두 모르네. 이제는 그만 지난 일 잊구 마음 다잡아서 사또께 똑바루 아뢰도록 허게."

"주서방이 무어라구 했소?"

한참 동안 말이 없던 복만이 마주 앉은 주서방에게 입을 연다.

"무어라구 허다니요?"

"사또 뵈옵구 무어라구 했냐 말이오?"

"내 본대루 말했을 뿐이우. 서장사 우리 동네 와서 지낸 일을 그대루 사또께 아뢰었소이다."

"내가 모를 일이 한 가지 있소."

"무얼 또 모르겠다는 게요?"

"우리 집사람이 죽은 까닭을 모르겠소. 내가 그토록 저를 찾아

헤맸는데 그 사람이 무슨 까닭에 나를 보자마자 목을 매어 죽은 게요? 그 까닭을 알지 않구는 내가 죽더라두 눈을 감지 못헐 것 같소."

주서방이 대꾸없이 곁에 앉은 강득을 돌아본다. 강득이 고개를 가로 내두르며 주서방을 대신해서 타이르듯 입을 연다.

"강진댁은 벌써 이승 떠난 저세상 사람일세. 이제 또 그 사람 얘기를 해서 무엇에 쓰자는 겐가? 자네헌테 부탁일세. 이제는 제발 그 사람 좀 잊어버리게나."

"자네는 좀 가만있어. 나는 주서방의 대답이 듣구 싶네."

윽박지르듯 하는 복만의 말에 강득은 어쩔 수 없이 입을 다물고 주서방을 돌아본다. 주서방이 난처한 낯빛을 하더니 마지못해 복만에게 되묻는다.

"그래 나더러 무슨 말을 허라는 게요?"

"집사람이 목매 죽은 까닭이 무엇인지 듣구 싶소. 왜 밤골 사람들은 그 까닭을 말해 주지 않는 게요?"

"사람의 깊은 속을 우리가 어찌 안답디까? 강진댁 목매 죽은 까닭은 우리두 자세 모르오이다."

"나를 등신으루 보는 게요? 왜란 겪은 지가 7년째라 나두 온갖 풍상 다 겪은 사람이외다. 집사람이 스스로 목을 매어 죽었을 때는 그만한 까닭이 있었으리란 것을 모를 내가 아니외다. 나두 대강은 눈치채구 있으니 주서방은 감추려 말구 아는 대루 대답해 주시우."

말이 없던 복만의 입에서 모처럼 긴 말이 흘러나왔다. 그것도 딴 얘기가 아니고 바로 제 아낙 강진댁의 죽음에 관한 이야기다. 그녀가 목매어 죽은 까닭은 이군관 강득도 알고 싶던 일이다. 오랜만에 그리운 제 서방을 맞아 스스로 목을 매어 죽은 데는, 강진댁 나름의 피치 못할 까닭이 있겠기 때문이다. 헌데 지금 바로 그 까닭을 복만이 한 고을에 살던 주서방에게 묻고 있다. 지금껏 서방인 복만도 그 까닭을 모르고 있었던 모양이다.

"지난 일 새루 밝혀 무슨 소용이 있겠소이까? 서장사 다 잊어버리시우. 돌아가신 강진댁두 그 일만은 서장사께 알리구 싶지 않았던 게 아니겠소?"

"내 이미 어렴풋이나마 내 나름대루 짐작은 허구 있수. 안식구가 그 일을 밝히려 하지 않은 까닭두 내 나름으루 대강이나마 짐작허지 못허는 바 아니외다. 나는 이제 이 세상에 더 살구 싶은 생각이 없는 사람이오. 놀랄 일두 분히 여길 일두 당최 없는 사람이니 내 걱정은 조금두 말구 사실대루만 말해 주시우."

주서방이 다시 동의라도 구하듯 곁에 앉은 강득을 돌아본다. 강득이 말없이 고개를 끄덕이자 주서방이 그제야 어렵사리 입을 연다.

"어디서부터 얘길 해야 좋을지 모르겠소이다……. 그러니까 지난해 8월 왜적들이 전라도 지경으루 물밀듯 짓쳐 들어왔을 때외다. 원수사의 조선 수군이 경상도 바다에서 크게 패해 그해 8월에는 왜적들이 전라도 바다루 무인지경 들듯 짓쳐왔소이다. 바다루는 매성좌수영이 왜적들에게 떨어지구 뭍으로는 순천과 낙안이 왜적의 손에 들어갔소이다."

주서방이 말을 끊고 다시 강득을 돌아본다. 강득이 계속하라는 듯 고개를 크게 끄덕인다. 주서방이 힐끗 복만의 눈치를 살피고는 생각을 다잡아먹은 듯 차분하게 말을 잇는다.

"하루는 갯가에 나가 어살 손질을 허구 있는데 등뒤 마을에서 연기가 일더니 이내 시뻘건 불기둥이 솟습디다. 마을에 불이 이는 것을 보구 나는 벌써 왜적들이 마을에 든 것을 알았소이다. 아니나 다를까 말 울음소리와 아이들 울부짖는 소리가 들리더니, 온 마을 사람들이 집을 뛰쳐나와 가까운 대숲 속으루 미친 듯이 몸들을 숨기는 게 보입디다. 도망치는 마을 사람을 쫓아 왜적들은 장검을 뽑아 들구 사내들은 보는 대루 찍어죽이구 아녀자는 머리채를 휘어잡아 빈집으루 끌구 가서는 닥치는 대루 겁간을 허는 거외다."

주서방이 말을 끊고 다시 복만을 바라본다. 되새기기도 끔찍한 듯 그는 아무래도 말을 하기가 괴로운 눈치다. 그러나 복만은 고갯짓과 함께 이번에는 모처럼 제가 먼저 입을 연다.

"그래 그날 왜적들이 어느 쪽에서 마을루 들어왔소? 매성 쪽이었소, 아니면 순천 쪽이었소?"

"매성 쪽이었지요. 나중에 알구 보니 그 놈들이 죄 왜의 수군들이더이다."

그 때는 바로 조선 수군이 칠천량 싸움에서 왜적에게 처음이자 마지막으로 패한 때다. 강득과 복만도 그 싸움에 패해 흩어진 패졸들을 이끌고 인적없는 무인도에 숨어지내던 시절이다. 큰바다로 나가고 싶었으나 바다에는 온통 왜적들이 깔려 있었다. 그 때 이미 왜의 수군들은 강진댁이 머물러 살던 전라좌수영을 둘러뺀 뒤인 것이다.

"계속 허시우. 그래 왜적들이 며칠이나 밤골에 머물다 갔소?"

"가다니요? 아주 눌러 살았지요. 밤골이 좌수영과 순천 부중과의 중간쯤이라 왜적들이 그날 이후 금년 이른봄까지 아홉 달을 밤골에 머물렀지요. 그새 우리 마을이 분탕질두 많이 당허구 집들두 많이 불탔을 뿐만 아니라 사람들두 수태 죽구 아낙들두 여럿 겁탈을 당했소이다. 철모르는 어린아이들까지 왜적에게 사로잡혀 왜배에 태워 가지구는 왜국으루 끌려가기두 했소이다. 아마 왜국으루 데려가서 종으루 부려먹으려 그랬던 것 같더이다."

주서방이 숨이 가쁜 듯 다시 말을 중단한다. 재촉할 줄 알았던 복만이 잠자코 있으며 의외로 고즈넉이 다음 말을 기다린다. 오히려 군관 이강득이 궁금한 듯 다음 말을 재촉한다.

"그래 여기 이 사람의 안식구는 매성에 살던 사람이 언제 밤골루 옮겨왔소?"

"금년 정월쯤이지요. 왜적들허구 함께 마을에 왔소이다."

"왜적들과 함께 오다니?"

"왜적들이 배를 타구 밤골 갯가루 올라왔는데 그 때 그 왜적들 틈에 섞여 강진댁두 함께 우리 밤골루 들어왔소이다."

"허면 강진댁이 왜적들의 부로가 되었드란 말이오?"

"처음엔 부로루 잡혔겠소이다만……. 우리 고을에 왔을 적에는 부로루 보이지 않았소이다."

"부로루 보이지 않았으면……?"

"왜적들의 울긋불긋한 천으루 왜옷을 지어입구 있었구, 머리두 왜녀처럼 널따랗게 얹어 왜각시 모양으루 꾸며가지구 왔소이다. 우리두 처음엔 그 사람을 조선 사람 아닌 왜녀루만 알았지요."

뜻밖이다. 왜적의 부로가 되었을 것은 예상한 일이었으나, 강진댁이 왜진에 있으며 왜녀처럼 치장하여 왜장의 노리개가 되었을 줄은 미처 몰랐다. 주서방의 말이 너무나 뜻밖이라 강득도 복만도 한동안 말이 없다.

그러나 한참 뒤에 충격이 가신 듯 복만이 다시 차분하게 말을 묻는다.

"계속 허시우. 그래 집사람이 그 후루 줄곧 밤골에 머문 게요?"

"줄곧은 아니외다. 가끔 왜적이 내주는 말을 타구 순천에두 올라가구 내례포 쪽으루 내려가기두 했소이다. 허나 그쪽에 잔치가 끝나면 다시 밤골루 돌아오군 했었지요."

"잔치라는 건 또 무어요?"

"왜적들이 길게 머물면서 저희끼리 자주 잔치를 열군 했소이다. 그때는 왜녀처럼 꾸민 조선 아낙들이 잔치에 불려가 술두 치구 손뼉두 치구 춤두 추는 것 같았소이다. 강진댁두 아마 그런 잔치에 불려댕긴 게 아닌가 싶소이다."

싸움 중 왜적의 배를 잡아보면 뱃바닥 속 깊은 선복에 조선 아낙들이 갇혀 있을 때가 더러 있다. 그 중에 어떤 아낙은 화장을 하고 비단옷을 입어 왜녀처럼 곱게 꾸며 왜장의 잠자리에 수청을 들며 목숨을 부지한 사람이 있다. 헌데 바로 복만의 안식구 강진댁이 왜장의 노리개가 되어 그들의 잔치에 불려다닌 모양이다. 서방을 조선 수군의 군관으로 둔 조선 아낙 강진댁이 왜장의 노리개가 되다니 강득도 복만도 도시 그 말이 믿어지지 않는다.

"강진댁이 왜녀처럼 꾸민 것을 주서방이 눈으루 직접 보았소?"

"보다 뿐이외까. 저 혼자 본 것두 아니외다. 우리 고을 사람들은 죄 그 아낙을 왜녀루 알았지요. 여러 날이 지난 뒤에야 그 사람이 왜녀 아닌 조선 아낙인 걸 알았는 걸요."

"헌데 어째 왜적들이 물러난 지금까지 왜적들과 함께 산 강진댁을 밤골 사람들이 그대루 살려두었소? 왜적에게 붙어살던 조선 사람들은 왜적이 물러가구 나면 쳐죽이는 게 항례가 아니오?"

"천만에요. 쳐죽이다니요. 왜적이 물러가자 우리는 외려 강진댁을 감싸주었소이다. 우리 고을을 살려준 은인인데 그 사람을 어찌 우리 손으루 해꼬지허겠소이까."

"은인이란 건 또 무슨 소리요?"

주서방이 숨을 한번 깊이 내쉬고는 앉음새를 고치더니 차분하게 입을 연다.

"그 사람이 왜적에게 붙어 모진 목숨을 이어가곤 있었지만 성미 흉포한 왜적들을 잘 구슬러 우리 고을 수십 명의 목숨을 구해 준 은인이외다. 잡혀온 어린아이들을 놓아주게 헌 것두 그 사람이요, 죄 지어 목 벨 사람을 살려주게 헌 것두 강진댁이며, 마을에 불을 지르려구 허는 것을 한사쿠 막아준 것두 바루 그 강진댁이었소이다. 아마 밤골 인근에는 강진댁의 덕 안 본 마을이 한 마을두 없을 거외다. 강진댁이 아니었더라면 이 사람 주서방두 진작에 저승 사람이 되었을 것이외다."

놀라운 이야기다. 왜녀로 꾸며 왜장들의 노리개가 된 그녀가 이번에는 다시 왜적들을 구슬려 밤골 조선 백성들의 많은 목숨을 구해 준 모양이다. 그녀가 왜장의 노리개가 된 것도 기막힌 일이거니와 다시 그 몸으로 조선 백성들을 구해 준 것은 더욱 놀랍고 갸륵한 일이다. 그러나 지아비인 복만에게는 아직도 풀지 못한 큰 의문이 하나 있다. 왜 그녀가 부로가 되었을 때 스스로 목숨을 끊지 못하고 왜적의 노리개가 되었는가 하는 것이다.

"지금까지의 주서방의 얘기는 내가 대강 알겠소이다만 아직두 집사람의 일 중 모를 일이 한 가지 있소이다. 내가 아는 우리 안사람은 정절이 있는 아낙이외다. 헌데 왜 정절있는 그 사람이 왜적에게 몸을 더럽히구두 죽지 않구 살았는가 허는 게요. 내가 아는 안식구라면 진작에 죽었어야 될 사람인데 왜 여지껏 죽지 못하구 더러운 목숨을 이어왔는지 모르겠소."

"서장사가 아직두 그 까닭을 모르구 기시오이까?"

"까닭이 따루 있다는 게요?"

"우리두 처음에는 서장사처럼 강진댁을 많이들 못마땅히 생각했지요. 허나 이야기를 듣구 보니 외려 강진댁이 딱허게 여겨졌소이다. 자식을 아끼는 어미라면 아무두 강진댁을 나무랄 수가 없을 것이외다. 그 지경에 이르구 보면 누구라두 강진댁처럼 모진 목숨이나마 이어갈 수밖에 없을 게라는 말이외다."

"자식은 또 무어요? 어떤 자식을 말허는 게요?"

"왜적에 부로로 된 지 얼마 안된 어느 날 강진댁은 왜진 중에서 아이를 낳았답니다. 제 달을 못 채우고 나온 팔삭둥이 아들인데 그 아이를 살리기 위해 강진댁은 죽지두 못허구 그 모진 수모를 다 견뎠던 모양이외다."

"어어억!"

갑자기 복만의 입에서 비명 같은 큰 외침이 터져나온다. 외마디 큰 소리를 외친 복만은 이윽고 부릅뜬 눈으로 굵은 눈물방울을 뚝뚝 흘리기 시작한다. 그의 외침이 너무나 처절하고 안타까워서 강득과 주서방은 말릴 엄두를 못내고 있다. 그러나 한동안 눈물만 뚝뚝 흘리더니 이윽고 큰 한숨과 함께 복만이 다시 주서방에게 묻는다.

"그래 그 자식은 어찌 되었소?"

"온갖 정성에두 불구하고 겨우 두 달 살구 죽었답니다. 그 때는 강진댁두 이미 왜적에게 몸을 버려 자결할 때를 놓쳐 지금껏 그냥저냥 살아온 모양이외다."

온갖 감회를 삭이려는 듯 복만이 고개를 들어 한동안 우두커니 천장을 우러러본다. 이제 그는 안식구 강진댁이 왜 그를 보자 스스로 목숨을 끊었는지 알 만하다. 왜적에게 이미 몸을 더럽힌 그녀로서는 그리던 지아비를 눈앞에 만났으나 반겨할 수만은 없는 입장이다. 온갖 비밀을 제 한 몸에 지닌 채 그녀는 어쩔 수 없이 늦게나마 스스로 목숨을 끊은 것이다.

"내가 이제는 죽지 않구 살아야겠네!"

쳐든 고개를 내리더니 복만이 다시 외치듯 입을 연다.

"마지막 왜적 한 눔까지 쳐죽이기 전에는 내 이제 죽구 싶어두 죽을 수가 없는 몸일세."

25. 큰 별 바다에 지다

길고 긴 여름 해가 어느덧 서산으로 기울었다.

그러나 해는 기울어도 더위는 아직 사람의 숨을 턱턱 막는다. 허물어진 진주성을 등뒤로 멀리 두고 두건 쓴 사내 하나가 들을 지나 동굿길로 들어선다. 땀에 젖어 후줄그레한 고의 적삼을 몸에 걸친 사내는, 등에는 또 한 줌도 안되는 작은 봇짐을 달랑 지고 있다. 발에 신은 짚신이 거의 다 해진 것으로 보아 이 사내가 꽤 먼길을 걸어 온 것을 짐작할 수 있다. 동구 앞에서 잠시 동리 쪽을 바라보더니 사내는 곧 땀을 닦으며 동네를 바라고 곧바로 걸어 들어간다.

나무 그늘 속에 앉아 쉬고 있던 동네 사람들은 낯선 객이 제 동네로 들어오자 수상쩍은 눈길로 살피듯이 객을 바라본다. 머리에 두건 동이고 턱밑으로 제법 짧은 수염이 거뭇거뭇한 낯선 과객은, 그러나 잘해야 스물 서넛쯤 되어뵈는 젊은 나이다. 보통 키를 넘는 튼실한 체구여서 사내는 그러나 언뜻 보기에도 녹록치 않은 다부진 인상이다. 난중에 홀로 낯선 고장을 떠도는 것을 보면, 사내는 제 나름으로 믿는 바가 있음에 틀림없다. 그가 믿는 것이 무엇인지는 알 수 없으되, 사내는 남의 눈은 개의치 않고 동네 복판의 큰 기와집을 향해 빠른 걸음으로 휘적휘적 다가간다.

가까운 진주성에는 온전한 집채를 볼 수 없건만 20리 남짓 떨어져 있는 이 동네에는 집채들이 모두 성하고 나다니는 사람도 제법 눈에 많이 띈다. 어쩌면 이 동네는 왜적들이 둔취해 있었는지도 알 수 없다. 자기들의 군사를 둔취한 곳에는 흉포한 왜적들도 노략질을 하거나 불을 지르는 일이 없다. 그들이 머무르는 동안은 마을을 온전히 보전해 주는 것이 보통이다.

동네 복판을 질러가던 사내가 이윽고 큰 솟을대문 앞에 발을 세우고 주위를 둘러본다. 고을 안에 온통 오목조목한 초가들뿐인데 이 집만은 솟을대문에, 둘린 담장도 매우 높다. 아마 이 고을 인근에서는 행세깨나 하는 지방 토호의 대가인 모양이다.

해가 서산에 기운 탓인지 대문 앞 너른 공터에 사람 한 명을 볼 수가 없다. 굳게 닫힌 대문 안에서도 사람의 기척이 없기는 마찬가지다. 사방이 온통 적막하고 괴괴해서 세상이 잠시 이 곳에서는 운행을 그친 듯한 묘한 적막감이 감돌고 있다.

사내가 이윽고 주위를 살피다가 대문 앞으로 성큼 다가가 닫힌 문짝을 주먹으로 쾅쾅 치기 시작한다.

"이리 오너라! 이리 오너라! 게 아무도 없느냐, 이리 오너라!"

기척이 없어 적막하던 집 안에서 사내의 고함소리에 놀랐는지 이내 사람의 신발 끄는 소리가 들려온다. 밖의 사내가 고함을 그치자 집 안에서 곧 사내 목소리가 밖을 보고 소리를 친다.

"밖에 누구여? 길 가던 과객이건 딴 데루나 가보시게. 이댁은 과객받을 형편이 아니라네."

"과객 아닐세. 어서 문 좀 열어보게."

"뉜지는 모르나 딴 데 가라구 허지 않소. 사람이 있어야지. 이댁에는 지금 사람이 아무두 없소이다."

"사람이 없다구 말허는 사람은 허면 사람이 아니구 귀신이란 말인가? 내 몇 마디 물어볼 말이 있네. 어서 문 좀 열어주게나."

"어따, 그 사람 고집두 세네. 물어볼 말이 있거든 게서 얼른 물어보시우. 아무두 없다는데 문은 왜 꼭 열라는 게요?"

"이댁이 진양성 밖의 최참의댁이 맞다면 내 이 집과 무관치 않은 사람일세. 자네가 뉜지는 모르겠으나 이댁에서 행랑 사는 사람이면 어서 문을 열어야 허네."

잠시 아무런 기척이 없더니 수군거리는 말소리와 함께 이내 대문에서 빗장 뽑히는 소리가 들려온다. 그러나 대문이 안으로 열리더니 바깥 사내를 안으로 들이기 전에 집 안에서 두 사내가 문틈을 비집고 밖으로 나온다.

"이게 무어여? 양반으루 알았더니……? 그 주제에 뉘게다 대구 자네가 땅땅 하게를 놓는 겐가? 그래 대체 볼일이 무어여? 자네가 최참의댁의 겨레붙이라두 된다는 겐가?"

"이눔아! 네가 뉘 앞에서 감히 상전을 능멸허는 게냐? 나는 이 최참의댁의 손주뻘이 되는 도령이시다. 너희랑 긴말 허구 싶지 않으니 나를 어서 이댁 어른들께 인도해라."

낯선 사내의 서슬퍼런 호령에 하인들이 그제야 기가 꺾이어 서로를 돌아본다. 잠시 눈짓들을 주고받더니 하인 중 나이 든 사내가 퉁명스레 다시 말을 물어온다.

"상투를 틀어올렸는데 도령이라니 어쩐 소리유? 우리 앞에 거짓말을 둘러댔다가는 다리뼈가 성치 못헐 게요."

"이 상투는 외자상툴세. 그 동안 타처에 나가 살다보니 총각 소리 듣기 싫어 외자상투를 틀어올린 겔세."

"도령 함자가 어찌 되우?"

"본시의 내 이름을 대면 자네들이 나를 못 알아볼 겔세. 어렸을 적 이름이 짝쇠라구 허네. 짝쇠라는 이름 들어보지 못했는가?"

"가만 있거라. 짝쇠라면 두류산에 살다 내려온 난 전의 그 도망친 아이가 아닌가? 댁이 허면 최참의댁의 서손이 되는 바루 그 숯구이 어린 총각이오?"

"바루 보았네. 내가 바루 두류산에 살다 내려온 그 난 전의 도망친 아일세. 그 때가 이미 7년 전이라 내 나이 지금은 스물이 훨씬 지났네."

"서얼의 자손두 양반이라든가. 그래 그간 어디 있다가 이제야 또 참의 댁엘 찾아왔수?"

"소문 듣자니 참의댁이 곧 절손이 될 게라구 허드군. 내가 아직 살아 있는데 집안의 손이 끊어지게 헐 수야 없지 않은가. 내 그래 집안을 다시 일으키려구 하던 일 모두 제쳐두구 부랴부랴 예까지 찾아온 겔세."

"최참의댁이 절손된단 소문은 뉘게서 처음 들은 게요?"

"소문이 하 파다해서 뉘게서 들었는지는 모르겠네. 자네는 허면 그 소문이 헛소문이라구 허는 겐가?"

"헛소문이잖구. 큰서방님이 살아기시는데 절손은 무슨 절손이오?"

"큰서방님이 뉘시든가?"

"큰서방님을 모르시오? 그 어른이 아직 두 눈 시퍼렇게 뜨구 살아 있수."

"살아기시다니 다행일세. 허면 나를 지금 그 서방님께 데려다 주게. 내 눈으루 뵙기 전에는 내 자네들 말을 믿을 수가 없네."

"못 믿을 말이 따루 있지. 그 말을 못 믿는다는 게요? 좋수. 믿거나 말거나 인도헐 테니 따라오시우."

하인들의 수작이 방자했으나 짝쇠는 더 탓하지 않고 그들을 따라 집 안으로 들어선다. 해 기울어 그늘진 집 안에 잡풀들이 자라 황량하기가 들판 같다. 소문에 들던 대로 최참의댁은 6년 이어진 왜란 중에 폐가가 된 것이 분명하다. 두 차례에 걸친 진주성 싸움에 최참의댁 위아래 권속들은 모두 성에 들어 싸우다가 함께 전몰했다는 소문이다. 하긴 계사년에 있은 두번째 진주성 싸움에서는 성이 왜군에게 함락되어 성민 모두가 무참히 도륙되었다. 최참의댁 가권도 그 때 필시 진주성 성민들과 함께 도륙당했는지 모를 일이다.

"집에 하인배는 모두 몇이나 남아 있는가?"

"우리 두 사람에게 딸린 식구말구는 집에 통 하인이라군 없수."

"딸린 식구들은 모두 몇인가?"

"내 쪽은 셋이요, 이 사람 쪽은 둘이외다."

"이름들을 알구 싶네. 자네는 이름이 무어며 자네 이름은 또 어찌 되는가?"

짝쇠가 묻는 말에 두 하인은 서로 얼굴들을 돌아볼 뿐이다. 그들의 히죽거리는 얼굴에는 다분히 짝쇠를 능멸하는 빛이 어려 있다. 짝쇠는 그러나 용서치 않고 대답없는 그들을 향해 호통치듯 다그쳐 묻는다.

"이름들을 묻지 않느냐? 너희는 이름두 없는 놈들이냐?"

호령기 있는 짝쇠의 호통에 그제야 나이 많은 하인이 비아냥대듯 입을 열어 대꾸한다.

"아무리 하인이기루 서얼 출신의 반쪽짜리 양반이 뉘게다 대구 놈자를 붙이는 겐구. 이름이 꼭 알구 싶은가. 허면 그깐 이름 못댈 것두 없지. 내 이름은 엇쇠라구 허구 이 사람 이름은 불출이라구 허네."

두 하인들의 거친 어투로 보아 그간 최참의댁의 비참한 몰락을 짐작할 수 있다. 그나마 엇쇠와 불출이가 집 안에 그대로 남은 것은, 이 집에 아직 뜯어먹을 무엇인가 남아 있기 때문일 것이다. 그것을 짐작하는 총각 짝쇠이기에 그들을 더 탓하지 않고, 하인들의 방자한 언동을 지그시 눌러 참고 있다.

앞서 가던 하인 엇쇠가 큰사랑 대청 앞에 멈춰 선다.

내당과 큰사랑이 있는 안뜰에도 잡풀들이 무성히 자라 그간 집 안에 인적이 없었음을 말해 준다. 먼저 섬돌 위로 올라간 엇쇠가 문 열린 큰사랑을 향해 하인에게 하듯 커다랗게 소리를 친다.

"밖에 누가 찾아왔소. 서방님은 알는지 모르겠소. 난 전에 두류산서 내려온 짝쇠라는 서얼 총각이우."

"누가 나를 찾아왔다는 겐가? 내가 성치 않은 몸으로 누구를 지금 만나볼 겐가? 없다고 하고 돌려보내고 내게 얼른 저녁상이나 들여주게."

"서방님은 우리가 흙 퍼다가 밥 짓는 줄 아시우? 양식이 있어야 저녁상을 보지. 오늘 저녁은 굶어야겠소. 냉수에 장 풀어줄 테니 그거나 한 사발 들이키구려."

"엊그제 유기鍮器 한 벌을 내다 팔았는데 그새 벌써 양식이 떨어졌다는 겐가? 보리 두 말을 어찌 먹었길래 그새 다 떨어졌다는 게야?"

"먹는 입이 여섯이오. 보리 두 말루는 나흘 나기두 어렵소이다. 좌우간 밖에 좀 내다보시우. 서방님 찾아온 손님이 있다잖소."

잠시 방 안에서 사람 기척이 들리더니 병인 같은 몰골의 수척한 사내가 펴놓은 이부자리 위에 힘겹게 일어나 앉는다. 윗몸을 세워 등을 벽에 기대고는 사내가 열린 문을 통해 밖에 서 있는 짝쇠를 내다본다.

"뉘신데 나를 찾소?"

짝쇠가 잠시 말을 잃고 오십 대의 노인을 바라본다. 머리털은 쉬어 새하얗고 얼굴에는 온통 깊은 주름이 가득하다. 얼굴색이 희고 말갛게 여윈 것은 큰 병이 들어 바깥출입이 없는 탓일 것이다. 그가 기억하는 최참의댁 큰서방님은 이런 초라한 병색의 노인이 아니었다. 7년에 걸친 난중 세월이 사십 대의 당당하던 최참의댁 당주를 이런 몰골로 만들었다. 한동안 말이 없다가 짝쇠가 이윽고 노인을 향해 허리를 굽히며 입을 연다.

"백부님, 저를 모르시겠습니까?"

"백부라니? 자네가 뉘던가? 나는 도시 처음 보는 얼굴일세."

"짝쇠라면 혹 아시겠소이까? 난 전에 어느 중을 따라 두류산 숯막에서 내려와 이 곳 참의댁에 얼마간 기식한 일이 있지 않소이까?"

"짝쇠라? 알다마다! 그 아이가 최언필이라는 내 서제의 아들이 아니든가?"

"맞소이다. 그 최언필이 실은 저의 숙부가 되는 사람이외다. 난중에 집안이 어렵게 되었다는 소문이라 제가 잠시 살펴보러 만사 제쳐놓구 이렇듯 달려왔습니다. 그래 몸이 성치 않으신 모양인데 어디가 그리 편치 않으신지……?"

"내가 낙마하여 등뼈를 다쳐 허리 아래로는 통 몸을 쓰지 못한다네. 진작 죽을 목숨인 걸 저 사람들이 지금껏 수발을 들어 죽지 않고 연명하고 있네."

"할아버지랑 숙부님들은 모두 어찌들 되셨기에 집안에 온통 백부님 홀루 계십니까?"

"계사년 진주성 싸움 때 집안이 아예 결딴이 났더라네. 나는 마침 타처에 나가 그 싸움에 참례치 못했네. 그 덕에 이렇듯 내 몸 하나 살았네만 그나마 몸이 병신이라 살아도 도무지 산 것 같지가 않네그려."

"제 항렬의 형제들두 여럿이 있는 걸루 알구 있는데 계사년 그 싸움에 함께 변들을 당헌 겝니까?"

"사내만 죽임을 당한 게 아니야. 아녀자와 하인배와 집에서 기르던 개까지 모두 도륙을 당했다네. 왜적이 어디 사람인가. 금수만두 못한 망종들이지."

진주성 싸움이라면 짝쇠도 겪어 그 참혹함을 알고 있다. 그러나 두 차례 모두 진주성 싸움에 참전했지만 짝쇠는 성안에서 최참의댁 가권을 한번도 본 일이 없다. 성안이 워낙 넓고 성문과 장대와 보루도 많아 같은 성중에서 싸우고도 짝쇠는 최씨 집안 사람들과 만날 기회가 없었던 모양이다.

"진주성 싸움이라면 임진 계사 두 차례 싸움에 모두 참전을 했사옵니다. 헌데 어찌 같은 성안에서 싸우구두 제가 우리 집안 어르신들을 한 분두 뵙지 못했을까요?"

"너두 계사년 싸움에 참전을 했었드냐?"

"그러문이요. 그 싸움 막바지에 왜적의 살을 맞아 하마트면 목숨을 잃을 뻔했사외다."

"허허. 성중이 넓어 서로 따로 싸웠든 게로구나. 그래 네가 내성과 외성 중에 어느 성에서 싸웠드냐?"

"저는 줄곧 동남쪽에 있는 외성에서 싸웠습죠."

"그러니 서로 몰랐을밖에. 우리 집안은 안식구가 많아 모두 내성 내아에 있었다고 하더구나. 성이 깨어지자 집안이 모두 참살을 당한 모양이다."

"집안에는 허면 백부님 외에 생존허신 어른이 한 분두 아니 기신다는 말씀이시오이까?"

"집에 달리 피붙이가 있다면 내가 이렇듯 어렵고 외롭게 살겠느냐. 내 오늘 너를 만난 것이 흡사 하늘의 도우심만 같다."

오랜 병치레를 겪은 탓인지 병인은 몸뿐 아니고 마음도 많이 쇠잔해진 느낌이다. 짝쇠를 바라보는 병인의 눈에 외로움과 괴로움을 호소하는 간절한 빛이 담겨 있다.

짝쇠가 난 전에 최참의댁을 떠난 것은 이 집안의 구박보다는 서출로 태어난 자신의 신분에 좌절과 분노를 느꼈기 때문이었다. 특히 그가 이 집안 사람들에게 격분한 것은, 두류산 황새등 숯막에 사는 그의 생모와 숙부 사이를 부정한 관계로 보고 희롱하는 그들의 말투였다. 그러나 그것은 속내평을 모르는 말하기 좋아하는 사람들의 악의적인 희롱일 뿐이었다. 그들은 어린 짝쇠에게만 어버이 노릇을 해보였을 뿐, 형수와 시숙의 사이로 지금껏 끝내 올곧게 정하게 살아왔다.

세월은 그러나 모든 한과 미움을 허망한 용서와 잊음 속에 한가지로 녹이고 있다. 그토록 당당해서 더욱 가증스레 느껴지던 최참의댁도 지금은 절손이 된 채 이 병인 하나만이 외로운 목숨을 부지하고 있다. 천년 만년을 권세와 부귀 속에 잘 살듯이 떵떵거리던 참의댁도 불과 여섯 해를 못 다 채우고 험난한 난중에 비참한 몰락을 겪고 있는 것이다.

"집안에 그 많던 하례와 작인들은 지금 죄다 어찌 되었습니까?"

"남녀 하례두 계사년 큰싸움에 태반이 도륙을 당허구 겨우 열댓이 목숨을 건졌느니. 그나마 난중에 제 살길 찾아 뿔뿔이 도망치구 지금은 겨우 두 녀석만이 딴 욕심이 있어 내 수발을 들구 있는 게다. 내 이제 너를 만났으니 외로움이 반분이나 덜어질 듯싶구나."

병인의 말을 받아 짝쇠가 머리를 내두른다. 자기를 반기는 병인에게 짝쇠는 되레 번거로움을 느낄 뿐이다.

"제가 이댁에 들른 것은 이댁에 길게 머물러 살자는 뜻이 아니오이다. 제 생모와 서얼 숙부께서 난중 내내 종적이 묘연키루 혹여 이댁에서는 아시는가 싶어 그 두분 소식을 듣자구 예까지 헛걸음삼아 내려와 본 것이오이다. 다시 한번 말씀드리지만 제게는 아직 이댁에 머물 뜻이 없사외다. 백부께서는 그리 아시구 저를 길게 잡아두실 생각을 마십시오."

병인이 고개를 크게 내젓더니 가까이 오라는 듯 힘겹게 손짓을 해 보인다.

짝쇠가 대발 드리운 장지문 앞으로 두어 걸음 다가가자 병인 쪽에서도 몸을 움직여 문 가까이로 힘겹게 다가온다. 두 사람의 사이가 손 닿는 거리로 좁혀지자 병인이 그제야 낮은 목소리로 입을 연다.

"뜰에 행랑것들 그저 있느냐?"

"행랑으루 내려가구 아무두 없사오이다."

"너도 그놈들이 내게 허는 방자한 언동을 보았으니 그놈들이 무슨 속셈으로 병든 내 곁에 붙어 있는지 짐작할 게다. 내가 오늘 너를 만난 것이 하늘이 우리 집안에 내린 큰 홍복이 아닌가 싶다. 너 지금부터 내 하는 이야기를 정신차려 들어야 한다. 그래야만 네가 네 일신뿐 아니라 절손이 될 최씨 문중을 다시 일으켜 세우는 게야."

헐떡이며 힘겹게 말하는 병인이 영악스런 짝쇠가 보기에도 안쓰럽고도 처연하다. 짝쇠가 잠자코 다음 말을 기다리자 병인이 다시 숨을 고른 뒤 차분하게 입을 연다.

"네가 비록 서출로 태어나 우리 집안의 정손正孫은 아니다만, 아비로부터 이어받은 피는 우리 최씨의 피가 분명치 않겠느냐. 허니 이제는 네가 아무리 나를 버리고 도망을 치려 해도 문중의 어려움을 이미 알고는 핏줄이 잡아당겨 멀리 가기 어려울라. 내 지금은 숨이

가빠 긴 말을 할 수 없다만, 오늘밤에 자리에 들어서는 네게 긴 얘기를 털어놓을 수 있을 게다. 허나 지금 당장 네가 똑똑히 알아둘 일은, 내가 이미 병이 깊어 오래 살기가 어렵다는 것과, 우리 집안 어딘가에 나만 아는 큰 재물이 숨겨져 있다는 사실이다. 내가 병석에 길게 누워 지금껏 모진 목숨을 끈질기게 이어온 까닭도, 실은 그 재물을 물려줄 사람을 여적 찾지 못한 때문이다. 내 이제 너를 만났으니 내일 죽어도 한이 없다. 큰 재물엔 원래 하늘이 정한 주인이 있다드니 네가 바로 하늘이 정한 그 주인이 아닌가 싶구나."

병인의 퀭한 두 눈에 뜻밖에도 핑하게 물기가 어려온다. 병인의 눈물을 바라보자니 짝쇠의 가슴속에도 알지 못할 회한과 안타까움이 스며온다. 이런 큰 기대와 재물을 받고자 짝쇠가 폐허가 된 진주성을 찾은 것은 아니다. 난중 내내 깊은 산골에 종적없이 숨어사는 생모와 숙부를, 짝쇠는 뒤늦게 찾아 헤매다가 며칠 전에야 두류산을 내려왔다. 그러나 산 아래 무자리 마을에서도 그 두 사람의 종적은 끝내 행방이 묘연했다. 허망한 마음으로 산을 내려오던 짝쇠 총각은, 무심코 제 발걸음이 왜적들 떠난 폐성 진주로 향하는 것을 깨달았다. 발길 따라 폐허가 된 진주성에 이르고 보니 그는 다시 멀지 않은 곳에, 제게는 큰댁이 되는 최참의댁이 있다는 것을 깨달았다. 성밖 사람들과 행인들에게 수소문해 보니 참의댁은 지난 계사년에 일족이 구몰俱沒하여 폐가가 되었다는 것이었다. 참의댁이 잘 살고 있다면 짝쇠는 그 길로 발길을 돌렸을지도 알 수 없다. 그러나 권속이 모두 죽어 집안이 폐가가 되었다는 말에, 짝쇠는 머뭇거리던 마음을 되잡아 빠른 걸음으로 참의댁을 향해 떠났다. 그 당당하던 최참의댁이 어떤 모습으로 몰락했는지, 그의 눈으로 직접 보고 싶은 생각이 든 것이다.

와 보니 과연 최참의댁은 소문에 듣던 대로 폐가나 다름없었다. 다만 한 가지 소문과 다른 것은 병인이 된 백부 한 사람이 큰 폐가를 지키고 있어, 가문의 절손만은 겨우 면하고 있다는 사실이다. 더구나 그는 짝쇠를 반겨 맞이했고, 짝쇠에게 집안 어딘가에 큰 재물이 숨겨져 있음을 은밀히 알려주기까지 했다. 본인의 말이 없더라도 병인 백부는 병이 깊어 몇 달을 넘기기도 어려운 몰골이었다. 죽음을 앞에 둔 병인 백부가 하나뿐인 겨레붙이 조카에게 허황한 거짓말을 지어낼 것 같지는 않았다. 우연히 발길 따라 찾아본 큰집 최참의댁에서, 짝쇠는 뜻하지 않은 좋은 조짐을 만나게 된 것이다.

"네가 본래 여기를 바라고 오지 않았다니 조만간 나를 떠나 딴 데를 또 가야겠지. 그래 네가 며칠이나 더 머물다가 내 곁을 떠날 생각이냐?"

"정처가 따루 없어서 쉬 떠나지 않아두 되오이다. 헌데 제가 백부님 곁에 머문들 백부님께 무슨 도움이 될는지 모르겠구먼요?"

"내 곁에 너는 있어주는 것만으로도 그게 바로 도움이 되는 게다. 내 그간 아쉬워서 저 두 놈들을 내 곁에 참고 거두어 두었다만 이제 네가 내 곁에 있으니 저것들 꾸짖기도 하고 버릇도 가르칠 수 있겠구나. 저놈들이 그간 내 곁을 떠나지 않은 것은 나 죽으면 저희들이 바로 우리 장토와 재물을 가로챌 심산이 있었기 때문이다. 내 그걸 뻔히 알면서도 지금껏 저것들을 멀리 내칠 수가 없었구나. 이제는 네가 나를 대신해서 저것들을 매질도 하고 못된 버릇도 가르치도록 해라."

숨을 크게 헐떡이면서도 병인의 말은 한없이 이어진다. 그러나 지금은 분기마저 치솟는지 병인은 숨을 고르느라 해쓱한 얼굴로 장침에 몸을 기댄다. 짝쇠가 그제야 무릎을 세우며 방 안의 병인을 향해 모처럼 입을 연다.

"백부님. 저 잠시 집을 둘러보아두 되오리까?"

"사람 안 산 지가 여러 해라 둘러볼 집채나 있는지 모르겠다. 허나 네가 보고 싶다면 아무 때라도 둘러보렴. 너 그리고 내가 방금 한 말 어느 뉘게도 발설해서는 아니된다. 그 말이 남의 귀에 들어가고 보면 나는 물론 너까지도 이로울 게 조금도 없다."

"제 나이 벌써 약관이라 그만 일은 저두 다 알구 있사오이다. 아무에게두 발설치 않을 것이오니 백부님은 조금두 걱정을 마십시오."

"알았다. 허면 봇짐 벗어놓고 나가보거라."

"예. 제 봇짐 속에 길양식이 조금 남아 있습니다. 그걸루 백부님 드실 저녁진지나 지어올리도록 허렵니다."

"내가 벌써 네 덕을 보는구나. 내 양식 살 재물이 없는 게 아니다만 오늘은 허면 네 양식으로 지은 저녁 좀 먹어보자."

"예. 허면 이따 뵙지요. 자리에 어서 누우십시오."

"오냐. 다녀오너라."

짝쇠가 병인과 헤어져 뜰로 내려와 안행랑을 빠져나온다. 바깥행랑채를 눈앞에 보는데 하인 엇쇠가 아낙 하나를 거느리고 찬간 쪽에서 그에게로 다가온다.

"나으리 만나 무슨 얘기가 그리 길었소?"

"여러 해 격조했으니 말씀 길어진 게 당연허지."

"그 서방님 혹 우리 욕 아니헙디까?"

"자네들 욕 많이 하셨네. 욕먹어 싼 위인들이더군?"

"그런 말 마시우. 댁이 우리 속 썩는 것을 어찌 다 짐작허리까. 그나마 우리가 옛 정리를 생각해서 온갖 수모 참아가며 붙어 있는 줄이나 아시우."

"이 봇짐 속에 내가 쓰던 길양식이 조금 남았네. 내일 또 길 떠나야 허니 그 양식 중 절반만 덜어 서방님 저녁진지를 짓두룩 허게."

"서방님만 입이오? 댁은 물론이구 우리네는 굶어죽어두 좋다는 겐가?"

"시키는 대루 허게. 나는 꼬박 열두 끼두 굶어본 사람일세. 난중에 어느 놈이 하루 두 끼 때맞추어 끼니를 찾아먹는다든가. 봇짐 어서 안식구 주구 자네는 내게 이 집 집채들 좀 인도해 보여주게."

하인이 짝쇠의 봇짐을 제 아낙인 듯한 여인에게 건네준다. 만만치 않은 짝쇠의 면박에 하인은 저도 모르게 심사가 많이 꼬여 있다. 그러나 등걸이 크고 하는 말도 다부져서 하인은 총각 짝쇠에게 마음처럼 함부로 대할 수가 없다. 그 동안 객지 떠돌며 온갖 풍상을 겪은 그라, 그의 몸에서는 저도 모르게 거칠고 다부진 풍모가 느껴지는 것이다.

인적 끊긴 집 안에는 잡초들이 온통 무성하게 자라 있다. 고방들 잇대인 본채를 지나 짝쇠와 하인은 담 사이의 작은 일각문을 통과한다. 눈앞에 잡초 무성한 훤한 뜰이 나타나고, 그 너머 연당 저쪽에 오른편 기왓골이 상한 별당 집채가 건너다 보인다. 옛적 기억을 더듬어보니 이 곳이 바로 어린 짝쇠를 아껴주던 조부가 묵던 별당이다.

잠시 감회에 젖어 짝쇠는 멈춰선 채 퇴락한 별당을 바라본다. 겨우 여섯 해 남짓한 세월에 세상은 변한 것도 많고, 다시는 볼 수 없는 추억거리로만 남은 것도 많다. 무수한 사람들이 난중에 죽었고 엄청난 수의 집과 마을들이 왜적에 의해 불타 없어졌다. 변치 않은 것은 하늘의 해와 여염에서 멀리 떨어진 유구한 산천들뿐이다.

"자네는 계사년 진주성 싸움 때 어디 있었든가?"

"성중에 있었소."

"성중에 있구두 왜적의 도륙을 면했다는 겐가?"

하인 엇쇠가 고갯짓을 하고는 남의 말하듯 예사롭게 입을 연다.

"왜적들두 사람 봐가며 밉게 본 성민들만 따루 추려 도륙했소. 양반은 아예 한 사람두 살려두질 않았구 상사람들두 목자 불량허면 그 자리에서 칼을 뽑아 단칼에 베군 했소."

"별당 사시던 조부께서는 어떤 죽임을 당허셨든가?"

"별걸 다 알구 싶어허우. 그래 그걸 꼭 들어야겠소?"

"내가 따르던 큰어른일세. 그 어른 돌아가신 일만은 내가 꼭 알아야겠네."

"성 한쪽이 무너져 왜적들이 그리루 짓쳐 들어오자 양반들은 모두 몸을 피해 촉석루 누마루 아래 몰려 있었소. 잠시 후 왜적이 이르러 몰려 있는 양반들께 부복허라구 호통을 칩니다. 그러자 어떤 양반은 강에 몸을 던져 자진해 죽구, 더러는 또 목숨이 아까운지 땅에 엎디어 항복을 드립니다. 허나 이댁 노마님만은 이두 저두 아니허시구 왜적들을 향해 호령을 허시었소. 사람이 세상에 나 한 번 죽을 뿐이거늘 내가 어찌 너희 오랑캐들 앞에 목숨을 빌어 부복할 게냐는 호통이었소. 왜적이 그제는 우 내달아서 검광이 번뜩이는 속에 노마님의 목을 쳤소. 그것이 내가 뵈온 이댁 노마님의 마지막 모습이었소."

계사년 초여름의 진주성 싸움은 이번 왜란 중에서도 가장 참혹한 싸움일 것이다. 지난해 임진년 싸움에 한 차례 패한 왜적들이라 두 번째 공성攻城에 성이 떨어지자, 그들은 아예 복수의 악귀들이 되어 있었다. 하긴 그들은 계사년 공성 때는 전번 싸움에 진 분풀이를 위한 복수와 설원雪冤〔원통함을 풀어 없앰〕이 가장 큰 목적이었다. 과연 그들은 목적한 바대로 싸움에 이겨 한껏 분풀이를 했던 것이다.

"막내숙부와 가운뎃숙부도 조부님과 함께 도륙을 당허셨든가?"

"막내서방님은 싸움 첫날에 왜적의 불질을 당해 진작에 돌아가셨구, 둘째서방님만 마지막까지 살아기시다가 내성이 무너지자 왜적의 칼을 맞아 전몰하셨소. 두 어른들 싸움 중에 돌아가신 일보다두 더 참혹헌 건 내당마님들의 죽음이우. 내 지금두 그 때 일만 생각허면 등골이 서늘해서 밤에 잠을 설칠 지경이우."

같은 성안에서 싸우고도 짝쇠는 최씨 집안 사람들의 최후를 보지 못했다. 그 즈음에 짝쇠는 왜적의 살을 맞은 채 왜적의 부로가 되어 왜진에 잡혀 있었던 것이다.

"말해 보게. 내당마님들은 어떤 죽임들을 당허셨든가?"

"차라리 왜적의 도륙을 당했으면 쉽게 죽기나 했을 게요. 저마다 은장도루 목을 찔러 자처들을 허시는데 힘이 약허구 칼들이 무디어 연거푸 목을 찔러두 피만 뀔 뿐 죽어지지를 않는 게요. 나중에는 힘이 진해 칼질두 못허구 우두커니 앉았는데 그러구두 명 긴 마님들은 다음날 아침녘까지두 피투성인 채 죽지를 못허셨소. 내 평생 살아생전에 그런 참혹헌 꼴은 처음이었소."

아낙네들의 서툰 자처는 짝쇠도 이미 서너 차례 본 일이 있다. 적에게 몸을 더럽히지 않기 위해 반가의 마님이나 규수들은 몸에 지닌 장도로 스스로 목을 찌른다. 그러나 목을 찌르면 쉬 죽을 줄 알았던 그들은 죽는 일도 쉽지가 않아 차마 눈뜨고 볼 수 없는 참혹한 모습들을 보여주곤 했다.

그도 그럴 것이 그들은 한번도 죽는 상상이나 연습을 해본 일이 없다. 책에서 보거나 남의 얘기를 들어 알 뿐, 그들은 서툰 솜씨에 작은 장도로 목을 찌르니 그 일이 생각보다 어려워 필설로는 형용 못할 참혹한 고통 속에 죽어야 했던 것이다.

별당 누마루 앞에 짝쇠는 멈춰 선다. 일곱 해 동안이나 손을 보지 않은 대청과 누마루가 들새들의 둥지가 된 듯 새똥들이 사방에 튀어 허옇게 얼룩져 있다. 칠이 벗겨지고 기왓골에 잡초도 무성하며, 서까래와 기둥 몇 개는 밑동이 썩어 당장이라도 무너져 내릴 것만 같다. 그러나 집채쯤이야 난이 끝나면 손을 보아 고치면 된다. 깨진 기와는 갈아 끼우고, 썩은 기둥은 새것으로 갈고 떨어진 문짝들은 새로 해 달면 된다. 하지만 정작 딱한 것은 사람의 힘으로는 복원될 수 없는 것이 있다. 한번 죽어 땅에 묻힌 사람은 세상의 그 누구도 되살릴 수가 없다. 짝쇠는 바로 그것을 알기 까닭에 퇴락한 집채보다도 사람 없는 것이 마음에 더 허망하게 느껴진다.

"계사년 이후로는 이 집에 누가 들어 살았든가?"
"살기는 누가 살우. 행랑채말구는 내처 그냥 비어 있었소."

"들어살 사람이 그리두 없었든가?"

"행랑채라두 살았길래 그나마 집채들이 이만큼이나마 성헌 줄 아시우. 집을 온통 비웠더라면 지금쯤 이나마두 없었을 게요."

"자네는 허면 줄곧 행랑에 들어 살았든가?"

"내가 그 중 먼저 행랑에 들었소. 불출이는 내가 든 뒤 반년 만에야 찾아왔소."

"그게 언제든가?"

"계사년의 그 참혹헌 일이 있구 아마 서너 달 남짓 지난 될 게요."

"자네가 와보니 집은 그대루 멀쩡허든가?"

"멀쩡헌 게 무어요. 문짝들은 죄 떨어져 집 안이 온통 훤히 들여다뵈는데, 도적들이 세간들을 뒤엎구 흩뜨려서 뜰과 대청과 여러 방마다 난장친 듯 어지럽습디다. 그 많던 고방두 죄 깨어져 곡식섬이구 장항아리구 온전히 성한 것은 한 개두 없었소. 내가 들어와 문짝들을 해단 뒤에야 도적들이 뜸해져서 그나마 이 모양을 갖출 수 있었던 게요."

"이 마을이 인근의 딴 마을들에 비해 불탄 집두 없거니와 상한 집두 별루 없데. 유독히 이 마을만 집채들이 성한 것이 무슨 까닭인지 모르겠네?"

"용케 아시우. 까닭이 있소. 왜적들이 이 마을에 들어 그나마 마을 집들이 불에 안 타구 살아남은 게요."

"왜적이 든다구 마을이 성한 까닭은 무언가?"

"제가 들어살 마을을 불태울 수야 없지 않소? 진주성이 홈빡 불에 타구 없어 왜적들이 묵을 곳을 찾다가 이 마을에 들게 된 거요."

"자네는 그 때 어디 살았든가?"

"행랑은 왜적들에게 내어주구 우리 식구는 안사랑으루 옮겨 그 안에서 내처 살았소."

"왜적의 괴수가 행랑에 살며 자네 가권은 안사랑으루 올려보내 드란 말인가?"

"마을에 든 왜적들이 공교롭게두 마병이었소. 해서 놈들은 외양간과 헛간들 딸린 바깥행랑을 더 좋아라 했소. 나더러는 안채루 올라가라더니 저희가 내 살던 바깥행랑을 차지해 삽디다."

"허면 자네가 왜적들과 한집에 살았더란 말인가?"

"왜적두 왜적 나름이라 사귀구 보면 착한 위인두 더러 있소. 이 집에 들었던 왜적 괴수는 나이두 지긋허구 사람이 흉하거나 포악허지두 않았소. 우리네더러 양식과 땔나무를 대어주며 군사들 먹일 밥을 지어달라구 했소. 그래 매일 하루 두 번 왜적들 밥을 지어주며 그 덕에 우리두 얻어먹구 외려 전보다 더 편히 산 셈이우."

짝쇠가 별당을 떠나 일각문을 거쳐 내당 쪽으로 건너간다. 뜰과 길에 잡초가 무성해서 풀숲에서 당장이라도 구렁이가 기어나올 것만 같다. 담 하나를 사이에 둔 내당 쪽은 별당 쪽보다 황량함이 더한 것 같다. 아예 문짝들이 없어진 내당 방들은 밖에서 안이 훤하게 들여다보인다.

주인들은 자결을 하여 고혼이 된 지 오래건만 그들이 들어살던 방들은 풍상을 겪기는 해도 그대로 제자리에 남아 있다. 난중에 제일 허망한 것이 사람들의 죽음이다. 차라리 생명 없는 돌이나 물건은 오래 견디어도, 사람의 귀한 목숨은 난을 만나서는 너무 허망하게 스러지거나 사라지는 것이다.

"방에 통 세간들이 보이지 않네그려?"

"허허, 도령은 허면 옛날 세간들이 그대루 있을 줄 알았소이까?"

"도적들이 세간을 집어간 겐가?"

"머릿장 버선장 같은 작은 장들은 아예 통째루 집어가구, 삼층화각장 의걸이장 같은 큰 장들은 가져갈 수 없으니 죄 깨뜨려 버렸소이다. 한 섬들이 쌀뒤주까지두 땔나무 허느라구 깨뜨려간 도적놈들이외다."

사람이 오래 살지 않아 방바닥에 먼지가 켜로 앉았다. 천장을 보니 거미줄이 엉켜 숫제 버려진 흉가꼴을 하고 있다. 하긴 온 집안이 떼죽음을 당했으니 이 집이 흉가라면 흉가일 수도 있다.

내당 대청에 엉덩이를 걸치며 짝쇠가 다시 하인 엇쇠를 굽어본다.

"지금 안사랑에 계신 백부님은 언제 이 집에 오셨든가?"

"작년 봄이우."

"계사년이 다섯 해 전인데 그간에는 허면 어디 계셨누?"

"깊은 산에 기셨든 모양이우. 어느 산인지는 나두 모르우."

"여러 해가 지나두룩 집에 아니 오신 까닭이 무어라든가?"

"당신 말루는 계사년의 일이 참혹해서 이댁에 돌아오실 생각이 애시당초 없었다구 허십다. 그냥 산중에서 숨어살며 때가 되면 죽으려다가, 그래두 비명에 돌아가신 집안 고혼들이 마음에 쓰여 급수공덕 제사라두 올려드리려 독한 마음 먹구 내려왔노라구 허십다."

집안이 그런 흉변을 당하고는 예전에 살던 고향집이라도 다시 찾기가 두려웠을는지도 알 수 없다. 그러나 역시 옛 식구들의 고혼들을 위로하기 위해서는, 홀로 살아남은 당신이나마 돌아오지 않을 수 없었을 것이다. 백부의 심정을 알 듯해서 짝쇠는 더욱 마음속이 허망하다.

"헌데 백부께서는 언제 몸을 상허신 겐가? 당신 말씀으루는 낙마라던데 낙마가 과연 맞는 말인가?"

"낙마가 맞소이다. 나귀를 타구 단성丹城 근처 어느 마을을 지나는데 길가에 늘어앉은 의병들이 서방님을 놀리느라 나귀 귀에 대구 불질을 했답니다. 나귀가 불질에 놀라 네 굽 놓구 뛰는 통에 서방님이 나귀에서 떨어져 등뼈를 크게 상허게 되신 모양이우."

"허면 백부께서 아프신 몸으루 이댁에를 찾아오셨나?"

"그렇지요. 몸을 심히 다쳐 교군꾼을 사서 승교바탕을 타구 오셨더이다. 그 때부터 서방님이 지금껏 저렇게 방에만 들어앉아 있는 게요."

"병세가 심해 보이던데, 바깥출입은 아예 할 수가 없으신가?"

"바깥출입이 무어요. 뒤보러 뒷간에 가실 때두 내가 업어드려야 허우. 그러구두 나만 보면 노상 욕이니 상전이구 지랄이구 이제는 나두 신물이 나우."

힐끗 올려다보는 엇쇠의 눈에 고까운 빛이 역력하다. 짝쇠는 그러나 개의치 않고 예사롭게 다음 말을 묻는다.

"집에 딸린 장토가 수천 석 지기가 넘는다구 들었네. 난중에 그 장토들은 팔리지 않구 그대루 있는 겐가?"

"난중이라 농사 못 짓구 썩히는 땅이 천지외다. 이댁 장토는 무어라구 이 난중에 팔리겠소. 땅이구 산이구 그대루 있수. 그렇지 않어두 내가 몇 번 알아보았소만 도무지 사겠다는 사람이 없어 요즘은 아예 알아볼 생각두 않구 있소이다."

"백부께서 나를 보시드니 숨겨둔 재물이 있다구 허셨네. 그 재물이 무엇인지 자네는 짐작허는가?"

엇쇠가 소리없이 웃더니 장난스런 얼굴로 짝쇠를 빤히 올려다 본다.

"도령은 그 말을 믿으셨소?"

"백부님 말씀이 거짓이란 말인가?"

"그 어른이 그런 말씀을 허시는 건 혼자 지내기가 외로워서 우리를 곁에 붙잡아 두려는 뜻이외다. 빈집으루 여러 달 버려둔 이 집에 숨겨둔 재물이 어찌 지금껏 남아 있겠소? 집 세간은 물론 고방의 부엌 세간과 헛간에 있던 연장들까지 깡그리 도둑들이 쓸어갔소이다. 이댁에 이제 남은 거라구는 행랑 세간 몇 개와 놋제기 몇 벌과 빈 껍데기뿐인 이 집채가 고작이우."

짝쇠가 더 묻지 않고 어둠발 깔리는 허공을 바라본다. 눈물 글썽이며 숨겨둔 재물을 말하던 백부가 짝쇠에게는 강한 느낌으로 가슴속에 부딪쳐온다. 어쩌면 백부의 말은 참말인지도 알 수 없다. 같은 말을 여러 번 되풀이하다 보면, 하는 사람도 듣는 사람도 그것이 때로는 엉뚱하게 들릴 수가 있다. 어리석은 하인은 자주 뇌는 백부의 말이 자기들을 잡아두려는 거짓말로 들렸는지 모른다. 참말이 거짓말로 들릴 만큼 지금의 최종필 백부는 허약한 사람이 되어 있다.

"그래 지금 자네들 두 식구는 아무것두 없는 이 집에 살며 무엇으루 끼니를 잇구 있는가?"

"세간 팔아 연명허구 있소."

"도둑들이 다 집어 갔다더니 팔아먹을 세간이 아직 남았든가?"

"큰사랑 뒤 작은 마룻방 바닥에 아무두 모르는 땅속 광이 하나 있소. 서방님이 일러주어 그 땅속 광을 열어보니 도둑들이 미처 못 가져간 무명과 유기들과 촛궤 장지들이 있습디다. 지금껏은 그것들을 내다 팔아 이럭저럭 끼니를 때워온 게요."

"허면 아직두 그 땅속 광에 팔 물건이 많이 남은 겐가?"

"그 동안 죄 팔아먹어 무명과 초(燭) 유기들은 남은 게 별루 없을 게요. 허나 아직 놋제기들이 있어 그걸 내다팔면 금년 한 해는 굶지 않구 지낼 게요."

"허면 자네들은 팔 물건이 아직 있는데두 오늘 저녁밥을 안 지어 주인이 끼니를 굶도록 헌 겐가?"

"환장허네!"

내뱉듯 한 소리 외치더니 하인 엇쇠가 짜증스레 입을 연다.

"우리가 그 땅속 광을 마음대루 드나들면 왜 서방님 저녁끼니를 끊이지 않았겠소? 그 광이 안사랑을 지나야 들어갈 수 있을뿐더러 서방님이 또 광 열쇠를 쥐구 있어서 우리들은 뜻대루 광 근처에두 갈 수가 없수. 우리를 아예 도둑놈들루 아시는지 우리헌테는 지금껏 열쇠 한번을 맡기신 일이 없소이다."

"그러면 매 끼니때마다 몸 성치 않은 백부님께서 땅속 광엘 드나드셨다는 겐가?"

"몸이 성치 않은 서방님이 손수 광에는 내려가지 못허구 아홉 살

된 우리 아이를 시켜 땅속에 내려가 물건을 가져오게 허오이다. 그 아이가 물건을 위루 올려주면 그제야 서방님이 그것들을 다시 우리에게 내주곤 허셨소."

"그 광에 물건이 얼마나 많길래 지금껏 그것들을 팔아 연명을 헐 수 있었다는 겐가?"

"상목이 수십 동이 넘었구 피물과 꿀항아리와 촛궤가 또 수십 개였소. 지금껏은 용케 그것들을 팔아 살았소만 요즘은 그것들두 바닥이 나서 유기들을 팔아 끼니를 잇구 있수."

"상목과 피물루는 양식을 팔 수 있다지만 유기를 팔아서는 양식을 마련키가 어렵지 않든가?"

"그렇지두 않소이다. 유기가 원래 은 다음으루 귀한 철물이라 난중에두 임자만 만나면 좋은 값에 낼 수가 있소."

주위에 어느새 땅거미가 깔리기 시작한다. 마루 끝에 걸터앉았던 짝쇠가 몸을 일으켜 뜰로 내려간다. 하인 엇쇠를 뒤로 달고 짝쇠는 다시 오른쪽 일각문을 넘어간다. 눈앞에 풀 무성한 뜰이 나타나고 뜰 복판에 짚으로 이은 초당 두 채가 나타난다. 이 곳은 혼전婚前의 양반집 규수들이 글도 읽고 잠도 자는 깊은 규중閨中이다. 그러나 지금은 잡초만 무성할 뿐 인적이 없어 괴괴하기가 깊은 물 속 같다.

"자네들 이 달 안에 바깥사랑을 치워줘야겠네."

"들 사람두 없는 바깥사랑은 무슨 까닭에 치우라시우?"

"내 며칠 타처에 나가 일 보구는 이달 그믐께에 이댁으루 다시 돌아올 생각일세. 그 때는 내 길게 눌러 있을 테니 바깥사랑을 치워주어야 내가 그리 들지 않겠나?"

25. 큰 별 바다에 지다 297

"도령이 이댁에 들어와 사실 생각이오?"

"백부님이 부탁두 하려니와 나두 그러는 게 좋을 듯싶네. 내가 비록 서출이나 백부님 돌아가시면 최참의댁의 마지막 혈손일세. 가문을 잇구 집안을 다시 일으켜 세우자면 나라두 집에 들어와 집안 단속에 힘을 써야 되지 않겠나?"

목소리는 부드러우나 짝쇠의 말속에는 상전으로서의 위엄과 결의가 스며 있다. 갑자기 찾아들어 상전 노릇 하려는 이 총각이, 하인 엇쇠의 생각에는 아니꼽기도 하고 고맙기도 하다. 그러나 지금껏 하는 말을 들어보아서는 이 서출의 젊은 총각이 녹록치도 않고 만만치도 않다. 사태가 이미 제 쪽에 불리함을 깨닫고는 엇쇠가 말투부터 바꿔 공손하게 되묻는다.

"되련님께서 이댁에 머무시면 우리는 장차 어찌 되는 것이오이까?"

"자네들 허기 나름일세. 내가 보아 거느릴 만허면 자네들을 길게 데리구 있을 게구, 허는 짓이 눈밖에 나면 자네들을 집 밖으루 내치구 딴 사람을 들일지두 모르네. 양식이 귀한 요즘에는 먹여주기만 허면 드난살 사람이 줄을 이었네. 내침을 당허지 않으려거든 자네들은 백부님께 대허는 언동부터 바꿔야 헐 겔세."

꾸짖듯 하는 짝쇠의 말에 하인 엇쇠는 고개가 절로 숙여진다. 왜란 이후로는 주종의 관계도 예전과는 사뭇 다르다. 옛적에는 주인이 내치면 하례들은 미련없이 주인의 집을 떠나곤 했다. 돈을 주고 종문권을 사서 속량이 되기를 애타게 원하는 자도 있었다. 그러나 지금은 하루 두 끼 입치레가 어려워, 있는 집의 하인 되기를 서로 원하는 형편이다. 난중에 도망쳐 따로 사는 하인배가 있는가 하면 스스로 신분을 숨겨 하인 되기를 원하는 사람도 있는 것이다.

"되련님 말씀 명심허겠소이다. 날이 많이 저물었으니 이제 그만 방으루 드시지요."

강가 갈대숲 위로 초가을 강바람이 스산하게 휩쓸고 지나간다.

여름내 자란 물갈대가 사람의 키만큼이나 무성히 자라 있다. 바람이 불 때마다 키 큰 갈대들이 물결 굽이치듯 큰 키를 굽혔다 펴곤 한다. 이삭이 팬 이 갈대들도 얼마 후면 서리를 맞아 누런빛으로 바뀔 것이다. 어느새 강촌 들녘에도 여름철 무더위가 가시고 가을 기운이 서늘하게 깃들어 있다.

대를 들어 미끼를 갈고 인홍은 다시 낚싯대를 강가의 물풀 사이로 드리운다. 이른 저녁 후 강가에 나와 낚싯대를 드리운 것이 어느덧 해를 지우고 있다. 낚이는 고기는 뼘치 가까운 강붕어와 피라미 갈겨니[잉어과 민물고기] 어름치 등 여러 종이다. 종다래끼 안에는 그간에 낚은 강고기가 두 사발이 넘게 수북이 담겨 있다.

수수깡 찌를 이윽하게 바라보다가 인홍은 언뜻 무언가가 스치는 것을 보고 갈숲 사이로 시선을 옮긴다. 웃갓한 선비 차림의 사내 하나가 이제 막 강을 건너 이쪽 기슭에서 농선(農船)을 내리고 있다. 낚시질에만 넋이 빠져 인홍은 농선이 강을 건너는 것도 보지 못했다. 사내는 사공 없는 배를 손수 저어 이쪽 기슭에 닿은 모양이다. 배를 뭍 위로 끌어올려 놓고 사내가 그제야 허리를 펴며 이쪽을 본다. 아마 사내는 강을 건널 때 낚싯대 드리운 이쪽의 자기를 미리 보아둔 모양이다.

"김공! 그간 평안허셨든가?"

갈숲 사이의 좁은 길을 걸어오며 사내가 손짓과 함께 이쪽으로 소리를 친다. 인홍 역시 자리를 일었으나 지는 해를 등진 사내가 누군지 알아보기가 쉽지 않다.

"뉘시온지……?"

"날세, 김공. 숭인방 사는 최진석이를 모르시는가?"

"아니 최공, 자네가 여길 어찌……?"

"김공 자네가 보구 싶어 왔네. 낚싯대 드리운 걸 보니 자네가 바루 신선일세그려."

"잘 왔네. 내 그렇지 않어두 도성의 일이 궁금해서 일간 한번 올라가려든 참이었네."

오랜 지기인 최진석은 난 전에도 여러차례 강촌에 다녀간 일이 있다. 도성에 번거로움이 느껴지면 인홍은 지기들을 거느리고, 아무도 보는 이 없는 강촌에 내려와 여러 날씩 묵어가곤 했다. 헌데 오늘은 청하지도 않았건만 오랜 친구 최진석이 스스로 강촌을 찾아왔다. 도성에서 무려 이틀 길이 넘는 강촌을 최진석은 선통도 없이 불쑥 홀몸으로 찾아온 것이다.

두 사람이 거리를 좁혀 어느새 서로의 손을 잡는다. 한 사람은 들일을 해서 얼굴과 손이 검게 그을렸고, 또 한 사람은 흰 얼굴에 옷갓을 해서 백면서생 선비 차림이다. 수인사들이 대강 끝나자 손이 먼저 주인의 손을 놓는다.

"안식구는 어디 기신가?"

"아마 집에 있을 겔세."

"내 가서 인사라두 여쭈어야지?"

"아닐세. 부닥치면 모르지만 일부러 찾아가서 인사까지 할 것은 없네. 자네 보기가 면구해서 오히려 자네 얼굴 보기를 거북해 헐 사람일세."

최진석이 더 말 않고 멀리 있는 집채 쪽을 바라본다.

난중의 기구한 운명으로 인홍은 지금 그의 형수와 한식구가 되어 이 강촌에 살고 있다. 그들의 어울림이 강상綱常의 죄가 되는 터라 두 사람은 세상을 등지고 이 강촌에 숨어살고 있다. 그 사실을 이미 알고 있는 진석이라 인홍의 안식구가 된 윤씨에게 얼굴이라도 보이려고 한 것이다.

"이리 좀 앉게. 그래 집안은 무고들 허신가?"

인홍이 권하는 강가에는 거적자리 한 닢이 깔려 있다. 자리 위에는 베 보자기를 엎어둔 작은 소쿠리가 하나 놓여 있다. 아마 인홍이 낚시질을 하며 허기를 메우던 음식이 담겨 있는 모양이다. 진석이 거적 위로 내려앉으며 인홍의 묻는 말에 쓸쓸히 대답한다.

"요즘 도성에서 사는 것이 어디 사람의 사는 꼴이든가. 낚싯대 드리운 자네를 보니 자네가 흡사 위수渭水가의 태공망太公望 같네그려."

"그런 소리 말게. 난들 도성 안 일이 왜 아니 궁금허겠는가. 인생일장춘몽이라더니 한세상 살기가 왜 이리두 고단헌지 모르겠네."

"흉악한 세상일세. 나라에 곡식 바쳐 새루 양반 된 천한 것들이 요즘은 도성 장안을 구종들 거느리구 활개치며 다니구 있네. 배운 것 없이 하루아침에 반열에 들었으니 그것들이 예를 알겠나. 세상의 어려움을 알겠나? 이꼴 저꼴 다 안 보는 자네가 나는 제일루 부러우이."

 잠시 마주볼 뿐 두 사람은 말들이 없다. 젊어 팽팽하던 두 사람의 얼굴들이 어느새 난을 겪느라 10년은 더 늙어보인다. 서출로 태어나 동접이 된 그들은 난 전에는 의기가 투합하여 만나기만 하면 서얼 반상의 병폐를 논하곤 했다. 그러나 이제 납속수직으로 많은 상사람들이 양반이 되는 세상이라, 그들은 서출의 울분조차 토로하기가 쑥스러운 세상에 살고 있다. 7년째로 접어든 오랜 왜란은 이 나라의 풍습과 기강을 밑둥으로부터 뒤흔들어 놓고 있다.

"자네 참 저녁은 어찌했나?"

"강 건너 마을에 주막이 있기루 게서 자네 말 허구 저녁 한 상 시켜 먹었네."

"내 말을 허다니?"

"자네가 강 건너에 그대루 사느냐구 물었더니 나리마님 찾아오신 손이시냐구 주막 식주인食主人이 나를 먼저 알아보데. 그래 내가 시장하던 참이라 자네 이름 팔아 밥 한 상을 시켜먹었지."

"잘했네. 그 식주인이 내 땅을 부치는 작인일세. 나를 찾아온 손인 줄 알면 홀대허지는 않았을 겔세."

 인홍이 말과 함께 낚싯대를 거두어 풀숲에 누인다. 최진석과 마주 앉더니 그가 다시 보를 씌워둔 소쿠리를 제 앞으로 끌어당긴다.

"혼자 들기가 적적해서 술을 내오구두 들지 않구 그대루 두었네. 술 익자 체장수 지나간다더니 자네가 마침 때맞추어 와주었네. 자 여기 술 한 병이 있네. 우리 오랜만에 옛 회포나 풀어보세."

보를 들치니 소쿠리 속에 목 짧은 술병 한 개와 푼주 한 개와 산채담긴 접시 두 개가 드러난다. 산채 접시를 자리 위로 꺼내놓고 인홍이 술병을 집어들어 먼저 진석에게 술을 권한다.

"잔 받게. 우리가 이게 몇 해 만에 같이 허는 술자린가?"

"난이 벌써 일곱 해째 접어드니 우리가 7년 만에 술자리를 같이 허는 모양일세."

"술자리만 7년이든가? 기방 출입하던 생각은 아니 나는가?"

"옳거니, 자네랑 나랑 기방에두 여러 차례 동행을 했었느니."

진석이 술잔을 받아 두 번에 나누어 천천히 잔을 비운다. 빈 잔을 인홍에게 건네주며 진석이 고갯짓과 함께 쓸쓸하게 입을 연다.

"내가 술맛 본 지 1년이 넘나보이. 도성에서는 양식이 귀해 요즘은 천금을 주구두 술을 보기가 어렵다네. 난은 곧 끝날 듯 싶은데 나라에 양식이 귀해 우리 백성들은 아직두 더 큰 고생들을 겪어야 될까보이."

"참담한 일일세. 이 난이 얼마나 더 끌 겐가."

"자네 아직두 왜국 소식을 모르는가?"

"왜국 소식이라니?"

"왜국의 왜왕倭王이 죽었다네. 풍신수길이란 왜의 괴수가 병이 들어 지난 8월에 죽었다네."

"이런 경사가 있나! 그 자가 죽었으면 난은 곧 끝나는 게 아니겠나?"

"끝나구 말구. 소문 들자니 그 자가 죽으면서 왜병의 철병을 유언으루 남겼다네. 그래서 남도 왜병들두 철병 준비루 부산헌 모양

25. 큰 별 바다에 지다 303

일세."

"내 어째 요즈막에 도성 일이 궁금허드라니. 하늘이 벌을 내린 게야. 그토록 많은 생령을 죽였으니 왜왕 그놈인들 천벌을 아니 받을까."

"도성에두 이제 그 소식이 쫙 퍼져서 피난갔던 백성들이 몰려들어 성안 빈터마다 움막들이 즐비허네. 여기가 시골은 시골인 모양일세. 여적 그 소식을 모르구 있었네그려."

"왜병이 철병을 허구 보면 이제 명나라 군사두 함께 철병을 허지 않겠나?"

"말해 무엇허나. 왜적 때문에 우리 조선에 건너온 그들이니 왜적이 물러가구 나면 저희두 조선을 떠나야지."

"허허, 이럴 수가. 그 포악헌 왜적들이 물러가는 날두 있네그려?"

인홍이 하늘을 우러러 혼잣말하듯 중얼거린다. 7년 전쟁이 끝난다고 생각하니 인홍은 새삼스레 지난 일들이 허망하고 원통하다. 이렇게 허무하게 아무 득도 없이 끝낼 싸움을, 왜적들은 그토록 많은 생령을 죽여가며 7년 동안이나 지루하게 끌어왔다. 그들은 마치 조선 백성들을 도륙하기 위해 7년이나 이 나라에 머물러 있었던 것 같다. 그래서 갑작스런 그들의 철병이 인홍에게는 오히려 허전하고 허망하기까지 하다.

왜적은 칼을 잘 쓴다. 무武를 숭상하는 왜적들은 장수나 졸개의 구분 없이 모두 몸에 칼 두 자루씩을 패물처럼 지니고 다닌다. 조선 선비가 몸 가까이 지필묵을 두는 것처럼, 왜들은 장졸이 모두 한시도 몸에서 칼을 풀어놓는 일이 없다. 칼을 곁에 두어야 안심하는 왜들은, 칼의 쓰임새를 누구보다 잘 알고 있다. 싸움과 살상을 목적으로 하는 칼은, 방비 없는 조선에 이르러 아무것도 거칠 것이 없었다. 왜적은 조선 팔도를 그들의 칼로 단숨에 무찌른 것이다.

왜적의 칼은 그러나 죽음을 겁내는 자에게만 그 쓰임이 유효하다. 칼을 멀리하며 문文에서 죽음의 여러 의미를 배운 조선 백성들은, 처음에는 칼을 두렵게 여겼으나 차츰 칼에 익숙해지면서 칼의 공포에서 벗어났다. 칼이 만드는 죽음들은 너무나 가볍고 단순했다. 죽음의 의미가 달리 있음을 아는 조선 백성들은, 그제야 몸을 추스러 칼과 정면으로 마주섰다. 달(月)과 문文을 사랑하던 조선의 곧은 선비들이 처처에서 투필반무投筆反武, 의로운 군사를 일으켜, 또 다른 죽음의 의미를 칼 앞에 펴보인 것이다.

칼에 굴하지 않는 정신이 있음을 왜적은 조선에 이르러 처음으로 깨우쳤다. 온 성민이 장렬히 죽은 진주성 싸움이 그러했고, 위급을 당해 스스로 자진하는 조선 아낙들의 정절이 그러했고, 칼 앞에 태연히 목을 늘이는 조선 선비의 서늘한 충절이 그러했다.

"자네는 그래 언제 도성에 올라갈 생각인가?"

방금 내려온 진석에게 인홍이 묻는 말이다. 생각없이 하는 말인 줄 알면서도 진석은 인홍의 물음에 대답이 궁해 어물거리듯 입을 연다.

"자네 보러 내려왔네마는……. 자네 집에 길게 머물 수야 있겠는가……."

그제야 제 물음이 어색했던 것을 깨달은 듯 인홍이 허허 웃고는 고개를 크게 내두른다.

"내가 도성에만 급히 올라갈 생각으루 자네헌테 앞뒤 가리지 않구 엉뚱한 말을 물었네그려. 예까지 어려운 걸음 했으니 자네는 내집에서 쉬 떠나기가 어렵게 되었네. 언제든 자네가 올라가면 그 때나 함께 동행해 올라가세."

진석이 고개를 떨군 채 무언가를 골똘히 생각하는 표정이다. 낯빛이 하도 울적하고 침울해 보여서 인홍은 제 실언에 진석이 크게 마음이라도 상하지 않았나 생각한다. 잠시 진석의 낯빛을 살피다가 인홍이 그예 부드러운 목소리로 입을 연다.

"나를 보러온 가까운 벗한테 내가 큰 실언을 했네그려. 왜적들 물러간단 말을 듣구 내가 제정신이 아니었든 모양일세. 헌데 자네가 나를 찾은 까닭이 달리 있는 건 아니든가?"

진석이 고개를 떨군 채 여전히 아무런 말이 없다. 찾아온 까닭이 분명히 있으련만 그는 좀처럼 입을 열지 않는다. 한참이 지나서야 진석의 고개가 위로 들리며 인홍을 마주 바라본다.

"왜 이리 개구開口〔입 열기〕가 어려운가. 내가 자네를 찾아온 게 아무래두 실순 것만 같네그려."

"이 사람아, 무슨 말을 허는 겐가? 가까운 벗 사이에 못헐 말이 무어라든가? 무슨 말인지 어서 해보게. 답답허이. 자네가 본시 이렇듯 용렬한 사람이든가?"

"내 실은 자네헌테 양식을 조금 빌러 왔네."

"양식을 빌러 와? 허허, 싱거운 사람. 벗 사이에 그 말 허기가 그토록 어렵든가?"

"굶어보지 않은 사람이 어찌 주림을 알겠는가? 우리 집의 병든 여식 하나가 지난달에 죽었다네. 죽기 전에 의원에게 보였드니 그 아이가 병든 게 아니구 여러 끼를 굶어 허기져 죽게 되었다는군. 자식을 못 먹여 굶겨죽인 자가 어찌 아비라구 헐 수 있겠나? 곡식 바쳐 양반을 사더니 나는 양반 팔아 곡식이라두 사구 싶네."

　말끝이 흐려지더니 진석의 눈에 눈물이 가득 괸다. 자식까지 못 먹여 굶겨죽인 그에게 인홍은 어떤 말로도 위로를 할 수가 없다. 왜적들이 물러가 난은 곧 끝나더라도 이 나라 백성들에게는 아직 더 큰 어려움이 남아 있다. 한두 해 흉년이 들면 다음 해라도 기약할 수 있다. 그러나 지금 조선은 난을 겪느라 일곱 해를 농사를 제대로 짓지 못했다. 특히 근년에는 곡창이라는 전라도 지경이 왜적에게 짓밟혀 가뜩이나 어렵던 양식 사정이 더욱 어려운 지경에 이르렀다. 난은 끝나도 조선 백성들은 왜적보다 더 무서운 굶주림이라는 적과 싸워야 하는 것이다.

　"자네가 그렇게 어려울 줄은 내 미처 짐작 못했네. 여기가 아직 시골이라 넉넉지는 않어두 자네와 나눌 양식은 있네. 사정이 그토록 위급허다면 오래 지체헐 까닭이 없네. 내일이라두 당장 행장꾸려 함께 도성으루 올라가세. 자네와 내가 나누어지면 곡식 엿 말쯤은 지구 갈 수가 있을 겔세."

　외면했던 고개를 바로 하더니 진석이 그제야 차분하게 입을 연다.

　"고맙네. 양식 엿 말이면 우리 여섯 식구가 두 달은 살 수가 있네. 지난달에는 한 말 보리루 온 식구가 한 달을 살기두 했네. 허나 그 때는 여름이라 산과 들에 남새가 많았네. 앞으루 겨울이 닥치면 남새가 없어 죽두 끓이기가 어려울 겔세. 하루 살구 나면 다음 하루 살 일이 걱정이니 이러구두 살았달 수 있는지 참으로 살기가 고달프이."

굶주림과 싸워 이기는 장사는 없다. 남녀 노소 귀천의 가림없이 굶주림은 공평하게 모든 사람에게 찾아온다. 아마 지금쯤 도성에는 주려죽는 백성이 수십 수백에 이를 것이다. 그토록 글 잘하고 기개 높던 젊은 선비 최진석도 악착스런 굶주림 앞에서는 몸과 마음이 흐트러질 수밖에 없다. 강촌의 인홍을 찾아 내려오며 그는 수없이 제 자신을 나무라고 책망했을 것이다. 그러나 자신의 굶주림은 견딜 수 있어도 제 자식과 부모의 굶주림은 그도 견디기가 어려웠을 것이다. 그는 기어이 자존自尊을 누르고 백여 리 먼길을 걸어 강촌의 인홍을 찾아오기에 이른 것이다.

"글만 읽던 우리네가 난을 만나니 이렇듯 무능허구 무력헐 수가 없네그려. 내 이번 난을 겪으며 새루 깨달은 바가 적지 않네. 쌀 한 톨 안 나오는 글은 더 읽어 무엇 헐 겐가? 민생이 고통에 허덕이는데 공맹孔孟만 찾구 시문詩文만 읊어서는 그게 무슨 소용이든가? 애초부터 우리네 배움이 크게 잘못 된 걸 이제 알았네. 안 배워두 좋을 글읽기에만 우리는 지금껏 몇 년씩을 매달려 있었네. 앞으루 우리는 헛된 공부보다 실익實益이 있는 잡학雜學을 더 크게 일으켜야 허네. 그래야만 나라두 부강허구 백성들 살림살이두 넉넉해지는 게 아닌가 싶네."

"자네 말이 백 번 옳네. 나두 난중에 여러 번 그 같은 생각을 했네. 평생 글을 읽어 글이 아무리 높더라두 우리네 선비들 배움은 실제에 당해서는 아무 짝에두 쓸모가 없네. 차라리 못 배운 천한 백성이 어려움과 위기에 당해서는 우리보다 몇 배나 낫데그려. 이게 모두 우리네 선비가 글만 높이 알았지. 실사구시實事求是에는 게을리헌 탓이 아니겠나?"

어느새 해가 빠져 주위가 온통 불그레한 노을빛이다. 자신들의 어리석은 글공부를 성토하다 보니 그들 두 젊은이는 날이 저문 것도 모르고 있다. 그러나 이제 왜적이 물러가면 그들은 망가진 이 나라를 다시 일으켜 세워야 될 중책을 맡아야 한다. 하루 살기도 어려운 것은 그들 각자가 해결해야 될 문제다. 하루의 삶을 해결하는 일방 그들은 다시 이 나라 백성의 어려움도 함께 나누어 짊어져야 한다. 난중에 얻은 가장 큰 깨달음은 이 세상의 주인이 알몸뚱이의 사람이라는 사실이다. 양반도 임금도 삼공三公도 아닌 바로 사람이 이 세상의 주인이다.

"벌써 날이 저물었네. 이제 그만 들어가세."

돛배 하나가 매성 포구로 들어온다.

뱃머리 덕판에 올라선 사람은 수군이 아닌 상사람이다. 군사가 보이지 않는 것을 보니 다가오는 배는 백성들의 사선인 모양이다.

"그 배 어디서 오시는가?"

갯가 축방에서 창 든 수군이 다가오는 배를 향해 커다랗게 소리를 친다. 축방 위에는 수군들 여럿과 상두꾼 차림의 건을 쓴 사내들이 뒤섞여 있다. 아마 사람이 죽어 방금 어딘가에서 장례라도 치른 모양이다.

"강진서 오는 배요. 장례 참례차 밤 도와 오는 길이우!"

군사가 대꾸없이 뒤에 선 군관을 돌아본다. 그도 역시 복색은 군관이나 머리에 털벙거지 대신 흰 백립白笠을 쓰고 있다.

"강진서 온다는군입쇼. 혹 서군관 나으리의 형님께서 오시는 게 아닌지요?"

군관이 군사 말을 듣고 축방 끝머리로 바삐 나온다. 해를 등지고 있어 배 안에 탄 사람이 이쪽에서는 보이지 않는다. 그러나 배가 어느새 열 칸 거리로 다가들어 큰 소리를 치지 않고도 말을 서로 나눌 수가 있다. 군관이 축방에 서서 배 쪽을 가만히 살피니 배 위에서 먼저 누군가가 이쪽을 보고 소리를 친다.

"게 섰는 사람이 강득이 아우가 아닌가?"

"맞소이다. 내가 강득이오. 헌데 형님 왜 이리 늦으셨소?"

"밤 도와 오는 길일세. 소식을 늦게 들어 곧장 오는 데두 이리 늦었네."

배가 쌍노질로 축방 끝에 머리를 댄다. 갯가 위쪽 움막집 앞에 늘어선 사내들은 지껄이던 말들을 끊고 방금 닿은 배를 우두커니 지켜보고 있다. 배 위에서 한 사내가 축방 위로 오르면서 자기를 맞는 이군관에게 급하게 말을 묻는다.

"장례는 어찌 된 겐가?"

"산역山役까지 벌써 끝났수."

"오늘 출상했나?"

"방금 출상허구 오는 길이우."

"마지막 가는 것두 못 보았군. 조금만 기다리지 않구······."

"올지 안 올지두 알 수가 없는데 어찌 형님 오시기만 무작정 기다릴 게요. 오늘 넘기면 9일장두 놓친다 싶어 내 그냥 오늘 아침에 산역을 하라 했소."

"산소는 예서 먼가?"

"멀지 않수. 저쪽 비탈이우. 걸어가두 금방이오."

이군관과 말을 하는데 누군가가 서수만의 곁으로 다가온다. 건 쓰고 흰옷 입은 것이 군사는 아니고 상사람이다.

"이제 오시는가? 망극허이."

"자네가 욕 많이 보았네. 아우 임종을 했다구 들었네만?"

공치사하는 수만의 말에 건 쓴 율개는 고개를 내두른다.

"임종은 나보다두 이군관이 했드라네. 나는 불 맞아 혼절한 뒤에야 서군관 다친 몸을 싣구 돌아왔네."

형 수만이 잠시 말을 않고 겨울바다 쪽을 우두망찰 바라본다. 아우 복만이 죽었건만 그는 뜻밖에도 눈물 한 방울 흘리지 않는다. 더 험한 일들이 많아 흘릴 눈물이 마르기도 했으려니와, 늦게 받은 기별 탓으로 아우의 죽음이 실감나지 않는 모양이다.

"섰지 말구 위로 올라가세. 배에서 요기를 했든가?"

"요기는 했네. 위에 가 무엇 헐 겐가. 지금 곧장 산소루나 올라가 보세."

율개가 고개를 끄덕이고 이군관 강득을 바라본다. 강득이 율개의 눈짓을 받고 곁에 선 수군에게 말을 이른다.

"너희는 잠시 군막에서 기다려라. 내 이 어른 뫼시구 산에 다시 올라가 봐야겠다."

"언제쯤 오실 겝니까? 늦게 오실 요량이면 점심 지금 지으라구

25. 큰 별 바다에 지다 311

이를까요?"

"그래라. 술 남은 게 있거든 지금 한 병만 이 도목수께 전해 드려라."

"예서 잡수실 겝니까?"

"산에 가 먹을 게야. 전 올리구 남은 음식두 술허구 함께 싸두룩 해라."

"예, 나으리."

군사가 율개에게 눈짓을 하는 사이 강득은 서수만과 함께 갯가를 떠나 매성 밖의 좁은 길을 비스듬히 올라간다.

초겨울 같지 않게 날씨가 따스하다. 바다에도 바람이 없어 눈 아래로 보이는 내례포 안바다에 흰 파도 하나를 볼 수가 없다. 군선 사선 합쳐 열 두어 척 되는 배들만이 그 넓은 굴강 안에 한가로이 떠 있다. 내례포 굴강을 바른쪽으로 굽어보며 일행은 진해루 앞을 지나 영성 바른쪽의 가파른 비탈을 오르기 시작한다. 비탈 윗녘의 야트막한 산자락에 키 작은 매화나무가 숲을 이뤄 무성하다. 지금은 그러나 겨울이 임박해서 나무들이 잎들을 털고 앙상한 가지로만 남아 있다.

왜적이 물러가 난이 끝났건만 옛날 매성 굴강에는 굵은 배들을 찾아볼 수 없다. 난중에 왜적들이 불을 질러 매성이 모두 불에 탄데다가 지금은 통제영마저 고금도로 옮겨가서 내례포는 옛날과 달리 작고 초라한 갯마을로 전락한 것이다. 매성이 불에 타고 보니 성밖 여염에도 성한 집채가 거의 없다. 매성의 불이 여염에도 옮겨붙어 성 안팎 수백 호의 집들이 잿더미가 된 것이다.

왜적이 물러가자 피난갔던 난민들은 그제야 다시 고향 찾아 옛 집으로 돌아오고 있다. 그러나 집채가 없어 그들은 옛 집터나 산비탈에 움을 파거나 막을 치고 살고 있다. 그나마 난중에 죽은 백성이 태반이라 매성 옛 고을에는 움집조차도 흔치가 않다. 수백 호가 넘던 성하촌城下村이 지금은 겨우 50여 호로 준 것이다.

"형님께 기별이 언제 닿았습니까?"

앞서 가던 강득이 생각난 듯 수만에게 묻는다. 예전에 활터였던 두덩을 바라보며 수만이 싫은 대답하듯 느릿하게 입을 연다.

"기별 오기는 닷새 전인 모양이나 내가 딴 데 다녀오느라 집을 비워 늦게야 알았네."

"나는 아무리 늦더라두 형님이 출상 전날까지는 내게 오실 줄 알았소. 출상날까지두 아니 오시길래 사정이 있는 줄 짐작허구 좀더 기다리자는 걸 내가 우겨 출상했소."

"잘했네. 내 있으나 없으나 그게 무슨 대수라든가. 그러니까 복만이 그 아이가 통제사 사또 돌아가신 바루 그 한날에 죽은 겐가?"

"맞소이다. 지난 11월 열 아흐레 날입니다. 통제사 사또께서 돌아가신 남해 노량바다 싸움에서 죽었소."

노량바다 싸움은 왜적과 조선군과의 마지막 싸움이었다. 이 싸움을 끝으로 해서 왜적은 조선을 떠나 그들의 나라로 돌아갔고, 7년이나 끌어온 왜란도 함께 막을 내린 것이다.

그러나 노량바다 마지막 해전에서 조선의 삼도수군통제사 이순신은 전사했다. 이통제의 죽음은 전라도 연안 고을 백성들에게는 가슴을 에는 듯한 비통한 소식이었다. 그는 난이 일어나 처음 출진한 곳도 전라도 땅인 좌수영 매성에서였고, 마지막 싸움터인 노량바다로 떠난 곳도 전라도 땅인 고금도에서였다. 그러나 그가 싸우다 죽은 곳은 전라도 땅이 아닌 경상도 노량바다에서였다. 싸움에 대첩을 이룬 곳도 경상도 바다인 한산도 전양前洋(앞바다)이었고, 그가 최후로 싸우다 죽은 곳도 남해 앞 노량바다였다.

장군의 죽음이 싸움 후에 전해지자 조선 수군의 장졸들은 너나 없이 통곡들을 터뜨렸다. 장군의 유해는 싸움터인 노량바다에서 통제영 본영이 있는 고금도로 먼저 옮겨졌다. 영구가 지나가는 연도와 고을에서는 그의 죽음을 애통해하는 수많은 백성들이 향을 사르거나 소리쳐 울곤 했다.

아까운 죽음이었다. 그것이 왜적과의 마지막 싸움이었기에 장군의 죽음은 더욱 아깝고 비통했다. 왜적들과 수많은 싸움을 겪었어도 이통제는 한번도 패한 일이 없었다. 울돌목에서는 열 세 척 적은 배로 왜선 백여 척을 대적하면서도 이통제는 그 어려운 싸움을 승리로 이끈 사람이었다.

그의 승리에는 이유가 있었다. 그는 끊임없이 적정을 탐지했고, 적의 기습과 매복에 대비했고, 바다의 조류와 물밑 지형과 뱃길과 섬과 갑 따위를 아군 쪽에 유리하도록 철저히 조사하여 실전에 이용했다. 그러나 그의 승첩에 무엇보다 큰 작용을 했던 것은, 그가 싸움에 임해서는 반드시 이길 수 있다는 확신을 지닌 것이었다. 싸움의 여건이 아무리 불리하고 열악해도 그는 싸움에 임해서는 패한다는 생각을 하지 않았다. 자신이 꼭 이긴다고 믿고 싸워, 결국은 그 싸움을 자신의 승리로 만든 사람이었다.

그러나 이번 노량바다 싸움에서는 이통제의 행동이 어딘가 예전과 달랐다. 그는 예전에는 싸움에 임해 냉정히 사태를 판단하여 이치에 맞지 않는 무모한 작전을 펴지 않았다. 적을 뒤쫓아도 도망갈 길을 터준 뒤 뒤쫓았고, 적을 유인하더라도 철저한 매복과 준비 후에 유인해 온 장군이었다. 그러나 이번 노량바다 싸움에서는 그는 어딘가 예전과 달랐다.

그는 싸움에 이기기 위해 왜적을 무찌른 것이 아니었다. 싸울 뜻이 없어 도망칠 생각만 하는 왜적들을 그는 끝까지 가로막아 무자비하게 무찔렀다.

전쟁은 더 큰 목적을 위한 수단이었을 때만 정당화될 수 있다. 나라와 민족의 생존과 존망이 걸렸을 때만, 전쟁은 의미가 있고 싸울 가치가 있는 것이다. 싸움을 피해 제 나라로 도망치려는 적을 가로막아 무찌르는 것은, 이미 싸움이 지닌 원래의 목적을 저버린 것이다. 여러 해 동안 잔혹한 왜적에게 온갖 흉포한 일을 다 당해 온 이통제 순신은, 어느 틈에 자신도 모르게 왜적에 대한 무서운 증오를 마음속에 키우고 있었다. 그래서 그는 제 나라로 도망치려는 왜적들조차도 한 명 남김 없이 다 도륙해야 한다고 생각했다.

그것은 이미 전쟁이 아닌 적에 대한 미움이었다. 그토록 냉철하고 사리 판단이 분명하던 이통제도 왜적과의 마지막 싸움에서는, 싸움의 본래의 뜻에 앞서, 적을 미워하는 증오가 더욱 승했던 것이다.

어쩌면 이통제의 이러한 증오는 살기를 포기한 사람의 운명에 대한 도전인지도 알 수 없다. 몇 해 사이에 그는 기실 한 자연인으로서는 견디기 어려운 무서운 시련과 운명에 부닥쳐야 했다. 그는 억울한 무고에 의해 조정에 잡혀 올라가 파직과 더불어 죽음의 고비를 겪어야 했고, 백의종군하여 현지로 내려가던 중에 아산 본가에서 늙은 노모의 주검까지 맞이해야 했다. 효성이 지극했던 이통제에게 노모의 죽음은 가슴 미어지는 고통이요 한이었다.

더구나 그녀의 죽음은, 자신이 죄인이 되어 도성으로 잡혀 올라간 것이 원인이 되어 발생한 사건이었다. 죄인으로 잡혀간 아들의 소식을 알아보기 위해, 노모는 90노구를 이끌고 전라좌도 곰내마을에서 수백 리 바다를 거쳐 당신의 고향 땅인 아산으로 올라오던 중이었다. 그러나 그녀는 고향에 닿기도 전에 아들이 사면되어 백의종군하는 것도 모르는 채, 잡혀간 아들을 애타게 그리며 천 리를 달려온 작은 배 안에서 허무하게 죽어갔다.

이통제는 결국 노모의 죽음이 자신의 탓이자 어리석은 조정의 탓임을 깨달았다. 우선은 자신이 죄인이 된 것이 노모를 죽게 한 직접적인 원인이고, 조정은 또 자신에게 죄를 씌워 노모로 하여금 죽음에 이르도록 간접으로 작용한 것이었다. 그러나 이통제의 시련은 이것으로 끝나지 않았다. 울돌목 해전을 승리로 이끈 달포 남짓 뒤, 그에게는 더 비통한 사건이 기다리고 있었다. 비보는 그의 본가가 있는 아산으로부터 내려왔다. 이통제가 그토록 사랑하고 아끼던 막내아들 면이 뜻밖에도 고향 아산에서 왜적과 싸우다가 전사한 것이다.

이통제에게 아들 면의 죽음은 그의 생애 중에 가장 비통한 사건일 것이었다. 외모와 성품이 자기를 그대로 닮았기 때문에 이통제는 위의 두 아들 회와 열보다 막내아들 면을 더 아끼고 총애했는지 모른다. 면의 죽음은 너무나 뜻밖이었다. 자신은 남해바다에서 밤낮으로 왜적과 싸우고 있는데, 고향에 올라간 아들 면은 뜻밖에도 고향 아산에서 왜적에게 뜻밖의 화를 당한 것이다.

아들 면을 잃은 슬픔은 이통제의 모든 희망과 삶의 의미를 송두리째 앗아갔다. 그는 비로소 자신의 삶이 얼마나 허망하며 부질없는 것인가를 깨달았다. 앞날의 희망이 보이지 않았다. 무엇 때문에 누구를 위해 살아야 하는지를 알 수가 없었다. 그 무수한 승첩과 전공 戰功에도 불구하고 조정에서는 몇 마디 무고에 혹해, 그를 역적으로 몰아 장하에 무참히 죽이려 했다. 목숨을 바쳐가며 여러 차례에 걸쳐 싸워 지켜준 나라에서, 몇몇 소인배의 모함하는 말을 듣고 군왕 선조는 오히려 그를 죽여 없애려고 한 것이다.

순신은 그 때 이미 모든 하는 일의 덧없음과 인간사의 부질없음을 깨달은 터다. 그 후 그는 다시 어머니를 여의고 잇따라 아들을 잃어 참척慘慽[자식이 부모 앞에서 먼저 죽음]의 아픔과 비통함을 맛보아야 했다. 특히 막내아들 면의 죽음은 이통제 순신에게 뜨거운 노여움을 불러일으켰다. 그것은 왜적에 대한 살 떨리는 증오로 나타났다. 아들 면을 죽임으로써 왜적들은 이통제로부터 모든 것을 빼앗아간 셈이었다. 싸움의 의미도, 앞으로의 희망도, 살아가는 의욕조차도 깡그리 빼앗아간 셈이었다. 희망을 잃은 그의 빈 가슴에 왜적에 대한 미움만이 커다랗게 자리잡았다. 이통제에게 왜적은 이미 싸움의 상대인 단순한 적이 아니었다. 같은 하늘 아래 함께 살 수 없는 불구대천의 원수가 된 것이다.

그러나 그의 올곧은 미움은 마지막 노량해전에서 끝내 그의 목숨마저 앗아갔다. 어쩌면 그는 그의 죽음을 스스로 택했는지도 알 수 없다. 모든 희망을 잃고 살아 있음을 덧없이 여긴 그는, 죽음 앞에 스스로를 내맡겨 죽음을 스스로 맞이했는지도 모를 일이다.

결국 이통제의 죽음과 동시에 7년 왜란은 끝이 났다. 왜적들은 제 나라로 떠나는 마당에도 이통제를 빼앗아감으로써 조선에 마지막 통렬한 상처를 남긴 셈이다.

바다를 굽어보는 밋밋한 비탈에 방금 산역을 끝낸 봉분 하나가 초라하게 앉아 있다. 봉분 주위에는 양지를 따라 키들이 별로 크지 않은 매화나무 숲이 둘러서 있다. 지금은 잎들이 져서 앙상한 숲으로 남아 있지만, 봄철에는 일대 산비탈이 매화꽃으로 눈이 부실 지경이다. 그래서 부근 연안의 백성들과 군사들은 매화꽃 화사한 전라좌수영을 매성梅城이라는 또 다른 이름으로 부르기도 한다. 앞서 가던 이군관 강득이 봉분 앞에 멈춰 서며 뒤쳐진 수만과 율개를 곤한 표정으로 돌아본다.

"겨울철이라 떼가 없어 우선은 봉분만 다져두었수. 봄 되면 내가 다시 와 떼를 새루 입힐 생각이우."

수만이 대꾸없이 아우 무덤에 너부죽이 절을 한다. 재배 뒤에도 한참을 그대로 엎디어 있더니, 다시 몸을 일으키는 그의 눈에 붉은 핏발과 물기가 척척히 배어 있다. 아마 땅에 엎딘 채로 흐르는 눈물을 애써 삼켰던 모양이다. 무덤을 등지고 바다 쪽으로 돌아앉으며 수만이 한참만에 강득에게 말을 건넨다.

"아우가 무슨 배를 탔든가?"

"판옥선 싸움배요."

"전에는 그 사람이 작은 협선을 탔었는데 이번에는 어찌 그 배를 아니 타구 싸움배 판옥선을 타게 되었나?"

강득이 대꾸없이 곁에 앉은 도목수 율개를 돌아본다. 가져온 술을 땅바닥에 내려놓으며 율개가 혼잣말하듯 느직하게 입을 연다.

"여러 사람이 그렇게 말렸건만 말을 통 들어야지. 한사쿠 제가 우겨 싸움배를 타게 되었네."

"제가 우겨?"

"왜적에게 한이 맺힌 모양일세. 한 눔이라두 더 죽여야겠다구 제가 원해 싸움배를 탔드라네."

수만이 다시 바다 쪽을 굽어본다. 계수씨 강진댁이 목매어 죽은 이야기는 수만도 이미 오래 전에 들어서 알고 있다. 늦게 장가들어 살림 맛을 알 만할 때, 복만은 안식구 강진댁과 핏덩이 아들을 한꺼번에 왜적에게 잃었다. 아들을 살리기 위해 스스로 왜적에게 몸까지 내준 강진댁이건만, 그 아들이 죽고 말아 강진댁도 뒷날 목을 매어 죽은 것이다. 안식구와 아들을 한꺼번에 잃어 복만은 왜적에 대한 한이 하늘에 사무쳤다. 결국 그 한을 풀기 위해 싸움배에 자진해 오른 그는, 노량바다 마지막 싸움에서 자신의 목숨도 왜적에게 함께 내어주고 만 것이다.

"막개 총각두 죽었다구 들었네만 그 총각은 어찌 죽은 겐가?"

"그 총각은 불에 타 죽었소."

이번에는 강득이 수만의 물음에 응대한다.

"불에 타?"

"같은 노량 싸움에서 복만이 허구 한 배를 탔었소. 복만이가 싸움 중 불을 맞아 쓰러지자 그 아이두 이내 왜선에 뛰어들어 왜적들

여럿을 죽이구는 함께 불에 타 죽었소."

"왜선으루 뛰어들었든가?"

"한참 접전이 붙어 왜선이 조선 배 가까이 이르렀을 때요. 왜적 한 눔이 불을 놓아 복만이가 쓰러지는 것을 보구는 그 아이가 곧 쇠갈구리를 휘두르며 왜배루 건너뛰어 왜적 여럿을 찍어죽였소. 헌데 그 때 불 붙은 돛대가 부러지며 왜배는 온통 큰 불길에 휩싸였소. 잠시 후 왜배가 크게 기울더니 바다 속으로 빠져 배두 사람두 보이지 않습디다. 그 때 막개두 함께 빠져 나중에 찾아보았으나 그 아이 시신은 뵈질 않았수. 아마 배 안에 몸이 갇혀 함께 물 밑으루 가라앉은 모양이우."

"둘이 의형제를 맺더니 죽기두 한날 한시에 죽었구먼……."

"내가 그래 복만이 묘를 바다가 굽어뵈는 이 비탈에 쓰게 된 게요. 죽은 혼백이나마 형과 아우가 조석으루 마주 보라구 갯가에 묘를 쓴 게요."

다시 말들이 끊어진다. 오늘따라 겨울 날씨가 봄날처럼 따스하다. 눈 아래 바른쪽으로 내려다보이는 내례포 포구는 잔 파도 하나 없이 잔잔하기가 거울 같다. 무수한 사람이 죽고 집과 성이 불탔건만, 검푸른 바다와 산과 들은 난 전과 별로 달라진 것이 없다. 국파산하재國破山河在라, 나라는 깨어져 풍비박산이 되었건만 산하는 그대로라는 두보杜甫의 시구가 생각난다.

수만이 먼저 자리를 일며 강득을 그윽이 돌아본다.

"자네가 욕 많이 보았네. 군역은 그래 언제쯤 끝날 듯싶은가?"

"내년 봄에나 끝날 듯싶수. 그 때나 형님께 찾아갈라우."

"자네 오기 전에 배 한 척 얼른 새루 무어야겠네그려?"
"형님, 새루 일군 상단에 배가 지금 모두 몇 척이우?"
"큰 당두리〔당도리. 큰 나무배〕 한 척에 야거리가 두 척일세."
"허면 새루 무을 것 없수. 내게는 야거리나 한 척 내주시우."
수만이 빙그레 웃고는 앞서 비탈을 내려간다. 겨울 갈매기 여러 마리가 축방 근처를 낮게 날고 있다. 아마 누군가가 축방 위에 제 지낸 메라도 던져준 모양이다.

강가에 자란 버들가지가 새 눈을 툭툭 내밀고 있다.
우수 경칩을 지난 절기라 남도 들녘에는 어느새 봄빛이 완연하다.
방금 나룻배로 진주 남강을 건넌 사발은 무너진 진주성 외성을 따라 부중을 바라고 들어오고 있다. 성이 깨어져 폐허로만 남았더니 그새 여러 해가 지나 부중에 제법 새로운 집채들이 많이 섰다. 동문 밖 저잣거리에도 좌판 벌린 앉은장사가 더러 있고, 시목전에도 삭정이 장작 같은 땔나무 짐들이 여기저기 늘어서 있다.
무너진 외성 한 귀퉁이에 남녀노소 구별없이 여러 사람들이 열을 지어 늘어서 있다. 손에 목기나 바가지 같은 것을 든 그들은, 차례라도 기다리는지 조금씩 연기 오르는 성벽 밑으로 다가가고 있다. 연기 오르는 성벽 아래로는 불 지핀 화덕에 큰 가마솥이 두 개나 걸려 있다. 장정들 여럿이 가마솥 앞에 둘러서서 열 지은 사람들이 가까이 오면 국자로 무언가를 떠서 사람들의 바가지에 부어주곤 한다. 양식 떨어져 주려죽는 백성들이 많은 때라, 나라에서 죽을 쑤어 없는 백성들을 구휼하는 모양이다.

"시주님 말씀 좀 여쭙시다. 저 성 아래서 무얼 허길래 백성들이 저렇듯 늘어서 있는 겝니까?"

"어느 양반이 죽을 쑤어 굶주린 백성들을 먹이구 있소이다."

"나무 관세음. 고맙기두 해라. 나라에서 하는 일이 아니구 어느 양반께서 사사로이 헌다는 말이외까?"

"최참의댁의 젊은 서방님이 주린 백성들을 먹인답니다. 스님두 생각이 있거든 늦기 전에 얼른 열 끝에 붙어서시우."

"최참의댁 젊은 서방님의 함자가 혹 어찌 되는지 모르시오?"

"양반댁 서방님 함자를 우리 같은 상사람이 어찌 알겠수. 저리루 올라가서 그댁 집사를 만나보시구려. 집사는 그댁에 딸린 사람이라 그댁 서방님의 함자를 알구 있으리라."

"일러주어 고맙소이다. 허면 시주님들 편안히 기십시오."

사발이 합장과 함께 사내들과 헤어져 화덕 놓인 성벽 아래로 다가간다. 화덕 주위에는 불 지피고 죽 떠주는 장정들 외에 먼저 죽을 타서 주위에 앉아 죽을 먹고 있는 사람들이 많다. 언뜻 보니 그들의 죽은 산채와 남새가 많이 섞여 푸르죽죽하고 데직하다. 수많은 사람을 골고루 먹이자니 곡물만으로는 어려워서 산채와 남새를 많이 섞은 모양이다.

화덕에서 좀 떨어진 볕 바른 곳에 입성 깨끗한 갓 쓴 사내가 늘어선 사람들을 우두커니 바라보고 있다. 사발은 그가 집사라고 깨닫고 곧장 그에게 가 합장하며 입을 연다.

"처사님께 길 가던 객승 말씀 몇 마디 여쭙겠소이다. 지금 예서 죽을 쑤어 백성들을 먹이는 분이 진주성 10리 허에 사시는 최참의댁이 맞사온지요?"

"그렇소이다. 그댁 젊은 서방님이 벌써 여러 날째 죽을 쑤어 주린 성민을 먹이구 있소."

"혹 그댁 젊은 서방님의 함자를 아시면 소승께 일러주십시오. 소승이 예전에 그댁과는 속연을 맺은 일이 있사외다."

"우리 서방님이 오늘 마침 성으루 나오셨소. 서방님 만나뵈려거든 내성(內城) 등성이루 올라가시우."

"성안에 계시다는 말씀이오이까?"

"방금 내성으루 올라가셨소. 남장대(南將臺)[촉석루] 쪽으루 올라가면 뵈올 수가 있을 게요."

"이런 고마울 데가. 소승 허면 물러가오이다."

사내와 헤어져 사발은 곧 허물어진 성벽을 타고 넘는다.

왜적에게 성이 깨어질 때 진주성 외성 성벽은 거의 다 무너졌다. 난이 끝나 한 해가 지났건만 무너진 성터는 고칠 생각을 않고 있다. 남장대까지의 비탈진 언덕에 여러 모양의 잡석들과 깨진 기왓장들이 어지러이 흩어져 있다. 비탈진 언덕 왼쪽에는 깎아지른 벼랑이 있고 수십 길 벼랑 아래로는 푸른 남강이 흐르고 있다. 성은 허물어져 옛 모습이 아니건만 벼랑의 푸른 대숲과 푸른 강물은 옛모습 그대로다. 절기마저 이른봄이라 남강 푸른 물은 더욱 푸른 쪽빛이다. 7년 왜란에도 변치 않은 산천을 보노라니 성을 지키다가 죽어간 수천의 생령이 새삼스레 가엾고 애통하다. 사발은 고개를 내두르며 빠른 걸음으로 비탈진 언덕을 올라간다.

오랜만에 짝쇠를 만날 것을 생각하니 사발은 나이답지 않게 공연히 가슴이 설레기 시작한다. 며칠 전 불 타 없어진 운해사 절터로 무자리 사냥꾼 박두산이 예고없이 그를 찾아왔다. 볼일이 있어 진주성에 내려가 최참의댁에 들러 짝쇠를 찾아보고 오는 길이라 했다.

말주변 없는 박두산의 얘기로도, 짝쇠가 지난 1년 사이에 얼마나 변했는지를 알 것 같았다. 절손이 된 최참의댁에 짝쇠는 서얼이나마 홀로 남은 유일한 혈손이었다. 뜻하지 않게 큰 집안의 새로운 주인이 된 총각 짝쇠는 기울어진 집안을 바로잡기 위해 눈부신 변신을 했다. 그는 우선 집안의 장토와 모든 재물들을 다시 찾아 확인했고, 못된 하인들을 꾸짖고 갈아, 집안에 주종의 관계를 엄하게 다시 세웠다. 난중에 허물어진 집채를 토역을 일으켜 말끔하게 고쳤는가 하면, 그는 또 마음씨 곧은 백성들을 골라 그 동안 묵혀둔 장토를 부쳐 먹도록 내주었다.

짝쇠를 배운 데 없는 산골 총각으로만 알았던 사람들도 하루이틀 세월이 흐르자 그를 차츰 두렵고 어렵게 여기기 시작했다. 배움이 깊지 못해 비록 진서는 깨우치지 못했으나 집안을 다스리고 아랫사람들을 거느리는 데는 그는 최참의댁의 그 누구보다도 유능하고 뛰어났다.

1년이 채 못 가서 최참의댁은 다시 일어났다. 놀라운 것은 그 모든 일들이 산골 총각 짝쇠 혼자서 이룩한 일이라는 것이다. 그는 어느새 인근 백성들은 물론이요, 같은 양반들도 우러러보는 진주성 최참의댁의 새로운 주인이 된 것이다.

진주성에 내려가 짝쇠를 만나고 온 두산은 운해사로 사발을 찾아와 짝쇠가 전하는 놀라운 말을 했다. 운해사 조실스님 모우당이 입적한 지도 어느새 세 해가 지났다. 사발은 그가 죽자 옛 절터에 그의 사리탑을 세우려 했다. 그러나 7년 난 뒤라 탑을 세울 시주를 구할 수가 없었다. 뜻만 있을 뿐 힘이 못 미쳐 사발은 3년이 지난 오늘까지도 모우당의 사리탑을 세우지 못하고 있다.

바로 그 때 진주성에 내려가 짝쇠를 만나고 온 박두산은, 운해사 절터로 사발을 찾아와 짝쇠가 부탁한 말을 그대로 전했다. 짝쇠는 하루속히 사발을 만나고 싶다고 했다. 3년 전에 입적한 운해사 조실스님 모우당의 사리탑을 세운다니 그 일에 자기도 꼭 참례케 해달라는 간곡한 전언이었다. 짝쇠의 소식을 몰라 애타하던 사발은 두산에게서 그 말을 전해 듣고 이내 산을 내려왔다. 중 되기를 그토록 싫어하던 짝쇠가 오히려 세속에 있으며 더 큰 불심을 일으킨 것이 고마웠다.

하긴 짝쇠의 사람됨됨이를 알아본 사람은 사발이 아니고 운해사 조실 모우당이었다. 아직 어린 짝쇠를 절에 데려와 처음 모우당께 보였을 때, 모우당은 짝쇠를 그윽이 보더니 아이의 눈이 맑아 장차 큰 불심을 일으킬 것이라 했다. 그 때는 인사말로 알고 예사롭게 들어넘긴 그 말이, 7년이 지난 오늘에는 예언이 되어 사실로 나타났다. 모우당 같은 큰 중만이 어린 짝쇠의 숨겨진 불심을 꿰뚫어 알아본 것이다.

급히 짝쇠를 만나볼 생각에 사발은 하산 이틀 만에 나는 듯이 진주성에 닿았다. 산에서 들은 대로 각 고을 여염에는 눈뜨고 볼 수 없는 참혹한 광경들이 즐비했다. 왜란 끝이 아니더라도 요즘 같은 봄철에는 양식 떨어진 백성들이 먹지를 못해 무수히 굶어죽었다.

지금은 그러나 7년 난 끝이라 더욱 많은 백성들이 주려 죽은 것은 물론이요, 천량깨나 있다는 시골 토반의 대갓집 사람들도 제대로 끼니를 잇지 못해 부황이 들어 누렇게 뜬 얼굴들이었다. 양반도 주림 앞에서는 체통을 지킬 겨를이 없었고, 백성들은 부자 부부 사이에 인륜마저 저버릴 지경이었다. 아비가 양식 몇 말에 어린 딸을 파는가 하면 어떤 사내는 제 아낙을 남의 소실로 내주기도 했다. 대처로 나올수록 주림은 심했고 인심 역시 흉흉했다.

난이 끝난 지도 여러 달이 지났건만 높은 고개나 요해처에는 의병도 아니고 화적도 아닌 사나운 무리들이 득시글거렸다. 그들은 행인의 등짐을 터는 것은 예사요, 인근 마을에 무리지어 내달아서 왜적들 못지않은 흉악한 짓들을 하곤 했다. 난이 끝나 이제는 태평성대가 올 것으로 알았으나 힘 없고 권세 없는 백성들은 살아가기가 오히려 더욱 난감한 형편이었다.

그러나 진주성에 이르러 사발은 백성들을 가엾이 여기는 부처의 자비가 헛되지 않은 현장을 보았다. 큰 벼슬도 살 수 있는 귀한 양식을 아낌없이 풀어내어 주린 백성들의 허기를 메워주는 짝쇠 같은 사람을 부처님은 내려보내 주신 것이다.

민두름한 언덕 하나를 넘자 눈앞에 초석만 남은 옛 남장대 터가 바라보인다. 불 타 없어진 누대 빈터에는 아직도 여러 잡석들과 깨진 기왓장들이 어지러이 흩어져 있다. 네 개의 장대將臺와 여러 공해는 물론이고 안팎 성의 누문들까지도 모두 난중에 불 타 없어졌다. 계사년 유월에 성이 떨어졌으니 햇수로도 벌써 일곱 해가 지난 셈이다. 무수한 원혼이 산성에 떠돌아 이 곳에는 한낮에도 찾는 사람이 없노라고 했다. 그 참혹한 그날의 비극을 7년 세월조차 지우지를 못한 것이다.

 벼랑 가까운 대숲에서 문득 흐느끼는 듯한 말 울음소리가 들려온다. 인적 없는 빈 성터라 말 울음소리가 오히려 반갑기만 하다. 그러나 주위를 둘러보아도 말과 사람이 보이지 않는다. 그 동안 성 안에 숲이 우거져 말과 사람이 숲에 들어 있는 모양이다.

 장대 가까운 곳에 이르니 아니나 다를까 벼랑머리쯤에 사람의 흰옷이 언뜻 보인다. 사람은 석축 끝에 강을 굽어보며 앉아 있고, 말은 바로 주인 곁의 어린 홰나무에 묶여 있다. 깊은 생각에 잠겨 있는지 흰옷 입은 사람은 돌로 빚은 듯 꼼짝도 않는다. 큰갓에 도포를 입어 사내는 첫눈에 보아도 상사람 아닌 양반이다. 뒷모습이 어딘가 낯익은 듯해서 사발은 저도 모르게 발걸음이 빨라진다. 그러나 거의 한 칸 거리로 다가갔을 때 사내가 인기척을 느꼈는지 뒤를 힐끗 돌아본다. 아니 돌아본 자세 그대로 사내는 돌이라도 된 듯 꼼짝 없이 사발을 보고 있다.

 "스님 많이 기다렸습니다. 별래무량하시오이까?"

 한 해 가까이 못 본 사이에 짝쇠 총각은 헌헌장부가 되어 있다. 이 젊은 선비가 옛날의 그 영악하고 사나운 짝쇠 녀석이라고는 믿어지지 않는다. 사발이 말을 잊은 채 좀더 가까이 다가가자 짝쇠가 그제는 몸을 일으켜 축대 바닥에 무릎을 꿇는다.

 "뵈온 지 참으루 오랩니다. 스님 절 받으십시오."

 "아닐세. 일어나시게. 내가 자네 절 받을 까닭이 없네."

 사발의 만류에도 불구하고 짝쇠는 너부죽 큰절을 하고 몸을 일으킨다. 지척에서 바라보니 과연 모습만은 옛날의 그 짝쇠임이 분명하다. 그러나 같은 얼굴이건만 한 해 사이에 이렇듯 보기에 부드럽고 관후할 수가 없다. 사람의 얼굴도 가꾸기 나름이라 그는 어느새 무지렁이 산골 총각에서 대갓집 양반 자제의 준수한 글방도령 같은 얼굴을 하고 있다.

"자네가 그새 많이 변했네. 딴 곳에서 보았더라면 내가 자네를 알아보지 못할 뻔했네."

"스님두 많이 변하셨구먼요. 이리루 오셔서 앉으시지요."

짝쇠가 권하는 대로 사발은 벼랑머리의 석축 위에 걸터앉는다. 푸른 대숲이 어우러진 너머로 쪽빛 남강물이 띠를 두른 듯 휘돌아 흐르고, 그 너머 들과 야산에는 어느새 봄볕을 받아 아지랑이가 아른거린다. 새삼 옛 감회가 새로운 듯 사발이 임진년의 진주성 싸움을 들먹인다.

"자네가 임진년 가을에 예서 나랑 함께 싸운 걸 잊지 않았는가?"

"그 일을 어찌 잊겠습니까. 어린 나이라 겁없이 설친 것이 지금 생각하면 모골이 송연하오이다. 스님께서는 제가 어리다구 저를 산사루 쫓아보내려구 하셨지요?"

"자네 나이가 그 때 열 셋이든가 열 넷이든가? 허나 자네는 그 어린 나이에 남들이 못헌 큰일을 했네. 자네가 홀루 성밖에 나가 왜적들의 야공夜攻을 성안에 몰래 귀띔허지 않았든가?"

"그 일까지두 기억하시는군요. 제가 그 공으루 무명 두 필을 상으루 받기까지 했었지요."

마주보는 두 사람의 얼굴에 모처럼 밝은 웃음이 떠오른다. 그러나 임진년 시월에 그토록 애써 지킨 진주성도 이듬해 계사년 유월에 는 왜적들에게 떨어지고 말았다. 왜란 7년에 크고 작은 싸움이 많았 지만 두 차례의 진주성 싸움처럼 처절했던 육전은 없다. 왜적들은 바로 이 두 싸움을 겪고서야 조선 침공에 기가 꺾이어 스스로 철군 하기에 이른 것이다.

"두산이 아제를 만나보셨습니까?"

"나흘 전에 운해사루 찾아왔드라네. 자네가 전허는 말을 듣구 내 한달음에 산을 내려왔네."

사발의 말씨가 저도 모르게 해라에서 하게로 바뀌었다. 하긴 옛 적에는 그의 품에 든 어린아이였으나 지금은 최참의댁의 하나밖에 없는 장성한 젊은 도령이다. 남의 이목은 차치하고라도 천한 산승山 僧이 양반 자제에게 하게를 하는 것만도 쉽지 않은 일이다.

"두산이 아제 편에 운해사 절 사정을 소상히 들어 알았습니다. 모우당 큰스님의 사리탑을 아직두 세우지 못했다구 들었습니다만?"

"7년 난 끝이라 불사佛事 일으키기가 생각보다 쉽지 않네그려. 제 입치레두 바쁜 세상이라 누가 절에 시주를 허겠는가. 내 정성과 덕 이 부족한 모양일세. 내 오히려 탑을 세운다는 말만 내어 열반한 모 우당께 죄만 크게 더헌 듯허네."

"제가 세상에 태어나 처음으로 마음 편히 공밥 먹은 곳이 그 운 해사요 모우당 큰스님에게섭니다. 그 때는 어린 탓으루 불도되는 것 이 두렵기만 했으나 지금 생각허니 그 모든 것이 전생에 연이 있어 그리된 듯 허구먼요. 난중에 제 집안 여러 어른들이 원통히 목숨을 잃어 원혼된 넋이 많사오이다. 그 넋들을 천도하여 저승길로 잡아주고 싶사오나 그 방도를 알지 못해 지금껏 망설이구 있었습니다. 이제 그 길을 알았으니 스님께서 저를 인도해 주십시오."

"내가 원력願力〔염원을 비는 힘〕이 부족해서 그런 힘이 있을는지 모르겠네. 나라 위해 죽은 넋들이 어찌 지금껏 극락정토에 들지 않았겠나. 자네가 천도치 않더라두 그 어른들 벌써 좋은 세상에 계실 겔세."

"모우당의 사리탑을 세우신다니 제가 그 불사에 적은 힘이나마 보태구 싶사오이다. 제가 최씨 집안에 터럭만한 공두 없이 지금은 오히려 문중의 마지막 혈손이 되구 말았습니다. 돌아가신 백부께서 집안의 장토를 남겨주신 외에 땅속 깊이 묻어두신 여러 귀물들까지 두 제게 남기시고 돌아가셨습니다. 그 재물들이 따지구 보면 제 것이 하나도 없사오이다. 모두 우리 집안의 여러 조상님네들이 누대에 걸쳐 모아오신 재물이라 제게는 오히려 그 재물이 민망하고 두렵기만 하오이다. 스님께서 잠시 제 곁에 머무시어 제게 옳은 말씀을 일러주셨으면 좋겠습니다. 남의 밑에 있기보다 남들 위에 있기가 이토록 어려운 것을 제가 이제야 깨달았습니다."

"두산에게서 내 이미 자네 하는 일들을 소상히 들어 알구 있네. 자네가 지금 허구 있는 일들이 바루 부처님의 대자대빌세. 선한 일 하기가 어렵다구 하는 것은 그 일이 어려운 게 아니라 발심發心이 어렵다는 이야길세. 자네가 이미 마음을 내었으니 무엇이 또 어렵구 두려울 겐가? 그래 지금 온 집안의 일들을 자네 혼자서 꾸려가구 있는 겐가?"

"옛적에는 하루해가 무척이나 길더니 요즘은 그 하루가 언제 가는지를 모르겠습니다. 집안의 크고 작은 대소사가 제 손 거치지 않는 것이 없사오이다. 거들겠다는 사람은 하루에두 수십 명이건만 모두가 밥자루들일 뿐 사람 같은 사람은 참으로 만나기가 어렵구면요. 내 요즘에야 스님네들이 누더기 납의 걸치고 산에 사는 까닭을 어렴풋이 알 듯하오이다."

사발이 조용히 웃을 뿐 더 대꾸하지 않는다. 짝쇠가 그제야 멈칫하여 사발을 따라 벼랑 아래 강물을 굽어본다.

인간사 허망함을 흐르는 남강물이 새삼 크게 일깨우는 것만 같다. 그들이 지금 걸터앉은 장대 석축이 바로 그 허망함의 생생한 현장이다. 이 작은 산성 하나를 빼앗고 지키느라 무수한 젊은 생령들이 허망하게 죽어갔다. 그들을 헛되이 죽게 한 것은 칼의 힘을 믿는 자의 광포한 탐심貪心 때문이다. 어쩌면 그들은 손에 쥔 칼만이 이 세상을 지배하는 확실한 힘이라고 믿었는지 모른다. 그러나 칼의 힘은 또 다른 칼의 힘을 그 짝으로 부를 뿐이다. 칼이 지배하는 것은 세상이 아니고 사람의 삶이 잠시 정지된 시간의 한 토막일 뿐이다. 그 정지된 시간을 다시 살아 흐르게 하는 것은 포악한 칼의 힘이 아니라 어둠을 밝히는 부드러운 달빛이다. 한 달에 한 번 생성과 소멸을 거듭하며 달은 칼의 덧없는 힘을 깊은 어둠 속에 어루만져 잠재운다. 그렇기에 앞서 산 사람들의 이러저러한 흔적들이 뒤에 오는 사람들에게 가르침으로 남는 것이다.

"스님께 청이 하나 있습니다."

짝쇠가 문득 어두운 낯빛으로 입을 연다.

"자네가 내게 무슨 청인가?"

"황새등의 숙부님과 어머님이 산을 내려오려 허지 않으십니다."

"그 두 어른이 언제 황새등에 돌아오셨든가?"

"난 끝난 소식을 듣구 이제야 돌아오신 모양입니다. 제가 산으루 찾아뵈었습니다만 두 분이 종내 산을 아니 내려오시겠다 허시는군요."

"아니 내려오는 까닭이 무엇인구?"

"아이가 생겼더이다."

"아이라니?"

"두 어른이 깊은 산에 사시며 기어이 두 분의 아이를 갖게 된 것 같습니다. 전에 키우던 아이는 죽구 새루 세 살 된 어린아이가 있더이다."

사발이 말을 잊고 다시 강물을 굽어본다. 난중에 사람이 잃은 것은 사람의 목숨과 재물만이 아니다. 피가 흐르는 사람이기에 그들은 7년 난중에 가끔 어쩔 수 없이 사람의 도리와 인륜을 저버릴 때도 있다. 왜적의 겁탈에 의해서만 저주받은 아이가 태어나는 것은 아니다. 인척간의 금기의 피섞음도 난이 가져온 고통스런 산물이다.

"두 어른을 집안에 꼭 뫼시구 싶습니다. 세 살배기 어린아이는 바루 최씨 가문의 혈손이 되기두 헙니다. 사람 저지른 일이 바루 부처님 뜻일 수두 있습니다. 제가 두려운 것은 사람들이 만든 예禮와 율律과 인습이 아니오이다. 7년 동안의 난을 겪으며 우리는 지금껏 지켜온 온갖 관습들이 다 깨어지는 걸 보았습니다. 사람이 있고서야 법도 있고 예도 있고 도道와 율도 있습니다. 우리는 너무 오랫동안 사람이 이 세상의 주인인 것을 모른 채로 살아왔습니다. 위로는 양반과 상감만 계시고 아래로는 무지한 백성과 천한 종들만 있는 줄 알았습니다. 그들이 모두 사람인 것을 몰랐다가 이제야 눈이 뜨여 같은 사람인 것을 알았다는 말씀이외다."

한 마디 응대라도 있을 법한데 사발은 웃을 듯 말 듯 묘한 표정인 채 말이 없다. 한참을 그대로 말없이 앉았더니 사발이 이윽고 끙 소리와 함께 몸을 일으킨다.

"세상에 양반 있고 상놈 있는 것두 부처님 뜻이라네. 깨달음이 값진 게지 헛껍데기 눈앞의 세상이야 그게 무슨 상관일 겐가. 황새등의 두 어른께는 하산을 더 권치 않는 게 좋을 듯싶네. 그 어른들 나름으루 세상 사는 뜻두 있지 않겠는가?"

짝쇠가 사발을 따라 말없이 몸을 일으킨다. 이 수박 같은 둥근 머리통의 산승 앞에서는 짝쇠는 아무리 발돋움을 해도 그 키를 따라잡을 수가 없다. 말고삐 끄르는 짝쇠를 향해 사발이 등뒤에서 다시 말을 건네온다.

"자네에게 제일루 급헌 일이 있네. 참한 규수 하나 찾아내어 얼른 혼사부터 치르는 겔세. 난중에 잃은 목숨들 벌충허자면 우선 자손부터 많이 생산해야 되지 않겠는가?"

해가 어느새 높이 떴다.

매생이 한 척이 강을 따라 흐르다가 뱃머리를 왼쪽으로 틀더니 밤섬 기슭에 옆구리를 대고 있다. 배가 닿은 곳은 모래언덕으로 땅버들 따위의 잡목들만 무성할 뿐 인가는 한 채도 볼 수가 없다. 경강의 삼개나루가 마주 보이는 곳이건만 이 곳은 모래섬이라 뜨내기들

외에는 눌러사는 사람이 없다.

"예서 잠시만 기둘리시오. 내 선가船價는 후히 드리리다."

옷갓한 사람이 뱃사공에게 하는 말이다. 나이 서른쯤 되어뵈는 선객船客은 언뜻 보아 양반도 같고, 벼슬 구하는 선비도 같다. 아마 선가를 후히 주기로 하고 사내는 매생이 한 척을 통째로 세를 낸 모양이다.

"선가는 나중이구 속히 다녀오기나 허슈. 언덕에 길이 난 걸 보니 사람이 살기는 사는 모양이우."

사공이 손짓하는 곳에 과연 사람이 다닌 여러 발자국이 찍혀 있다. 사내가 주위의 땅버들 숲을 둘러보더니 이내 몸을 돌려 비탈진 언덕을 오르기 시작한다.

땅버들 나무가 대부분인 숲은 모래언덕으로 올라가자 펑퍼짐한 버덩처럼 되어 있다. 버덩에도 역시 땅버들이 드문드문 박혀 있고, 그 사이에 지붕을 띠로 덮은 헌 움집들이 여기저기 흩어져 있다. 아마 예전에는 비렁뱅이 같은 없는 백성들이 살았던 모양이나 지금은 모두 떠나고 빈 움집으로 남아 있는 모양이다.

"……?"

버덩에 올라 움막들을 살피던 사내가 갑자기 무언가에 놀란 듯 제 뒤를 홱 돌아본다. 전혀 인기척을 느끼지 못했는데 사내의 등뒤에는 많은 아이들이 둘러서 있다. 아마 바닥이 모래여서 발자국 소리가 나지 않았던 모양이다.

돌아보긴 했으나 사내는 아이들 중 누구를 보고 이야기를 건네야 될지 알 수가 없다. 큰 아이라고 해야 열두어 살쯤 되어보이고,

나머지는 열 살이 채 못되는 예닐곱 살의 어린아이들이기 때문이다. 게다가 아이들은 수척한 몸에 하나같이 옷이랄 수 없는 누더기들을 걸치고 있다. 한 가지 신통한 것은 아이들이 그나마 물에 자주 몸을 씻었는지 깨끗해 보인다는 것이다. 몸에는 비록 누더기를 걸쳤으나 아이들의 얼굴과 손에는 때가 전혀 끼어 있지 않다.

"얘들아, 말 좀 묻자. 너희가 모두 여기들 사니?"

까만 눈망울로 바라만 볼 뿐 아이들은 아무도 대꾸가 없다. 사내가 그 중 큰 아이에게 다가가 허리를 굽히며 부드럽게 말을 묻는다.

"나를 무서워 마라. 나는 어느 어른을 찾아 예까지 온 사람이다. 여기 어른들은 아니 계시냐? 너희들끼리만 사는 게냐?"

"그 아이는 말을 못헙니다. 선비께서는 무슨 일루 예까지 오셨는지요?"

돌아다보니 뜻밖에도 쪽머리를 한 젊은 아낙이다.

입성은 비록 낡고 험해도 아낙은 고운 얼굴에 내외도 않고 그 눈빛이 맑고 당당하다. 말씨도 듣기에 상스럽지 않아 상사람의 아낙과는 어딘가 다른 인상이다.

"제가 여기 온 까닭은 의원 한 분을 찾기 위한 것이외다. 여기 혹 성기준이란 나이 많으신 의원이 아니 계신지요?"

"성의원은 저두 압니다만 그 나으리를 어찌 찾으시는지요?"

"그 어른이 이 사람의 가친이 되오이다. 예 계시다는 소문을 전해 듣구 제가 이렇듯 만나뵈오러 왔소이다."

"허면 선비께서 그 어른의 자제가 되시나요?"

"그렇습니다. 이 사람이 바로 성의원의 아들 되는 성인욱이란 사람이외다."

아낙이 잠시 말을 끊고 살피듯이 사내를 바라본다. 여남은 명쯤 되는 올망졸망한 아이들은 아낙 뒤에 붙어서서 사내를 빤히 쳐다볼 뿐이다. 사내와 아이들을 번갈아 바라본 뒤 아낙이 이윽고 아이 하나에게 말을 이른다.

"평사야, 너 뒷샘에 가서 고기 낚는 할아버지 좀 이리루 뫼셔오너라."

아이가 두말 않고 몸을 돌려 버덩 너머로 뛰어간다. 사내가 그제야 반가운 얼굴로 아낙에게 다시 말을 묻는다.

"아버님이 언제부터 여기 머물러 계시오이까?"

"머무신 지 한 해가 다 돼가지요. 거년 5월에 밤섬에 오셔서 이제껏 여기 눌러살구 계시옵니다."

"허면 그 동안 여기 사시며 섬 밖으루는 통 나가시지 않으셨소?"

"일이 있을 때는 나가셨지요. 양식을 구하러 자주 나가시군 했습니다."

"당신 혼자 자실 양식 때문에 자주 나가셨단 말씀이오이까?"

"혼자가 아닙니다. 거느린 식솔이 열이 넘는 대식구지요."

"이 아이들을 이르는 말씀인가요?"

"예. 여기 있는 이 아이들말구 더 어린 아이들이 저 움막에 또 있습니다."

여인이 가리키는 곳에 과연 움집 둘이 나란히 붙어 있다. 사내가 다시 시선을 거두어 젊은 아낙을 마주 바라본다.

"아버님 거처는 어딘지요? 제가 잠시 보구 싶습니다."

"이리루 오시지요. 움막 하나를 거처루 쓰구 계시오이다."

젊은 아낙이 앞장서서 아이들과 함께 한 움집으로 다가간다. 거적을 말아올린 작은 움집은 밖에서도 안이 훤히 보인다. 아낙이 움집 앞에 발을 세우더니 인욱을 다시 돌아본다.

"여기가 바루 나으리께서 큰 아이들 셋을 데리구 기거하는 거처이옵니다."

"아이들 셋을 데리고?"

"여기 있는 이 큰 아이들이 나으리와 함께 이 움집에서 살구 있지요. 나머지 어린아이들은 제가 저 움집에서 데리구 자구 있습니다."

인욱이 그제야 여러 아이들 중 좀 커뵈는 세 아이들을 유심히 살펴본다.

부친이 밤섬에 숨어사는 까닭도 알 수 없거니와 어린아이들과 함께 사는 까닭도 인욱은 전혀 알 수가 없다. 젊은 아낙을 바라보며 인욱이 다시 말을 묻는다.

"이 여러 아이들이 모두 부인의 자제들인가요?"

아낙이 고개를 내두르더니 멀리 있는 아이 하나를 손으로 가리킨다.

"제 아이는 저기 있는 저 아이 하나뿐입니다. 나머지 아이들은 난중에 모두 부모를 잃은 아이들이지요."

"부모를 잃었다면……?"

"난중에 부모가 죽기두 허구, 혹 있더라두 돌보지 않은 아이들이랍니다. 일곱 살 아래 어린것들은 그 부모가 길바닥에 내다버린 아이들이지요."

"허면 부인은 무슨 까닭에 부모조차 내다버린 아이들을 거두어 키우시는 것입니까?"

"돌보지 않으면 죽을 터인데 어찌 같은 사람으루 사람이 죽는 것을 보고만 있을 것입니까?"

갑작스런 아낙의 반문에 인욱은 얼른 대답할 말이 없다. 그렇다. 사람의 도리로 따져서는 죽을 형편에 있는 사람은 구해 주어야 마땅하다. 그러나 여러 해 동안 모진 왜란을 겪다보니 사람의 도리는 간 곳 없고, 영악한 이기심과 제 한 몸 편하기에만 온 생각이 있을 뿐이다. 죄 없는 무수한 생령들이 들과 길과 여염에서 허망하게 죽어갔다. 죽은 사람을 보는 것이 너무 흔한 일이어서, 이제는 그 누구도 죽음에 대해 가슴 아프게 생각하지 않는다. 인욱이 사는 도성에도 무수한 사람들이 매일처럼 죽어가고 있다. 그러나 그는 그들의 죽음을 지금껏 한 번도 가슴 아프게 생각해 본 일이 없다. 제 한 몸 살아가기도 힘에 겨운 세상이라 미처 남의 딱한 처지를 돌볼 겨를이 없는 것이다.

"나으리, 저기 오십니다."

아낙이 바라보는 곳에 과연 부친 성기준이 낡은 도포 입고 복건 쓰고 이쪽으로 걸어오고 있다. 그의 양옆에는 예닐곱 살쯤 되어뵈는 어린아이들이 재잘거리며 따라온다. 인욱이 곧 부친에게 다가가 허리를 꺾어 절을 한다.

"아버님, 소자이옵니다. 그간 기체 강녕하시오이까?"

"매생이 한 척이 이리루 오길래 내 필시 네가 오는구나 생각했다."

"멀지두 않은 경강에 계시면서 그간에 집에는 어찌 아니 오셨습니까?"

"기별해 무얼 헐 게냐. 그래 옥섬이는 무얼 낳았느냐?"

"옥섬이가 배태헌 것을 아버님이 어찌 아셨습니까?"

"너는 나더러 기별 없다구 헌다마는 나는 예 있으면서두 집안 소식 모르는 게 없다. 옥섬이 아이가 네 아이지? 망설일 게 없다. 무얼 낳았느냐?"

거침없는 부친의 질문에 인욱은 얼굴이 붉어진다. 주워다 키운 아이지만 옥섬은 분명 인욱의 누이동생이다. 그러나 본래 서로를 그리던 두 사람은 난중에 자주 만나면서 지금은 기어이 아이까지 낳고 말았다. 소식 한 자 없던 부친 성기준은 그러나 놀랍게도 그 사실을 소상히 알고 있었다. 어쩌면 그는 인욱 모르게 명례방 그의 집을 바람처럼 다녀갔는지도 알 수 없다.

"아들아이를 낳았습니다. 아버님 용서허십시오."

"내가 무얼 용서헐 게냐. 그게 모두 하늘의 뜻인 것을······."

부친이 말과 함께 버덩을 지나 강둑 쪽으로 올라간다. 아이들이 따르려는 것을 아낙이 잡아 따라가지 못하게 한다. 인욱이 곧 부친을 따라 강이 굽어보이는 펑퍼짐한 강둑 위로 올라간다.

"내가 예 있단 말을 네가 뉘게서 들었느냐?"

"삼개나루의 진군津軍헌테서 우연찮게 들었습니다."

"진군이 무어라든고?"

"도인 한 분이 경강 밤섬에 오갈 데 없는 아이들 거느리구 움막에서 살구 있는데, 그 어른의 의술이 도도해서 인근 강변에 사는 사람들은 모르는 사람이 없다구 허더이다. 예전에는 서강 쪽 강변에 이지함 토정선생이 사시더니 지금은 토정선생 대신에 다른 도인이

25. 큰 별 바다에 지다 339

오신 듯허다구 허더이다."

"나를 토정에 비해? 그 소문 참으로 허랑허구면."

부친이 한 마디 하고 바람없는 높은 강언덕에 발을 세운다. 눈 아래로는 질펀한 경강이 흐르고 그 너머 우묵한 강가에는 집채들이 올망졸망한 삼개나루와 서강나루가 건너다 보인다. 멀리 보이는 목멱에는 푸른 봄빛이 완연하고 강 위를 나는 여러 물새들은 어느새 봄을 맞아 날갯짓이 유난히 활기차다. 잠시 강물을 굽어보더니 부친이 문득 아들에게 묻는다.

"너 우리 아이들 보았느냐?"

"예 있는 어린아이들 말씀이오이까?"

"그래."

"예, 보았습니다만?"

"그 아이들이 어찌 생겼드냐?"

"어찌 생기다니요?"

"우리 조선 아이들과 생긴 것이 달라뵈지 않드냐?"

"소자는 통 모르겠습니다. 그 아이들이 허면 조선 아이들이 아니오이까?"

"어미는 조선 사람이다만 아비는 왜倭 아니면 명明나라 군사들이다."

"그럴 수가?"

인욱이 말끝을 삼키며 부친의 옆얼굴을 돌아본다. 강 건너 도성 쪽에 시선을 둔 채 부친이 혼잣말하듯 담담하게 입을 연다.

"한 나라에 다른 나라 군사가 들어오면 그 나라에는 싫건 좋건 다른 나라의 핏줄이 흘러들게 마련이다. 왜란이 7년을 끌었으니 그 간에 우리 조선에는 얼마나 많은 왜인의 피가 스몄겠느냐? 그 피가 부정허다구 해서 우리가 눈을 감거나 내치기만 해서 되겠느냐? 그 어미가 조선 사람이니 반은 우리 피가 분명허구, 또 세상에 태어난 생명은 그 씨가 누가 되었건 제 죄는 아닌 게다. 사람이 제 부모를 골라 태어날 수 없는 바에야, 세상에 태어난 오랑캐의 생명인들 그 것을 어찌 모른 체만 헐 수 있겠느냐?"

부친의 조용한 말이 인욱에게는 문득 천둥소리처럼 크게 들린 다. 의술이 본업이기에 부친은 어쩌면 태어난 모든 생명을 중히 여 기고 아끼는지 모른다. 생명을 다루는 의원에게는 적과 오랑캐와 죄 인의 씨가 다를 수 없다. 무수한 조선의 여인들이 난중에 왜적들에 게 짓밟혀 왜적의 아이를 배태했다. 더러는 왜적 아닌 조선 군사나 도적들에게 당했고, 또 다른 여인들은 원병으로 건너온 명나라 군사 들에게도 몸을 짓밟혀 아이를 가진 것이다.

배태된 아이는 달이 차면 하늘의 섭리대로 여지없이 세상에 태어 난다. 어떤 아낙은 태어난 아이를 어쩔 수 없이 제 손으로 키우기도 했지만, 어떤 아낙은 잘못 태어난 핏덩이를 낳자마자 제 손으로 목 졸라 죽이거나 길거리에 내다버렸다. 떠돌이 명의 성기준에게는 그러 나 이 생명들에게도 세상에 살 권리가 있어야 했다. 병든 생명 하나를 살리기 위해 그는 사흘 밤을 새운 일도 있다. 한 생명을 살리는 노력 이 그토록 어려움을 아는 그이기에, 그는 거리에 버려진 생명을 그대 로 보고 지나칠 수가 없었다. 부친은 어느새 병 고치는 의원에서 생명 을 중히 여기는 성인聖人의 심성을 마음속에 지니게 된 것이다.

"7년 왜란이 우리에게 빼앗아간 것만이 큰 것이 아닌 게다. 이 나라 억조 창생들이 연년 세세 살아갈 앞날에 비해서는 7년 왜란두 어찌 보면 눈 깜짝하는 한순간에 지나지 않는다. 사람은 무서운 환란을 당했을 때 그것을 고생이나 힘든 것으루만 받아서는 안되느니, 어리석은 백성들은 환란을 환란으루만 받을 뿐이지만, 지혜롭구 영특한 백성들은 제게 닥친 환란을 곰곰이 되돌아보아 앞으루 살아갈 창창한 앞날의 가르침이나 길잡이루 삼느니라. 더구나 집이 불타구 나라 형편이 피폐한 것은 세월이 지나다 보면 다시 찾을 수가 있다마는, 백성들의 마음이 병들어 있을 때는, 세월이 약이 아니라 독이 되는 것을 어쩌느냐. 내 그 독이 무서워 요즘은 오히려 잠을 이루기가 어렵구나."

부친의 긴 말을 듣고도 인욱은 달리 할 말이 없다. 세상을 어둡게 보는 부친의 말이 인욱에게는 왠지 마음 든든한 위로가 된다. 단순하고 어리석은 사람들일수록 앞으로 닥칠 세상을 편히 여기어 안심한다. 인욱은 그러나 쉽고 편한 낙관보다, 앞날에 대한 어두운 전망이 얼마나 지금의 조선에 더 소중한가를 알고 있다.

7년 왜란은 어느 날 갑자기 하늘에서 떨어진 재앙이 아니다. 난을 일으킨 것은 왜들이지만 그 난을 조선에 부른 것은 개문납적開門納賊[문을 열어 도적을 불러들임], 바로 조선 백성 자신들이다. 사람이 일으킨 난이기에 그 화는 하늘의 재앙보다 더 안타깝고 가슴 아프다. 7년 고생을 헛되이 하지 않기 위해 조선은 과연 무엇을 해야 될까? 그 답을 게을리했을 때 먼 훗날 왜란은 다시 이 땅에 찾아올 수도 있다.

문득 가까운 땅버들 숲에서 여러 아이들이 함께 부르는 노랫소리가 들려온다. 모처럼 듣는 노랫소리에 부자는 잠시 넋을 놓고 귀를 기우린다.

"달아 달아 밝은 달아. 초하루 그믐에는 어디 꼭꼭 숨었드냐.

달아 달아 밝은 달아. 보름에는 둥글더니 그새 또 반달이냐.

달아 달아 밝은 달아. 차면 줄고 줄면 차니 네 조화가 신기허다……."

노랫소리가 멀어지고 주위는 다시 적막하다. 앞서 언덕을 내려가며 성의원이 다시 아들을 돌아본다.

"저 노래를 네가 아느냐?"

"모릅니다. 오늘 처음 듣습니다."

"강에서 빨래하던 표모漂母들이 아이들 어르며 부르던 노래니라. 헌데 요즈막에 아이들이 따라 배워 온 강변에서 저 노래가 심심찮게 들리는구나."

아들은 대꾸없이 묵묵히 부친의 뒤를 따른다.

"차면 줄고 줄면 차는 것이 어찌 하늘의 달뿐일까. 차고 빠짐이 돌고 돌아야 사람의 숨도 끊기지 않는다. 왜적은 그 이치도 모르며 칼로 달을 베려했구나. 칼의 강파름을 다스리지 못허면 제 몸이 먼저 칼에 상허기가 십상일라."

알 듯 모를 듯한 말을 하며 부친이 문득 발을 세운다. 땅버들 어우러진 숲을 살피더니 부친이 숲속을 향해 누군가를 큰 소리로 부른다.

"성두야, 이리 나오너라. 오늘은 네 어살에 무슨 궤기[고기]가 들었드냐?"

반벌거숭이 사내 하나가 숲속에서 큼지막한 싸리망태를 메고 나타난다. 몸은 이미 어른이 되었으나 하는 짓은 어딘가 온전치 못해 보인다. 산발한 머리를 손으로 긁적이더니 사내가 성의원에게 싸리 망태를 기울여 보인다.

"오늘은 궤기가 읎서. 어살에 죄 궤(게)만 들었어."

"어이구 궤가 많구나. 그 궤를 다 어쩔 게냐?"

"불에 구어 애들 줄 게여."

"오냐, 잘헌다. 네가 바루 생불이다."

사내가 뒤도 돌아보지 않고 다시 숲속으로 휑하니 사라진다. 성의원 부자 역시 몸을 돌려 땅버들 숲에서 벗어난다.

"저 아이가 원래는 어느 장군의 아들이다. 아비 따라 싸움터에 나갔다가 아비가 왜적에게 칼 맞아 죽는 것을 보구는 저렇듯 상성을 해서 허는 짓이 민망허다."

배 묶어둔 나루 앞에서 부자는 다시 발을 세운다. 길이 막혀 더 갈 수 없어 부자는 물가에 서서 물끄러미 흐르는 강물을 바라본다. 한낮의 햇살을 담북 받은 경강은, 온갖 세상사 뒤로하고 오늘도 도도히 도성을 휘돌아 흐르고 있다.

인기척이 없어 옆을 돌아보니 부친 성의원이 보이지 않는다. 어느새 부친은 강가를 떠나 멀리 땅버들 숲속으로 뒷모습을 감추고 있다. 부친의 뒤를 따르려 하다가 인욱은 그대로 발을 세운다. 갈 길이 서로 다르니 뒤따른들 잡을 수가 없다.

거렁뱅이 신선이 된 부친을, 젊은 의원 성인욱은 아득한 눈길로 바래줄 뿐이다.

.... 끝

■ 저자 후기
이통제, 그는 우리 곁에 있어야 한다.

역사는 사실에 기초하여 사건과 인물을 실증적으로 정확하게 기록하고, 문학은 상상에 의존하여 사건의 진행이나 사람의 행적을 실제로는 존재하지 않지만 마치 실재하는 듯이 가공과 허구의 이야기로 창작한다. 그러나 사실적인 역사 기록과 실재하지 않는 허구의 이야기가 사이좋게 공존하는 예외의 경우가 있다. 역사 속에 실존하는 인물이나 사건을 다루는 역사소설이 바로 그 예외의 경우다.

역사 속의 인물은 당시 그의 개인적인 행적은 물론, 그가 직접 간접으로 관계했던 여러 사건들의 기록을 통해, 그만의 것이라고 할 수 있는 많은 정보와 사실들을 확보하고 있다. 이름과 출신 성분과 가계家系는 물론이고, 그가 속했던 집단과 출사出仕했던 관직과 여러 종류의 관련 사건 등은 그 인물만이 확보하고 있는 고유한 정보들이다.

상상력에 의존하여 허구의 작품을 제작하는 작가들도, 역사적 인물들이 기왕에 확보한 구체적인 정보들은, 상상력이 침범할 수 없는 불가

침의 영역으로 존중한다. 이 정보들이 작가에 의해 임의적으로 훼손되거나 변형되었을 경우, 그 작품은 품위를 잃어 독자들에게 설득력과 신뢰를 상실하기 때문이다.

그러나 역사 속에 실존하는 인물이라 해도, 그 인물에 대한 개인 정보들이 후세의 사초史草 속에 충분하게 확보되는 일은 거의 없다. 아무리 방대한 사초라 해도 한 인물의 모든 행적을 다 기록할 수 없을뿐더러, 그런 개인적인 무의미한 행적들을 기록해야 될 이유도 없고 필요도 없기 때문이다. 따라서 대부분의 사건이나 개인의 행적들은 대개의 경우 밝혀진 부분보다 밝혀지지 않은 부분이 더 큰 여백으로 과거 속에 방치되어 있다. 그러나 가공의 문학 작품을 창작하는 작가들은, 바로 그 역사가 비워둔 방대한 미지의 여백을, 작품 제작에 필요한 유용한 공간으로 활용한다. 예를 들어보자.

'그 날 아침 이순신은 속이 더부룩해서 식전에 뒷간을 다녀온 뒤, 조반으로 녹두죽을 들고 좀 늦은 시간에 동헌에 나가 공무를 보았다.'

이 글에서 '동헌에 나가 공무를 보았다'는 역사 기록이고, '속이 더부룩해서 식전에 뒷간을 다녀온 뒤 조반으로 녹두죽을 들고 좀 늦은 시간에'는 작가가 만든 가공의 기록이다.

그러나 역사 기록이 여백으로 남겨둔 미지의 공간은, 작가들이 마음 놓고 상상력을 발휘할 수 있도록 자유롭게 열려 있거나 무책임하게 방임된 공간은 아니다. 문학 작품이 비록 상상력에 의한 허구의 산물이라 해도, 작가는 당시의 역사 기록이나 자료를 기초로 하여, 사실은 아니지만 있을 법한 정황이나 사건들을, 작가 특유의 유추와 추론을 거쳐, 사실과 유사하게 만들어 쓸 뿐이다. 기왕에 확보된 역사 기록과 정보들이 작가의 상상력을 끊임없이 간섭하고 제한해서 작가는 어쩔 수 없이 그 제약에 구속될 수밖에 없다. 바로 이 부분이 절반은 사실이며 절반은 허구인 역사소설의 어려움이자 이로움이다.

역사에서 밝혀진 구체적인 사실들이 작가의 상상력을 부분적으로 제한하는 것은 사실이다. 그러나 그러한 제한에도 불구하고 역사적 사실이 문학의 창작 행위 자체를 근원적으로 방해하거나 불편하게 하지는 않는다. 불편하기는커녕 대부분의 작가들은 역사 쪽에서 더 많은 정보와 자료가 제공되기를 희망한다. 선택적으로 수록된 역사 기록 속에는, 작가들의 상상력을 촉발하는 자료가 대개의 경우 필요량에 훨씬 못 미치기 때문이다. 앞에서도 말했지만 역사가 빠뜨리고 건너뛴 여백의 공간이 너무 방대해서, 작가는 오히려 그 공간에 질식되어 상상력이 제대로 작동되지 않을 정도다.

문학은 여러 사람이 한데 모인 집단이나 군중이나 조직보다는, 하루하루 이런 저런 일을 겪어가며 열심히 살아가는 한 개인의 삶을 즐겨 추적하는 특성을 지니고 있다. 그것은 다른 사람의 구체적인 삶을 통해, 지금의 우리들의 삶을 되돌아보게 하는 문학 고유의 순기능 때문이다. 개인의 삶을 추적하다보면 작가는 당시의 생활사 부분에서 예상하지 못한 심각한 어려움에 부닥칠 때가 많다. 당시의 큰 사건들은 사가史家들에 의해 대부분 충실히 기록된 편이지만, 일반 서민들의 생활사生活史 부분에는 자료가 거의 전무하거나 있어도 매우 빈약하기 때문이다. 이통제의 '난중일기'에도 명량대첩에 대한 전황은 상세히 기록되어 있지만, 그가 그 날 치른 치열한 해전 후에, 땀에 절은 갑옷을 벗고 무슨 내복으로 갈아입었으며, 저녁식사의 반주로는 무슨 술을 들었으며, 매일 쓰는 그의 일기는 무슨 먹에 어떤 붓으로 썼는지 따위는 단 한 줄의 기록도 없다. 역사에서는 이런 기록은 무시되어도 좋다고 생각한다. 그러나 한 인간의 내면 세계와 사고의 추이를 추적해야 하는 문학에서는, 바로 이러한 생활상의 작은 정보들이야말로 그 작품의 향방을 결정하는 결정적인 소도

구로 요긴하게 활용된다. 바로 이 부분이 문학의 고유 영역이며, 이통제 순신을 한 사람의 살아있는 인격체로 접근할 수 있는 문학만의 특장特長이기도 하다. 이러한 문학의 특장이 활발하게 순기능으로 작용할 때, 역사와 문학과의 만남은 좀더 아름다운 관계로 발전할 수 있을 것이다.

이상으로 나는 4백 여 년 전의 역사 속에 갇힌 이통제 순신을 지금의 우리 곁으로 정중히 모셔오는 문학적 방법을 밝힌 셈이다. 이제 나는 내 개인적으로도 많은 관심과 의문을 가져왔던 이통제 순신의 삶에 관한 몇 가지 내 나름의 생각과 소견을 밝힐 차례다. 그 첫번째 작업으로 나는 이통제 본래의 청정한 몸에, 후세 사람들이 우상화를 위해 여러 겹으로 덧씌워 놓은 각종의 치장과 장엄을 하나 하나 벗기고자 한다. 이 치장 벗기기는 각종 장엄으로 신격화되어 높은 제단 위에 까마득히 올라앉은 이통제를, 우리와 좀더 가까이 우리 곁으로 모셔오기 위한 준비 작업이다. 그가 거룩한 성웅으로 신의 제단 위에 올라앉아 있는 한, 우리는 그를 우러러볼 뿐 가까운 우리의 할아버지로 손을 잡거나 사랑하거나 존경할 수가 없다. 그가 우리에게 받아야될 사랑과 존경은, 피가 통하는 한 사람의 살아 있는 인간으로 우리와 똑같은 고통과 고뇌 속에 어렵고 힘든 결단을 내렸을 때, 우리의 인간적인 공감과 갈채를 통해 자연스럽게 획득되어져야 마땅하다. 따라서 그는 아무런 치장이나 덧칠 없이 청정한 본래의 모습일 때, 우리에게 더욱 친근하고 아름다운 모습으로 다가온다. 이통제에 대한 치장 벗기기는, 성웅으로 도배되어 딱딱하게 굳어버린 그의 도식화된 가짜 위대함을, 우리와 좀더 친근한 인간적인 모습으로 새롭게 살려내려는 작업에 다름 아니다. 이 작업에는 그러나 한 가지 전제 조건이 있다. 기왕에 사실로 밝혀진 몇 가지 그의 범상치 않은 장점과 업적들을, 훼손하거나 손상하지 않는다는 엄격한 조심성이 바로 그것이다.

이통제를 우리 곁으로 모셔오는 작업에 들어가기 위해, 나는 우선 작업의 순서를 아래와 같은 5가지 항목으로 간추려 잡고자 한다.

1. 난중일기. 그 제작을 가능하게 한 이통제의 특이한 취미와 내면 세계.
2. 이통제의 지극한 가족 사랑. 그가 우리 곁에 우리와 같이 있어야 할 이유.
3. 이통제의 성격적인 특성. 정면 돌파.
4. 절묘하게 때를 맞춘 의문의 그의 죽음.
5. 그는 왜 항자불살降者不殺의 미덕을 저버렸는가.

순서대로 우선 제1항의 '난중일기'를 살펴보자. '난중일기'는 잘 알려져 있다시피 전란 당시의 여러 정황과 전란의 진행 과정 등을, 전란을 담당했던 최일선의 지휘관이 일기 형식으로 꼼꼼하게 기록한 우리에게는 매우 귀중한 국보급의 저작물이다. 그러나 이 글의 발제자가 주목한 부분은, '난중일기'의 내용이 아니라 그것을 쓰게 된 이순신이라는 인물의 특이한 성품이다.

일기는 아무나 쓰는 것이 아니며, 설혹 쓰고 싶다 해도 아무나 쉽게 쓰는 것이 아니다. 일기를 쓰기 위해서는 우선 사전에 여러 가지 준비동작이 필요하다. 가장 중요한 전제 조건은 우선 그가 진서(한문)를 알고 그것을 능숙하게 구사할 수 있어야 한다. 그러나 그보다 더 우선하는 것은 일기를 쓰고 싶다는 동인動因이 먼저 작동해야 한다. 동인이 작동하지 않고는 일기는 단 한 줄로 쓰여질 수 없다.

왜 이순신은 일기를 쓰려 했고, 그것을 무려 7년 동안[중간에 결손 부분은 후대로 전해지면서 망실된 것으로 추정된다. 그는 아무리 급박했던 상황에서도 일기 쓰기만은 빠뜨리지 않았다] 한결같이 계속했을까?

일기의 본래 목적은 그 날 하루에 있었던 일들을 기록으로 남긴다는 뜻과, 그 날 행했던 자신의 여러 행위들을 되돌아보고 반성하여 자기 성찰의 기회로 삼고자 하는 데 있다. 이통제가 한결같이 매사에 곧고 당당하게 처신해온 것은, 바로 이 매일 반복해 온 일기 쓰기를 통해서다. 그에게서 실수나 과오가 거의 발견되지 않는 것도, 어쩌면 일기 쓰기의 자기 성찰에서 기인된 것인지 모른다. 자기 외에는 아무도 볼 수 없는 비밀스러운 일기에, 이통제는 거짓이나 그릇된 내용을 쓸 필요가 없었을 것이고, 자신의 실수나 과오에 대해 반성은 있었으나 궁색한 변명은 필요하지 않았을 것이다. 도덕적으로도 인격적으로도 우리의 아름다운 표상이 된 이통제는, 일기 쓰기라는 매우 평범한 일상을 통해 스스로를 매일 일깨우고 가다듬은, 바르고 올곧은 성품의 당당한 인물이었던 셈이다.

그렇다면 왜 이통제는 그 지겨운(?) 일기 쓰기를, 그 바쁜 전란의 와중에서 여러 해 동안 꾸준히 지속해 왔을까? 이에 대한 대답은 의외로 간단하다. 별다른 취미가 없었던 이통제는 유일한 취미가 글쓰기였던 것으로 추측된다. 그는 최일선의 무장武將치고는 의외로 많은 글을 남기고 있다. 매일 빠짐없이 일기를 쓴 것은 물론이고, 그는 임금에게 올리는 수 십 통의 장계狀啓도 썼고, 가족이나 유성룡 선거이宣居怡 같은 친구에게 편지도 자주 썼으며, 심지어는 무장으로는 희귀하게 여러 편의 아름다운 시를 남기기도 했다. 이 기회에 하나 더 덧붙이고 싶은 것은, 그가 '난중일기' 이전에도 일기를 썼으리라는 추측이다. 1587년 함길도 병마절도사 이용의 군관으로 채용되어 임지로 찾아가는 길에, 그는 북청에 잠시 머물러 소위 '함길도 일기'를 쓴다. 대부분은 망실되고 극히 일부분만 남았지만, 이 일기로 미루어보아 그의 일기 쓰기는 가끔 생각날 때 쓴 것이 아니라 평소에 늘 지켜온 하루 일과 중의 하나가 아니었나 생각된다.

만년필도 볼펜도 없었던 옛적에는 무엇인가를 쓴다는 것은 그 자체가 하나의 번거로운 행사다. 잠시 우리는 이곳에서 이통제의 일기 쓰는 모습을 머릿속에 떠올려 보자

"내해의 작은 포구에 배 한 척이 멎어 있다. 배 복판의 좁은 뜸집에 어유등魚油燈 하나가 부옇게 밝혀져 있다. 갑옷을 벗고 평상복으로 갈아입은 장수 하나가 벼루를 꺼내 먹을 갈고, 딱딱한 붓을 물에 빨아 부드럽게 푼다. 장수가 이윽고 서상書床 앞에 단정히 앉아, 잠시 무언가를 생각하는 듯하더니 붓을 들고는 조용히 글을 쓰기 시작한다. 그는 가끔 붓을 멈추고 기억을 떠올리듯 허공을 바라보기도 하고, 때로는 손가락을 꼽아가며 숫자를 헤아리기도 한다. 그리고 아주 드물게 그는 조용히 미소를 떠올리기도 하고, 때로는 눈썹을 한데 모아 짙은 고뇌에 잠기기도 한다."

삼도 수군의 통제사로 그 바쁜 전란 중에도 그는 이 번거로운 작업을 빠뜨린 일이 별로 없다. 그가 쓴 '난중일기'는 단순한 일기가 아니라 그를 위대한 인물로 탄생시킨 자기 성찰의 엄격한 길잡이였던 것이다.

둘째 항에서 나는 이통제의 지극한 가족 사랑을 알아보고자 한다. 공식석상에서의 이통제는 웃음이 별로 없고 과묵하며 좀체 감정을 드러내지 않는 차갑고 냉정한 무장으로 되어 있다. 그러나 '난중일기'에 기록된 그는, 공식석상에서의 인상과는 달리 여러 차례 눈물을 흘리는 지극히 인간적인 모습으로 나타난다. 그런데 그가 눈물을 흘리는 대상은 위태로운 나라의 운세도, 임금에 대한 못다한 충성도. 백성에 대한 가여움 때문도 아니다. 그는 임금이나 백성을 위해서는 단 한 번도 눈물을 흘린 일이 없다. 그가 아주 드물게 눈물을 내보이는 것은, 대부분 그보다 먼저 떠난 가족에 대한 그리움 때문이다. 그의 일기 중에 가장 절절히 그의 애통함을 표시한 장면은 어머니 변씨 부인의 죽음과 막내아들 면의 죽음

을 접했을 때다. 이통제 순신이 성웅이 아니라 우리와 매우 가까운 평범한 아들이며 아버지였다는 사실은, 바로 이 두 가족의 죽음을 접한 장면에서 극명하게 살아난다. 다소 길지만 그 두 장면을 간추려 소개해 보자.

"종 순화가 배에서 와서 어머니의 부고를 전한다. 뛰쳐나가 뛰며 뒹구니 하늘의 해조차 캄캄하다…… 집에 이르러 빈소를 차렸다…… 남쪽 길이 또한 급박하니 부르짖으며 울었다. 다만 어서 죽기를 기다릴 따름이다…… 어머님 영 앞에 하직을 고하고 울며 부르짖었다. 어찌하랴, 어찌하랴, 천지간에 나 같은 사정이 어디 또 있을 것이냐. 어서 죽는 것만 같지 못하구나."

"겉봉을 대강 뜯고 열의 글씨를 보니 거죽에 '통곡' 두 글자가 씌어 있어, 면의 전사를 알고, 간담이 찢어져 목놓아 통곡했다. 하늘이 어찌 이다지도 인자하지 못하신고, 간담이 타고 찢어지는 것 같다. 내가 죽고 네가 사는 것이 마땅하거늘, 네가 죽고 내가 살았으니 이런 어긋난 일이 어디 또 있을까 보냐. 천지가 캄캄하고 하늘의 해조차도 빛이 변했구나. 슬프다. 내 아들아, 나를 버리고 어디로 갔느냐. 남달리 영특하기로 하늘이 이 세상에 머물러 두지 않는 것이냐. 내가 지은 죄 때문에 앙화가 네 몸에 미친 것이냐. 내 이제 세상에 살아 있은들 누구에게 의지할 것이냐. 너를 따라 같이 죽어 지하에서 같이 지내고 같이 울고 싶다마는…… 마음은 죽고 형상만 남아 있어 울부짖을 따름이다. 하룻밤 지내기가 일 년 같구나."

세번째는 그의 성격적인 특성을 알아보자.
요즘 우리 정치판에 '정면 돌파'라는 말이 유행하고 있다. 이통제의 행동 중에 남들과 구분되는 가장 두드러진 특징 중의 하나가 바로 그 '정면 돌파'다. 그를 선조에게 천거한 정치적 후원자인 유성룡은 이통제를 가리켜 "성격이 굳세고 남에게 굽힐 줄 모른다"라고 했다. 그는 과연 일생 내내 부당하다고 생각되는 일에서는 한 번도 남에게 굽혀 뒤로 물러선 일이 없다. 이 굳세고 강직한 성격 때문에 그는 남보다 출세가 늦었고, 피할 수 있었던 불이익도 무수히 겪어야 했다. 그러나 그의 굳셈과 불퇴不退가 가장 눈부시게 드러나는 부분은 전선을 끌고 바다에 나가 왜적과 마주했을 때다. 놀랍게도 그는 그 많은 전투에서 단 한 번도 패한 일이 없다. 굳세고 강한 그의 성품이 왜적과의 전투에서 가장 극명하게 드러난 것이다.

다음은 절묘하게 때를 맞춘 이통제의 죽음에 대해 살펴보자.
'살자고 하면 죽을 것이오 죽자고 하면 살 것이다.' 후세 사람들에게 잘 알려진 이 말은 이통제 순신이 토로한 말 중 가장 유명한 말로 되어 있다. 앞에서도 지적했듯이 이통제는 아무리 어려운 상황에 부닥쳐도 상대에게 등을 보이거나 뒤로 물러서는 일이 없다. 부닥친 어려움을 최선을 다해 정면으로 돌파하는 것이 이통제 특유의 문제 해결 방법이다. 그러나 이렇듯 죽음을 각오하고 정면 돌파의 강공을 취하기 위해서는, 그 전에 만일의 사태에 대비하여 사전 준비를 철저히 갖춰야 한다. 탐후선을 보내 적정을 탐지하고, 기습에 대비하여 섬그늘에 복병선을 묻어두고, 탐망선을 사방에 풀어 적의 움직임을 세밀히 살피는 등, 이통제는 그 어떤 장수보다 사전 준비와 방비가 철저했던 사람이다. 그래서 그는 사전 대비가 충분하지 않을 때는 심한 복통에 걸려 밤새도록 끙끙 앓곤 한다. 요즘 말하는 정신적인 스트레스로 위경련이나 장경련 따위의 신경성 위장염에 자주 걸리곤 했던 것이다.

이러한 사전 대비는 완벽주의를 지향하는 그의 철저한 성품의 일단이어서, 그는 자신에게 닥쳐올지도 모를 위험에 대해서도, 다른 장수들과는 달리 사전 준비를 게을리하지 않았던 것으로 추측된다. 대장선 장대將臺에 높이 올라 그 많은 전투를 선두에서 지휘하고도, 그는 사천해전에서 첫 적탄을 맞은 후로는, 이렇다 할 큰 전상을 입지 않는다. 위험에 대한 사전 대비가 철저했기 때문일 것이다.

그러나 그가 최후를 맞이한 노량 해전만은 예외다. 그는 이 해전에서만은 평소와 달리 스스로를 위험에 노출시킨 수상한 혐의가 있다. 그 혐의를 밝히기 위해 우리는 멀리 에둘러 그를 둘러싼 그 즈음의 주변 상황부터 살펴볼 필요가 있다.

절대군주 선조의 알 수 없는 미움으로 그는 우선 삼도수군통제사에서 파직되어 서울로 압송된 후, 모진 고문 끝에 사형 선고를 받아 죽음에 직면한다. 정탁의 신구차伸救劄로 겨우 목숨을 건져 백의 종군으로 임지로 내려가던 도중, 그는 좌수영 곰내熊川로부터 뱃길로 그를 찾아오던 어머니 변씨 부인의 죽음을 맞이한다. 그리고 다시 얼마 후에 열 두 척의 전선을 이끌고 백여 척의 왜적을 맞아 명량해전을 가까스로 치른 그는, 뜻밖에도 한 달 후에 사랑하던 막내아들 면의 전사戰死를 듣게 된다. 통제사 파직에서 아들 면의 죽음에 이르기까지 그는 개인적으로 견디기 힘든 모진 시련과 고통을 연거푸 겪고 있다. 이 연이은 시련을 소화하면서 이통제는 아마 이즈음 자기의 삶에 대해 짙은 회의와 허망감을 느꼈던 것 같다. 그렇듯 굳세고 강인하던 이통제도 개인적인 연이은 시련 앞에서는, 더 이상 이 세상에 살고 싶은 미련이 없었던 것이 아닌가 싶다. 특히 사랑하던 두 가족의 죽음 후로는, "어서 죽기를 기다릴 따름이다." "어서 죽는 것만 같지 못하다." "너를 따라 같이 죽어 지하에서 같이 지내고 싶다." 등등, 죽음에 대한 동경의 말까지 서슴없이 내뱉을 정도다. 결국 이러한 삶에 대한 의욕 상실이, 마지막 노량해전에서는 삶의 방기放棄로 나타난다. 그것을 증명하기 위해 우리는 다시, 막내아들 면의 죽음을 접했을 때 이통제가 쏟아놓은 처절한 비탄을 음미해볼 필요가 있다.

"하늘이 어찌 이다지도 인자하지 못하신고…… 슬프다 내 아들아, 나를 버리고 어디로 갔느냐. 너를 따라 같이 죽어 지하에서 같이 지내고 싶다마는……"

사랑하는 막내아들 면의 죽음은, 백의 종군 이후 겨우 유지되던 삶에 대한 이통제의 의지를, 또 한 번 시험에 들게 하여, 그를 실존적인 고뇌에 빠뜨리는 계기가 된다. 임금 선조의 미움을 받아 죽음 직전에 이르렀을 때, 그는 이미 삶의 무상함과 권력의 허망함을 마음속 깊이 실감한 바 있다. 그 이후 그가 보여준 충절은 임금에 대한 것이 아니라 왜적에게 쫓겨 산하를 떠도는 가여운 백성에 대한 연민으로 이해되어야 한다. 무능하고 치졸한 임금에 대한 환멸에서 출발하여, 그 즈음의 이통제는 있는 그대로의 세계의 사물과 정면으로 마주 선 실존적 인물로 새롭게 태어났을 것으로 생각된다. '죽으려 하면 살 것이오, 살려 하면 죽을 것이다'는 병법의 인용문은, 바로 그 즈음의 이통제 자신의 솔직한 심정의 토로라고 할 수 있다. 생사를 초월한 실존적 인물만이 하늘을 향해 말할 수 있는 정직하고 담담한 술회다.

"문득 이통제 순신의 아름다운 죽음이 생각난다. 그는 7년 전쟁이 승리로 끝나는 날 극적으로 전사했다. 스스로 시간에 맞추어 죽음을 택한 것은 아니었다. 삶에 대한 방기放棄와 무관심이, 그에게 축복인 양 절묘한 시간에 죽음을 맞춰준 것이다. 그의 죽음을 자살로 해석하는 사람들이 있다. 이 가상은 절반만 옳다. 육체적으로도 정신적으로도 그 무렵 이순신은 삶에 대한 의욕을 잃었다. 그 무렵의 그는 죽음의 위협으로부터 그의 삶을 지키려는 어떤 노력도 하지 않는다. 그러나 그의 맺고 끊는 성격으로 보아, 삶에 대한 의욕 상실이 곧바로 극단적 처방인 자살로 결행된 것 같지는 않다…… 삶을 방기할 만큼 순신의 정신을 피폐하게 만든 것은 대체 무엇일까? 사람들은 가끔 사람으로 살아갈 수 있는 최소한의 기본 틀조차 허용하지 않는 시대적 상황에 부닥칠 때가 있다. 납득할 수 없는 이유로 기회만 있으면 순신을 죽이려 한 임금 선조의 포악이 바로 그런 불가해한 시대적 상황이다."

이상의 인용문은 발제자의 졸저 '남도기행'이라는 단편의 끝머리에 나오는 글이다. 이통제의 죽음에 대한 발제자의 생각을 잘 나타낸 글이기에 인용한다.

끝으로 나는 이통제 순신의 왜적에 대한 비정상적인 증오에 대해 살펴보려 한다.

전쟁에 임한 대부분의 옛적 장수들은, 상대편 장수가 대전對戰을 포기하고 스스로 싸움터에서 물러갈 의사를 보이면, 더 이상 핍박하지 않고 적장에게 살길을 열어주어 물러가도록 허락한다. 이미 승패가 결정되어 싸움의 의미가 없어진 이상, 승장은 패장에게 관용을 베풀어 목숨을 보장해 주는 것이 장수들간의 아름다운 미덕이다.

그러나 우리의 이통제는 이 미덕을 철저히 외면했고, 그 결과 돌이킬 수 없는 자신의 비극을 맞이한다. 왜 우리의 이통제는 당당한 승자로서 패장 고니시에게 항자불살降者不殺의 미덕을 발휘하지 않았을까? 도요토미 히데요시의 죽음으로 싸움을 포기하고 오직 살길을 찾아 제 나라로 도망치려는 왜군의 잔당을, 왜 우리의 이통제는 끝까지 가로막아 무자비하게 섬멸하려 했을까?

당연해 보이는 이 질문은 그러나 그 중대한 의미에 비해, 학계에서 별로 심각하게 제기되지 않은 듯한 인상이다. 따라서 이 질문에 대한 해명이나 해답도 별로 많아 보이지 않는다. 대표적인 해명으로는 이통제 개인의 추상같은 선비 정신이 꼽히고 있다. 의롭지 못한 도적의 무리는 철저히 응징하여, 앞으로는 두 번 다시 조선을 넘보지 못하도록, 이번 기회에 톡톡히 버릇을 고쳐놓아야 한다는 것이 그 해명이다.

두번째 해명은 당시 조선에 널리 퍼져 있던 왜적에 대한 과열된 증오다. 7년 동안 왜적에게 혹독한 고통을 당해온 조선은, 온 나라가 왜적이라면 치를 떨고 이를 갈았다. 왜적에 대한 증오가 하늘에 사무쳐서, 임금 이하 전 백성이 왜적이라면 같은 하늘 아래 머리를 둘 수 없는 원수의 무리로 여긴 것이다.

왜적에 대한 증오에 한해서는 이통제 역시 예외가 아니다. 더구나 그는 사랑하는 막내아들 면을 왜적의 칼 아래 잃은 비통한 개인적인 원한까지 지니고 있다. 아들의 원수를 갚기 위해서도 왜적은 이통제에게는 철저히 섬멸돼야 할 원수일 뿐이다.

모든 전쟁에는 크든 작든 그 나름의 특이한 열기와 광기가 발생하게 마련이다. 7년이나 계속된 임진왜란은 유난히 그 광기와 열기가 뜨거웠던 전란으로 기록되어 있다. 죄 없는 백성들까지 보이는 족족 무자비하게 도륙屠戮하는 왜적에 대해, 전란 말기에는 온 조선 백성들이 일사불란하게 공통의 열기로 맞서고 있다. 왜적에 대한 미움과 증오가 하늘을 찌를 듯 뜨겁고 드세었던 것이다. 이 증오의 열기를 가장 잘 드러내는 것으로, 조선 백성만이 즐겨 쓰는 왜에 대한 특이한 명칭이 있다. 왜적을 한자로 썼을 때 조선 백성은 왜적倭敵이라고 쓰지 않고 대부분 왜적倭賊이라고 쓴다. 왜倭는 전쟁 상대인 적敵이 아니라 작아 죽여야 마땅한 도적盜賊의 무리였다. 도적을 응징할 때는 우리는 항복이 아니라 저항 포기를 요구한다. 도적에게는 오직 처벌만 있을 뿐, 용서나 관용이 필요하지 않는 것이다.

당시의 왜는 그러나 도적의 무리가 아니라 일본 최대 권력자의 명령을 수행하는 일본국의 정식 군대였다. 행실은 비록 도적의 무리와 별로 다를 바가 없었으나, 그들이 받들어 수행하는 모든 명령은 일본이라는 국가로부터 조직적으로 하달되어 수행되고 있었다.

전쟁은 감정이 배제된 전쟁의 논리로 풀어야 마땅하다. 이성을 잃은 감정적인 대응은 전쟁을 예측할 수 없는 광기로 몰고 갈 뿐이다. 조선을 침공한 왜는 도적의 무리가 아니라 일본국의 정식 군대였다. 침공군인 일본 군대를 적敵이 아닌 적賊으로 대응하여, 조선은 전란 말미에 돌이킬 수 없는 실수를 저지른다. 이통제의 안타까운 죽음이 바로 그 실수의 결과다.

그렇다면 조선 정부는 그렇다 하고, 삼도의 수군을 거느린 전방 사령관 이통제는 왜를 어떻게 상대했을까? 안타깝게도 이통제 역시 왜를 적군 아닌 도적의 무리로 보았을 뿐이다. 임금 선조는 이즈음에도 연일 최일선의 장수들에게 싸움을 북돋우는 독전 명령을 하달한다. 돌아가는 길을 끊고 왜적을 한 놈 남김없이 섬멸하라고 재촉한다. 그러나 이통제에게는 이런 독전이 필요하지 않았다. 임금의 독전이 있기 이전에, 장군 스스로가 왜적의 돌아가는 길을 끊고 왜적을 철저히 섬멸하려 했던 것이다.

그렇다면 당시 이통제와 합동 작전을 폈던 명나라의 제독 진린은 어떠했을까? 당시에 기록된 모든 사초는 진린의 몇몇 행동을 수상쩍게 비판하고 있다. 왜장 고니시가 비밀리에 보낸 특사를 만나기도 했고, 고니시가 뇌물로 보낸 각종 선물을 슬그머니 받는가 하면, 당연히 함대의 출동이 필요한 때도 그는 쉽사리 군사를 움직이려 하지 않았다. 이러한 애매한 태도 때문에 그는 우리 사초 속에 싸움을 회피하려 한 비겁한 장수로 그려지고 있다.

잘못된 것은 그러나 진린이 아니고 당시의 우리 사초다. 바다 건너 명나라에서 원병으로 참전한 제독 진린은, 적어도 조선 장수들처럼 왜적에 대한 미움으로 이성을 잃지는 않은 것 같다. 오히려 그는 제 삼국에서 원병으로 참전한 장수여서, 증오에 사로잡힌 조선 장수보다 좀더 이성적이며 객관적인 시선을 지녔던 게 아닌가 싶다. 명나라 장수들이 한결같이 왜와의 강화를 시도했던 것을 보면, 그들은 왜를 잡아 죽여야 할 도적이 아니라 싸움의 상대인 적군으로 본 것이 분명하다. 결국 진린은 비겁해서 싸움을 피하려 한 것이 아니라, 싸움이 필요없는 상황이어서 싸움을 자제했을 뿐이다. 전쟁을 한 걸음 물러나 객관적인 눈으로 바라본 진린은, 도망쳐 자기 나라로 돌아가려는 왜군을 한사코 가로막아 섬멸하려는 조선군이, 오히려 광기에 사로잡힌 이상한 군대로 보였는지 모른다.

이통제는 결국 도망치려는 왜군의 잔당을 끝까지 가로막아 노량 바다에 수장시킨 뒤, 자신도 같은 장소에서 장렬하게 최후를 맞이한다. 그토록 이성적이며 현명하고 지혜롭던 이통제도 왜적에 대한 증오로부터는 자유롭지 못했음이 분명하다. 아마 이것이 이통제가 지닌 이통제 사유의 시대적인 한계인지 모른다. 그래서 더욱 이통제 순신은 우리와 가까이, 우리 곁에 있어야 마땅하다. 우리는 그의 한계와 실수까지도 사랑하지 않을 수 없다.

2005년 7월 17일